Piano mecânico

Piano mecânico

Kurt Vonnegut

tradução de

Daniel Pellizzari

intrínseca

TÍTULO ORIGINAL
Player Piano

PREPARAÇÃO
Fernanda Machtyngier

REVISÃO
Juliana Pitanga
Luiz Felipe Fonseca

DIAGRAMAÇÃO
Julio Moreira | Equatorium Design

ARTE DE CAPA
Túlio Cerquize

CIP-BRASIL. CATALOGAÇÃO NA PUBLICAÇÃO
SINDICATO NACIONAL DOS EDITORES DE LIVROS, RJ

V917p
Vonnegut, Kurt, 1922-2007
Piano mecânico / Kurt Vonnegut ; tradução Daniel Pellizzari. - 1. ed. - Rio de Janeiro : Intrínseca, 2020.
496 p. ; 21 cm.

Tradução de : Player piano

ISBN 978-65-5560-022-3

1. Ficção americana. I. Pellizzari, Daniel. II. Título.

20-64929 CDD: 813
CDU: 82-3(73)

Camila Donis Hartmann - Bibliotecária - CRB-7/6472

[2020]

Editora Intrínseca Ltda.
Rua Marquês de São Vicente, 99, 3° andar
22451-041 – Gávea
Rio de Janeiro – RJ
Tel./Fax: (21) 3206-7400
www.intrinseca.com.br

1ª edição AGOSTO DE 2020
impressão SANTA MARTA
papel de miolo PÓLEN SOFT 70G/M²
tipografia BEMBO

Para Jane — que Deus a abençoe

Considerai como crescem os lírios do campo;
não trabalham nem fiam.
Entretanto, eu vos digo
que o próprio Salomão, no auge de sua glória,
não se vestiu como um deles.
- Mateus 6:28

Prefácio

Este não é um livro *sobre o que é, mas um livro sobre o que poderia ser. As personagens são inspiradas em pessoas que ainda não nasceram, ou que, talvez, enquanto escrevo, ainda sejam crianças.*

É principalmente sobre gerentes e engenheiros. Nesse momento da história, em 1952 d.C., nossas vidas e nossa liberdade dependem muito da habilidade, da imaginação e da coragem de nossos gerentes e engenheiros, e espero que Deus os ajude, para que eles possam nos ajudar a permanecer vivos e livres.

Mas este livro é sobre outro momento da história, quando não existe mais guerra e...

1

Ilium, em Nova York, divide-se em três partes.

No noroeste ficam os gerentes, os engenheiros, os funcionários públicos e alguns outros profissionais. No nordeste ficam as máquinas. No sul, cruzando o rio Iroquois, fica a área conhecida como Domicílio, onde a maioria da população vive.

Se explodissem a ponte que cruza o rio Iroquois, a rotina de poucas pessoas seria afetada, porque quase ninguém tem motivos, exceto a curiosidade, para atravessá-la.

Durante a guerra, em centenas de Iliums por todo o país, gerentes e engenheiros aprenderam a conviver sem seus maridos e esposas, que tinham ido lutar. Foi o milagre que venceu a guerra: produção quase sem mão de obra. No dialeto ao norte do rio, foi o *know-how* que venceu a guerra. A democracia devia sua vida ao *know-how*.

Dez anos depois da guerra (depois que os maridos e as esposas voltaram para casa, depois que as agitações foram reprimidas, depois de milhares serem presos por conta da legislação antissabotagem), o doutor Paul Proteus acariciava uma gata em seu escritório. Ele era a pessoa mais importante e inteligente de Ilium, o gerente das Indústrias Ilium, apesar de ter apenas 35 anos de idade. Era alto, magro, nervoso e moreno, com a beleza suave das feições alongadas escondida atrás dos óculos de armação pesada e escura.

Não se considerava nem importante nem inteligente naquele momento, e fazia um bom tempo que não se sentia assim. Sua principal preocupação agora era garantir que a gata preta ficasse feliz em seu novo ambiente.

Aqueles com idade suficiente para lembrar, mas velhos demais para competir, comentavam com afeto que o doutor Proteus era igualzinho ao pai quando jovem, e havia um consenso geral, que causava ressentimento em alguns setores, de que algum dia Paul chegaria tão longe na organização quanto seu antecessor. Quando morreu, seu pai, o doutor George Proteus, era o primeiro Diretor Nacional de Indústria, Comércio, Comunicações, Gêneros Alimentícios e Recursos do país, um cargo cuja importância se comparava apenas com a presidência dos Estados Unidos.

As chances de os genes de Proteus serem passados para uma nova geração eram praticamente nulas. A esposa de Paul, Anita, sua secretária durante a guerra, era estéril. Por ironia do destino, eles se casaram justamente depois que ela contou estar grávida, fruto de uma comemoração da vitória em um escritório abandonado.

— Assim está bom, gatinha?

Com carinho e satisfação, o jovem Proteus passou um rolo pelas costas arqueadas da gata.

— Hmmmm-aaaaah... bom, hein?

Ele a tinha encontrado naquela manhã, perto do campo de golfe, e pegou-a para caçar roedores na fábrica. Justo na noite anterior, um camundongo tinha roído o isolamento de um cabo de controle e deixado os prédios 17, 19 e 21 temporariamente fora de operação.

Paul ligou o aparelho de comunicação interna.

— Katharine.

— Sim, doutor Proteus?

— Katharine, quando meu discurso estará datilografado?

— Estou fazendo isso agora, doutor. Em dez ou quinze minutos, prometo.

A doutora Katharine Finch era sua secretária e a única mulher das Indústrias Ilium. Na verdade, sua função era mais um símbolo de hierarquia do que uma ajuda concreta, embora fosse muito útil como substituta de Paul quando ele adoecia ou resolvia sair mais cedo do trabalho. Só o alto escalão (dos gerentes de fábrica em diante) tinha secretárias. Durante a guerra, os gerentes e os engenheiros perceberam que a maior parte das atividades de secretariado (assim como boa parte do trabalho dos escalões inferiores) podia ser realizada de forma mais rápida, eficiente e barata por máquinas. Anita estava prestes a ser demitida quando se casou com Paul. Agora, por exemplo, Katharine o estava irritando como máquina nenhuma irritaria, trabalhando sem a menor pressa no discurso de Paul e ao mesmo tempo, conversando com seu suposto amante, o doutor Bud Calhoun.

Bud, gerente do terminal de petróleo de Ilium, trabalhava apenas quando carregamentos saíam ou chegavam pelo rio ou pelo oleoduto, e passava a maior parte do tempo em crises (como agora), enchendo os ouvidos de Katharine com seu sotaque eufórico e sedutor típico da Geórgia.

Paul pegou a gata pelas patas e carregou-a até a enorme janela que ia do chão até o teto, ocupando uma parede inteira.

— Tem um montão de ratos por aí, gatinha — afirmou.

Estava mostrando à gata um antigo campo de batalha pacífico. Ali, na bacia da curva do rio, os moicanos haviam vencido os algonquinos; os holandeses, os moicanos; os britânicos, os holandeses; e os americanos, os britânicos. Agora, sobre ossos, estacas apodrecidas, balas de canhão e pontas de flechas, erguia-se um triângulo de prédios de aço e alvenaria com oitocentos metros de cada lado: as Indústrias Ilium. No lugar onde antes homens haviam gritado e lutado uns contra os outros, e também iniciado uma briga sangrenta contra a natureza, agora as máquinas zuniam, zumbiam, estalavam e produziam peças para carrinhos de bebê e tampinhas de garrafa, motocicletas e geladeiras, televisores e triciclos: os frutos da paz.

Paul olhou ao longo dos telhados do grande triângulo para o brilho do sol sobre o rio Iroquois e depois para Domicílio, onde muitos dos sobrenomes dos pioneiros ainda viviam: Van Zandt, Cooper, Cortland, Stokes...

— Doutor Proteus? — era Katharine novamente.

— Sim, Katharine.

— Acendeu de novo.

— Três no Prédio 58?

— Sim, senhor... a luz acendeu de novo.

— Certo. Ligue para o doutor Shepherd e descubra quais providências ele está tomando.

— Ele está doente. Lembra?

— Então acho que eu mesmo preciso cuidar disso. — Colocou o casaco, suspirou de tédio, pegou a gata e entrou no escritório de Katharine. — Não precisa levantar, não precisa — disse a Bud, esparramado em um sofá.

— Quem ia se levantar? — perguntou Bud.

Três paredes da sala eram cobertas do rodapé ao teto por medidores, exceto pelas portas que levavam para o saguão e para o escritório de Paul. A quarta parede, assim como no escritório de Paul, era uma janela de vidro que ocupava todo o pé-direito. Os medidores eram idênticos, do tamanho de maços de cigarro, e ficavam empilhados como tijolos, todos rotulados por uma placa de metal brilhante. Cada um deles se conectava a um conjunto de máquinas em algum ponto da fábrica. Uma joia vermelha e reluzente chamava a atenção no sétimo medidor de baixo para cima, quinta fileira à esquerda, na parede leste.

Paul deu um tapinha com os dedos no medidor.

— Ah, sim; isso de novo. O número três, no 58, está recebendo refugos. — Verificou os outros instrumentos. — Acho que é só isso, certo?

— Só esse.

— O que você vai fazer com esse gato? — quis saber Bud.

Paul estalou os dedos.

— Olha, que bom que você perguntou. Tenho um projeto para você, Bud. Quero algum tipo de instrumento sinalizador que seja capaz de indicar a esta gata onde encontrar algum rato.

— Eletrônico?

— Espero que sim.

— Você vai precisar de algum elemento sensível ao cheiro de um rato.

— Ou camundongo. Quero que você se encarregue disso enquanto eu estiver fora.

Enquanto caminhava sob a luz pálida de março até o carro, Paul percebeu que Bud Calhoun *deveria* criar um alarme de roedores (compreensível para um gato) para quando ele voltasse ao escritório. Às vezes Paul se perguntava se Calhoun não teria sido mais feliz em algum outro período histórico, mas a certeza sobre a existência de Bud naquele momento estava fora de questão. Bud tinha uma mentalidade considerada peculiarmente americana desde o nascimento da nação: o *insight* e a imaginação incansáveis e inconstantes de um criador de geringonças. Os dias atuais eram o clímax, ou quase isso, de gerações de Bud Calhouns, com praticamente toda a indústria americana integrada em uma única e estupenda máquina de Rube Goldberg.

Paul parou ao lado do carro de Bud, estacionado junto ao seu. Bud já havia lhe mostrado inúmeras vezes as funções especiais daquele automóvel, e Paul se divertiu em fazer com que a máquina trabalhasse.

—Vamos — disse ao carro.

Com um zumbido e um estalo a porta se abriu.

— Entre — disse uma gravação vinda do painel.

A ignição girou, o motor deu a partida e atingiu a rotação correta, e o rádio começou a tocar.

Com cuidado, Paul apertou um botão na coluna do volante. Um motor ronronou, as engrenagens emitiram um murmúrio suave, e os dois assentos dianteiros reclinaram lado a lado como amantes sonolentos. Paul ficou tão chocado quanto da vez em que viu uma mesa de operações para cavalos em um hospital veterinário, para onde o cavalo era conduzido até ficar ao lado da mesa inclinada na vertical, amarrado a ela, anestesiado e em seguida tombado para a posição operatória pelas engrenagens da própria mesa. Conseguia enxergar Katharine Finch afundando, afundando, afundando, enquanto Bud, com o dedo no botão, sussurrava. Paul ergueu os assentos usando outro botão.

—Adeus — disse ao carro.

O motor parou, o rádio piscou e desligou, e a porta bateu.

— Não aceite moedas de madeira — advertiu o carro enquanto Paul entrava no próprio veículo. — Não aceite moedas de madeira, não aceite moedas de madeira, não aceite...

— Não vou aceitar!

O carro de Bud ficou quieto, aparentemente em paz.

Paul dirigiu pela avenida ampla e limpa que dividia o complexo ao meio e observou os números dos prédios passando rapidamente. Um furgão, buzinando e com os passageiros acenando para ele, cruzou em alta velocidade na direção oposta, brincando de ziguezaguear na rua deserta rumo ao portão principal. Paul deu uma olhada no relógio. Era o pessoal do segundo turno saindo do trabalho. Ficou incomodado com a imaturidade apresentada pelo perfil dos jovens necessários para manter o complexo industrial em funcionamento. Cauteloso, repetiu para si mesmo que quando ele,

Finnerty e Shepherd tinham vindo trabalhar nas Indústrias Ilium, treze anos antes, eram bem mais maduros, menos prepotentes e, sem a menor dúvida, desprovidos do sentimento de pertencer a uma elite.

Algumas pessoas, incluindo o famoso pai de Paul, haviam feito comentários nos velhos tempos acerca de engenheiros, gerentes e cientistas pertencerem a uma elite. E quando as coisas estavam se encaminhando rumo à guerra, reconheceu-se que o *know-how* americano era a única resposta ao vasto número do possível inimigo. Por isso, foi sugerida a construção de abrigos mais sólidos e profundos para quem tinha *know-how*, para manter essa suposta nata da população bem longe dos combates na linha de frente. Mas poucos levaram a sério essa ideia de elite. Quando Paul, Finnerty e Shepherd se formaram na faculdade, no início da guerra, sentiram constrangimento por não irem lutar e respeito por aqueles que foram. Mas, agora, essa conversa de elite, essa garantia de superioridade, esse senso de correção moral sobre uma hierarquia encabeçada por gerentes e engenheiros era transmitida sem a menor cerimônia para todos os formandos.

Paul se sentiu melhor ao chegar no Prédio 58, uma estrutura longa, com quatro quarteirões de extensão. Era um lugar de estimação para ele. Tinha recebido orientações para demolir e reconstruir o setor norte do Prédio, mas convenceu o quartel-general a não fazer isso. O setor norte era a construção mais antiga do complexo, e Paul o tinha salvado por causa, de acordo com sua argumentação, do interesse histórico para os visitantes. Mas ele não gostava de excursionistas e desencorajava qualquer visita, e, na verdade, tinha defendido o setor norte do Prédio 58 para si mesmo. Era a oficina original criada por Edison em 1886, mesmo ano em que ele abriu outra em Schenectady, e visitar aquele local diminuía o impacto dos seus episódios de depressão. Para ele, era como se fosse um voto de confiança diretamente do passado, como se o passado admitisse que tinha sido humilde e ruim, e que, se alguém comparasse o antigo com o novo, perceberia que a humanidade tinha realmente evoluído bastante. Paul precisava dessa segurança de vez em quando.

Refletindo objetivamente, Paul tentava se convencer, as coisas realmente estavam melhores do que nunca. Pela primeira vez, depois do imenso banho de sangue da guerra, o mundo estava realmente limpo de terrores não naturais: fome, encarceramento, tortura, assassinato. Objetivamente, o *know-how* e a legislação global estavam recebendo sua tão esperada chance de transformar a Terra em um lugar agradável e conveniente para se aguardar o Juízo Final.

Paul queria ter ido para a linha de frente e ouvido a balbúrdia e as explosões sem sentido, visto os feridos e os mortos, talvez ter recebido um estilhaço na perna. Talvez assim ele fosse capaz de entender como agora tudo era bom em comparação ao que era antes, de ver o que parecia tão claro para os outros: que aquilo que ele estava fazendo, tinha feito e seguiria fazendo como gerente e engenheiro era essencial, acima de qualquer suspeita, e tinha, de fato, iniciado uma era de ouro. Nos últimos tempos, seu trabalho, o sistema e a política organizacional o deixavam aborrecido, entediado ou nauseado.

Paul parou na parte antiga do Prédio 58, que agora era preenchida por máquinas de soldagem e um banco de trançadores de isolamento. Acalmava-o olhar para cima e ver as vigas de madeira irregulares, com antigas marcas de carpintaria por baixo do gesso descascando, e as paredes opacas de tijolos macios o suficiente para homens, sabe Deus há quanto tempo, gravarem suas iniciais: KTM, DG, GP, BDH, HB, NNS. Como costumava fazer quando visitava o Prédio 58, Paul fingiu por um instante ser Edison, de pé no umbral de um prédio de tijolos abandonado nas margens do Iroquois, com o vento de inverno varrendo o campo de sorgo no lado de fora. As vigas ainda tinham as marcas do que Edison tinha feito com o prédio abandonado: buracos de parafuso mostravam onde ficavam hastes suspensas que carregavam energia para um emaranhado de correias, e o piso de madeira estava preto de óleo e marcado pelos pés das máquinas rudimentares que as correias tinham posto em movimento.

Na parede de seu escritório, Paul tinha uma fotografia de como era oficina em seu início. Todos os empregados, em sua maior parte recrutados das fazendas vizinhas, haviam posado lado a lado em meio ao aparato rudimentar, quase que transbordando de orgulho, ridículos com seus colarinhos engomados e chapéus-coco. Ao que parecia, o fotógrafo estava acostumado a fotografar equipes de atletas e fraternidades, pois a imagem transmitia o espírito de ambas, como era moda na época. Em cada rosto havia uma promessa desafiadora de força física e, ao mesmo tempo, um clima de sociedade secreta, separada e acima da sociedade por conta da participação em ritos importantes e comoventes, sobre os quais os leigos podiam apenas emitir palpites, e palpites errados. O orgulho da força e de um mistério importante não era menos evidente nos olhos dos varredores do que nos dos maquinistas e inspetores, nem nos do capataz, o único que não carregava uma marmita.

Uma campainha soou, e Paul deu um passo para o lado, enquanto o aspirador se sacudiu nos trilhos, erguendo uma nuvem de poeira com vassouras giratórias e aspirando a nuvem com seu focinho voraz. A gata nos braços de Paul puxou fios de seu terno com as unhas e chiou para a máquina.

Os olhos de Paul começaram a ficar incomodados, causando uma sensação de agulhamento, e ele percebeu que estivera observando o brilho e as centelhas das máquinas de soldagem sem proteger os olhos. Então, ele prendeu lentes escuras sobre os seus óculos e avançou a passos largos em meio ao odor antisséptico de ozônio, em direção ao agrupamento de tornos mecânicos número três, que ficava no centro do prédio, na parte nova.

Parou por um instante ao lado do último agrupamento de máquinas de soldagem e desejou que Edison pudesse estar ali com ele para ver aquilo. O velho ficaria encantado. Duas chapas de aço foram arrancadas de uma pilha e jogadas com barulho em uma esteira; deslizaram até serem apanhadas por mãos mecânicas e enfiadas na máquina de soldagem. Os cabeçotes de soldagem se abaixaram, cuspiram e voltaram a se erguer. Uma bateria de células fotelétricas estudou a união das duas chapas e sinalizou para um mostrador no escritório de Katharine que tudo estava em ordem com o agrupamento de máquinas de soldagem número cinco no Prédio 58, e as chapas soldadas deslizaram por outra esteira até as mandíbulas do agrupamento de prensas perfuradoras no porão. De dezessete em dezessete segundos, cada uma das doze máquinas do agrupamento completava um ciclo.

Olhando ao longo do Prédio 58, pareceu a Paul um amplo ginásio, onde incontáveis grupos praticavam exercícios calistênicos de precisão: bamboleios, rodopios, saltos, impulsos, ondulações... Paul amava isso na nova era: as próprias máquinas eram divertidas e encantadoras.

Curioso, ele abriu a caixa de controle do agrupamento de máquinas de soldagem e viu que elas estavam configuradas para funcionar por mais três dias. Depois disso elas desligariam automaticamente, até Paul receber novas ordens do quartel-general e transmitir tudo ao doutor Lawson Shepherd, segundo na hierarquia do comando e responsável pelos Prédios 53 a 71. Shepherd, que estava doente naquele dia, configuraria então os controles para um novo lote de partes traseiras de refrigerador: tantas quantas a EPICAC, uma máquina de computação nas cavernas de Carlsbad, sentisse que a economia seria capaz de absorver.

Enquanto usava seus dedos longos e esguios para tranquilizar a gata, Paul ficou imaginando, sem se importar muito, se Shepherd estaria mesmo doente. Certamente não. O mais provável é que ele estivesse se encontrando com pessoas importantes, na tentativa de ser transferido para um cargo que não fosse subalterno a Paul.

Shepherd, Paul e Edward Finnerty chegaram juntos a Ilium, ainda jovens. Agora, Finnerty lidava com coisas grandiosas em Washington; Paul tinha recebido o cargo mais alto em Ilium; e Shepherd, rabugento e reclamão, mas eficiente, foi humilhado com o cargo de segundo em comando, logo abaixo de Paul. Transferências eram decididas pelo escalão mais alto, e Paul rezava para que Shepherd conseguisse uma.

Paul chegou ao agrupamento de tornos mecânicos número três, o grupo problemático que tinha ido conferir. Fazia tempo que ele tentava aposentar aquele agrupamento, mas sem muito sucesso. Eram tornos de modelo antigo, construídos originalmente para serem controlados por humanos, que foram adaptados às novas técnicas de qualquer jeito durante a guerra. Estavam perdendo a precisão e, como indicou o mostrador no escritório de Katharine, produziam cada vez mais refugos. Paul poderia apostar que esse agrupamento de tornos tinha dez por cento da ineficácia dos tempos de controle humano e montanhas de rebotalhos.

O agrupamento, cinco fileiras com dez máquinas cada uma, movia suas ferramentas em sincronia ao longo de barras de aço, ejetava hastes finalizadas sobre esteiras contínuas, parava enquanto barras brutas caíam entre seus mandris e cabeçotes móveis, fixava as braçadeiras e movia as ferramentas ao longo das barras, ejetando as hastes finalizadas sobre...

Paul destrancou a caixa onde a fita gravada que controlava todas as máquinas ficava. A fita era um *loop* curto que girava continuamente entre cabeçotes magnéticos. Nela havia as gravações dos movimentos de um torneiro mecânico produzindo uma haste para um pequeno motor a combustão. Paul contou: onze, doze, treze anos antes ele tinha participado da produção da fita, a original, a partir da qual esta tinha sido feita...

Ele, Finnerty e Shepherd, com a tinta nos diplomas de doutorado ainda fresca, tinham sido enviados a uma das oficinas para fazer a gravação. O capataz apontou seu melhor funcionário (*qual* era mesmo o nome dele?) e, brincando com o torneiro confuso, os três jovens brilhantes ligaram os dispositivos de gravação nos controles do torno. Hertz! Era esse o nome do torneiro: Rudy Hertz, um veterano que estava prestes a se aposentar. Paul se lembrou do nome e do respeito que o velho tinha mostrado para com os jovens.

Em seguida, pediram ao capataz que Rudy fosse liberado e, num espírito impetuoso e extravagante de democracia industrial, levaram-no para tomar uma cerveja do outro lado da rua. Rudy não tinha entendido muito bem para que serviam os dispositivos de gravação, mas tinha gostado do pouco que havia entendido: que ele, dentre milhares de torneiros, tinha sido escolhido para ter seus movimentos eternizados em fita.

E ali, agora, naquele pequenino *loop* dentro da caixa diante de Paul, estava Rudy como Rudy estivera em seu torno naquela tarde: Rudy, o controlador de energia, o seletor de velocidades, o operador da ferramenta de corte. Aquela era a essência de Rudy no que dizia respeito à máquina, no que dizia respeito à economia, no que dizia respeito ao esforço de guerra. A fita era a essência destilada do homem baixo e educado com mãos enormes e unhas pretas; do homem que achava que o mundo poderia ser salvo se todos lessem um versículo da Bíblia por noite; do homem que adorava um cachorro, já que não tinha filhos; do homem que... O que mais Rudy tinha dito naquela tarde? Paul supôs que o velho já deveria estar morto ou vivendo sua segunda infância em Domicílio.

Agora, atrelando tornos a um painel principal e alimentando-os com sinais da fita, Paul podia fazer a essência de Rudy Hertz produzir uma, dez, cem ou mil hastes.

Paul fechou a caixa. A fita parecia estar em boas condições, assim como os cabeçotes. Na verdade, tudo estava no melhor estado que se poderia esperar de máquinas tão antigas. Sempre haveria alguns refugos, e não havia solução para isso. O agrupamento inteiro deveria estar em um museu, não em uma linha de produção. Até a caixa de controle era arcaica: mais parecia um cofre aparafusado no piso, com uma porta de aço e uma tranca. Na época das agitações, logo depois da guerra, todas as gravações originais tinham sido armazenadas dessa forma. Agora, com as leis antissabotagem sendo cumpridas com tanta rigidez, as únicas proteções de que os controles precisavam eram contra poeira, baratas e roedores.

Na porta, de volta à parte antiga da instalação, Paul parou por um instante para ouvir a música do Prédio 58. Por muitos anos ele teve a ideia de contratar um compositor para fazer algo com aquilo: a *Suíte do Prédio 58*. Era uma música dura e latina, com ritmos frenéticos, crescendo e diminuindo, um som caleidoscópico. Paul tentou separar e identificar os temas. Pronto! Os agrupamentos de tornos eram os tenores: "*Fãr-razz-au-au-au-au-au-ac! Tching! Fãrr-azz-au-au...*" Os soldadores eram os barítonos: "*Vaaaaaaa-zuzip! Vaaaaaaa-zuzip!*" E, com o porão funcionando como câmara de eco, as prensas de perfuração eram os baixos: "*Au-gramp! Tonca-tonca. Au-gramp! Tonca-tonca.*" Era uma música empolgante, e Paul, com o rosto corado e sem sinal de suas vagas ansiedades, entregou-se a ela.

De canto de olho, percebeu um movimento giratório descontrolado e se virou com fascínio para observar um aglomerado de mastros em miniatura confeccionar um tecido de isolamento brilhante em volta de um cabo que parecia uma serpente negra. Milhares de pequenos dançarinos rodopiavam em sequência a velocidades incríveis, dando piruetas, desviando um do outro, construindo com perfeição sua armadilha compacta ao redor do cabo. Paul riu daquelas máquinas fabulosas e precisou desviar o olhar para não ficar tonto. Nos velhos tempos, quando mulheres vigiavam as máquinas, algumas das mais ingênuas foram encontradas sentadas e imóveis em seus postos de trabalhos, olhando fixamente para o movimento, mesmo muito tempo depois do fim do expediente.

Seu olhar recaiu sobre um coração assimétrico rabiscado nos velhos tijolos, e no centro havia as iniciais "K.L.-M.W." e a data, "1931". Então, K.L. e M.W. tinham se apaixonado no ano da morte de Edison. Paul voltou a pensar em como seria divertido levar o velho para um passeio no Prédio 58, e de repente se deu conta de que a maior parte daquele maquinário seria velharia até para Edison. As trançadeiras, as soldadoras, as prensas perfuradoras, os tornos, as esteiras: quase tudo que se via por ali já existia na época de Edison. As peças básicas dos controles automáticos também, e as células fotoelétricas e outros elementos que faziam melhor o que os sentidos humanos tinham feito pela indústria no passado: tudo já era bem familiar nos círculos científicos na década de 1920. Tudo que havia de novo era uma combinação desses elementos. Paul guardou isso na cabeça para mencionar em sua palestra no Country Club à noite.

A gata arqueou as costas e voltou a arranhar o paletó de Paul. O aspirador de pó descia bufando pelo corredor, voltando para perto deles. O alarme apitou, e Paul desviou de seu caminho. A gata chiou, arranhou com as garras a mão de Paul e saltou. Com as patas duras, quase ricocheteando, foi parar na frente da máquina. Máquinas que batiam, piscavam, estalavam e gritavam deixaram-na presa bem no meio do corredor, a poucos metros das vassouras barulhentas do aspirador. Paul procurou freneticamente pelo interruptor que desligaria as vassouras, mas, antes de encontrá-lo, a gata assumiu uma posição de combate. Ela encarou o aparelho, que chegava cada vez mais perto, e mostrou seus dentes finos como agulhas, a ponta da cauda serpenteando de um lado para o outro. O *flash* de uma soldadora piscou a centímetros de seus olhos, e o aspirador a engoliu e arremessou, guinchando-a e arranhando-a, para dentro de seu ventre de metal galvanizado.

Ofegante depois de uma corrida de quatrocentos metros ao longo do prédio, Paul alcançou o aspirador bem quando ele se aproximou de uma esteira. O aparelho vomitou a gata na rampa da esteira, e ela deslizou até um vagão de carga no lado de fora. Quando Paul saiu, a gata tinha escalado a lateral do vagão de carga e se estatelado no chão, e agora escalava desesperadamente uma cerca.

— Não, gatinha, não! — gritou Paul.

A gata esbarrou no fio de alarme da cerca, e as sirenes dispararam na guarita. No segundo seguinte, ela esbarrou nos fios elétricos no topo da cerca. Depois de um estalo e um clarão verde, a gata voou por cima da cerca como se alguém a tivesse arremessado. Desabou no asfalto: morta e fumegante, mas no lado de fora.

Um carro blindado, com uma torre de metralhadora girando nervosa de um lado para o outro, parou resmungando ao lado do pequeno cadáver. A portinhola da torre se abriu rangendo, e um guarda do complexo levantou a cabeça, cauteloso.

— Tudo certo, doutor?

— Desligue as sirenes. Era só uma gata na cerca. — Paul se ajoelhou e olhou para a gata pela grade da cerca, totalmente transtornado. — Pegue a gata e leve para o meu escritório.

— Como assim, doutor?

— A gata... quero que você a leve até meu escritório.

— Ela está morta, doutor.

— Você me ouviu.

— Sim, senhor.

Paul estava arrasado novamente quando entrou em seu carro na frente do Prédio 58. Não havia nada por ali para servir de distração, nada além de asfalto, uma perspectiva de fachadas em branco numeradas e fiapos de cirros em uma faixa de céu azul e frio. Paul avistou de relance a única vida à vista por ali no meio de um cânion estreito entre os Prédios 57 e 59, um cânion que se abria para o rio e revelava uma fileira de varandas cinzas em Domicílio. Na varanda mais alta, um velho se balançava sob um pedacinho de luz do sol. Uma criança encostou no parapeito e soltou um quadrado de papel, que caiu preguiçoso e oscilante na margem do rio. O menino desviou o olhar do papel, e seus olhos encontraram os de Paul. O homem mais velho parou de se balançar e também olhou para aquela raridade: uma coisa viva nas Indústrias Ilium.

Quando Paul passou pela mesa de Katharine Finch a caminho de seu escritório, ela lhe entregou o discurso datilografado.

— Muito bom isso que você disse sobre a Segunda Revolução Industrial — comentou a secretária.

— Coisa velha, bem velha.

— Para mim pareceu novidade... estou falando da parte em que você comenta sobre como a Primeira Revolução Industrial desvalorizou o trabalho braçal, depois como a Segunda desvalorizou o trabalho intelectual rotineiro. Fiquei fascinada.

— Norbert Wiener, um matemático, disse tudo isso na década de 1940. Parece novidade porque você é jovem demais para saber como as coisas eram antes.

— Na verdade, parece inacreditável que algum dia as coisas tenham sido de outro jeito, não acha? Era tão ridículo manter as pessoas presas no mesmo lugar o dia inteiro, apenas usando os sentidos, e então um reflexo, usando os sentidos, e então um reflexo, e na verdade sem pensar em nada.

— Era caro — disse Paul — e tão preciso quanto uma régua de vidraceiro. Imagine como era a pilha de refugos, e o inferno que era ser gerente naquela época. Ressacas, brigas de família, ressentimentos com o chefe, dívidas, a guerra... todo tipo de problema humano acabava aparecendo de alguma forma nos produtos. — Ele sorriu. — E a felicidade também. Lembro quando precisávamos pensar nos feriados, especialmente na época do Natal. Não havia nada a fazer, senão aceitar. A pilha de refugos começava a aumentar no dia cinco de dezembro e subia cada vez mais até o Natal. Então vinha o recesso, depois uma taxa de refugos altíssima; então o ano-novo, e finalmente um nível de refugos apavorante. Depois as coisas iam melhorando aos poucos até voltarem ao normal, que já era bem ruim, por volta de quinze de janeiro. Tínhamos de levar em conta essas variáveis na hora de decidir o preço de um produto.

— Você acha que vai acontecer uma Terceira Revolução Industrial?

Paul se deteve na porta do escritório.

— Terceira? E como seria?

— Não sei ao certo. A Primeira e a Segunda devem ter sido meio impensáveis em algum momento.

— Para as pessoas que seriam substituídas pelas máquinas, talvez. Uma terceira revolução, é? De certo modo, acho que ela vem acontecendo há algum tempo se você considerar máquinas pensantes. Acho que essa seria a Terceira Revolução: máquinas que desvalorizam o pensamento humano. Alguns dos grandes computadores, como a EPICAC, fazem isso muito bem, em áreas especializadas.

— Hmmm — murmorou Katharine, pensativa. Bateu um lápis contra os dentes. — Primeiro o trabalho braçal, depois o trabalho de rotina, e então, talvez, o verdadeiro trabalho intelectual.

— Espero não estar mais aqui quando esse último passo chegar. Falando em revoluções industriais, cadê o Bud?

— Uma barcaça estava chegando, ele precisou voltar ao trabalho. Mas deixou isto para você. — Katharine entregou a Paul um canhoto de lavanderia amassado, com o nome de Bud.

Paul virou o canhoto e encontrou, como esperava, um diagrama elétrico para um sistema de alarme e detecção de roedores que poderia funcionar muito bem.

— Uma mente impressionante, Katharine.

Ela assentiu, incerta.

Paul fechou a porta, trancou-a silenciosamente e pegou uma garrafa que estava escondida debaixo de papéis na última gaveta. Perdeu a consciência por um instante, sob o impacto glorioso do calor de um gole de uísque. Escondeu a garrafa novamente, os olhos marejados.

— Doutor Proteus, sua esposa está na linha — anunciou Katharine pelo interfone.

— Proteus falando — disse ao atender enquanto se sentava, incomodado ao perceber que havia um cestinho de palha em sua cadeira contendo o cadáver de uma gata preta.

— Sou eu, querido. Anita.

— Oi, oi, oi. — Paul colocou o cestinho no chão com cuidado e afundou na cadeira. — Como você está, meu amor? — perguntou, distraído, ainda pensando na gata.

— Tudo pronto para hoje à noite? — Era um contralto teatral, cúmplice e entusiasmado: a voz da Dama do Solar de Ilium.

— Passei o dia nervoso pensando na palestra.

— Vai ser brilhante, querido. Você ainda vai chegar a Pittsburgh. Não tenho a menor dúvida disso, Paul, nenhuma dúvida mesmo. Espere só até Kroner e Baer ouvirem você hoje à noite.

— Kroner e Baer aceitaram, né?

Os dois eram, respectivamente, gerente e engenheiro-chefe de toda a Divisão Leste, da qual as Indústrias Ilium eram apenas uma pequena parte. Kroner e Baer eram os responsáveis por decidir quem conseguiria o cargo mais importante da divisão, um que estava vago havia duas semanas por motivo de morte: a gerência das Indústrias Pittsburgh.

— Que divertida será a festa, não é mesmo?

— Bem, se isso não te agrada, tenho uma novidade que você vai gostar. Haverá outro convidado muito especial.

— Ai, ai.

— E você precisa ir até Domicílio para conseguir uísque irlandês para ele. O clube não tem.

— Finnerty! Ed Finnerty!

— Sim, Finnerty. Ele telefonou hoje à tarde e foi muito claro ao pedir que você leve uísque irlandês para ele. Está indo de Washington para Chicago e vai fazer uma parada aqui.

— Quanto tempo faz, Anita? Cinco, seis anos?

— Desde antes de você virar gerente. Faz *tempo.*

Ela estava alegre, empolgada com a vinda de Finnerty. Isso deixou Paul incomodado, pois ele sabia muito bem que ela não dava a mínima para Finnerty. Estava entusiasmada daquele jeito não por gostar do sujeito, mas por apreciar os rituais de amizade, os quais ela não tinha. Além disso, quando deixou Ilium, Ed Finnerty se tornou um homem importante, membro do Conselho Nacional de Planejamento Industrial; e esse fato sem dúvida ajudava-a a esquecer os contratempos com Finnerty no passado.

—Você tem razão, Anita, são boas notícias. Maravilhosas. Compensa Kroner e Baer.

— Olha, mas você também precisa ser simpático com eles.

—Ah, sim. Pittsburgh, aí vamos nós.

— Se eu te contar uma coisa para o seu próprio bem, você promete que não vai ficar bravo?

— Não.

— Tudo bem, vou contar assim mesmo. Hoje cedo, Amy Halporn disse ter ouvido alguma coisa sobre você e Pittsburgh. O marido dela se encontrou com Kroner hoje, e Kroner disse estar com a impressão de que você *não* quer ir para Pittsburgh.

— Como ele quer que eu peça? Em esperanto? Já falei mil vezes que eu quero esse cargo.

— Ao que parece, Kroner não acredita que você estava falando sério. Você foi sutil e modesto demais, querido.

— Kroner é mesmo um sujeito brilhante.

— Como assim?

— Ele sabe mais de mim do que eu mesmo.

— Então você não quer a vaga de Pittsburgh?

— Não tenho certeza. Parece que ele descobriu isso antes de mim.

—Você está cansado, querido.

—Acho que sim.

—Você precisa de um drinque. Venha para casa mais cedo.

— Certo.

— Eu te amo, Paul.

— Eu *também* te amo, Anita. Tchau.

Anita tinha completo domínio das mecânicas do casamento, mesmo nas convenções mais sutis. Quando sua abordagem era muito racional e sistemática, ela tomava o cuidado de fingir uma ternura verossímil. Paul podia apenas suspeitar que os sentimentos da esposa eram rasos, e talvez essa suspeita fizesse parte do que ele estava começando a enxergar como uma doença.

Quando desligou o telefone, estava de cabeça baixa e olhos fechados. Ao abrir os olhos, viu a gata morta no cesto.

— Katharine!

— Sim, senhor.

— Arranje alguém para enterrar esta gata.

— Estávamos mesmo imaginando o que o senhor queria fazer com ela.

— Só Deus sabe o que eu tinha em mente. — Paul olhou para o cadáver e sacudiu a cabeça. — Só Deus sabe. Talvez um enterro cristão. Talvez eu esperasse que ela desse a volta por cima. Dê um jeito nela agora mesmo, por favor.

Quando estava indo embora, ele parou ao lado da mesa de Katharine e pediu a ela que não se preocupasse com a joia brilhante no sétimo mostrador de baixo para cima, na quinta fileira à esquerda da parede leste.

— Não há mais o que fazer — explicou.

O agrupamento de tornos número três do Prédio 58 tinha sido bom na época, mas estava mostrando sinais de desgaste e se tornando um empecilho em um sistema eficiente e ágil, que não permitia comportamentos instáveis.

— Basicamente, aquelas máquinas não foram criadas para o trabalho que estão fazendo. Mais cedo ou mais tarde a campainha vai tocar, e isso vai ser o fim — explicou ele.

Em cada mostrador, além do instrumento, da joia e da lâmpada de alarme, havia uma campainha. A campainha sinalizava a perda completa de uma unidade.

2

O xá de Bratpuhr, líder espiritual de seis milhões de membros da seita kolhouri, encarquilhado, sábio e escuro como cacau, coberto de brocado dourado e constelações de pedras preciosas cintilantes, estava afundado nas almofadas azul-reais da limusine, como um broche de valor inestimável dentro de sua caixa de presente.

Na outra ponta do banco traseiro estava o doutor Ewing J. Halyard, do Departamento de Estado dos Estados Unidos, um cavalheiro pesado, corado e gentil de quarenta anos de idade. Exibia um harmonioso bigode ruivo, uma camisa colorida, uma flor na lapela e um colete que contrastava com o paletó escuro, e usava tudo isso com tanta elegância que qualquer pessoa acharia que ele fazia parte de um grupo distinto em que todos se vestiam dessa forma. Na verdade, apenas o doutor Halyard se vestia assim. E se saía muito bem com isso.

Entre eles, nervoso, sorridente, jovem e sempre pedindo desculpas pela própria falta de renome ou poder, estava Khashdrahr Miasma, intérprete e sobrinho do xá, que havia aprendido inglês com um tutor, mas que até então jamais havia saído do palácio.

— *Khabu*? — perguntou o xá com sua voz aguda e fraca.

Halyard já estava com o xá havia três dias e por isso conseguia entender cinco de suas expressões sem a ajuda de Khashdrahr. "*Khabu?*" significava "onde?"; "*siki?*" significava "o quê?";"*akka sahn*" significava "por quê?";"*brahous brahouna, houna saki*" era uma combinação de bênção e agradecimento; e "*sumklish*" era a bebida sagrada dos kolhouri, que Khashdrahr transportava para o xá em uma garrafinha de bolso.

Para o bem de seu povo, o xá havia deixado sua estabilidade militar e espiritual nas montanhas para descobrir o que poderia aprender na nação mais poderosa da Terra. O doutor Halyard era seu guia e anfitrião.

— *Khabu*? — perguntou o xá mais uma vez, espiando a cidade.

— O xá deseja saber, por gentileza, onde estamos agora — disse Khashdrahr.

— Eu sei — respondeu Halyard, sorrindo languidamente.

Já tinha ouvido *khabu* e *siki* e *akka sahn* até quase perder a cabeça. Então, inclinou-se para a frente e prosseguiu:

— Aqui é Ilium, Nova York, sua alteza. Estamos prestes a atravessar o rio Iroquois, que divide a cidade ao meio. Bem ali, na margem oposta, estão as Indústrias Ilium.

A limusine parou no final da ponte, onde uma numerosa equipe preenchia um pequeno buraco no asfalto. A equipe tinha aberto uma passagem para um velho Plymouth com a lanterna quebrada, que vinha do lado norte do rio. A limusine esperou o Plymouth passar e então seguiu adiante.

O xá se virou para observar o grupo pela janela traseira e em seguida desatou a falar.

O doutor Halyard sorriu, meneou a cabeça com apreço e aguardou pela tradução.

— O xá gostaria, por favor, de saber a quem pertencem todos esses escravos que vimos pelo caminho desde Nova York. — anunciou Khashdrahr.

— Não são escravos — respondeu Halyard com um risinho condescendente. — São cidadãos, empregados do governo. Eles têm os mesmos direitos dos outros cidadãos: liberdade de expressão, liberdade de culto, direito a voto. Antes da guerra, eles trabalhavam nas Indústrias Ilium controlando máquinas, mas agora as máquinas controlam a si mesmas com muito mais eficiência.

— Aham! — comentou o xá depois da tradução de Khashdrahr.

— Menos desperdício, produtos muito melhores, mais baratos, com controle automático.

— Aham!

— E qualquer homem incapaz de se sustentar fazendo um trabalho melhor que o de uma máquina é empregado pelo governo, ou no Exército ou nas Unidades de Reconstrução e Recuperação.

— Aham! *Khabu bonanza-pak*?

— Hein?

— Ele perguntou "de onde vem o dinheiro para pagar essa gente?" — explicou Khashdrahr.

— Ah. De impostos sobre as máquinas e sobre a renda pessoal. Então, o pessoal do Exército e das Unidades de Reconstrução e Recuperação devolve o dinheiro ao sistema, em troca de mais produtos para uma vida melhor.

— Aham!

O doutor Halyard, um homem obediente e com consciência pesada em relação ao tamanho de suas despesas, seguiu explicando como as coisas funcionavam nos Estados Unidos, mesmo sabendo que muito pouco estava sendo entendido. Contou ao xá que os avanços tinham sido mais profundos em comunidades puramente industriais, onde a maior parte da população, como em Ilium, lidava de alguma forma com máquinas para conseguir seu sustento. Na cidade de Nova York, por exemplo, onde havia muitas habilidades cuja mecanização era difícil ou pouco econômica, os avanços não tinham tirado tantas pessoas da linha de produção.

— *Kuppo!* — disse o xá, balançando a cabeça.

Khashdrahr corou e traduziu com relutância, constrangido.

— O xá disse "comunismo".

— *Kuppo* não! — retrucou Halyard com veemência. — O governo não é proprietário das máquinas. Ele apenas cobra impostos sobre a parte da receita industrial que antes era destinada a pagar os salários dos trabalhadores e a redistribui. As indústrias são privadas, gerenciadas e coordenadas, para evitar o desperdício da competição, por um comitê de líderes das próprias indústrias, e não por políticos. A partir da utilização de máquinas e da organização, eliminamos o erro humano e a competição desnecessária, e aumentamos imensamente o padrão de vida do homem médio.

Khashdrahr parou de traduzir e franziu o cenho, perplexo.

— Por favor, isso de *homem médio*, acho que não existe nada equivalente em nosso idioma.

— Sabe — disse Halyard —, o homem comum, como, bem, qualquer pessoa. Aqueles homens trabalhando na ponte, o homem naquele carro velho pelo qual passamos. O homem pequeno, nada brilhante mas de bom coração, singelo, comum, uma pessoa qualquer.

Khashdrahr traduziu.

— Aham — comentou o xá, assentindo com a cabeça. — *Takaru*.

— O que ele disse?

— *Takaru* — respondeu Khashdrahr. — Escravo.

— *Takaru* não — disse Halyard, falando diretamente ao xá. — *Ci-da-dão*.

— Ahhhhh! — respondeu o xá. — *Ci-da-dão* — sorriu animado. — *Takaru... cidadão. Cidadão... takaru*.

— *Takaru* não! — insistiu Halyard.

Khashdrahr deu de ombros.

— Na terra do xá só existem a elite e os *takaru*.

Halyard sentiu uma pontada na úlcera, uma úlcera que havia crescido em tamanho e autoridade ao longo de seus anos de carreira como anfitrião dos Estados Unidos para eminências provincianas e ignorantes das periferias da civilização.

A limusine parou novamente, e o motorista buzinou para uma equipe de funcionários das Unidades de Reconstrução e Recuperação. Eles tinham deixado os carrinhos de mão no meio da rua, bloqueando a estrada, e atiravam pedras em um esquilo parado num galho a uns trinta metros de altura.

Halyard baixou o vidro.

— Tirem essas porcarias do caminho! — gritou.

— Ci-da-dão! — esganiçou o xá, sorrindo com modéstia por sua recém-adquirida capacidade bilíngue.

— Vai para o inferno — retrucou um dos atiradores de pedras.

Mas, com relutância e péssimo humor, ele caminhou pela rua e tirou dois carrinhos de mão muito lentamente, analisando o carro e seus ocupantes durante todo o processo. Deu um passo para o lado.

— Obrigado! Até que enfim! — exclamou Halyard enquanto a limusine passava devagar pelo homem.

— Às ordens, doutor — respondeu o homem, e então cuspiu no rosto de Halyard.

Halyard bufou, recuperou a pose com virilidade e enxugou o rosto.

— Episódio isolado — comentou, amargo.

— *Takaru yamu brouha, pu dinka bu* — respondeu o xá, com simpatia.

— O xá — comentou Khashdrahr muito sério —, ele disse que os *takaru* são assim no mundo todo desde a guerra.

— *Takaru* não — insistiu Halyard, apático, e deixou por isso mesmo.

— *Sumklish* — suspirou o xá.

Khashdrahr entregou-lhe a garrafinha de bolso com a bebida sagrada.

3

O doutor Paul Proteus, o homem com o maior salário em Ilium, conduziu seu Plymouth velho e barato pela ponte que levava até Domicílio. Já tinha aquele carro na época das agitações, e junto com as tranqueiras que guardava no porta-luvas (caixas de fósforos, documentos do veículo, lanterna e lenços de papel) estava a pistola enferrujada que havia recebido na época. Deixar uma pistola ao alcance de uma pessoa não autorizada a portá-la era uma grande infração. Mesmo integrantes do imenso contingente militar permaneciam desarmados até desembarcar em missões de ocupação no estrangeiro. Apenas a polícia e os seguranças das indústrias portavam armas. Paul não queria aquela pistola, mas vivia se esquecendo de devolvê-la. Com o passar dos anos, a arma enferrujou, e Paul passou a considerá-la uma antiguidade inofensiva. Como o porta-luvas não tinha tranca, Paul cobria a pistola com lenços de papel.

O motor não estava funcionando direito, hesitava de vez em quando, voltava a pegar, ficava lento de repente e voltava a pegar mais uma vez. Os outros carros de Paul, um furgão e um sedã muito caro, ficavam em casa, segundo ele, para Anita. Nunca nenhum dos carros bons esteve em Domicílio, e, havia muitos anos, Anita também não. Anita nunca o perturbou por causa de sua devoção pelo carro velho, ainda que parecesse julgar necessário dar explicações para as outras pessoas. Sem querer, Paul a tinha ouvido contar para as visitas que o marido tinha reconstruído o carro para que ele se tornasse muito superior mecanicamente a tudo que saía das linhas de montagem automáticas em Detroit, o que simplesmente não era verdade. Também não era lógico que o dono de um veículo tão especial adiasse por tanto tempo o conserto da lanterna esquerda. E Paul se perguntava como Anita explicaria, caso soubesse, o fato de que ele guardava uma jaqueta de couro no porta-malas e que trocava o paletó por ela e tirava a gravata antes de cruzar o Iroquois. Era uma viagem que ele só fazia quando precisava: por exemplo, para buscar uma garrafa de uísque irlandês para uma das poucas pessoas de quem tinha chegado a se sentir íntimo.

Parou no final da ponte, do lado de Domicílio. Uns quarenta homens, apoiados em pés-de-cabra, picaretas e pás, bloqueavam o caminho, fumando, conversando, rodeando alguma coisa no meio do asfalto. Deram uma olhada em Paul com um ar tímido e, como se tivessem todo o tempo do mundo, afastaram-se lentamente até as laterais da ponte, deixando aberto um caminho que mal dava para o carro passar. Quando se afastaram, Paul descobriu ao redor de quê eles estavam aglomerados. Um homenzinho se ajoelhara ao lado de um buraco com uns sessenta centímetros de diâmetro, usando uma pá virada para assentar uma nova camada de alcatrão e cascalho.

Com autoridade, o homem sinalizou para que Paul passasse *ao lado* do remendo, não *por cima* dele. Os outros ficaram quietos, observando, para ter certeza de que Paul realmente faria o que tinha sido indicado.

— Ei, parceiro, sua lanterna está quebrada — gritou um deles.

Os outros fizeram o mesmo, fazendo coro ao recado com toda sinceridade.

Paul acenou com a cabeça em agradecimento. Sua pele começou a coçar, como se de repente ele tivesse ficado sujo. Aqueles eram integrantes das Unidades de Reconstrução e Recuperação, que se autoproclamavam "Fedidos e Ruídos". Quem não tinha condições de competir economicamente com as máquinas podia escolher, se não tivesse nenhuma fonte de renda, entre o Exército e as Unidades de Reconstrução e Recuperação. Os soldados, que escondiam seu vazio por baixo de botões e fivelas reluzentes, sarja enrugada e couro lustroso, não deixavam Paul tão deprimido quanto os Fedidos e Ruídos.

Ele passou por entre a equipe de trabalhadores, cruzou com uma limusine preta do governo e chegou em Domicílio.

Perto do final da ponte havia um bar. Paul teve de estacionar o carro a meio quarteirão de distância, porque outra equipe limpava o esgoto pluvial com um hidrante aberto. Parecia ser uma das tarefas favoritas dos Fedidos e Ruídos. Sempre que vinha a Domicílio e a temperatura estava acima de zero, Paul encontrava um hidrante aberto.

Um homenzarrão, com pose de dono do hidrante, mantinha as mãos agarradas a uma chave inglesa que controlava o fluxo. Outro estava parado ao seu lado, como segundo-em--comando da água. Em volta dos dois, e ao longo do trajeto da água até a boca do esgoto, uma multidão observava. Um garotinho todo sujo pegou um pedaço de papel atirado na calçada, transformou em um barquinho rudimentar e lançou-o na sarjeta. Todos os olhos seguiram a "embarcação" com interesse, parecendo desejar boa sorte enquanto ela vencia corredeiras perigosas, emaranhava-se em um galho, libertava-se, atirava-se à velocidade da profunda corrente central, escalava uma crista por um momento triunfante e mergulhava no esgoto.

— Ui! — grunhiu um homem ao lado de Paul, como se estivesse a bordo do barco.

Paul abriu caminho em meio à multidão, que se misturava com a clientela do bar, e chegou a uma fileira em frente ao balcão. Encostou as costas em um velho piano mecânico. Não parecia ter sido reconhecido por ninguém. Teria sido uma surpresa se alguém o reconhecesse, pois, obediente aos regulamentos, Paul costumava se limitar à sua margem do rio e nunca tinha permitido que seu nome ou seu retrato aparecessem no jornal *Star-Tribune* de Ilium.

Em volta do balcão havia homens idosos, aposentados, velhos demais para o Exército ou para os Fedidos e Ruídos. Todos tinham diante de si uma cerveja sem colarinho em um copo com beirada opaca por conta de inúmeras horas de bebericadas vagarosas e pensativas. Esses veteranos chegavam cedo e saíam tarde, e qualquer outro pedido precisava ser feito por cima de suas cabeças. Na tela da televisão que ficava atrás do balcão, uma mulher corpulenta com ar de Mãe Terra e voz silenciada pelo botão de volume sorria, mexia os lábios empolgada e quebrava ovos dentro de uma tigela. Os velhos assistiam, ocasionalmente estalando a dentadura ou lambendo os beiços.

— Com licença — pediu Paul, cuidadoso.

Ninguém se mexeu para permitir que ele chegasse até o balcão. Um *collie* gordo e grisalho, enroscado debaixo da banqueta de um velho que bloqueava o caminho de Paul, mostrou as gengivas banguelas e emitiu um rosnado indistinto.

Sem sucesso, Paul acenou para chamar a atenção do barman. Trocando o pé de apoio, lembrou-se do bar inteiramente mecanizado projetado por ele, Finnerty e Shepherd quando eram jovens engenheiros fanfarrões. Para surpresa dos três, o dono de uma cadeia de restaurantes tinha se interessado a ponto de dar uma chance para a ideia. Montaram uma unidade experimental a cinco prédios de distância de onde Paul estava naquele instante, com máquinas operadas por moedas e esteiras infinitas cuidando do serviço, lâmpadas germicidas limpando o ar, iluminação uniforme e sadia, um fundo musical suave tocado continuamente por um gravador, assentos projetados cientificamente por um ergonomista para dar ao homem médio o máximo absoluto de conforto.

O primeiro dia foi um sucesso, a fila de espera se estendeu por quarteirões. Uma semana depois da inauguração, a curiosidade tinha acabado e, quando cinco clientes apareciam, o dia era considerado bem-sucedido. Então abriram aquele mesmo bar quase que na porta vizinha, uma espelunca vitoriana cheia de micróbios e poeira, mal-iluminada, com péssima ventilação e um barman anti-higiênico, desorganizado e provavelmente desonesto. Foi um sucesso imediato e duradouro.

Enfim, conseguiu chamar a atenção do barman, que, quando viu Paul, abriu mão do papel de supervisor arrogante da moral e apaziguador de discussões e virou um anfitrião subserviente, como o do Country Club. Por um instante, Paul temeu ter sido reconhecido, mas como não foi chamado pelo nome, supôs que apenas sua classe tivesse sido reconhecida.

Poucos homens em Domicílio (como aquele barman, a polícia e os bombeiros, atletas profissionais, taxistas e, acima de tudo, artesãos habilidosos) não haviam sido substituídos por máquinas. Viviam entre os suplantados, mas eram indiferentes e muitas vezes grosseiros e arrogantes com a massa. Sentiam familiaridade com engenheiros e gerentes do outro lado do rio, o que, a propósito, não era recíproco. Do outro lado do rio, o sentimento generalizado não era de que essas pessoas fossem inteligentes demais para serem substituídas por máquinas; elas simplesmente exerciam atividades em que o uso de máquinas não fazia sentido economicamente. Em suma, o sentimento de superioridade delas não se justificava.

Tendo intuído que Paul era uma pessoa importante, o barman não escondeu que passou a ignorar solenemente todos os outros fregueses enquanto o servia. Percebendo isso, todos se viraram para encarar o forasteiro privilegiado.

Paul pediu a garrafa de uísque irlandês em voz baixa e tentou não chamar atenção, curvando-se para fazer carinho no velho *collie*. O cachorro latiu, e seu dono girou a banqueta para confrontar Paul. O velho era tão banguela quanto o cachorro. A primeira impressão de Paul foi de gengivas vermelhas e mãos imensas, como se todo o resto fosse desprovido de cor e força.

— Ele não faz mal a ninguém — desculpou-se o velho. — Só fica um pouco nervoso porque está velho, cego e nunca sabe direito o que está acontecendo. Só isso.

Passou as mãos enormes pelos flancos gordos do cachorro.

— É um ótimo cachorro velho. — Olhou para Paul, pensativo, e disse: — Ei, aposto que conheço você.

Paul procurou ansiosamente pelo barman, que tinha desaparecido no porão atrás do uísque.

— É? Só estive aqui uma ou duas vezes.

— Não, não é daqui — explicou o velho em voz alta. — Da fábrica, da fábrica. Você é o jovem doutor Proteus.

Muita gente ouviu, e quem estava mais perto dos dois ficou observando Paul com uma franqueza perturbadora, fazendo silêncio para ouvir o que falavam.

O velho parecia bem surdo, pois seu tom de voz subia e descia, às vezes alto, às vezes baixo.

— Não reconhece meu rosto, doutor?

O velho não estava brincando. Realmente admirava Paul e se orgulhava de poder mostrar que tinha boas relações com um homem tão distinto.

Paul corou.

— Não posso garantir que me lembro. Foi na antiga oficina de soldagem?

O velho passou a mão diante do próprio rosto, com uma pose depreciativa.

— Aaaah, não sobrou muita coisa do meu velho rosto a ponto de o meu melhor amigo me reconhecer — comentou, bem-humorado, e então estendeu as mãos com as palmas para cima. — Mas dê uma olhada nestas mãos, doutor. Estão boas como nunca, e não existem iguais em lugar nenhum. O senhor mesmo afirmou.

— Hertz — reconheceu Paul. — Rudy Hertz.

Rudy gargalhou e olhou ao seu redor com um ar de triunfo, como se dissesse: "Meu Deus, vejam isso, Rudy Hertz conhece o doutor Proteus, e o doutor Proteus conhece o Hertz! Quantos aqui podem dizer isso?"

— E esse é o cachorro de que você me falou... dez, quinze anos atrás?

— Filhote daquele cachorro, doutor. — Rudy deu risada. — Eu já não era um moleque naquela época, não é?

— Você era um torneiro fenomenal, Rudy.

— É o que eu sempre digo. Saber disso, saber que homens instruídos e inteligentes como o doutor dizem isso sobre o Rudy significa muito para mim. É quase tudo que tenho, sabia, doutor? Isso e o cachorro. — Rudy sacudiu o braço do homem sentado ao seu lado, um homem baixo, pesado, de aparência suave, na meia-idade, com um rosto grosseiro, arredondado, de olhos ampliados e embaçados por óculos de lentes muitíssimo grossas. — Você ouviu o que o doutor Proteus falou de mim? — Rudy indicou Paul com um gesto. — O homem mais inteligente de Ilium diz uma coisa dessas sobre o Rudy. Talvez ele seja o homem mais inteligente do país inteiro.

Paul rogou a Deus que o barman voltasse logo. O homem com quem Rudy falou agora olhava para Paul com aparente mau humor. Paul deu uma espiada rápida em volta da sala e sentiu a hostilidade por todos os lados.

Confuso, Rudy Hertz imaginou que estava sendo generoso em exibir Paul à multidão. Rudy estava senil, lembrava-se apenas de seu ápice, era incapaz de recordar ou de entender o que tinha acontecido depois de sua aposentadoria...

Mas os outros, aqueles homens de trinta, quarenta, cinquenta anos de idade: *eles* sabiam. Os jovens na mesa, dois soldados e três garotas, eram como Katharine Finch. Não conseguiam se lembrar de uma época em que as coisas eram diferentes, mal conseguiam entender quais eram as diferenças, mesmo que não necessariamente gostassem de como as coisas eram antes. Mas os outros, que agora o encaravam, aquelas pessoas se lembravam. Tinham participado das agitações destruído máquinas. Não havia qualquer ameaça de violência em seus olhares, mas havia ressentimento, um desejo de que Paul sentisse ter entrado em um lugar onde não era bem quisto.

E o barman ainda não tinha voltado. Paul limitou seu campo de visão a Rudy, ignorando os outros. O homem de óculos fundo de garrafa que Rudy tinha convidado a admirar Paul continuava a encará-lo.

Paul agora fazia comentários vazios sobre o cachorro, sobre a incrível aparência conservada de Rudy. Tinha consciência de que estava agindo de forma teatral, provando a quem ainda tivesse alguma dúvida que era de fato um babaca mentiroso.

— Um brinde aos velhos tempos! — disse Rudy, erguendo o copo.

Não pareceu notar que sua proposta foi recebida com silêncio e que bebeu sozinho. Estalou a língua e piscou os olhos como se lembrasse de coisas boas. Secou o copo com um floreio e bateu-o com força sobre o balcão.

Paul, com um sorriso amarelo, decidiu não dizer mais nada, pois qualquer coisa que dissesse seria errada. Cruzou os braços e se encostou no teclado do piano mecânico. Em meio ao silêncio do bar, uma dissonância indistinta soou do piano, ressoando baixinho até desaparecer.

— Um brinde aos nossos filhos — propôs de repente o homem de óculos fundo de garrafa.

Tinha uma voz surpreendentemente aguda para um homem de aparência tão marcante. Dessa vez, vários copos se ergueram. Ao fim do brinde, o homem se virou para Paul com o mais amistoso dos sorrisos e disse:

— Meu filho acabou de fazer dezoito anos, doutor.

— Que bom.

— Ele tem a vida toda pela frente. Uma idade maravilhosa, os dezoito anos — disse, e fez uma pausa, como se aquele comentário exigisse uma resposta.

— Eu gostaria de ter dezoito anos de novo — comentou Paul, sem soar convincente.

— Ele é um bom menino, doutor. Não chamaria exatamente de inteligente. Como seu velho pai, tem o coração no lugar certo e quer fazer o máximo possível com a capacidade que tem.

Mais uma pausa de espera.

— Isso é tudo que todos podemos fazer — respondeu Paul.

— Bem, como temos aqui um homem inteligente como o senhor, talvez possa dar uns conselhos para o menino. Ele acabou de fazer os Exames Nacionais de Classificação Geral. Quase se matou de tanto estudar, mas não adiantou nada. Não conseguiu entrar na universidade nem de longe. Eram apenas 27 vagas, e seiscentos garotos lutando por elas. — Ele deu de ombros. — Como não tenho dinheiro para mandá-lo para uma escola particular, agora ele precisa decidir o que vai fazer da vida. O que o senhor recomenda, doutor, o Exército ou os Fedidos e Ruídos?

— Acho que os dois têm as suas vantagens — respondeu Paul, constrangido. — Na verdade, não sei muita coisa sobre nenhum. Talvez alguém como Matheson pudesse...

Paul parou no meio da frase. Em Ilium, Matheson era o gerente encarregado de testes e nivelamentos. Paul o conhecera de passagem e não gostava muito dele. Matheson era um burocrata poderoso, que executava suas funções com um ar de sumo sacerdote.

— Posso telefonar para ele se você quiser, posso pegar umas informações e depois lhe informo.

— Doutor — disse o homem, agora desesperado, sem nenhum sinal de que estivesse tentando conquistar Paul —, não há nada que o menino possa fazer nas Indústrias? Ele tem uma habilidade manual incrível, uma espécie de instinto para máquinas. Se você mostrar uma máquina que ele nunca viu na vida, em dez minutos ele desmonta e monta tudinho. Ele ama esse tipo de trabalho. Será que não tem uma vaga no complexo...?

— Ele precisa ter curso superior — respondeu Paul, o rosto ficando vermelho. — São as normas, e não fui eu quem as criou. Às vezes chamamos um pessoal da Reconstrução e Recuperação para ajudar na instalação de máquinas grandes ou para fazer um trabalho pesado de manutenção, mas não é muito comum. E se ele abrir uma oficina de consertos?

Bufando com força, o homem afundou no banco, desanimado.

— Oficina de consertos — suspirou. — Oficina de consertos, ele diz. Quantas oficinas de consertos o senhor acha que Ilium pode comportar, hein? Sim, claro, oficina de consertos! Eu ia abrir uma dessas quando me dispensaram. Joe também, e o Sam, e o Alf. Todos somos habilidosos com as mãos, por isso todos vamos abrir oficinas de consertos. Um técnico em consertos para cada coisa quebrada em Ilium. Enquanto isso, nossas esposas se viram como costureiras. Uma costureira para cada mulher na cidade.

Rudy Hertz parecia ter ignorado toda a conversa e ainda celebrava na cabeça seu feliz reencontro com um grande e bom amigo, o doutor Paul Proteus.

— Música — declarou Rudy com um ar de importância. — Vamos tocar música!

Ele estendeu a mão por sobre o ombro de Paul e inseriu uma moeda de cinco centavos no piano mecânico.

Paul se afastou. O maquinário zumbiu, arrogante, por uns segundos, e em seguida o piano começou a martelar "Alexander's Ragtime Band" como um carrilhão trincado. Para o alívio de Paul, isso impossibilitou qualquer conversa. Para o alívio de Paul, o barman emergiu do porão e lhe entregou uma garrafa empoeirada por cima das cabeças idosas.

Paul se virou para sair, mas uma mão forte segurou seu braço. Era Rudy, seu efusivo anfitrião.

— Toquei essa música em sua homenagem, doutor — gritou Rudy por cima da algazarra. — Espere até terminar.

Rudy se comportava como se aquele antigo instrumento fosse a mais recente de todas as maravilhas e, empolgado, apontava movimentos musicais identificáveis nas teclas saltitantes: trinados, volatas espetaculares e o sobe e desce lento e metódico das teclas no baixo.

— Olha só... olha aquelas duas subindo e descendo, doutor! Igualzinho ao camarada tocando. Olha só para isso!

A música parou de repente, como se tivesse entregado precisamente cinco centavos de alegria. Rudy continuava gritando.

— É de arrepiar, não acha, doutor? Essas teclas subindo e descendo sozinhas. É possível até imaginar um fantasma sentado ali tocando.

Paul se desvencilhou e caminhou apressado até o carro.

4

— **Querido, parece** que você viu um fantasma — comentou Anita.

Já estava pronta para a festa no Country Club, já se destacando das pessoas distintas que ainda nem havia encontrado.

Quando Anita entregou um drinque para Paul, ele se sentiu um pouco inadequado e estranho diante de tamanha autoconfiança. Somente coisas que poderiam agradar ou interessar sua esposa vinham à mente, todo o resto havia sumido. Não era um ato mental consciente, mas um reflexo, uma reação natural à presença dela. Ele se incomodava com o fato de o sentimento ser automático, pois gostava de se enxergar à imagem do pai, que nessa mesma situação teria se mantido no controle, guardando para si as primeiras, as últimas e as melhores frases.

A expressão "armada até os dentes" ocorreu a Paul ao observar sua esposa por cima do copo. Com um vestido escuro austero, que deixava à mostra os ombros e o pescoço bronzeados, um solitário no dedo e uma maquiagem bem discreta, Anita havia combinado com sucesso as armas do sexo e do bom gosto com uma aura de competência masculina.

Ela ficou quieta e virou o rosto sob o olhar do marido. Sem querer, Paul agora estava com a vantagem. De algum modo, ele tinha transmitido uma ideia surgida inesperadamente em sua mente: que a força e a elegância de Anita eram um reflexo de sua própria importância, uma imagem do poder e da arrogância dignas do gerente das Indústrias Ilium se ele as desejasse. De um segundo para o outro, Anita se tornou aos olhos de Paul uma garotinha indefesa e esforçada, e ele conseguiu sentir uma ternura genuína por ela.

— Excelente drinque, querida — elogiou ele. — Finnerty está lá em cima?

— Mandei-o para o clube. Kroner e Baer chegaram mais cedo, então mandei Finnerty até lá para lhes fazer companhia enquanto você se veste.

— Como ele está?

— Como Finnerty sempre está? Horroroso. Juro que estava usando o mesmo terno folgado de quando se despediu de nós, sete anos atrás. E aposto que também não foi lavado desde aquele dia. Tentei convencê-lo a usar seu velho smoking, mas ele não quis nem saber. Foi para o clube exatamente como estava. Talvez uma camisa engomada teria sido pior. Mostraria toda a sujeira do pescoço dele.

Puxou o decote do vestido mais para baixo, olhou-se no espelho e voltou a erguer ligeiramente o decote: um meio-termo delicado.

— Sinceramente — disse conversando com o reflexo de Paul no espelho —, eu adoro aquele sujeito. Você *sabe* que adoro. Mas ele vive malvestido. Enfim, um homem na posição dele, e ele nem se preocupa em estar limpo.

Paul sorriu e balançou a cabeça. Era verdade. Finnerty sempre fora displicente com a aparência, a um nível chocante, e alguns supervisores mais exigentes das antigas mal conseguiam acreditar que um homem pudesse ser tão competente e ao mesmo tempo parecer tão pouco higiênico. De vez em quando, o irlandês alto e esquelético pegava todos de surpresa, geralmente no intervalo entre períodos mais longos de trabalho, surgindo com bochechas reluzentes como maçãs de cera, sapatos novos, meias novas, camisa nova, gravata nova, terno novo e, supostamente, cuecas novas. Nessas ocasiões, as esposas dos engenheiros e gerentes faziam uma grande algazarra para mostrar a ele como era importante e compensador cuidar de si mesmo, e afirmavam que ele era realmente a coisa mais bela no complexo industrial de Ilium. E era bem possível que ele realmente fosse, de um modo rústico e castigado: a beleza grotesca de um Abe Lincoln, mas trazendo nos olhos um brilho predatório e provocador, em vez da tristeza que havia nos de Lincoln. Depois desses surtos periódicos de limpeza e cuidado, as esposas assistiam com angústia crescente a Finnerty vestindo todos os dias o mesmo traje festejado, até a areia, a fuligem e a graxa preencherem todas as costuras e todos os poros.

E Finnerty possuía outros aspectos repugnantes. Naquela sociedade decididamente monogâmica, com uma mentalidade digna de escoteiros, formada por engenheiros e gerentes, Finnerty vivia aparecendo com mulheres que havia conhecido em Domicílio meia hora antes. Depois da ceia, quando chegava a hora de jogar, Finnerty e a garota pegavam um drinque cada um e desapareciam no campo de golfe rodeado por uma cerca viva, quando fazia calor, ou para dentro do carro dele, quando fazia frio.

O carro de Finnerty, pelo menos nos velhos tempos, tinha uma reputação ainda pior que o veículo de Paul no dias hoje. Ao menos nesse sentido, o socialmente mais inócuo, Paul tinha imitado o amigo. Finnerty alegava que seu amor por livros, discos e uísque de qualidade não permitia que sobrasse dinheiro para comprar um carro e roupas que estivessem à altura de sua posição na vida. Paul tinha calculado o valor das coleções de discos, livros e garrafas, e concluiu que, mesmo assim, o irlandês ainda teria dinheiro suficiente para comprar até dois carros novos. Então, começou a suspeitar que o modo de vida de Finnerty não era tão irracional quanto parecia: era, na verdade, um insulto, premeditado e elaborado, aos gerentes e engenheiros de Ilium e às suas imaculadas esposas.

O motivo pelo qual Finnerty tinha resolvido ofender aquelas pessoas tão gentis nunca ficou claro para Paul, que deduziu que essa agressividade, como a maioria das agressividades, resultava de algum trauma de infância. O único indício de como teria sido essa infância não tinha vindo de Finnerty, mas de Kroner, que tinha um interesse digno de criador de animais pelo pedigree de seus engenheiros. Certa vez, Kroner comentou, em tom de confidência e compaixão, que Finnerty era um mutante, filho de pais pobres e estúpidos. O único insight que Finnerty permitiu a Paul ocorreu em um momento de depressão profunda, durante uma forte ressaca, quando ele suspirou e disse que nunca tinha se sentido parte de coisa alguma.

Ao perceber o prazer que sentia ao relembrar as excentricidades socialmente destrutivas e indisciplinadas de Finnerty, Paul refletiu sobre seus próprios impulsos mais profundos. Paul se entregou à melancólica sensação de perceber que ele mesmo, Paul, talvez sentiria alguma satisfação se ao menos... e deixou o pensamento parar por aí, como se soubesse vagamente o que viria em seguida. Não sabia.

Paul invejava a mente de Finnerty, pois este podia ser tudo que quisesse e de forma brilhante. Quaisquer que fossem as exigências da época, Finnerty estaria entre os melhores. Se esta fosse a era da música, Finnerty seria, como de fato era, um pianista de primeira categoria: como também poderia ter sido arquiteto, ou médico, ou escritor. Com sua intuição sobre-humana, Finnerty era capaz de entender os princípios e motivações básicas de praticamente qualquer atividade humana, não apenas da engenharia.

Paul pensou que só poderia ter sido o que de fato era. Ao encher o copo mais uma vez, ele imaginou que só poderia ter chegado àquele momento, àquela sala de estar, na presença de Anita.

Era chocante reconhecer que estava tão bem integrado no maquinário da sociedade e da história que só era capaz de se mover em um único plano, ao longo de uma única linha. A chegada de Finnerty foi perturbadora, porque trouxe à tona uma dúvida, se a vida deveria ser daquela forma.

Paul tinha pensado em contratar um psiquiatra para se tornar dócil, satisfeito com sua condição, amistoso com todos. Mas ali estava Finnerty, empurrando o amigo na direção oposta. Parecia que Finnerty tinha visto em Paul algo que não tinha enxergado nos outros, algo de que tinha gostado: provavelmente uma tendência rebelde da qual Paul estava apenas começando a suspeitar. Por *algum motivo*, Finnerty tinha feito de Paul seu único amigo.

— De certo modo, eu acharia melhor que Finnerty tivesse escolhido outro dia — comentou Anita. — Ter aparecido hoje trouxe todo tipo de problemas. Baer ficaria à minha esquerda, e Kroner, à minha direita. Mas agora, com um membro do Conselho Nacional de Planejamento Industrial aparecendo dessa forma inesperada, não sei onde cada um vai sentar. Ed Finnerty é mais importante que Kroner e Baer? — perguntou, descrente.

— Se quiser, consulte o *Catálogo Organizacional* — sugeriu Paul. — Imagino que vá encontrar o C.N.P.I. listado acima dos funcionários regionais. Mas é um caso de alta qualificação, não tanto de hierarquia. Finnerty não está preocupado com isso. Aposto que ele vai comer com os empregados.

— Se Finnerty pisar na cozinha, o Conselho de Saúde vai colocá-lo na cadeia — riu Anita, incomodada.

Era nítido que tinha dificuldades em levar Finnerty na esportiva e fingir que suas excentricidades eram divertidas. Então mudou de assunto.

— Como foi seu dia?

— Nada de especial. Mais um dia, como todos os outros.

— Arranjou o uísque?

— Sim. Precisei cruzar o rio para encontrar.

— Foi um suplício tão horrível assim? — brincou Anita.

Não conseguia entender por que Paul detestava ir até Domicílio para resolver coisas corriqueiras e sempre pegava no pé do marido por conta disso.

— Foi tão péssimo assim? — perguntou mais uma vez, quase com voz de bebê, como se ele fosse um menininho preguiçoso convencido pela mãe a fazer um pequeno favor.

— Foi bem ruim.

— Sério? — Ela parecia surpresa. — Espero que sem violência.

— Não. Todo mundo foi bem educado, na verdade. Um dos aposentados me reconheceu dos velhos tempos e improvisou uma festinha.

— Bom, isso parece bem divertido.

— Parece, né? O nome dele é Rudy Hertz.

Sem descrever as próprias reações, Paul relatou o que tinha acontecido. Ao mesmo tempo, observava Anita intensamente, como se fizesse uma experiência.

— E isso te abalou? — Anita riu. — Você é *mesmo* sensível, não é, querido? Diz que a coisa toda foi um pesadelo, mas não aconteceu nada.

— Eles me odeiam.

— Eles provaram que gostam de você, que o admiram. E, olha, deveriam mesmo.

— O homem com óculos fundo de garrafa só faltou dizer que a vida do filho dele não valia a pena por minha causa.

— Quem está dizendo isso é você. O sujeito não disse nada. E não vou deixar você dizer essas coisas ridículas.

Você sente algum tipo de prazer inventando situações para se sentir culpado, é isso? A culpa é sua se o filho dele não é inteligente o bastante para conseguir alguma coisa diferente dos Fedidos e Ruídos ou do Exército?

— Não. Mas, se não existissem homens como eu, ele poderia cuidar de uma máquina no complexo...

— Ele está passando fome?

— Claro que não. Ninguém passa fome.

— E ele tem uma casa para morar e roupas quentes. Tem as mesmas coisas que teria se estivesse cuidando de uma máquina idiota, xingando, cometendo erros, entrando em greve todo ano, brigando com o supervisor, chegando de ressaca no trabalho.

— Tem razão, tem razão. — Paul ergueu as mãos. — É claro que você tem razão. É uma época desgraçada para se viver, só isso. É muito complicada essa situação de as pessoas terem de se acostumar com novas ideias. E elas não se acostumam, o problema é esse. Queria viver daqui a cem anos, com todo mundo acostumado com a mudança.

— Você está cansado. Vou dizer ao Kroner que você precisa de um mês de férias.

— Se eu quiser, deixa que eu digo.

— Eu não estava tentando mandar na sua vida, querido. Mas você nunca pede nada.

— Se você não se importar, deixa que eu peço.

— Não me importo. Juro que não, mesmo.

— Você separou minha roupa?

— Está na sua cama — respondeu com frieza, magoada. — Smoking, camisa, meias, abotoaduras e uma gravata nova.

— Gravata nova?

— Uma *dubonnet*.

— *Dubonnet*? Pelo amor de Deus.

— Kroner e Baer estão de gravatas *dubonnet*.

— Minha cueca também é igual às deles?

— Garanto que não percebi.

— Vou usar uma gravata-borboleta.

— Pittsburgh, querido... lembra? Você falou que queria ir para lá.

— Ai, ai, *dubonnet*...

Subiu as escadas até o quarto deles, tirando o paletó e a camisa no caminho.

— Ed!

Finnerty estava esparramado na cama de Anita.

— Aí está você! — saudou Finnerty, apontando para o *smoking* disposto sobre a cama de Paul. — Pensei que era você aqui deitado. Faz meia hora que estou conversando com ele.

— Anita me falou que você tinha ido para o clube.

— Anita me expulsou pela porta da frente, aí voltei pela porta dos fundos e subi até aqui.

— Bem, que bom que fez isso. E como vão as coisas?

— Piores do que nunca, mas há esperanças.

— Legal — disse Paul, rindo de modo incerto. — Casou?

— Jamais. Fecha essa porta.

Paul fechou a porta.

— Como vai o trabalho em Washington?

— Larguei.

— Sério? Achou coisa ainda melhor?

— Imagino que sim ou não teria largado tudo.

— Onde?

— Em nenhum lugar. Sem emprego algum.

— Não pagavam bem? Você ficou cansado? O que aconteceu?

— Enchi o saco — respondeu Finnerty, bem devagar. — O salário era fantástico, ridiculamente bom. Eu ganhava como se fosse uma estrela de TV com cento e dois centímetros de busto. Mas, Paul, quando recebi o convite deste ano para a Campina, algo se quebrou dentro de mim. Percebi que não conseguiria enfrentar mais uma sessão lá em cima. Então olhei à minha volta e entendi que não podia mais enfrentar nada relacionado ao sistema. Saí porta afora e aqui estou eu.

Com displicência, Anita exibia o convite de Paul para a Campina no espelho do saguão de entrada, onde ninguém deixaria de ver. Campina era uma ilha plana e coberta de grama no rio São Lourenço, na baía de Chippewa, onde os homens mais importantes e os mais promissores (de acordo com o *Manual*, "aqueles cujo desenvolvimento dentro da organização ainda não está completo") das divisões Leste e Meio-Oeste passavam uma semana todos os verões, envolvidos em uma orgia de aperfeiçoamento moral apoiado em atletismo coletivo, corais, fogueiras e fogos de artifício, diversões obscenas, uísque e charutos grátis, e peças encenadas por atores profissionais que, de forma simpática, mas inequívoca, deixavam bem clara a natureza da boa conduta dentro do sistema e os moldes das resoluções firmes para os desafios do ano seguinte.

Finnerty tirou um maço de cigarros amassado do bolso e ofereceu um deles, curvado quase em ângulo reto. Paul endireitou o cigarro com dedos trêmulos.

— Está com tremedeira? — perguntou Finnerty.

— Vou ser o orador principal hoje à noite.

— Ah, é? — Finnerty pareceu decepcionado. — Então não é normal você ter essas tremedeiras? O que estamos celebrando?

— Faz treze anos que as Indústrias Ilium foram subordinadas ao Conselho Nacional de Produção.

— Como todas as outras fábricas do país.

— Ilium entrou um pouco antes de quase todas as outras.

A associação dos complexos industriais do país sob um mesmo conselho tinha acontecido pouco depois de Finnerty, Paul e Shepherd virem trabalhar em Ilium. Tinha acontecido por conta da guerra. Conselhos semelhantes tinham sido formados para os setores de transportes, matérias-primas, alimentos e indústrias de comunicação, tudo chefiado pelo pai de Paul. O sistema eliminou tanto o desperdício e os excedentes que foi mantido depois da guerra e era, de fato, muitas vezes citado como um dos poucos benefícios concretos do período.

— E você está feliz com o fato de isso estar acontecendo há treze anos?

— De qualquer forma, é algo que precisa ser comentado. Mas vou me ater aos fatos. Não vai ter nada a ver com as pregações do Kroner.

Finnerty ficou em silêncio, aparentemente sem interesse algum em seguir adiante com aquele assunto.

— Engraçado — disse, enfim. — Achei que você estivesse à beira do colapso. Foi por isso que eu vim.

Paul retorceu o semblante no esforço de abotoar o colarinho.

— Bem, você não está totalmente enganado. Estão falando até de eu conversar com um psiquiatra.

— Então você *está* mesmo na pior. Que maravilha! Vamos fugir dessa porcaria de festa. A gente precisa conversar.

A porta do quarto se abriu, e Anita olhou para dentro a partir do corredor.

— Ah! Ed. Quem está com Baer e Kroner?

— Kroner está com Baer, e Baer está com Kroner — respondeu Finnerty. — Feche a porta, Anita, por favor.

— Está na hora de ir para o clube.

— Está na hora de *você* ir para o clube — corrigiu Finnerty. — Paul e eu vamos mais tarde.

— Vamos todos juntos, Ed, e agora. Já estamos dez minutos atrasados. E você não vai me obrigar a fazer diferente. Eu me recuso. — Anita sorriu sem convicção.

— Vamos — chamou Paul.

— Anita — disse Finnerty —, se você não demonstrar mais respeito pela intimidade masculina, vou projetar uma máquina que seja tudo o que você é e que além disso *mostre* respeito.

Anita corou.

— Não posso dizer que acho você engraçadíssimo.

— Aço inoxidável — retornou Finnerty. — Aço inoxidável, coberto com esponja de borracha, aquecido eletricamente até trinta e sete graus celsius.

— Ei, calma lá... — disse Paul.

— E que vai corar à vontade — prosseguiu Finnerty.

— E eu poderia fazer um homem como você usando um saco de trapo velho cheio de lama — disse Anita. — Qualquer pessoa que tenta encostar em você acaba se sujando!

Anita bateu a porta com força, e Paul ouviu seus saltos estalando na escada.

— Ei, por que diabo você fez aquilo? — quis saber Paul. —Você poderia me explicar?

Finnerty continuou deitado e imóvel na cama, olhando para o teto.

— Sei lá — respondeu devagar. — Mas não estou arrependido. Vai lá com ela.

— O que você está pensando em fazer?

— Vai lá! — exclamou, como se Paul tivesse se intrometido de repente, bem quando ele estava concretizando um pensamento importante e complexo.

— Tem uísque irlandês para você em um saco de papel pardo no saguão — disse Paul, e deixou Finnerty deitado ali.

5

Paul alcançou Anita dentro da garagem, onde ela estava dando a partida no carro. Sem olhar diretamente para o marido, esperou Paul entrar no veículo e sentar no banco do carona. Seguiram em silêncio até o clube, com Paul sentindo-se decepcionado com a grosseria e irracionalidade de Finnerty. Amargurado, concluiu que ao longo dos anos havia construído em sua imaginação um Finnerty sábio e cordial, uma imagem que tinha pouca relação com o que ele era de verdade.

Na porta do clube, Anita ajeitou a gravata de Paul, tirou a capa dos ombros para deixá-los à mostra, sorriu e adentrou o saguão de suas luzes ofuscantes.

Os fundos do saguão se abriam para o bar, onde duas dúzias de jovens brilhantes das Indústrias Ilium, com cortes de cabelo e *smokings* idênticos, rodeavam dois homens de cinquenta e poucos anos. Um dos mais velhos, Kroner, alto, corpulento e vagaroso, ouvia os jovens com afetuosidade tediosa. O outro, Baer, franzino e nervoso, dono de uma extroversão barulhenta e pouco convincente, gargalhava, dava cutucões com o cotovelo e tapinhas nos ombros, emitindo sempre os mesmos comentários sobre qualquer coisa que estivesse sendo dita:

— Perfeito, perfeito, certo, claro, claro, maravilha, sim, sim, isso mesmo, perfeito, ótimo.

Ilium era um centro de treinamento para onde os recém-formados eram enviados, para que pegassem o ritmo de trabalho da indústria e em seguida se dedicassem a coisas mais importantes. Por isso, o quadro de funcionários era jovem e vivia em constante renovação. Os mais velhos eram Paul e seu imediato, Lawson Shepherd. Shepherd, que era solteiro, estava em pé ao lado do balcão, um pouco isolado dos outros, com um ar de sensatez e se divertindo discretamente com a ingenuidade dos comentários de alguns dos jovens.

As esposas haviam se reunido em duas mesas adjacentes, onde conversavam em voz baixa e incerta, e viravam as cabeças para dar uma espiada sempre que o volume das vozes se elevava acima de um certo nível ou sempre que a voz grave de Kroner ecoava em meio àquela cacofonia de conversas fiadas com três ou quatro palavras curtas, sábias, maravilhosamente cheias de significado.

Os jovens se viraram para cumprimentar Paul e Anita efusivamente, de modo respeitoso e brincalhão, como se fossem os responsáveis por toda e qualquer diversão, da qual, com generosidade, encorajavam os mais velhos a participar.

Baer acenou para o casal e os chamou com sua voz aguda. Kroner balançou a cabeça de forma quase imperceptível e ficou perfeitamente imóvel, sem olhar diretamente para nenhum dos dois, esperando que chegassem mais perto para que pudessem trocar seus cumprimentos com calma e dignidade.

Kroner fechou sua mão enorme e peluda em volta da mão de Paul, que, mesmo contrariado, sentiu-se submisso, afetuoso e infantil. Era como se Paul estivesse mais uma vez na presença enervante e castradora do próprio pai. Kroner, o melhor amigo de seu pai, sempre o fazia se sentir assim, e tudo indicava que era intencional. Paul tinha jurado mil vezes que se manteria no controle da situação quando encontrasse Kroner novamente. No entanto, a situação estava além de seu controle, e a cada encontro, como aquele que se dava, o poder e a iniciativa de Paul ficavam inteiramente nas mãos enormes do homem mais velho.

Ainda que Paul tivesse plena consciência da aura paternal de Kroner, o homenzarrão tentava generalizar esse sentimento. Falava de si mesmo como se fosse pai de todos os seus subordinados e, mais vagamente, de suas esposas. Não era uma pose. Sua gestão da Divisão Leste tinha um quê emocional, e era improvável que ele pudesse ter gerenciado a divisão de maneira diferente. Tomava nota de cada nascimento ou doença mais grave e assumia toda a culpa nas raras ocasiões em que algum subordinado cometia um erro. Também podia ser severo, mas sempre de um modo paternalista.

— Como você está, Paul? — disse Kroner de forma calorosa.

A posição interrogativa de suas sobrancelhas grossas indicava que era uma pergunta, não uma saudação. O tom de voz era o mesmo usado quando ele interrogava sobre a saúde de alguém após uma crise de pneumonia ou coisa pior.

— Ele nunca esteve tão bem — respondeu Anita, sem perder tempo.

— Bom saber. Que ótimo, Paul. — Kroner continuava segurando sua mão e olhando bem dentro de seus olhos.

— Está bem, é? Ótimo? Ótimo, é? Maravilha — pontuou Baer, dando vários tapinhas no ombro de Paul. — Maravilha.

Baer, engenheiro-chefe da Divisão Leste, voltou-se para Anita.

— Minha nossa! Você está estonteante, não? Sim, nossa! Pode apostar que está — e riu.

Baer era socialmente inepto, aparentemente sem consciência alguma de que ele era tudo menos gentil ou inteligente na companhia de outras pessoas. Certa vez alguém mencionou sua constante repetição dos mesmos comentários em toda e qualquer conversa, mas ele não entendeu do que estavam falando. Em termos técnicos, não havia melhor engenheiro no leste, incluindo Finnerty. Pouca coisa na Divisão não tinha sido arquitetada por Baer, que, em relação a Kroner, parecia um fox terrier comparado a um são-bernardo. Paul havia pensado várias vezes sobre a peculiar combinação entre Kroner e Baer, e ficava imaginando se, quando eles não estivessem mais ali, os mandachuvas conseguiriam reproduzir aquela dupla. Baer encarnava o conhecimento e a técnica da indústria; Kroner, a fé, a quase santidade, o espírito dos empreendimentos complexos. Na verdade, Kroner tinha um histórico medíocre como engenheiro e de vez em quando surpreendia Paul com sua ignorância ou seus equívocos acerca de questões técnicas; mas ele tinha a qualidade inestimável de acreditar no sistema e de fazer com que os outros também acreditassem, sempre obedecendo suas ordens.

Eram uma dupla inseparável, apesar de suas personalidades não terem quase nenhum ponto em comum. Juntos, quase formavam um homem inteiro.

— Alguém lhe contou que Paul andou doente? — perguntou Anita, rindo.

— Ouvi dizer que Paul andava com a cabeça um pouco ruim — respondeu Kroner.

— Não é verdade — disse Paul.

Kroner sorriu.

— Fico feliz em ouvir isso, Paul. Você é um dos nossos melhores funcionários. — Olhou para Paul com afeto. — Está seguindo os passos do seu pai, Paul.

— Quem te falou sobre os problemas psicológicos do Paul? — perguntou Anita.

— Não faço ideia — disse Kroner.

— Foi o doutor Shepherd quem nos contou — revelou Baer, animado. — Eu estava lá hoje cedo. Lembra? Foi o Shepherd.

—Veja bem — retrucou Kroner com uma rapidez pouco habitual. — Shepherd estava falando de outra coisa. Se você pensar bem, vai lembrar o que era.

— Ah, claro, tem razão, tem razão. Era outra coisa, outra coisa — disse Baer, parecendo confuso e dando outro tapinha no ombro de Paul. — Então você está se sentindo melhor, né? Bem, é isso que importa. Maravilha, maravilha.

O doutor Shepherd, com o pescoço vermelho acima do colarinho engomado, afastou-se em silêncio do bar e foi em direção às portas que se abriam para o campo de golfe.

— Falando nisso — disse Kroner, cordial —, onde está seu amigo Finnerty? Como anda o Ed? Imagino que tenha achado a vida em Washington um pouco menos... — ficou procurando uma palavra — ... informal do que por aqui.

— Quer saber se ele começou a tomar banho? A resposta continua sendo não — respondeu Anita.

— Era disso que eu estava falando — admitiu Kroner. — Bem, ninguém é perfeito, e muito poucos entre nós são perfeitos o suficiente para conseguir um lugar no Conselho Nacional de Planejamento Industrial. Onde ele está?

— Talvez dê as caras mais tarde — disse Paul. — Está um pouco cansado da viagem.

— Ei, onde está a Mama? — perguntou Anita, colocando um ponto final no assunto Finnerty.

Mama era a esposa de Kroner, que ele sempre levava em ocasiões sociais, largava com as outras esposas e a ignorava, até o momento carinhoso em que chegava a hora de buscar seus 82 quilos e a transportar de volta para casa.

— Aquele problema intestinal que está à solta por aí — respondeu Kroner, muito sério.

Todos que ouviram a resposta balançaram a cabeça com um ar de compaixão.

— O jantar está servido — anunciou um garçom filipino.

Já tinha havido um movimento para que o serviço de jantar fosse realizado por máquinas, mas os extremistas responsáveis por essa proposta foram derrotados por uma maioria avassaladora de votos.

Enquanto Paul, Kroner, Baer e Anita entravam na sala de jantar à luz de velas, seguidos pelos outros convidados, quatro dos engenheiros mais jovens, os que haviam chegado mais recentemente em Ilium, ultrapassaram-nos e se viraram para bloquear o caminho.

Fred Berringer, um loiro baixinho, corpulento e de olhos puxados, parecia ser o líder. Era um rapaz rico, extrovertido e sem a menor graça, proveniente de uma boa família de engenheiros e gerentes de Minneapolis. Havia passado na universidade com dificuldade e quase não foi aceito pelas máquinas do Departamento de Recursos Humanos. Em condições normais, ninguém o teria contratado. Mas Kroner, que conhecia seu pedigree, o tinha aceitado assim mesmo e enviado para o treinamento em Ilium. Essa oportunidade não foi suficiente para ensinar Berringer a ter alguma humildade. Ele a tomou como prova de que seu dinheiro e seu sobrenome podiam derrotar o sistema a qualquer momento e, parafraseando, tinha de fato dito isso. Para piorar as coisas, essa postura despertava uma admiração ressentida em seus colegas engenheiros, que tinham conquistado os empregos da maneira mais difícil. Paul concluiu com tristeza que aqueles que burlavam os sistemas sempre eram admirados pelos mais convencionais. De qualquer forma, Kroner ainda acreditava no rapaz, e por isso Paul não tinha escolha senão mantê-lo no quadro de funcionários, colocando-o ao lado de um homem mais inteligente, para compensar as falhas de seu aparato mental.

— O que é isso, Fred, um assalto à mão armada? — perguntou Paul.

— Campeão de damas — disse Fred —, proponho formalmente que disputemos seu título imediatamente após o jantar.

Kroner e Baer pareciam encantados. Viviam sugerindo a formação de equipes e a realização de jogos para fortalecer a moral na família da Divisão Leste.

— Contra você ou todos os quatro? — perguntou Paul.

Ele era de fato o campeão de damas do clube, ainda que jamais tivesse havido um torneio oficial. Ninguém conseguia derrotá-lo e, na maioria das vezes sem conseguir esconder o tédio, Paul era forçado a provar sua invencibilidade a cada novo grupo de engenheiros, como aqueles quatro. Era um costume, e a pequena sociedade fechada ao norte do rio parecia sentir necessidade de ter seus costumes, suas piadas internas, de construir características sociais que a distinguissem, aos seus próprios olhos, do restante da sociedade. A partida de damas dos novos engenheiros contra Paul, já em seu sétimo ano de existência, era uma das tradições mais respeitadas.

— Principalmente contra mim — disse Berringer. — Mas, de certa forma, contra todos nós.

Os outros riram como conspiradores. Ao que tudo indicava, algo especial tinha sido planejado, e alguns dos engenheiros mais velhos pareciam compartilhar das altas expectativas.

— Tudo bem — respondeu Paul, bem-humorado —, mesmo que vocês estivessem em um grupo dez e todos ficassem baforando fumaça de charuto na minha cara, ainda assim eu ganharia.

Os quatro abriram caminho para que Paul, Anita e os dois convidados de honra chegassem até a mesa.

— Ah — disse Anita, analisando os cartões que marcavam os lugares à mesa —, houve um engano.

Ela pegou o cartão à sua esquerda, amassou e entregou-o para Paul. Empurrou outro cartão até o lugar desocupado e se sentou, ladeada por Kroner e Baer. Depois, chamou um garçom para retirar os pratos, talheres e copos do lugar agora vago. Paul deu uma espiada no cartão e viu que estava escrito o nome de Finnerty.

Como se tratava de um grupo muito prático e mundano, coquetéis de camarão, consomê, fricassê de frango, ervilhas e purê de batatas foram saboreados sem muita conversa. Quase ninguém falou, e muitos usaram de pantomimas, saboreando e sorrindo, para mostrar à anfitriã que tudo estava excelente.

Kroner fazia comentários pontuais sobre um prato ou outro, ecoados por Baer e, em seguida, por meneios de cabeça entre todos ao redor da mesa. Em dado momento, uma discussão irrompeu em altos cochichos na ponta da mesa entre os quatro jovens que tinham desafiado Paul para uma partida de damas. Quando todos os olhares se voltaram para eles, ficaram quietos. Berringer franziu o cenho, esboçou uma espécie de diagrama em um guardanapo e exibiu-o aos outros três. Um deles fez uma pequena correção no diagrama e devolveu o guardanapo. Compreensão seguida por admiração despontaram no rosto de Berringer. Ele assentiu repetidamente com a cabeça e voltou a comer.

Paul contou o grupo em volta da mesa: 27 gerentes e engenheiros, a equipe das Indústrias Ilium e suas esposas, menos a turma da noite. Dois lugares estavam vagos: um, com a toalha de mesa retangular, que tinha sido reservado para Finnerty; e o outro com pratos, talheres e copos intactos de Shepherd, que ainda não tinha retornado de sua incursão antecipada ao campo de golfe.

Finnerty ainda devia estar deitado no quarto, olhando para o teto, talvez falando sozinho. Ou talvez tivesse saído pouco depois deles para beber ou vagar por Domicílio em busca de prostitutas. Paul torceu para que Finnerty passasse mais alguns anos longe. O brilhante progressista, o iconoclasta, o livre-pensador que ele havia admirado na juventude tinha se mostrado nada mais que um doente repulsivo. O abandono do trabalho, o ataque gratuito a Anita, a glorificação das próprias neuroses: tudo isso era assustador. Uma terrível decepção. Paul ansiava que Finnerty apresentasse algo (o quê, ele não sabia) para diminuir a carência inominada e dolorosa que o incomodava (como Shepherd parecia ter dito a Kroner) quase a ponto de perder a razão.

Em relação a Shepherd, o sentimento de Paul era de tolerância e até de constrangimento, porque Shepherd provavelmente não gostou de ter sido revelado como o informante. Paul se levantou.

— Aonde você vai, querido? — quis saber Anita.

— Vou buscar o Shepherd.

— Ele não falou que você estava tendo um colapso nervoso — comentou Baer.

Kroner franziu o cenho para Baer.

— Não, Paul, ele realmente não disse isso. Se você quiser, eu vou atrás dele. Foi culpa minha ter tocado nesse assunto. Não foi o Shepherd, e o coitado...

— Eu só *achei* que tinha sido o Shepherd — emendou Baer.

— Acho que isso é comigo — insistiu Paul.

— Vou também — disse Anita, uma promessa de vingança em seu tom de voz.

— Não, prefiro que você não venha.

Paul atravessou o bar às pressas e ouviu a esposa o seguindo.

— Não vou perder isso por nada.

— Não vai acontecer nada — disse Paul. — Vou apenas dizer a ele que está tudo bem, que eu entendo. E entendo mesmo.

— Ele quer a vaga em Pittsburgh, Paul. Por isso disse a Kroner que você estava tendo um colapso nervoso. Agora está morrendo de medo de perder o emprego. Bem feito!

— Não vou deixar que o demitam.

— Você poderia ao menos deixá-lo preocupado por um tempo. Serviria de lição.

— Por favor, Anita... isso é entre mim e o Shepherd.

Já estavam no gramado do campo de golfe, um mundo coberto de azuis e pretos sob a luz delicada de uma lua nova. Shepherd estava sentado no banco ao lado do primeiro *tee*, com as pernas esticadas e bem abertas, e com uma fileira de três copos vazios.

— Shep — chamou Paul em voz baixa.

— Oi. — A voz era monótona, sem nada por trás.

— Cai fora — sussurrou Paul para Anita, mas ela continuou ali, abrindo e fechando as mãos.

— A sopa está esfriando — avisou Paul da maneira mais amável que conseguiu. Sentou no banco, com os três copos vazios separando ele de Shepherd. — Não estou nem aí se você falou ou não que estou ficando maluco.

Anita parou a uns doze metros dos dois, sua silhueta demarcada nas portas.

— Acharia melhor se você ficasse puto da vida — disse Shepherd. — Eu contei tudo, sim. É isso, pode me demitir.

— Ah, Shep, pelo amor de Deus, ninguém vai demitir você.

Paul nunca soube o que fazer com Shepherd e achava difícil acreditar que algum homem pensasse como ele. Quando chegou em Ilium, Shepherd anunciou aos colegas também recém-chegados, Paul e Finnerty, que pretendia competir com eles. Abertamente, de maneira ridícula, falava sobre competitividade e repetia para quem lhe desse ouvidos sobre inúmeras crises em que houve confronto final entre suas capacidades e as de outra pessoa, crises consideradas pelos outros participantes como mera rotina, coisas corriqueiras, geralmente desprovidas de sentido maior. No entanto, para Shepherd a vida era semelhante a um campo de golfe, com uma série de inícios, obstáculos e términos, e uma contagem final (para comparar os próprios pontos com os dos outros) após cada buraco. Às vezes ele se sentia arrasado, às vezes, eufórico, perante triunfos ou fracassos que ninguém mais parecia notar, mas sempre resignado em relação às leis que regiam o jogo. Não pedia clemência, não concedia clemência e tratava Paul, Finnerty ou qualquer colega com indiferença. Era um bom engenheiro, uma companhia tediosa, mestre obstinado do próprio destino e *jamais* o protetor de seus irmãos.

Inquieto no banco mas sem dizer nada, Paul tentou se colocar no lugar de Shepherd, que tinha perdido um round e, sendo severo cumpridor das mecânicas do sistema competitivo, queria pagar o preço da derrota e avançar para o próximo episódio, o qual, como sempre, ele estava decidido a vencer. Shepherd vivia em um mundo inóspito, mas jamais viveria de outra forma. Só Deus sabe o porquê.

— Queria me passar a perna na vaga de Pittsburgh, hein? — disse Paul.

— Acho que sou mais adequado para ela — respondeu Shepherd. — Mas agora que diferença faz? Eu saí do jogo.

— Você perdeu.

— Eu *tentei* e perdi — corrigiu Shepherd, fazendo uma distinção vital. — Pronto, pode me demitir.

O modo mais certeiro de deixar Shepherd irritado era se recusar a competir.

— Não sei — disse Paul —, acho que você seria uma excelente escolha para a vaga de Pittsburgh. Se quiser, posso escrever uma carta de recomendação.

— Paul! — exclamou Anita.

— Volte para dentro, Anita — pediu Paul. — Vamos entrar em um minuto.

Anita parecia estar louca para dar a Shepherd justamente o que ele queria, uma briga e tanto, algo que ele pudesse usar como ponto de partida para outra, em sua visão, rodada do jogo.

— Eu perdoo você — disse Paul. — Quero que continue trabalhando para mim se você aceitar. Não existe no mundo ninguém melhor para o seu cargo.

— Quer me manter na coleira, não é?

Paul deu uma risada triste.

— Não. Seria tudo como era antes. Na coleira? Mas como...

— Se não vai me demitir, quero ser transferido.

— Tudo bem. Você sabe que isso não depende de mim. Mas vamos entrar, que tal?

Paul estendeu a mão para Shepherd enquanto este se levantava. Shepherd recusou a ajuda e passou às pressas por Paul.

Anita o parou.

— Se você tem alguma opinião sobre o estado de saúde do meu marido, acho que ele ou o médico dele deveriam ser os primeiros a ouvir — comentou, áspera.

— Faz meses que seu marido e o médico dele sabem o que contei a Kroner e Baer. Ele não está em condições nem de cuidar de uma máquina de costura a pedal, quanto mais de Pittsburgh.

Shepherd estava se aquecendo, recuperando o ânimo, e talvez calculando a possibilidade das vozes serem ouvidas na sala de jantar.

Paul pegou os dois pelos braços e os impeliu até o bar, à vista dos convidados. Todos olhavam perplexos na direção dos três. Sorrindo, Paul, Anita e Shepherd atravessaram o bar em direção à sala de jantar, de braços dados.

— Está indisposto? — perguntou Kroner, em tom gentil, a Shepherd.

— Sim, senhor. Acho que foram as vieiras do almoço.

Kroner assentiu, empático, e dirigiu-se ao garçom.

— Poderia, por favor, trazer umas torradas com leite para o rapaz?

Kroner estava disposto a qualquer coisa para manter a harmonia em sua família, para oferecer uma saída a um homem encurralado. Paul supôs que Kroner manteria viva, como fazia agora ao pedir torradas, a versão do mal-estar de Shepherd pelo resto da noite.

Depois do café e de um licor, Paul discursou brevemente sobre a integração das Indústrias Ilium com outros complexos industriais subordinados ao Conselho Nacional de Produção, que tinha ocorrido há catorze anos. E em seguida passou para o tema mais genérico do que ele intitulava Segunda Revolução Industrial. Na verdade, ele leu o discurso, esforçando-se para tirar o olhar do manuscrito em intervalos regulares. Como tinha comentado com Katharine Finch naquela tarde no escritório, era coisa antiga: um relatório de progresso, uma reafirmação de fé naquilo que estavam fazendo e tinham feito com a indústria. As máquinas realizavam o trabalho dos Estados Unidos com muito mais eficiência do que os americanos jamais tinham feito. Havia mais bens de consumo para um maior número de pessoas a um custo mais baixo, e quem poderia negar que isso era magnífico e gratificante? Era o que todos diziam quando precisavam fazer um discurso.

Em dado momento, Kroner levantou sua mão enorme e perguntou se podia fazer um comentário.

— Apenas para meio que ressaltar o que você está dizendo, Paul, eu gostaria de destacar algo que considero bem interessante. Um cavalo-vapor equivale a cerca de vinte e dois trabalhadores... trabalhadores *grandes.* Se convertermos os cavalos-vapor de algum dos maiores motores em trabalhadores, descobriremos que o motor rende mais do que todo o contingente de escravos dos Estados Unidos na época da Guerra Civil... e faz isso vinte e quatro horas por dia.

E então sorriu satisfeito. Kroner era o rochedo, o manancial de fé e orgulho para todos na Divisão Leste.

— É *mesmo* um dado interessante — comentou Paul, procurando o ponto do discurso em que tinha parado. — E isso, é claro, aplica-se à Primeira Revolução Industrial, quando as máquinas desvalorizaram o trabalho braçal. A Segunda Revolução, esta que estamos completando agora, é um pouco mais difícil de mensurar em termos de trabalho poupado. Se houvesse alguma medida, como cavalo-vapor, pela qual pudéssemos expressar o aborrecimento ou o tédio que as pessoas sentiam em trabalhos de rotina... mas não existe.

— Podemos medir refugos, isso eu garanto — disse Baer —, e também os erros mais absurdos e estúpidos que se possa imaginar. O desperdício, as interrupções, os produtos defeituosos! Tudo isso pode ser mensurado em dólares, pode apostar, em dólares desperdiçados com trabalho de má qualidade.

— Sim — disse Paul —, mas eu estava pensando pelo ponto de vista do trabalhador. As duas revoluções industriais eliminaram dois tipos de trabalho pesado, e eu estava buscando alguma forma de calcular a quantidade de trabalho que a segunda revolução tinha poupado das pessoas.

— Eu trabalho — respondeu Baer.

Todos riram.

— Os outros... do outro lado do rio — esclareceu Paul.

— Esses nunca trabalharam — disse Kroner, e mais uma vez todos riram.

— E estão procriando como coelhos — emendou Anita.

— Opa, alguém está contando piadas sacanas sobre coelhos procriando?

Finnerty, parado na porta de entrada, se balançava ligeiramente, e sua respiração parecia curta. Claramente tinha encontrado o uísque. Prosseguiu:

— Qual delas? Aquela em que a coelhinha vai até a loja de ferragens dos coelhos e o balconista...

Kroner se levantou.

— Ora, Finnerty... Como vai, meu rapaz? — Acenou para o garçom. — Chegou bem na hora do café, meu rapaz... uma xícara bem grande de café preto.

Ele então colocou seu braço imenso em torno de Finnerty e conduziu-o até o lugar que Anita tinha deixado vago. Finnerty apanhou o cartão de mesa do engenheiro ao seu lado, semicerrou os olhos para ler e em seguida para dar uma espiada no vizinho de mesa.

— Cadê a porcaria do *meu* cartão?

— Entrega o cartão dele, pelo amor de Deus — implorou Anita.

Paul tirou o cartão do bolso, desamassou e colocou-o diante de Finnerty. Finnerty assentiu e caiu em um silêncio rabugento.

— Estávamos falando sobre a Segunda Revolução Industrial — disse Kroner, como se nada de estranho tivesse acontecido. — Paul estava comentando que não existe uma medida real do tipo de trabalho que ela aboliu. Acho que talvez a história possa ser contada em termos de uma curva... como a maioria das histórias pode ser apresentada em prol da clareza.

— Não aquela da coelhinha na loja de ferragens dos coelhos — disse Finnerty.

Todos os presentes, seguindo o exemplo de Kroner, ignoraram Finnerty.

— Se traçarmos o número de horas de trabalho humano em relação ao número de válvulas eletrônicas utilizadas, as horas de trabalho humano diminuem à medida que as válvulas aumentam.

— Que nem coelhos — comentou Finnerty.

Kroner sorriu.

— Como você diz, que nem coelhos. Por sinal, Paul, algo interessante que seu pai também deve ter lhe contado é que as pessoas não prestaram muita atenção nessa, como você chama, Segunda Revolução Industrial por um bom tempo. A energia atômica não saía das manchetes, e todos falavam que sua utilização de forma pacífica iria recriar o mundo. A Era Atômica era a coisa grandiosa pela qual todos deveríamos esperar. Lembra disso, Baer? E, enquanto isso, o número de válvulas seguia aumentando como coelhos.

— E o uso de drogas, o alcoolismo e o suicídio seguiam aumentando na mesma proporção — acrescentou Finnerty.

— Ed! — ralhou Anita.

— Isso foi por causa da guerra — retrucou Kroner em tom sóbrio. — Acontece em todo pós-guerra.

— E o crime organizado, o divórcio e a delinquência juvenil, tudo aumentou simultaneamente ao aumento de válvulas eletrônicas — complementou Finnerty.

— Ora, Ed, convenhamos — interveio Paul —, não há como provar uma relação lógica entre esses fatores.

— Se existir uma mínima relação, vale a pena pensar a respeito — disse Finnerty.

— Tenho certeza de que não há relação suficiente para que nos preocupemos com isso aqui — afirmou Kroner, severo.

— Ou imaginação suficiente, ou honestidade suficiente — disse Finnerty.

— Ah, francamente! Sobre o que vocês estão falando? — interrompeu Anita, nervosa, dobrando o guardanapo. — Chega disso... vamos sair desse lugar deprimente e começar o torneio de damas?

Em resposta, a mesa inteira reagiu com suspiros e assentiu em gratidão. Sem lamentar muito, Paul deixou o resto do discurso de lado. Os convidados, exceto Finnerty, correram para o salão de jogos do clube, onde um tabuleiro de damas já estava preparado e diversas luminárias de chão rodeavam a mesa onde ele estava montado, imaculado e deslumbrante.

Os quatro desafiantes tomaram a dianteira às pressas, realizaram uma conferência relâmpago e, em seguida, três deles foram em direção ao guarda-volumes. O quarto, Fred Berringer, sentou diante do tabuleiro e abriu um sorriso largo e misterioso.

Paul sentou na cadeira em frente.

— Você costuma jogar? — perguntou.

— Um pouquinho, um pouquinho.

— Vejamos, Fred, você é de Minnesota, não é? Por acaso o título de campeão de damas de Minnesota está em risco, Fred?

— Perdão, mas tenho apenas o título de campeão do clube para ganhar e nada a perder.

— Você vai perder, vai perder — disse Baer. — Todo mundo perde, todo mundo, todos perdem, né, Paul? Todo mundo perde para você.

— A modéstia me impede de responder — retrucou Paul. — Meu histórico fala por si só.

Paul se permitia sentir uma leve euforia em relação à própria invencibilidade. Tudo indicava que haveria uma reviravolta bizarra na partida daquela noite, a julgar pela atividade no guarda-volumes, mas ele não estava preocupado.

— Abram caminho para Carlito Damas! Abram caminho para Carlito Damas! — gritaram do saguão os auxiliares de Berringer.

A multidão no salão de jogos deu passagem, e os três entraram empurrando uma caixa da altura de um homem, coberta por um lençol, deslizando com ajuda de rodízios.

— Tem um homem aí dentro? — perguntou Kroner.

— Um cérebro, um cérebro — respondeu Berringer, triunfante. — Carlito Damas, o campeão mundial de damas, em busca de novos planetas para conquistar.

Berringer agarrou uma ponta do lençol e revelou Carlito: uma caixa de aço cinzenta com um tabuleiro pintado sobre o painel frontal. Em cada quadrado que podia ser ocupado por uma peça de damas havia uma joia vermelha e uma verde, cada uma com uma lâmpada por trás.

— Muito prazer, Carlito — cumprimentou Paul, tentando sorrir.

Quando percebeu o que estava acontecendo, sentiu o rosto corar e começou a ficar irritado. Seu primeiro impulso foi dar o fora dali.

Baer mandou abrir a traseira da caixa.

— Ah, ah, nossa, de fato — comentou. — Vejam só, vejam só, vejam só, e aquilo passa por ali e... ah! Haha! Minha nossa, parece até que tem uma memória. É para isso que serve a fita, não é, rapazes? Memória? Memória gravada em fita?

— Sim, senhor — respondeu Berringer, sem parecer muito confiante. — Acho que sim.

— Você construiu isso? — quis saber Kroner, incrédulo.

— Não, senhor — disse Berringer. — Foi o meu pai. É o passatempo dele.

— Berringer, Berringer, Berringer — repetiu Baer, franzindo o cenho enquanto tentava lembrar de onde conhecia aquele sobrenome.

— Você sabe... *Dave* Berringer. Esse é o garoto do Dave — ajudou Kroner.

— Ah! — Baer olhou para Carlito Damas com admiração renovada. — Poxa vida, não é surpresa alguma, não é surpresa alguma, não é surpresa alguma.

O pai de Fred, um dos maiores especialistas em máquinas de computação do país, tinha construído Carlito.

Paul afundou na cadeira, resignado, e esperou a comédia começar. Olhou para a face inexpressiva e complacente do jovem Berringer, e teve certeza de que seu oponente não sabia nada sobre a máquina, exceto pelos interruptores e mostradores externos.

Vindo da sala de jantar, Finnerty entrou lentamente no salão, comendo em um prato que segurava na altura do queixo. Colocou o prato sobre a caixa e enfiou a cabeça na traseira aberta, ao lado da cabeça de Baer.

— Vocês vão apostar dinheiro? — perguntou.

— Ficou maluco? — censurou Paul.

— Você é que sabe, colega; você é que sabe — respondeu Berringer, colocando a carteira volumosa em cima da mesa.

Os outros três jovens conectaram o plugue de um cabo que saía de Carlito Damas em uma tomada no rodapé; e então, enquanto ligavam e desligavam interruptores, a caixa zumbia e estalava, e luzes no painel frontal piscaram.

Paul se levantou.

— Concedo a vitória — declarou, dando um tapinha na caixa. — Parabéns, Carlito, você é o melhor homem dentre nós dois. Senhoras e senhores, aqui está o novo campeão do clube.

Paul saiu às pressas na direção do bar.

— Querido! — exclamou Anita, segurando o marido pela manga. — Ora, vamos, você não é assim.

— Não tenho como derrotar esse negócio. Ele não comete erros.

— Você pode pelo menos jogar contra ele.

— E provar o quê?

— Qual é, Paul — disse Finnerty. — Dei uma boa olhada no Carlito, e ele não me pareceu tão genial assim. Apostei cinquenta dólares em você contra o Cachinhos Dourados ali e vou cobrir qualquer aposta de quem acreditar que Carlito Damas tem alguma chance.

Ávido, Shepherd colocou três notas de vinte em cima da mesa. Finnerty cobriu a aposta.

— Aposte que o sol não vai nascer amanhã — disse Paul.

— Jogue — insistiu Finnerty.

Paul sentou novamente. Desanimado, moveu uma peça. Um dos jovens acionou um interruptor, e uma luz se acendeu, indicando a jogada de Paul no peito de Carlito Damas, enquanto outra se acendeu indicando a jogada perfeita que Berringer tinha de fazer.

Berringer sorriu e fez o que a máquina indicou. Acendeu um cigarro e deu uma palmadinha no monte de cédulas ao seu lado.

Paul fez outra jogada. Outro interruptor foi acionado e as luzes se acenderam da maneira esperada. E assim a partida seguiu em frente, por várias rodadas.

Para a surpresa de Paul, ele capturou uma das peças de Berringer sem se expor, até onde conseguia calcular, a qualquer tipo de desastre. Depois capturou outra peça, e mais outra. Meneou a cabeça, confuso e respeitoso. A máquina parecia ter uma visão de longo alcance da partida, com uma estratégia ainda não evidente. Carlito Damas, como se confirmasse seus pensamentos, emitia um som sibilante e agourento que aumentava de volume à medida que a partida progredia.

— A partir de agora, ofereço uma vantagem de três para um contra Carlito Damas — anunciou Finnerty.

Berringer e Shepherd aceitaram o desafio e apostaram, cada um, mais vinte dólares.

Paul entregou uma peça para capturar três.

— Olha... espera aí... só um minutinho — pediu Berringer.

— Esperar o quê? — quis saber Finnerty.

— Tem alguma coisa errada.

— Você e Carlito Damas estão sendo derrotados, só isso. Alguém sempre ganha, e alguém sempre perde — disse Finnerty. — É assim mesmo.

— Claro, mas, se Carlito estivesse funcionando direito, ele não teria como perder. — Berringer se levantou, meio zonzo. — Olha, acho melhor fazer uma pausa até descobrirmos o que não está funcionando. — Deu uns tapinhas no painel frontal, tentando entender. — Deus do céu, ele está mais quente que uma frigideira!

— Termine a partida, meu filho. Quero ver quem é o campeão — disse Finnerty.

— Você não está vendo? — retrucou Berringer, furioso. — Não está funcionando direito.

Berringer olhou em volta com um ar suplicante.

— É sua vez — disse Paul.

Impotente, Berringer olhou para as luzes e avançou uma peça.

Paul capturou mais duas peças de Berringer e fez dama.

— Acho que esta deve ser a armadilha mais complicada da história. — Paul sorriu, se divertindo muito.

— Daqui a pouquinho Carlito Damas vai encontrar uma chance, e aí adeus, campeonato — provocou Finnerty.

— Poc, poc, poc, poc-poc poc. Hora de abandonar o palco, Paul.

— Que coisa fantástica é a ciência do cálculo — disse Paul, entrando na brincadeira.

Farejou o ar, que aos poucos estava ficando tomado por um cheiro que lembrava tinta queimada, e seus olhos começavam a arder.

Um dos auxiliares de Berringer abriu com força a traseira da caixa, e a sala foi inundada pela fumaça que o brilho incandescente no interior da máquina coloria de um verde tóxico.

— Fogo! — gritou Baer.

Um garçom apareceu correndo com um extintor de incêndio e expeliu um jato de fluido nas entranhas de Carlito Damas. O vapor aumentava à medida que o jato efervescia e chiava sobre as peças ardentes.

As luzes no peito de aço de Carlito piscavam descontroladamente no tabuleiro do painel, jogando uma partida demoníaca e veloz de acordo com regras que só uma máquina conseguiria entender. Todas as luzes se acenderam ao mesmo tempo, um zumbido foi ficando cada vez mais alto, até soar estrondoso como uma nota de órgão, e parou de repente. Uma por uma as luzinhas foram se apagando, como um vilarejo indo dormir.

— Minha nossa, nossa, minha nossa — murmurou Baer.

— Sinto muito, Fred — disse Anita, encarando Paul com um olhar de reprovação.

Os engenheiros se aglomeraram em torno de Carlito Damas, e os que estavam na primeira fila inspecionaram as cinzas, as válvulas derretidas e a fiação carbonizada. Em cada rosto havia uma tragédia. Algo belo tinha morrido.

— Uma coisinha tão adorável — comentou Kroner, triste, pousando a mão sobre o ombro de Berringer. — Se você preferir, talvez seja mais fácil se eu mesmo contar ao seu pai o que aconteceu.

— Era praticamente a vida dele... fora do laboratório — lamentou Berringer, que estava chocado e assustado. — Anos e anos. Por que tinha que acontecer uma coisa dessas?

Era mais um eco vazio da pergunta que a humanidade vinha fazendo há milênios, a pergunta que os humanos pareciam ter nascido para fazer.

— Iahweh o deu, Iahweh o tirou — disse Finnerty.

Berringer mordeu o lábio e assentiu até aos poucos se dar conta de quem tinha acabado de falar. Seu rosto redondo e estúpido foi ganhando contornos maldosos e ameaçadores.

— Ah, sim — disse, lambendo os lábios —, o sabe-tudo. Tinha quase me esquecido de você.

— Bem, é melhor não esquecer. Apostei muita grana em quem seria o vencedor.

— Olha, Finnerty, deixa disso — interveio Kroner, apaziguador. — Vamos declarar um empate, ok? Digo, afinal de contas, o rapaz tem direito de estar abalado, e...

— Empate nada — desdenhou Finnerty. — Paul derrotou Carlito Damas em uma partida honesta e justa.

— Acho que estou começando a entender — disse Berringer, ameaçador, e então agarrou a lapela de Finnerty com as duas mãos. — O que você fez com Carlito, seu sabe-tudo?

— Pergunte para o Baer. A cabeça dele estava lá dentro bem ao lado da minha. Baer, eu fiz alguma coisa com o Carlito?

— Hein? Fez alguma coisa, alguma coisa? Destruiu alguma coisa, você quer dizer? Não, não, não — respondeu Baer.

— Então senta aí e termina a partida, gordinho — disse Finnerty. — Ou então admita a derrota. De um jeito ou de outro, eu quero meu dinheiro.

— Se você não fez nada com Carlito, como tinha tanta certeza de que ele ia perder?

— Porque sempre vou estar do lado de um humano que enfrenta uma máquina, ainda mais se a máquina estiver a serviço de um palerma como você contra um homem como Paul. Além disso, Carlito estava com um fio meio solto.

— Então você deveria ter avisado! — protestou Berringer, gesticulando para os escombros da máquina. — Olhe bem... vamos, olhe! Olhe só o que você fez por não me avisar do fio. Eu devia varrer isso aí usando a sua cara suja.

— Opa, opa, opa... calma aí, calma aí — interrompeu Kroner, colocando-se entre os dois. — Você deveria ter falado sobre o fio solto, Ed. É uma pena, é mesmo uma pena.

— Se Carlito Damas tinha a intenção de fazer humanos de otários, também podia muito bem consertar os próprios fios. Paul cuida dos próprios circuitos, Carlito precisa aprender a fazer o mesmo, oras. Quem vive pela eletrônica, morre pela eletrônica. *Sic semper tyrannis*. — Finnerty recolheu o dinheiro da mesa. — Boa noite.

Anita cravou as unhas no braço de Paul.

— Ah, Paul, Paul, ele arruinou completamente a noite.

Enquanto saía, Finnerty parou ao lado de Paul e Anita.

— Mandou bem, campeão.

— Por favor, devolva o dinheiro deles — pediu Anita. — A máquina não estava funcionando direito. Seja justo. Não seria o mais correto, Paul?

Para espanto de todo aquele grupo lúgubre, Paul perdeu o controle e começou a gargalhar.

— É esse o espírito, campeão — comemorou Finnerty. — Agora vou indo para casa antes que esses esportistas tão cavalheiros encontrem uma corda para me enforcar.

— Para casa? Em Washington? — perguntou Anita.

— Para a sua casa, querida. Eu não tenho mais onde ficar em Washington.

Anita fechou os olhos.

— Ah, entendi.

6

— Qual era a expressão dele quando disse isso? — quis saber Anita.

Paul tinha puxado o edredom por cima do rosto e estava tentando dormir bem enroladinho no interior do útero escuro e abafado em que ele transformava sua cama todas as noites.

— Parecia triste — murmurou. — Mas ele sempre parece triste... muito amável e triste.

Fazia três horas que os dois vinham repassando os acontecimentos daquela noite no clube, voltando inúmeras vezes ao que Kroner tinha falado com ar de despedida.

— E em nenhum momento ele te puxou para um canto para vocês conversarem? — perguntou Anita, acordadíssima.

— Palavra de escoteiro, Anita. Ele só falou o que disse no final.

Anita repetiu criteriosamente as palavras de Kroner:

— "Paul, quero que você venha visitar Mama e eu na semana que vem. Pode ser qualquer dia."

— Foi só isso.

— Nada sobre Pittsburgh?

— Não — repetiu Paul, paciente. — Eu já disse que não. — Apertou com mais força o edredom ao redor da cabeça e flexionou ainda mais os joelhos. — Não.

— Será que eu não tenho o direito de estar interessada? — perguntou ela, claramente magoada com o tom de voz de Paul. — É isso que você está me dizendo, que eu não tenho o direito de me importar?

— Acho legal você se importar — respondeu ele, seco. — Ótimo, maravilha, obrigado.

No quase pesadelo de estar apenas semidesperto, Paul visualizou o conceito de marido e mulher como uma única carne: uma monstruosidade física, irmãos siameses patéticos, estranhos e desamparados.

— Mulheres percebem coisas que os homens não notam — prosseguiu Anita. — Percebemos coisas importantes que os homens deixam passar em branco. Kroner queria que *você* tivesse quebrado o gelo sobre Pittsburgh essa noite, e você simplesmente...

— Vamos descobrir o que Kroner tem em mente quando eu visitá-lo. Agora, por favor, vamos dormir.

— Finnerty! — exclamou ela. — Foi ele que sabotou tudo. Francamente! Quanto tempo ele vai ficar aqui?

— Daqui alguns dias ele vai se cansar da gente, como sempre se cansa de qualquer coisa.

— O C.N.P.I. não deve deixar muito tempo de sobra para ele sair vadiando pelo país insultando velhos amigos.

— Ele pediu demissão. Não tem emprego.

Anita se sentou na cama.

— Foi demitido! Bem, sorte deles.

— Ele *se* demitiu. Ofereceram um aumento para ele ficar. Foi ideia dele.

Paul percebeu que estava perdendo o sono graças a um assunto que o interessava. A insistência de Anita sobre o assunto de Pittsburgh só tinha feito com que ele se enroscasse cada vez mais no edredom. Agora se sentia um pouco relaxado, esticando-se como um homem adulto. Finnerty tinha voltado a ser um nome mágico; os sentimentos de Paul por ele tinham dado uma volta completa. Motivação e *espírito de equipe*, coisas que Paul não sentia em empreitada alguma há muito tempo, tinham brotado entre os dois ao longo da estimulante humilhação de Carlito Damas. Os pensamentos de Paul ganhavam vida como se estivessem sendo revigorados por um vento fresco. Além disso, havia encanto no que Finnerty tinha feito, algo quase tão inconcebível e lindamente simples como um suicídio: ele tinha pedido demissão.

— Paul...

— Hmmm?

— Seu pai achava que você se tornaria gerente de Pittsburgh algum dia. Se ele estivesse vivo, nada o deixaria mais feliz do que saber que você conseguiu esse emprego.

— Aham.

Paul lembrou que, pouco depois de se casarem, Anita desenterrou de um baú um retrato de seu pai, ampliou e emoldurou-o como primeiro presente de aniversário para ele. Agora o retrato ficava em cima da cômoda de Paul, onde Anita o tinha colocado: para ser a primeira coisa que Paul visse ao acordar e a última antes de ir dormir. Ela não tinha conhecido o pai de Paul, e ele nunca falava muito sobre isso com a esposa. Mesmo assim, ela criou uma espécie de mitologia em torno daquele homem, o que lhe permitia falar sobre ele por horas a fio como se dominasse o assunto. De acordo com o mito, quando jovem, o pai de Paul era tão tranquilo quanto o filho, e o vigor que o tinha feito conquistar o cargo mais alto da economia só havia chegado na meia-idade, faixa etária na qual Paul começava a entrar.

Kroner também mantinha viva a ideia de que Paul tinha tudo para seguir os passos do pai. Essa fé de Kroner tinha muita relação com o fato de Paul ter conseguido se tornar gerente em Ilium, e agora essa mesma fé poderia conduzi-lo à gerência em Pittsburgh. Quando Paul pensava em sua ascensão hierárquica sem ter feito qualquer esforço, às vezes, como agora, ficava encabulado, sentindo-se um charlatão. Não tinha dificuldade em cumprir suas obrigações, mas não trazia em si aquilo que seu pai tinha, que Kroner tinha, que Shepherd tinha, que tantos outros tinham: a sensação de haver uma importância espiritual naquilo que faziam; a habilidade de se envolver emocionalmente, quase como um amante, com a grandiosa assombração onipresente e onisciente, a personalidade corporativa. Em resumo, Paul não tinha aquilo que havia tornado seu pai agressivo e notável: a capacidade de realmente se importar.

— O que você vai fazer com Shepherd? — perguntou Anita.

Paul começou a se enroscar no edredom de novo.

— Fazer? Eu já fiz. Nada.

— Se ninguém cortar as asinhas dele, mais cedo ou mais tarde ele vai passar por cima de todo mundo.

— Bom para ele.

— Você não pode estar falando sério.

— É sério, eu quero dormir.

As molas do colchão de Anita rangeram enquanto ela voltava a se deitar. Ela se revirou na cama, inquieta, por vários minutos.

— Sabe o que é engraçado? — disse então.

— Hmmm?

— Sempre percebi que, quando Shepherd vira o rosto de um jeito específico, ele fica a cara de alguém. E só hoje descobri a cara de quem é.

— Hmmmm.

— Quando a gente olha pelo ângulo certo, ele é a cara do seu pai, cuspida e escarrada.

7

O soldado de primeira classe Elmo C. Hacketts Jr. se aproximou do xá de Bratpuhr; do doutor Ewing J. Halyard, do Departamento de Estado; de Khashdrahr Miasma, intérprete de ambos; do general de exército Milford S. Bromley; do general William K. Corbett, comandante de campo; do general de brigada Earl Pruitt, comandante da divisão; e de seus ajudantes.

Hacketts estava no meio do Primeiro Esquadrão do Segundo Pelotão da Companhia B do Primeiro Batalhão do Regimento 427 da Divisão 107 de Infantaria do Nono Corpo do Décimo-Segundo Exército e ficou por ali mesmo, batendo o pé esquerdo sempre que o bumbo soava.

— Dii-viiii-sããããão... — gritou o Comandante da Divisão por um alto-falante.

— Re-gi-meen-to... — berraram quatro comandantes de regimento.

— Baa-ta-lhããão... — gritaram doze comandantes de batalhão.

— Com-pa-nhi-a... — bradaram trinta e seis comandantes de companhia.

— Bate-ri-a... — bradaram doze comandantes de bateria.

— Pe-lo-tão... — resmungaram 192 comandantes de pelotão.

— Hacketts — disse o soldado de primeira classe Hacketts para si mesmo.

— Alto!

E Hacketts acatou, um, dois.

— Direi-ta... — disse o alto-falante.

— Direita, direita, direita, direita, direita, direita... — ecoaram duzentas e cinquenta e seis vozes.

— Direita — disse o soldado de primeira classe Hacketts para si mesmo.

— Volll-ver!

Hacketts fez direita volver, um, dois. E encarou os olhos pequeninos e brilhantes do xá de Bratpuhr, líder espiritual de seis milhões de pessoas em algum outro lugar.

O xá fez uma reverência, flexionando levemente o tronco.

Hacketts não devolveu a reverência porque ele não precisava, e ele não faria porcaria nenhuma que não precisasse fazer, fora que ele só tinha mais 23 anos de Exército e depois ficaria livre da vida militar para sempre e o Exército que se danasse, e, se depois desses 23 anos algum coronel, tenente ou general filho da puta aparecesse dizendo "Bata continência", "Recolha aquela bituca", "Vá engraxar os coturnos" ou algo do tipo, ele responderia "Vai tomar no cu, filhão" e mostraria o bom e velho certificado de baixa, cuspiria no olho do desgraçado e iria embora dando risada feito maluco, porque seus vinte e cinco anos de serviço militar haviam terminado e tudo o que ele ia fazer da vida seria visitar a velha turma no Hooker's, em Evansville, e esperar pelo velho cheque da aposentadoria e que todo o Exército fosse para o inferno, camarada, porque já não seria necessário aturar merda de ninguém porque já teria a baixa do Exército e...

O xá bateu palmas, encantado, e continuou encarando o soldado de primeira classe Hacketts, que era um homenzarrão sadio.

— *Niki Takaru!* — gritou o xá, exalando um forte cheiro de *Sumklish.*

— *Takaru* não! — retrucou o doutor Halyard. — Sol--da-dos.

— *Takaru* não? — perguntou o xá, perplexo.

— O que ele disse? — quis saber o general-de-exército Bromley.

— Disse que é um ótimo bando de escravos — respondeu Halyard. Virou de novo para o xá e sacudiu o indicador para o homenzinho de pele negra. — *Takaru* não. Não, não, não.

Khashdrahr também parecia confuso e não ajudou Halyard a esclarecer a questão.

— *Sim koula Takaru, akka sahn salet?* — perguntou o xá a Khashdrahr.

Khashdrahr deu de ombros e olhou para Halyard com um ar questionador.

— O xá perguntou: se não são escravos, como vocês conseguem que eles façam tudo isso?

— Patriotismo — respondeu solenemente o general Bromley. — Patriotismo, ora essa.

— Amor ao país — explicou Halyard.

Khashdrahr traduziu para o xá, que assentiu de leve com a cabeça, mas manteve seu ar de perplexidade.

— *Sidi ba...* — arriscou.

— Hein? — perguntou Corbett.

— Mesmo assim... — traduziu Khashdrahr, que parecia tão desnorteado quanto o xá.

— Es-queer-da... — berrou o alto-falante.

— Esquerda, esquerda, esquerda, esquerda, esquerda, esquerda...

— Esquerda — disse Hacketts para si mesmo.

E Hacketts pensou em como seria ficar sozinho no quartel naquele final de semana, enquanto todo mundo estaria de licença, devido ao ocorrido na inspeção daquela manhã, depois que ele lavou o piso com um esfregão, passou rodo e limpou as janelas ao lado de seu beliche, esticou bem as cobertas e se certificou de que o tubo da pasta de dente tinha ficado à *esquerda* do tubo do creme de barbear, e que as tampas de ambos os tubos apontavam na direção *oposta* ao corredor e que os punhos de suas meias enroladas estavam voltados *para cima* em sua sapateira e que sua bandeja de rancho e sua caneca de rancho e sua colher de rancho e seu garfo de rancho e sua faca de rancho e seu cantil estavam todos reluzindo, que seu rifle de madeira estava encerado e com a parte que imitava metal escurecida, e os coturnos engraxados e que o par extra de coturnos debaixo do beliche estavam com o cadarço no lugar até em *cima* e amarrados e que as roupas em seus cabides estavam dispostas exatamente assim: duas camisas, verde-oliva; duas calças, verde-oliva; três camisas, cáqui; três calças, cáqui; duas camisas, sarja chevron; duas calças, sarja chevron; gandola; camisa de gala, verde-oliva; casaco impermeável, verde-oliva; e que todos os bolsos estavam vazios e abotoados, finalmente o oficial de inspeção apareceu e disse: "Ei, soldado, sua braguilha está aberta, vai ficar sem licença", e...

— Volll-ver.

— Um, dois — disse Hacketts.

— Mar-che...

— Marche, marche, marche, marche, marche, marche...

— Marche — disse Hacketts para si mesmo.

Hacketts ficou considerando para onde diabo iria nos vinte e três anos seguintes, e pensou que seria um alívio sair da porcaria dos Estados Unidos por algum tempo e ir para qualquer outro lugar e talvez se tornar alguém em algum desses países em vez de um vagabundo sem dinheiro em busca de sexo fácil e não conseguindo nada em seu próprio país ou não conseguindo sexo bom, mas ainda assim sexo bem decente se comparado a sexo nenhum, mas de qualquer forma existiam outras coisas na vida além de sexo, e ele gostaria de um pouco de glória, Deus, e talvez houvesse sexo *e* glória no exterior, e, mesmo que não acontecesse nenhum combate, e provavelmente não aconteceria por um bom e longo tempo, ele receberia uma arma de verdade e balas, e nisso havia alguma pequena glória, e pode apostar que isso era bem mais adulto do que marchar para cima e para baixo com uma arma de madeira, e ele também adoraria ser ao menos um pouco promovido, mas conhecia bem o próprio QI, assim como todo mundo, especialmente as máquinas, então seria aquilo ali mesmo por mais vinte e três anos, a não ser que uma das máquinas fundisse uma válvula e errasse a leitura do seu cartão e o enviasse para a Escola de Aspirantes a Oficial, o que raramente acontecia, mas tinha o velho Mulcahy, que adulterou seu cartão com um picador de gelo para que as máquinas achassem que ele estava qualificado para receber uma bela promoção, mas que, em vez disso, acabou recebendo ordens de isolamento no quartel por ter contraído gonorreia vinte e seis vezes, e depois foi transferido para a banda marcial como tocador de trombone quando na verdade não conseguia nem assobiar canções de ninar, mas, de qualquer modo, aquilo era bem melhor que ser dos execráveis Fedidos e Ruídos, e não havia nenhuma grande preocupação e os uniformes eram bonitos, mas o problema é que as calças precisavam ter zíper, e dentro de apenas mais vinte e três anos ele poderia abordar um general ou um coronel filho da puta e dizer "Vai tomar no....".

— Marche!

— Bum! — Soava o bumbo, e o pé esquerdo de Hacketts pisava com força no chão, e lá ia ele no meio daquela vasta e dócil avalanche humana.

— *Takaru* — comentou o xá com Khashdrahr por sobre a barulheira.

Khashdrahr assentiu e sorriu.

— *Takaru.*

— Diabo, não sei mais o que fazer — comentou um desanimado Halyard com o general Bromley. — Esse cara interpreta tudo o que vê de acordo com os termos do próprio país, e o país dele deve ser uma zona.

— *Amerikka vagga bouna, ni houri manko Salim da vagga dinko* — disse o xá.

— O que ele quer agora? — quis saber Halyard, já impaciente.

— Ele disse que os americanos mudaram quase tudo na Terra — explicou Khashdrahr —, mas que seria mais fácil mover o Himalaia do que mudar o Exército.

O xá acenava em despedida às tropas que se afastavam.

— *Dibo, Takaru, dibo.*

8

Paul tomou o café da manhã sozinho, enquanto Anita e Finnerty, em camas bem distantes entre si, dormiam até mais tarde depois de uma noite movimentada.

Sofreu tentando dar a partida no carro até enfim notar que estava sem combustível. Na tarde anterior o tanque estava pela metade, mas depois que ele e Anita foram para o Country Club, Finnerty pegou o carro e rodou bastante.

Paul vasculhou o porta-luvas até encontrar a mangueira de combustível. Fez uma pausa, sentindo que alguma coisa estava faltando. Enfiou novamente a mão no porta-luvas e ficou tateando o espaço. A velha pistola tinha sumido. Olhou no chão do carro e procurou atrás da almofada do assento, mas não a encontrou. Talvez tivesse sido furtada por um menino de rua quando ele foi para Domicílio buscar o uísque. Precisaria fazer uma ocorrência policial imediatamente e preencher todo tipo de formulários. Tentou pensar em alguma mentira que o livrasse de acusações de negligência e não colocasse mais ninguém em apuros.

Mergulhou a mangueira de combustível no tanque do carro, sugou e cuspiu, e então enfiou a outra ponta da mangueira no tanque vazio do Plymouth. Enquanto esperava a conclusão da vagarosa transferência, saiu da garagem e caminhou até um lugar ensolarado e quente.

A janela do banheiro no andar de cima se abriu de forma barulhenta, então ele olhou para o alto e viu Finnerty encarando o próprio reflexo no espelho do armário sobre a pia. Finnerty não percebeu que Paul o observava. Estava com um cigarro torto na boca, que permaneceu ali enquanto ele lavava e esfregava o rosto com movimentos apressados. A cinza na ponta do cigarro foi crescendo e ficando realmente imensa, até a brasa quase encostar nos seus lábios. Finnerty tirou o cigarro da boca, e a cinza comprida caiu. Jogou a bituca na direção da privada, colocou outro cigarro na boca e começou a se barbear. E a cinza foi crescendo cada vez mais. Finnerty aproximou o rosto do espelho, e a cinza se espalhou contra ele. Espremeu uma espinha usando o polegar e o indicador, aparentemente sem sucesso. Ainda olhando atento para a região avermelhada, procurou com uma das mãos alguma toalha, que pegou sem nem olhar, e derrubou na banheira as meias de Anita que estavam no porta-toalhas. Depois de terminar sua rotina de higiene matinal, Finnerty falou algo em voz alta para seu reflexo no espelho, fez uma careta e saiu.

Paul voltou à garagem, enfiou a mangueira enrolada de combustível no porta-luvas e deu partida no Plymouth. O carro estava hesitando de novo: pegava e morria, pegava e morria. Por alguns instantes, isso fez ele esquecer a questão inconveniente da pistola desaparecida. Na ladeira depois do campo de golfe, o motor parecia funcionar com apenas três cilindros, e uma equipe das Unidades de Reconstrução e Recuperação, que erguia uma cerca-viva como proteção contra os ventos ao norte da sede do clube, parou para observar a luta nervosa do veículo contra a gravidade.

— Ei! A lanterna dianteira está quebrada — gritou um dos trabalhadores.

Paul assentiu e sorriu em agradecimento. O carro pifou e finalmente parou, quase no cume da ladeira. Paul puxou o freio de mão e saiu. Ergueu o capô e testou vários contatos. Ferramentas que foram colocadas ao lado do carro fizeram um barulho danado, e meia dúzia de Fedidos e Ruídos enfiaram a cabeça debaixo do capô ao lado de Paul.

— São as velas — disse um homenzinho de olhos brilhantes e aparência italiana.

— Aaaaaaah, uma ova que são as velas — retrucou um homem alto, de rosto corado, o mais velho do grupo. — Peraí que eu vou mostrar onde de fato está o problema. Olha só esse negócio aqui, é isso. — Começou a mexer na bomba de óleo e logo estava com a tampa na mão. Apontou para a gaxeta debaixo da tampa. — Taí — declarou com seriedade, como um professor de cirurgia. — Aí está o problema. A sucção do ar. Percebi assim que ouvi você chegando, a um quilômetro de distância.

— Bem — disse Paul —, acho melhor chamar um reboque. A encomenda de uma gaxeta nova deve levar uma semana.

— Cinco minutos — retrucou o homem alto.

Tirou o chapéu e, com uma expressão satisfeita, arrancou a carneira. Pegou um canivete do bolso, colocou a tampa da bomba de óleo sobre a carneira e cortou um disco de couro do tamanho exato. Depois furou o centro do disco, colocou a nova gaxeta no lugar e tampou a bomba. Os outros assistiam entusiasmados, passavam ferramentas ou se ofereciam para fazer isso, todos tentando participar da operação sempre que possível. Um homem limpou os cristais verdes e brancos de um cabo da bateria. Outro começou a apertar as tampas das válvulas dos pneus.

— Tenta agora! — pediu o homem alto.

Paul deu partida e pisou no acelerador, o motor pegou, roncou rápido e devagar sem pifar nenhuma vez enquanto ele acelerava e desacelerava. Quando ergueu os olhos, viu a profunda satisfação, a exaltação da criatividade, nos rostos dos Fedidos e Ruídos.

Paul tirou a carteira do bolso e entregou duas notas de cinco dólares para o homem alto.

— Uma tá bom — respondeu o homem.

Dobrou a cédula com cuidado e meteu-a no bolso da camisa azul do seu uniforme de trabalho. Abriu um sorriso sarcástico.

— Primeira grana que eu ganho em cinco anos. Devia até emoldurar, hein? — disse o homem, encarando Paul com atenção, pela primeira vez consciente do homem, e não de seu motor. — Acho que conheço você de algum lugar. Trabalha em quê?

Algo fez Paul ter vontade de ser outra pessoa.

— Tenho um mercadinho — mentiu.

— Precisa de um faz-tudo?

— No momento, não. As coisas andam bem paradas.

O homem rabiscava alguma coisa em um pedaço de papel. Furou o papel duas vezes com o lápis, quando a ponta passou sobre uma fenda.

— Pronto... aqui está meu nome. Se você tem máquinas, eu sou o cara que pode mantê-las funcionando. Tenho oito anos de experiência como mecânico de fábrica antes da guerra, e, se não sei alguma coisa, aprendo bem rápido. — Ele estendeu o papel para Paul. — Onde você vai guardar?

Paul enfiou o papel debaixo do bolsinho de plástico transparente da carteira, por cima da carteira de motorista.

— Aqui... bem visível — disse, e então apertou a mão do homem e acenou com a cabeça para os demais. — Obrigado.

O motor pegou sem engasgar e levou Paul para o do topo da ladeira e até o portão das Indústrias Ilium. Um vigia acenou da guarita, uma campainha soou, e o portão de ferro alto, que terminava em pontas de lança, se abriu. Paul avançou até o sólido portão interno, buzinou e ficou olhando com expectativa para uma fenda estreita no concreto, atrás da qual outro guarda estava sentado. O portão subiu com estrondo, e Paul dirigiu até o prédio onde ficava seu escritório.

Subiu as escadas pulando de dois em dois degraus, o único exercício que fazia, e destrancou duas portas externas que o levavam até a sala de Katharine e, em seguida, ao seu escritório.

Katharine mal ergueu os olhos quando ele entrou. Parecia perdida em melancolia, e, no outro lado da sala, sentado no sofá do qual já era praticamente dono, Bud Calhoun olhava fixamente para o chão.

— Posso ajudar? — perguntou Paul.

Katharine suspirou.

— Bud quer um emprego.

— Bud quer um emprego? Ele tem atualmente o quarto emprego mais bem pago em Ilium. Eu não posso oferecer um salário maior do que o que ele já recebe para cuidar do depósito. Bud, você está maluco. Quando eu tinha sua idade, eu não ganhava nem metade...

— Quero um emprego — disse Bud. — Qualquer emprego.

— Você está tentando convencer o Conselho Nacional do Petróleo a aumentar seu salário? Claro, Bud, eu faço uma oferta de salário superior ao que você recebe, mas você precisa me prometer que não vai aceitar.

— Não tenho mais emprego — disse Bud. — Fui demitido.

Paul ficou espantado.

— Sério? Mas por qual motivo? Comportamento indecente? E aquele aparelho que você inventou para...

— Foi isso — respondeu Bud, com uma estranha mistura de orgulho e remorso. — Ele funciona. Faz um ótimo trabalho. — Sorriu, acanhado. — Um trabalho muito melhor do que o que eu fazia.

— Ele cuida da operação toda?

— Sim. É um baita aparelho.

— E por isso você perdeu o emprego.

— Setenta e dois de nós ficamos sem emprego — disse Bud, e se afundou ainda mais no sofá. — Nossa classe profissional foi eliminada. Puf! — Estalou os dedos.

Paul conseguia visualizar o gerente de recursos humanos usando apenas dois dedos para digitar no teclado o código numérico do cargo de Bud e em poucos segundos recebendo da máquina setenta e dois cartões com os nomes de todos os funcionários que ganhavam a vida fazendo a mesma coisa: aquilo que a máquina de Bud agora fazia melhor. E agora as máquinas de recursos humanos do país inteiro seriam reprogramadas para não reconhecer mais aquele cargo como uma atividade realizada por humanos. A combinação de buracos e saliências que Bud tinha sido para as máquinas de recursos humanos não seria mais aceitável. Se ele fosse colocado em uma máquina, ela o cuspiria de volta na mesma hora.

— Eles não precisam mais de P-128 — explicou Bud, desolado —, e não existe nenhuma vaga aberta acima ou abaixo. Eu aceitaria ganhar menos e voltar a ser P-129 ou até P-130, mas não adianta. Está tudo lotado.

— Você tem algum outro número, Bud? — quis saber Paul. — Os únicos números P que somos autorizados a contratar são...

Katharine estava com o *Manual* aberto à sua frente. Já tinha procurado os números.

— P-225 e P-226: engenheiros de lubrificação — disse ela. — E as duas vagas estão ocupadas pelo doutor Rosenau.

— Tem razão, ele ocupa as duas mesmo — concordou Paul.

Bud estava realmente em apuros, e Paul não conseguia pensar em uma forma de ajudá-lo. As máquinas sabiam que as Indústrias Ilium já tinham um engenheiro de lubrificação, e os aparelhos jamais tolerariam um segundo. Se Bud fosse registrado como engenheiro de lubrificação e introduzido nas máquinas, seria cuspido de volta mais uma vez.

Como Kroner vivia dizendo, a eterna vigilância era o preço da eficiência. E as máquinas, incansáveis, estavam sempre vasculhando seus dados em busca de indolentes, aproveitadores e desajustados.

— Você sabe que não depende de mim, Bud — defendeu-se Paul. — Não tenho nenhum poder de decisão sobre quem é contratado.

— Ele sabe — disse Katharine. — Mas ele precisa começar em algum lugar, e achamos que você talvez soubesse de alguma vaga ou pudesse indicar alguém com quem conversar.

— Nossa, isso me deixa mal — lamentou Paul. — Mas por que cargas d'água você recebeu um cargo nas Indústrias Petrolíferas? Você deveria estar fazendo projetos de produto.

— Não tenho aptidão para isso — respondeu Bud. — Os testes comprovaram.

Isso também estaria registrado em seu malfadado cartão. Todas as suas notas em testes de aptidão estavam gravadas ali, de forma irrevogável e imutável, e quem decidia tudo era o cartão.

— Mas você *faz* projetos — insistiu Paul. — E com muito mais imaginação que as prima-donas do Lab.

Lab era o Laboratório Nacional de Pesquisa e Desenvolvimento, mais precisamente um conglomerado criado durante a guerra para reunir todos os estabelecimentos de pesquisa e desenvolvimento do país em uma única sede.

— Você nem é pago para criar projetos — prosseguiu Paul —, e mesmo assim faz um trabalho melhor que o deles. Aquele esquema de telemetria para o oleoduto, seu carro, e agora este monstro que gerencia o depósito...

— Mas o teste discorda — disse Bud.

— E por isso as máquinas discordam — completou Katharine.

— Então é isso — disse Bud. — Acho.

— Você podia falar com o Kroner — sugeriu Paul.

— Tentei, mas não consegui nem passar da secretária. Falei que estava procurando emprego, e ela ligou para o RH. Colocaram meu cartão nas máquinas enquanto ela aguardava na linha; e aí ela desligou com uma cara triste e disse que Kroner estaria em reunião o mês inteiro.

— Talvez sua universidade possa ajudar — disse Paul. — Talvez a máquina que processa as notas estivesse precisando de válvulas novas quando analisou seu teste de desenvolvimento de aptidões.

Paul disse isso sem convicção alguma. Não havia como ajudar Bud. Como dizia a velha piada, os dados já estavam lançados nas máquinas.

— Já escrevi pedindo que checassem minhas notas novamente. Não importa o que eu diga, a resposta é sempre a mesma. — Bud atirou um pedaço de papel milimetrado em cima da mesa de Katharine. — Taí. Escrevi três cartas e recebi três dessas como resposta.

— Hmmm — murmurou Paul.

Ele olhou com desagrado para aquele gráfico tão familiar. Era o chamado Perfil de Aprendizado e Aptidão, e todo universitário recebia um desses com o diploma ao se formar. E o diploma não valia nada, o gráfico era tudo. Quando chegava a formatura, uma máquina reunia as notas dos alunos e todos os seus outros desempenhos, e integrava tudo em um único gráfico: o perfil. O gráfico de Bud era elevado na parte teórica, mas em administração e criatividade parecia baixo, e assim por diante, subindo e descendo ao longo da página inteira até chegar no último atributo: *personalidade.* Em unidades métricas misteriosas e inominadas, cada formando era classificado como possuidor de uma personalidade alta, média ou baixa. Paul verificou que Bud era médio-forte, como se dizia, em termos de personalidade. Quando o recém-formado ingressava na economia, todos os altos e baixos eram traduzidos em perfurações no cartão pessoal.

— Bem, agradeço de qualquer forma — disse Bud de repente, recolhendo os papéis, como se estivesse constrangido por ter sido fraco a ponto de incomodar os outros com seus problemas.

— Vai aparecer alguma coisa — incentivou Paul, e então parou na porta do escritório. — Como você está de dinheiro?

— Vão me manter aqui por mais alguns meses, até todos os novos equipamentos serem instalados. E também ganhei o prêmio do sistema de sugestões.

— Bem, graças a Deus você ganhou alguma coisa com aquilo. Quanto?

— Quinhentos. O maior deste ano.

— Parabéns. Isso ficou registrado no seu cartão?

Bud segurou o retângulo de papelão diante da janela e estudou as chanfras e perfurações.

— Acho que o negocinho está bem aqui.

— Isso é sua vacina contra varíola — corrigiu Katharine, olhando por cima do seu ombro. — Eu também tenho uma dessas.

— Não, o triangulozinho bem ao lado dele.

O telefone de Katharine tocou.

— Sim? — Ela se virou para Paul. — Um tal doutor Finnerty está no portão, pedindo para entrar.

— Se ele só quer papo furado, diga para esperar até o fim da tarde.

— Ele diz que veio ver o complexo, não você.

— Tudo bem; deixe ele entrar.

— O portão está com poucos funcionários — disse Katharine. — Um dos guardas está gripado e de licença. Quem vai fazer a escolta?

Os poucos visitantes que tinham permissão para entrar na Indústrias Ilium circulavam acompanhados por guias, que raramente indicavam as maravilhas do lugar. Os guias andavam armados, e sua função principal era impedir que alguém se aproximasse de controles vitais e os desligasse. O sistema era remanescente da guerra e do período de tumultos do pós-guerra, mas ainda fazia sentido. De vez em quando, mesmo com as leis antissabotagem, alguém teimava que queria destruir alguma coisa. Fazia anos que nada parecido acontecia em Ilium, mas Paul tinha ouvido relatos de outros complexos: sobre um visitante com uma bomba caseira dentro de uma maleta em Syracuse; sobre uma senhora idosa em Buffalo que se distanciou de seu grupo de turistas para colocar seu guarda-chuva em um mecanismo vital, fazendo com que ele parasse de funcionar... Coisas desse tipo ainda aconteciam, e Kroner tinha determinado que os visitantes dos complexos precisavam ser vigiados a todo segundo. Os sabotadores eram provenientes de todas as camadas sociais, incluindo, em pelo menos um caso que acabou sendo abafado, um membro do mais alto escalão. Como Kroner certa vez afirmou, não havia como adivinhar quem tentaria da próxima vez.

— Ah, que se dane, deixem o Finnerty entrar sem acompanhante — disse Paul. — Ele é um caso especial... um veterano de Ilium.

— O regulamento não prevê exceções — alertou Katharine, que conhecia todos os regulamentos de cor, e eram milhares.

— Deixem ele andar à vontade.

— Sim, senhor.

Bud Calhoun acompanhou a cena com um interesse bem maior do que ela merecia, pensou Paul. Era como se estivessem encenando um drama cativante. Quando Katharine desligou, pensou que Bud a olhava com veneração, e ela retribuiu calorosamente.

— Seis minutos — disse Bud.

— Seis minutos para quê? — quis saber Katharine.

— Seis minutos para nada — respondeu Bud. — Levou todo esse tempo para deixar um homem cruzar o portão.

— E daí?

— Três funcionários ocupados por seis minutos: vocês dois e o vigia. Dezoito minutos de trabalho humano no total. Ora, deixá-lo entrar custou mais de dois dólares. Quantas pessoas aparecem por ano nesse portão?

— Umas dez por dia — arriscou Paul.

— Duas mil, setecentas e cinquenta e oito por ano — informou Katharine.

— E vocês discutem cada ocorrência?

— Katharine geralmente cuida disso — disse Paul. — É a parte mais importante do trabalho dela.

— A um dólar por cabeça, são dois mil e setecentos dólares ao ano — disse Bud em tom de reprovação. Apontou para Katharine. — Isso é ridículo! Se o regulamento é inflexível, por que uma máquina não toma essas decisões? Seguir regulamentos não exige raciocínio, é um reflexo. Mesmo construindo um dispositivo com uma exceção programada para Finnerty, o custo total ficaria em menos de cem dólares.

— Preciso tomar muitos tipos de decisões especiais — defendeu-se Katharine. — Acontecem muitas coisas que exigem bem mais que um simples raciocínio rotineiro... bem mais do que poderia ser feito por qualquer máquina.

Bud não estava mais prestando atenção. Estendeu as mãos em paralelo, calculando o tamanho da caixa que estava nascendo em sua imaginação.

— O visitante pode ser um zé-ninguém, um amigo, um empregado, alguém de baixo escalão ou um mandachuva.

O guarda aperta um dos cinco botões na fileira em cima da caixa. Entenderam? Ou o visitante está querendo conhecer o complexo, ou está realizando uma inspeção, ou fazendo uma visita particular, ou veio para uma reunião de negócios. O guarda aperta um dos quatro botões desta fileira. A máquina tem duas luzes: uma vermelha para "não" e outra verde para "sim". Qualquer que seja o regulamento, bingo! As luzes indicam ao guarda o que ele precisa fazer.

— Ou podemos colocar um memorando sobre o regulamento na parede da guarita — disse Paul.

— Sim — respondeu Bud bem devagar, parecendo surpreso —, vocês *podem* fazer isso.

Estava claro que, para ele, só uma pessoa muito banal levaria *aquela* solução a sério.

— Estou revoltada — protestou Katharine com a voz embargada. — Você não tem o direito de sair por aí dizendo que uma máquina pode fazer o que eu faço.

— Ora, vamos, querida... não é nada pessoal.

Katharine começou a chorar. Paul fugiu para seu escritório e fechou a porta.

— Sua esposa no telefone — anunciou a voz entrecortada de Katharine pelo interfone.

— Sim, Anita?

— Kroner deu notícias?

— Não. Aviso se isso acontecer.

— Espero que ele tenha se divertido ontem à noite.

— Ele se divertiu... ou pelo menos acredita nisso.

— Finnerty está por aí?

— Sim, em algum canto do complexo.

— Você precisa ver como ele deixou o banheiro.

— Eu assisti a todo o processo.

— Ele acendeu quatro cigarros e esqueceu de todos. Um em cima do armário da pia, outro no parapeito da janela, outro em cima da privada e o último na prateleira das escovas de dentes. Nem consegui tomar meu café da manhã. Ele precisa ir embora.

— Eu falo com ele.

— E o que você vai dizer ao Kroner?

— Ainda não sei. Não sei o que ele vai dizer.

— Finge que eu sou o Kroner e acabei de dizer, como quem não quer nada: "Bem, Paul, a vaga de Pittsburgh ainda está aberta." Qual seria a sua resposta?

Ela nunca se cansava desse jogo, que exigia cada migalha da paciência de Paul. Anita sempre se colocava no papel de uma pessoa influente e obrigava Paul a encenar um diálogo com ela. Em seguida fazia uma análise crítica, quando as respostas dele eram esmiuçadas, editadas e aperfeiçoadas. Nunca nenhum diálogo real se aproximava das fantasias de Anita, o que servia acima de tudo para provar como era superficial a noção que ela tinha sobre homens de negócios e a conduta profissional.

— Anda — provocou ela.

— Pittsburgh, é? — respondeu Paul. — Caramba! Uau!

— Não, para, estou falando sério — retrucou Anita com a voz firme. — O que você vai dizer?

— Querida, estou ocupado agora.

— Certo; pense bem sobre isso e depois me ligue. Sabe o que eu acho que você deveria dizer?

— Depois eu te ligo.

— Certo. Tchau. Eu te amo.

— Eu *também* te amo, Anita. Tchau.

— Ligação do doutor Shepherd — anunciou Katharine.

Paul pegou o telefone, que já estava úmido.

— O que houve agora, Shep?

— Tem um homem não autorizado no Prédio 57! Mande os guardas para cá.

— É o Finnerty?

— É um homem não autorizado — respondeu Shepherd, teimando.

— Certo. É um Finnerty não autorizado?

— Sim... mas isso não vem ao caso. O nome não faz diferença. Ele está andando por aqui sem acompanhante, e você sabe o que Kroner pensa sobre isso.

— Eu dei permissão. Sei que ele está por aí.

— Você está *me* colocando em uma posição delicada.

— Não entendi.

— Ora, eu sou o responsável por esses prédios, e você está me mandando ignorar ordens bem específicas do Kroner. Quem vai levar a culpa se essa história vazar?

— Olha, esquece isso. Não tem problema. Eu assumo a responsabilidade.

— Em outras palavras, você está *ordenando* que eu deixe o Finnerty zanzar por aqui sem escolta.

— Sim... isso mesmo. Estou *ordenando.*

— Certo, só queria ter certeza de que tinha entendido. Berringer também estava na dúvida, por isso eu o coloquei na extensão.

— Berringer? — questionou Paul.

— Isso! — respondeu Berringer.

— Quero que isso fique entre nós, só isso.

— Você que manda — respondeu Berringer, seco.

— Ficou tudo claro agora, Shepherd? — perguntou Paul.

— Acho que sim. Está entendido também que você o autorizou a fazer desenhos?

— Desenhos?

— Plantas.

Nesse instante, Paul percebeu que seu bom senso tinha sido deixado de lado por questões mais emocionais, mas decidiu que era tarde demais para resolver a situação com elegância.

— Deixe ele fazer o que quiser. Ele pode aparecer com ideias úteis. Entendido?

— Você que manda — disse Shepherd. — Não é mesmo, Berringer?

— Ele que manda — confirmou Berringer.

— Eu que mando — disse Paul, e bateu o telefone no gancho.

Bud Calhoun ainda estava tentando se entender com Katharine na sala ao lado. Sua voz havia se tornado agradável e penetrante. Paul conseguia ouvir trechos da conversa.

— Em última análise — dizia Bud —, até que não seria muito difícil substituir *esse daí* por um aparelho.

Paul tinha uma ideia da direção para qual apontava o indicador curto e gorducho de Bud.

9

Tudo indicava que Finnerty tinha encontrado muitas fontes de diversão nas Indústrias Ilium. Só surgiu no escritório de Paul no final da tarde. Quando enfim apareceu, Katharine Finch deu um gritinho de surpresa. Ele tinha atravessado sozinho duas portas trancadas, usando chaves que provavelmente tinha esquecido de devolver quando deixou o complexo e se mudou para Washington, anos antes.

Como Paul estava com a porta entreaberta, ele ouviu a conversa.

— Não precisa sacar sua arma, moça. Meu nome é Finnerty.

Katharine realmente tinha uma pistola guardada em algum lugar da escrivaninha, mas não tinha munição. Secretárias que andavam armadas também eram uma herança dos velhos tempos; uma regra que Kroner conhecia bem, a ponto de revalidar em uma de suas diretrizes.

— Você não tem autorização para possuir essas chaves — respondeu ela.

— Andou chorando? — perguntou Finnerty.

— Vou conferir se o doutor Proteus pode receber você.

— Por que você está chorando? Olha... nenhuma luz vermelha se acendeu, nenhum alarme tocou, o mundo está nos conformes.

— Deixa ele entrar, Katharine — gritou Paul.

Finnerty entrou no escritório e sentou na ponta da escrivaninha de Paul.

— O que aconteceu com a Senhorita Regulamento ali na outra sala?

— Terminou o noivado. O que você quer?

— Achei que a gente podia sair para tomar uns drinques... se você estiver a fim de me ouvir.

— Beleza. Vou ligar para Anita e avisar que vamos chegar tarde para o jantar.

Katharine colocou Anita na linha, e Paul contou seus planos à esposa.

— Já decidiu o que vai dizer ao Kroner se ele comentar que a vaga de Pittsburgh ainda está aberta?

— Não... tive um dia horroroso.

— Bem, eu andei pensando nisso, e...

— Anita, eu preciso ir.

— Tudo bem. Eu te amo.

— Eu *também* te amo, Anita. Tchau. — Paul ergueu os olhos para Finnerty. — Certo, vamos.

De algum modo ele se sentia como um conspirador, e essa sensação melhorou um pouco seu ânimo. Estar com Finnerty causava-lhe essa sensação. Um ar de mistério pairava ao redor do colega, uma sugestão de que ele conhecia mundos insuspeitos por outras pessoas: um homem de ausências inexplicadas, de amigos fantasmagóricos. Na verdade, Finnerty confidenciava a Paul pouquíssimas coisas surpreendentes, e lhe concedia apenas a ilusão de compartilhar daqueles mistérios, se é que de fato existia algum mistério. A ilusão era suficiente. Preenchia um vazio na vida de Paul, que partiu alegre para tomar um drinque com aquele homem estranho.

— Há algum lugar para onde eu possa telefonar se precisar falar com o senhor? — quis saber Katharine.

— Infelizmente não — respondeu Paul.

Planejava ir ao Country Club, onde seria bem fácil encontrá-lo, mas, por impulso, resolveu satisfazer seu apetite por um ar de mistério.

Finnerty tinha vindo até Ilium na minivan de Paul e Anita. Deixaram o carro por lá e pegaram o velho carro de Paul.

— Vamos cruzar a ponte — disse Finnerty.

— Achei que fôssemos para o clube.

— Hoje é quinta, não é? Os gerentes cívicos ainda promovem aquele grande jantar das quintas por lá?

Os gerentes cívicos eram os administradores de carreira que governavam a cidade. Viviam do mesmo lado do rio que os gerentes e engenheiros das Indústrias Ilium, mas o contato entre os dois grupos raramente passava do superficial e, tradicionalmente, era marcado por desconfiança. A dissidência, como tantas outras coisas, vinha da guerra, quando a economia, em nome da eficiência, havia se tornado monolítica. Por isso, surgiu a questão sobre quem cuidaria dela. Burocratas, diretores de empresas e indústrias ou militares? Empresas e burocracia se aliaram por tempo suficiente para subjugar os militares e desde então operavam lado a lado, de modo abusivo e suspeito, mas, assim como Kroner e Baer, incapazes de fazer um serviço completo sem que um ajudasse o outro.

— Ilium não mudou muito — disse Paul. — Os gerentes cívicos vão mesmo estar por lá. Mas ainda está cedo... Se chegarmos agora, vamos conseguir um local mais reservado no bar.

— Prefiro compartilhar um leito em um leprosário.

— Certo; então vamos cruzar a ponte. Só me deixe vestir alguma coisa mais confortável.

Paul parou o carro pouco antes de chegar na ponte e trocou o paletó pela jaqueta de couro guardada no porta-malas.

— Andei me perguntando se você ainda fazia isso. É até a mesma jaqueta, né?

— É um hábito.

— O que um psiquiatra diria sobre isso?

— Diria que é um tapa no meu velho, que nunca ia a lugar algum sem um chapéu de feltro e um terno de abotoamento duplo.

— Você acha que ele era um canalha?

— Como vou saber como era meu pai? O editor do *Quem é Quem* sabe tanto quanto eu. O sujeito mal aparecia em casa.

Dirigiam por Domicílio. De repente Paul estalou os dedos, como se tivesse lembrado de alguma coisa, e pegou uma rua transversal.

— Preciso dar uma passadinha na delegacia. Você se importa de esperar?

— O que houve?

— Quase me esqueci. Alguém pegou minha pistola no porta-luvas ou vai ver ela caiu, sei lá.

— Pode seguir em frente.

— Acho que só vai levar um minuto.

— Eu peguei a pistola.

— Você? Por quê?

— Senti que talvez eu quisesse me dar um tiro — respondeu Finnerty, com a maior naturalidade. — Cheguei até a ficar um tempo com o cano enfiado na boca, com o dedo no gatilho por uns dez minutos.

— E onde ela está agora?

— Em algum ponto no fundo do rio Iroquois. — Finnerty lambeu os lábios. — Fiquei com gosto de óleo e metal na boca até o jantar. Pegue a esquerda.

Paul tinha aprendido a ouvir com calma simulada quando Finnerty mencionava seus momentos mórbidos. Quando estava com Finnerty, gostava de fingir que compartilhava dos pensamentos íntimos dele, fantasiosos, ora brilhantes, ora sombrios. Era quase como se Paul estivesse insatisfeito com a própria relativa tranquilidade. Finnerty vivia falando de suicídio sem mostrar grandes emoções, mas pelo jeito fazia isso por sentir prazer em saborear a ideia. Se tivesse mesmo alguma inclinação suicida, já estaria morto há muito tempo.

— Acha que sou louco? — perguntou Finnerty.

Parecia esperar uma reação mais forte de Paul.

— Você ainda está são. Acho que esse é o teste.

— Ainda estou são... *ainda*.

— Um psiquiatra talvez ajude. Conheço um cara bom em Albany.

Finnerty balançou a cabeça.

— Um psiquiatra me deixaria centrado novamente, e eu quero ficar o mais perto possível da margem sem desabar. Quando estamos à margem percebemos coisas que não conseguimos notar quando estamos no centro — meneou a cabeça. — Coisas grandes, jamais sonhadas por alguém: as pessoas que estão à margem enxergam primeiro. — Colocou a mão sobre o ombro de Paul, que lutou contra um reflexo que de repente o fez querer se afastar. — Aqui está o lugar que queremos — anunciou Finnerty. — Estaciona aqui.

Tinham circulado por vários quarteirões e retornado às proximidades da ponte, em frente ao mesmo bar que Paul visitou para comprar o uísque. Paul, revisitando as memórias incômodas do estabelecimento, sentiu vontade de ir para outro lugar, mas Finnerty já tinha saído do carro em direção à entrada.

Aliviado, Paul percebeu que a rua e o bar estavam quase desertos, então havia poucas chances de encontrar alguma testemunha de seu constrangimento no dia anterior. Não havia nenhum hidrante aberto, mas bem ao longe, na direção de Edison Park, soava baixinho a música de uma banda, uma dica de onde todos deveriam estar.

— Ei, sua lanterna está quebrada — disse um homem, espiando pela porta do bar.

Paul passou apressado por ele, sem olhar direito.

— Obrigado.

Paul só se virou para dar outra olhada no homem quando alcançou Finnerty na luz mortiça do bar, e foi então que pôde ver as costas curtas e largas do desconhecido. O pescoço era compacto e vermelho, e por trás das orelhas reluziam os ganchos dos óculos de armação de aço. Então Paul percebeu que era o mesmo homem que estava sentado ao lado de Rudy Hertz naquela noite, o homem cujo filho tinha acabado de fazer dezoito anos. Paul se lembrou que, no pânico do momento, havia prometido que conversaria com Matheson, o diretor de colocação, a respeito do rapaz. Talvez o homem não tivesse reconhecido Paul, que se enfiou em uma mesa com Finnerty no canto mais escuro da sala.

O homem se virou e sorriu, os olhos perdidos por trás das lentes leitosas e espessas dos óculos fundo de garrafa.

— O senhor é muito bem-vindo, doutor Proteus — disse ele. — Não é sempre que alguém pode fazer um favor a alguém em sua posição.

Paul fingiu não ter ouvido aquilo e voltou sua atenção para Finnerty, que usava uma colher para remexer o conteúdo de um açucareiro. Alguns dos grãos brancos caíram, e Finnerty, parecendo ausente, usou a ponta de um dedo para desenhar ali o símbolo matemático do infinito.

— Curioso pensar no que eu esperava deste reencontro, no que imagino que todo mundo espere de reencontros afetuosos. Pensei que, se te encontrasse, todo tipo de problema seria esclarecido de alguma forma e eu voltaria a raciocinar direito — confessou Finnerty.

Sua sinceridade para com as poucas relações afetivas que tinha deixava Paul desconcertado. Descrevia seus sentimentos com palavras que Paul nunca conseguiria usar ao falar de um amigo: amor, afeto e outras geralmente atribuídas a casais jovens e inexperientes. Não tinha nada de homossexual naquele discurso: eram expressões arcaicas de amizade vindas de um homem indisciplinado, em uma época em que a maioria dos homens parecia sentir um pavor mortal de ser considerado um maricas, mesmo que por apenas meio segundo.

— Acho que eu também torcia por uma espécie de renascimento — disse Paul.

— Mas logo a gente percebe que velhos amigos são velhos amigos, e nada mais... não são mais sábios que ninguém, nem têm uma capacidade maior de ajudar. Mas, que diabo, isso não significa que eu não esteja muito feliz em rever você.

— Só servimos nas mesas depois das oito — alertou o barman.

— Eu busco — ofereceu-se Finnerty. — O que vai ser?

— *Bourbon*... com água sem gás. Bem diluído, fraco. Anita está aguardando nossa chegada daqui a uma hora.

Finnerty voltou com dois uísques com soda, bem fortes.

— Colocaram água? — quis saber Paul.

— O *bourbon* já tem bastante água. — Finnerty varreu o açúcar da mesa com a palma da mão. — É a solidão — disse, como se estivesse retomando o assunto de uma conversa interrompida. — É a solidão, a sensação de não pertencer a lugar nenhum. No passado, quase enlouqueci de solidão aqui e achei que as coisas seriam melhores em Washington, que iria conhecer muitas pessoas que admiraria e com quem iria me sentir à vontade. Washington é pior,

Paul... é Ilium elevada a dez. Homens estúpidos, arrogantes, cheios de si, sem imaginação e sem humor. E as mulheres, Paul... esposas chatas alimentando-se do poder e da glória dos maridos.

— Ora, Ed, deixa disso — disse Paul, sorrindo —, são pessoas de bom coração.

— E quem não é? Eu não sou, acho. O complexo de superioridade dessa gente é o que me pega de jeito, essa hierarquia desgraçada que compara humanos com máquinas. Quem acaba saindo vencedor é um tipo bem medíocre de ser humano.

— Lá vem mais! — gritou da porta o homem com óculos fundo de garrafa.

De longe vinha um som de marcha e a batida de um bumbo. O barulho ficou mais próximo, um apito soou e uma banda de metais explodiu em música.

Paul e Finnerty correram até a porta.

— Quem são eles? — gritou Finnerty para o homem com óculos fundo de garrafa.

O homem sorriu.

— Acho que eles não querem que ninguém saiba. É segredo.

Na dianteira do cortejo, cercado de quatro trompetistas fantasiados de árabes, marchava um senhor todo enfeitado e sério, usando turbante e pantalonas, aninhando nos braços com muito cuidado uma presa de elefante inscrita com símbolos misteriosos. Logo atrás dele vinha uma enorme bandeira quadrada, erguida bem alto por um gigante meio desequilibrado, que se manteve firme apesar do vento graças aos doze árabes que puxavam cordas coloridas. A bandeira, que de longe parecia poder explicar tudo aquilo, tinha um bordado com quatro linhas escritas em um alfabeto há muito esquecido ou talvez recém-inventado, acompanhadas de quatro corujas verdes sobre um campo de damasco. Atrás vinha a banda, dando continuidade ao tema árabe. Flâmulas com corujas estavam penduradas nos instrumentos metálicos, e as inscrições da bandeira se repetiam, para o caso de alguém não ter notado, em um bumbo enorme de uns três metros e meio de diâmetro, conduzido por uma carroça.

— Viva — falou em voz baixa o homem com óculos fundo de garrafa.

— Por que você está aplaudindo? — perguntou Finnerty.

— Não acha merecido? Estou aplaudindo principalmente Luke Lubbock. Aquele com a presa de elefante.

— Ele está muito bem mesmo — admitiu Finnerty. — E o que ele representa?

— É segredo. Se ele revelasse, não poderia mais fazer esse papel.

— Ele parece ser a coisa mais importante.

— Depois da presa de elefante.

O desfile dobrou uma esquina, o apito soou mais uma vez, e a música parou. Mais adiante na rua, outro apito ecoou, e tudo recomeçou, quando um bando de gaiteiros de foles vestindo *kilts* surgiu.

— Está tendo um torneio de bandas no parque — disse o homem dos óculos. — Vão ficar passando por horas. Vamos entrar e tomar um drinque.

— A gente que paga? — quis saber Finnerty.

— E quem mais pagaria?

— Esperem — disse Paul. — Acho que isso vai ser interessante.

Um automóvel tinha acabado de chegar, vindo do lado norte do rio, e o motorista buzinava irritado para as bandas que bloqueavam seu caminho. Os metais e as gaitas de foles guincharam uns para os outros até que a última fileira de foliões entrou em uma rua transversal. Quando Paul reconheceu o motorista, já era tarde demais para se esconder. Shepherd olhou para ele espantado, com certo ar de censura, ensaiou um aceno e seguiu em frente. Espiando pelo vidro traseiro estavam os olhinhos de Fred Berringer.

Paul se recusou a dar muita importância àquele incidente. Sentou na mesa com o homem baixo e corpulento, enquanto Finnerty saiu para buscar mais drinques.

— Como vai o seu filho? — perguntou Paul.

— Filho, doutor? Ah, ah, claro... meu filho. O senhor disse que ia falar com o Matheson sobre ele, não foi? E o que disse nosso bom Matheson?

— Ainda não falei com ele. Pretendia fazer isso, mas ainda não tive oportunidade.

O homem assentiu.

— Matheson, Matheson... por baixo daquela aparência fria bate um coração de gelo. Bem, não faz mal. Nem precisa mais falar com ele. Meu garoto já se arranjou.

— É mesmo? Fico feliz em saber.

— Sim, ele se enforcou na cozinha hoje de manhã.

— Meu Deus!

— Sim. Contei a ele o que o senhor me disse ontem, e foi tão desanimador que ele simplesmente desistiu. Melhor assim. Tem gente *demais* por aí. Opa! Você está derramando a bebida!

— O que está acontecendo? — perguntou Finnerty.

— Eu estava contando ao doutor que meu filho não conseguiu encontrar um bom motivo para continuar vivo, e por isso deu o fora hoje de manhã... usando o cabo de ferro de passar.

Paul cobriu os olhos.

— Meu Deus, ah, meu Deus. Eu sinto muito.

O homem olhou para Finnerty com um misto de perplexidade e irritação.

— Nossa, por que diabo fui inventar isso? Beba seu drinque, doutor, e recomponha-se. Eu não tenho filho nenhum, nunca tive — sacudiu o braço de Paul. — Está me ouvindo? É tudo mentira.

— Então por que eu não arrebento essa sua cabeça estúpida? — ameaçou Paul, quase levantando da mesa.

— Porque esse lugar é muito apertado — disse Finnerty, obrigando Paul a ficar sentado e colocando os drinques sobre a mesa.

— Desculpa — disse o homem a Paul. — Eu só queria ver como um supercérebro funciona. Qual o seu QI, doutor?

— O registro é público. Por que você não descobre sozinho?

Era um registro público. O QI de todos, medido pelo Exame Nacional Padronizado de Classificação Geral, podia ser consultado por qualquer um na delegacia de Ilium.

— Vamos — insistiu Paul, ácido. — Faça mais experimentos comigo. Eu adoro.

— Você escolheu um péssimo espécime se queria descobrir como é o pessoal do outro lado do rio — disse Finnerty. — Esse cara aqui é meio diferentão.

— Você também é engenheiro?

— Era, até pedir demissão.

O homem pareceu surpreso.

— Se você não estiver de brincadeira comigo, isso é realmente muito esclarecedor, sabia? Então existem pessoas descontentes?

— Que a gente conheça, duas — respondeu Finnerty.

— Olha, quer saber? Por um lado seria melhor não ter conhecido vocês. É bem mais conveniente pensar na oposição como uma simples massa homogênea e equivocada. Agora tenho que sujar meus conceitos com exceções.

— E como você acabou virando Sócrates por aqui? — perguntou Paul.

— O nome correto é Lasher, reverendo James J. Lasher, R-127 e CS-55. Capelão das Unidades de Reconstrução e Recuperação.

— O primeiro número identifica pastores protestantes. E o segundo, esse tal de CS? — perguntou Finnerty.

— Cientista social — explicou Lasher. — O cinquenta e cinco designa antropólogo com mestrado.

— E o que um antropólogo faz hoje em dia? — quis saber Paul.

— A mesma coisa que um pastor excedente... vira alguém sustentado pelo Estado, um chato ou, mais provavelmente, um bêbado ou um burocrata. — Ficou olhando para Paul e Finnerty. — O doutor Proteus eu já conheço. E o senhor, quem é?

— Finnerty, Edward Francis Finnerty, Ph.D., ex-EC-002.

— Temos aqui um item de colecionador... um zero-zero-dois! — exclamou Lasher. — Já conheci vários zeros, mas nunca um duplo zero. Acho que você é a pessoa mais bem classificada com quem já bati um papo amigável. Se o papa se mudasse para este país, ficaria apenas um grau acima... nos números-R, é claro. Ele seria um R-001. Ouvi falar que estão guardando esse número para ele, apesar das objeções de bispos anglicanos, que também querem o R-001. É um tema delicado.

— Podiam dar ao papa um número negativo — sugeriu Paul.

— Com isso os anglicanos concordariam. Meu copo está vazio.

— E que conversa é essa sobre o pessoal do outro lado do rio ser a oposição? — perguntou Paul. — Você acha que fazemos algo demoníaco?

— *Demoníaco* é uma palavra muito forte. Eu diria que vocês desmascararam as banalidades que os clérigos se ocupavam de vender, pelo menos a maioria deles. Quando eu tinha uma congregação, antes da guerra, costumava dizer aos fiéis que a vida do espírito voltada para Deus era a coisa mais importante nas vidas deles e que, comparado a isso, os papéis que eles desempenhavam na economia não significavam nada. Agora, vocês projetaram um sistema que exclui os cargos que essas pessoas ocupavam na economia e no mercado, e a maior parte delas está descobrindo que, sem isso, restou pouco mais do que nada. Bem menos que o suficiente, na melhor das hipóteses. Meu copo está vazio. — Lasher suspirou. — O que você esperava? — prosseguiu ele. — As pessoas foram condicionadas por gerações e gerações a idolatrar a competição e o mercado, a produtividade e a utilidade econômica, a inveja do vizinho... e bum! Tudo isso foi arrancado delas de uma hora para a outra. Elas não podem mais participar de coisa nenhuma, não podem mais ser úteis. Sua cultura inteira foi implodida. Meu copo está vazio.

— Acabei de encher — disse Finnerty.

— Ah, encheu mesmo. — Lasher bebericou, pensativo. — Essas pessoas que foram substituídas precisam de algo, algo que os clérigos não têm como suprir... ou é impossível para elas aceitar o que os clérigos têm a oferecer. Os clérigos afirmam que isso é o bastante, e a Bíblia também. As pessoas dizem que não é o bastante, e acho que elas têm razão.

— Se elas gostavam tanto do sistema antigo, por que reclamavam tanto dos empregos que tinham, quando ainda existiam? — perguntou Paul.

— Ah, esse nosso problema atual vem de muito longe, não começou na última guerra. Os empregos em si talvez não tenham sido confiscados das pessoas, mas o sentimento de participação, o sentimento de importância, foram. Vá a uma biblioteca um dia e dê uma olhada nas revistas e jornais de antigamente até a época da Segunda Guerra Mundial.

Mesmo naquele tempo já se falava muito sobre o *know-how* ser o responsável pela vitória na guerra da produção... o *know-how*, não as pessoas, não as pessoas *medíocres* que faziam a maior parte das máquinas funcionar. E o pior de tudo é que isso era mesmo verdade. Já naquela época, metade das pessoas, ou até mais, não entendia muito sobre as máquinas que usavam para trabalhar ou sobre as coisas que fabricavam. Sem dúvida elas participavam da economia, mas não de um modo muito satisfatório para o ego. E também havia toda aquela propaganda incentivando as fantasias das pessoas, como se elas fossem crianças que ainda acreditavam em Papai Noel.

— Como assim? — perguntou Paul.

—Você sabe... aqueles anúncios sobre o sistema americano, ou seja, gerentes e engenheiros serem os responsáveis pela grandeza dos Estados Unidos. Esses anúncios propagavam a ideia de que gerentes e engenheiros tinham dado tudo aos Estados Unidos: florestas, rios, minérios, montanhas, petróleo... a coisa toda.Uma coisa muita estranha — prosseguiu Lasher. — Esse espírito de cruzada de gerentes e engenheiros, a visão do desenho industrial, produção e distribuição como uma espécie de guerra santa: todo esse folclore foi criado por publicitários e relações públicas, antigamente contratados por gerentes e engenheiros para tornarem as grandes empresas populares, algo que certamente não eram no início. Agora, engenheiros e gerentes acreditam piamente nas coisas gloriosas que as pessoas contratadas por seus antepassados disseram. A conversa mole de ontem virou o sermão de hoje.

— Bem — disse Paul —, você precisa admitir que eles fizeram umas coisas bem incríveis durante a guerra.

— Claro! — exclamou Lasher. — Eles fizeram pelo esforço de guerra uma coisa que realmente parecia uma cruzada... mas — deu de ombros — todo mundo fez a mesmíssima coisa pelo esforço de guerra. Todo mundo teve um comportamento incrível. Até eu.

— Você insiste em manchar a reputação de gerentes e engenheiros — disse Paul. — Mas e os cientistas? Eu acho que...

— Isso não vem ao caso — cortou Lasher, impaciente. — Eles apenas contribuem para o conhecimento. Não é o conhecimento que está causando problemas; é o uso que estão fazendo dele.

Finnerty balançou a cabeça, admirado.

— Então, como solucionar isso agora?

— É uma pergunta assustadora — disse Lasher. — E também a coisa em que mais gosto de pensar quando bebo. Este é meu último drinque, por sinal. Não gosto de ficar bêbado. Bebo porque tenho medo... só um pouco de medo, então não preciso beber tanto. As coisas, cavalheiros, estão se encaminhando para o surgimento de um falso Messias, e, quando ele chegar, a batalha vai ser sangrenta.

— Messias?

— Mais cedo ou mais tarde alguém vai conquistar o imaginário dessas pessoas com alguma mágica nova. Por trás de tudo vai estar uma promessa de recuperar o sentimento de participação, o sentimento de ser necessário na Terra... ora, diabo, a *dignidade.* A polícia está sempre de olho em gente assim, pronta para mandar todos para a cadeia com ajuda da legislação antissabotagem. Só que, mais cedo ou mais tarde, alguém vai passar despercebido por tempo suficiente para conseguir organizar um movimento.

Paul acompanhou com atenção a expressão de Lasher e concluiu que, longe de se horrorizar com essa insurreição iminente, o homem parecia bastante atraído pela ideia.

— E depois vem o quê? — perguntou Paul.

Pegou o copo e ficou batendo os cubos de gelo contra os dentes. Tinha terminado o segundo drinque e queria mais um.

Lasher deu de ombros.

— Ah, vai saber... profetizar é uma tarefa ingrata, e a história sabe muito bem como nos mostrar o que, em retrospecto, são soluções muito lógicas para confusões terríveis.

— Profetize assim mesmo — pediu Finnerty.

— Bem... eu acho um erro muito grave manter público o QI de cada cidadão. Acho que a primeira atitude que os revolucionários tomariam seria eliminar todo mundo que tivesse um QI superior a, digamos, 110. Se eu estivesse do mesmo lado do rio que vocês, impediria o acesso aos registros de QI e mandaria destruir as pontes.

— Então as pessoas de QI 100 atacariam as de 110, as de 90 atacariam as de 100, e assim por diante — sugeriu Finnerty.

— Talvez. Algo desse tipo. Sem dúvida as coisas estão se encaminhando para uma guerra de classes baseada em linhas demarcatórias estabelecidas por conveniência. E preciso dizer que a premissa básica da situação atual é uma perfeita incitação à violência: quanto mais inteligente você for, melhor você é. Antes era quanto mais rico, melhor. E vocês precisam admitir que, para os excluídos desses grupos, ambos os casos são bem difíceis de engolir. Inteligência é um critério melhor que dinheiro, mas... — mostrou com os dedos um espaço de um milímetro e meio — ... só *este* pouquinho.

— É a mais rígida das hierarquias — admitiu Finnerty. — Como alguém vai aumentar o próprio QI?

— Exatamente — concordou Lasher. — E tem como alicerce mais do que a simples capacidade intelectual... baseia-se em formas específicas de capacidade intelectual. Não basta a pessoa ser inteligente, ela precisa ser inteligente segundo determinados requisitos aprovados e úteis: basicamente, gerência ou engenharia.

— Ou se casar com alguém inteligente — interveio Finnerty.

— O sexo ainda consegue destruir qualquer tipo de estrutura social... você tem razão — admitiu Lasher.

— Com peitos grandes você entra onde quiser — disse Finnerty.

— Bem, é um consolo saber que pelo menos uma coisa não muda há séculos, não acham? — Lasher sorriu.

Houve uma pequena agitação perto do balcão, e Lasher se inclinou na mesa para ver o que estava acontecendo.

— Ei — gritou. — Luke Lubbock, vem cá.

Luke, o senhor muito sério que havia carregado a presa de elefante na dianteira do desfile, aproximou-se vindo do balcão, tragando goles de cerveja no trajeto e olhando com nervosismo para o relógio. Suava muito e parecia sem fôlego, como alguém que acabou de correr. Trazia debaixo do braço um pacote grande, embrulhado em papel pardo.

Paul comemorou a chance de analisar mais de perto a magnífica fantasia de Luke. Como um cenário teatral, tinha sido desenhada para impressionar de longe. Quando vista de perto, revelava que o esplendor era uma farsa de tecido barato, vidro colorido e tinta automotiva. Em sua cintura havia um punhal cravejado de pedras falsas, feito de compensado, com uma coruja no punho. Imitações de rubi, grandes como ovos de tordo-americano, montados sobre broches em forma de sol radiante, estavam pendurados ao acaso na parte da frente de sua blusa lilás. Os punhos da blusa e das pantalonas verde-jade eram rodeados por pequenos círculos de sininhos minúsculos, e, novamente, um par de corujas em miniatura ficava pendurado na parte de cima das sapatilhas douradas.

— Luke, você está fabuloso — elogiou Lasher.

Os olhos de Luke brilharam em sinal de concordância, mas ele era um homem importante, ocupado demais para perder tempo respondendo a elogios.

— É demais, demais — respondeu. — Agora preciso me trocar para desfilar com o grupo Parmesão. Eles estão me esperando ali na rua, então preciso me trocar, mas um infeliz se trancou no banheiro e não tenho onde me vestir. — Olhou ao seu redor. — Vocês deixam eu me trocar aqui, com vocês fazendo uma cortina para mim?

— Pode apostar — respondeu Finnerty.

Deixaram Luke se contorcer nas sombras do canto do bar, e Paul se percebeu animado, olhando de soslaio em busca de mulheres.

Resmungando, Luke começou a tirar a roupa. Jogou o cinto e o punhal em cima da mesa, onde desabaram com um baque considerável. A pilha colorida e brilhante foi crescendo, até que, vista de longe, parecia digna de estar na ponta de um arco-íris.

Paul relaxou a vigília por um instante para dar uma espiada em Luke e ficou chocado com a transformação. O homem estava só de cueca, esfarrapada e sem cor, e não muito limpa. E, de algum modo, Luke tinha encolhido e adquirido uma aparência triste, cheia de calombos e cicatrizes, e esquelética. Estava calado, sem falar nada e sem olhar nos olhos de ninguém. De uma forma quase desesperada, rasgou com ansiedade o pacote de papel pardo, de onde tirou um uniforme azul-pálido, cheio de bordados de ouro e com enfeites pendurados. Vestiu as calças, as botas pretas e o paletó com dragonas majestosas. Luke estava voltando a crescer, recuperando a cor e, quando pendurou o sabre na cintura, já estava falante de novo... importante e forte. Embrulhou a outra fantasia no papel pardo, deixou o pacote com o barman e saiu correndo para a rua, sacudindo o aço desembainhado.

Um apito soou, e os Parmesãos se alinharam atrás de Luke para serem conduzidos a gloriosas aventuras em um mundo de sonhos, sobre o qual as pessoas que estavam nas calçadas só podiam especular.

— Mágica inofensiva: o bom e velho embuste — Lasher deu risada. — E vocês ficam preocupados com hierarquias: Luke, com um QI de aproximadamente 80, tem títulos que fariam Carlos Magno parecer um ajudante de cozinha. Mas esse tipo de coisa logo perde a graça para todo mundo, exceto uns poucos Luke Lubbocks. A rotatividade é intensa. — Ficou em pé. — Para mim chega, obrigado. — Tamborilou os dedos no tampo da mesa. — Mas algum dia, cavalheiros, alguém vai dar a essas pessoas algo sólido, em que elas possam se agarrar com unhas e dentes... provavelmente vocês, e talvez eu.

— Vamos dar a elas algo em que possam se agarrar com unhas e dentes? — perguntou Paul, percebendo que estava começando a enrolar a língua.

— Vocês vão ser a coisa em que elas vão agarrar com unhas e dentes — disse Lasher, com a mão no ombro de Paul. — Mais uma coisa: quero ter certeza de que vocês entendem que os homens se preocupam *mesmo* com o que a vida reserva para seus filhos; e que alguns filhos se enforcam *mesmo*.

— E isso acontece desde sempre — disse Paul.

— E? — perguntou Lasher.

— E é uma pena. É claro que isso não me deixa feliz.

— Você se considera o novo Messias? — perguntou Finnerty.

— Às vezes penso que eu gostaria de ser... pelo menos como autodefesa. Fora que seria uma ótima maneira de ficar rico. O problema é que eu aceito e rejeito qualquer ideia com muita facilidade. Eu gosto que me convençam de alguma coisa. Uma característica bem duvidosa para um Messias. Além disso, quem já ouviu falar de um Messias baixo e gordo, de meia-idade e com a vista fraca? E eu não sei me comunicar com as massas. Sendo bem sincero, elas me enchem o saco, e acho que não consigo disfarçar. — Ficou estalando a língua. — Vou arranjar um uniforme, quem sabe assim descubro o que eu penso e o que defendo.

— Ou dois... como Luke Lubbock — disse Paul.

— Certo, dois. Mas isso é o máximo absoluto que qualquer pessoa com amor-próprio deveria se permitir. — Tomou um gole do drinque de Paul. — Bem, boa noite.

— Beba mais um — ofereceu Finnerty.

— Não... estou falando sério. Não gosto de encher a cara.

— Tudo bem. Mas quero ver você de novo. Onde posso te encontrar?

— O mais provável é que me encontre por aqui mesmo — disse, e depois anotou um endereço em um guardanapo de papel. — Ou tente aqui. — Olhou bem de perto para Finnerty. — Olha, se você lavar esse rosto, pode até render um ótimo Messias.

Finnerty pareceu assustado e não riu.

Lasher pegou um ovo cozido no balcão, rolou o ovo sobre o teclado do piano mecânico para quebrar a casca e saiu do bar em direção à noite.

— Magnífico ele, não? — comentou Finnerty, arrebatado.

Com relutância, tirou seu olhar da porta, onde estava Lasher, para encarar Paul, que, ao ver os olhos de Finnerty assumirem um ar de tédio e decepção, percebeu que o outro havia encontrado um novo amigo, muito mais interessante.

— Querem pedir, cavalheiros? — perguntou uma garçonete miúda e de pele escura, de corpo firme e bem-torneado.

Ficou olhando para a TV enquanto aguardava uma resposta deles. O som nunca parecia ligado, apenas a imagem.

Um rapaz nervoso com um casaco esportivo comprido se sacudia na tela, tocando saxofone.

O bar estava ficando cheio, e muitos dos integrantes das bandas que haviam desfilado entravam, com suas fantasias exuberantes e enigmáticas, para descansar um pouco, dando ao estabelecimento uma atmosfera de inquietação e intriga internacional.

Um rapaz baixinho vestido de mufti, com olhos enormes e extremamente sábios, apoiou-se na mesa de Paul e Ed e olhou para a tela da TV com um interesse que parecia além do normal. Virou casualmente para Paul e perguntou.

— O que você acha que ele está tocando?

— Perdão?

— O cara na TV... qual o nome dessa música?

— Não consigo ouvir.

— Eu sei — respondeu o rapaz, impaciente. — A *questão* é essa. Adivinhar só pela imagem.

Paul franziu o cenho e encarou a tela por um instante, tentando se sacudir da mesma forma que o saxofonista para encaixar uma canção no ritmo. De repente sua mente deu um estalo, e a canção começou a fluir em sua imaginação de forma muito nítida, como se o som estivesse ligado.

— "Rosebud". A música é "Rosebud" — disse Paul.

O rapaz sorriu discretamente.

— "Rosebud", é? Só pela diversão, não quer apostar uma graninha? Eu digo que é... hmm, ah, vamos ver... "Paradise Moon", talvez.

— Quanto?

O rapaz olhou para a jaqueta de couro de Paul e em seguida, com alguma surpresa, para sua calça e seu sapato, visivelmente caros.

— Dez?

— Dez, vamos nessa. É "Rosebud"!

— Qual ele acha que é, Alfy? — gritou o barman.

— Ele acha que é "Rosebud", eu acho que é "Paradise Moon". Aumenta o volume.

As últimas notas de "Paradise Moon" soaram do alto-falante, o saxofonista fez uma careta, virou as costas e sumiu da tela. O barman piscou para Alfy com admiração e baixou o volume de novo.

Paul entregou os dez para Alfy.

— Parabéns.

Alfy se sentou na mesa sem ser convidado. Olhou para a tela e, com fumaça saindo pelo nariz, fechou os olhos em reflexão.

— E agora, qual você acha que estão tocando?

Paul decidiu encarar a aposta e ganhar seu dinheiro de volta. Olhou com atenção para a tela, sem pressa. Agora a orquestra inteira aparecia, e, assim que ele acreditou ter captado uma linha melódica, começou a olhar de músico em músico em busca de uma confirmação.

— Essa é antiga, bem antiga — disse. — "Stardust".

— Aposta dez que é "Stardust"?

— Dez.

— Qual é essa, Alfy? — perguntou o barman.

Alfy apontou para Paul com o polegar.

— Esse carinha até que não é ruim. Ele diz que é "Stardust", e entendo por que ele acha isso. Tem razão em dizer que é antiga, mas escolheu a música errada. Essa é "Mood Indigo". — Olhou com simpatia para Paul. — Essa é bem difícil mesmo. — E estalou os dedos.

O barman girou o botão do volume e "Mood Indigo" tomou conta do ambiente.

— Maravilhoso! — disse Paul, e se virou para Finnerty em busca de confirmação.

Finnerty estava perdido nos próprios pensamentos, mexendo de leve os lábios como se estivesse travando uma conversa imaginária. Mesmo com todo o barulho e empolgação, Finnerty parecia nem ter percebido as performances de Alfy.

— É uma habilidade como qualquer outra — disse Alfy, modesto. — É só treinar muito que você acaba se surpreendendo. Não tenho como explicar, assim em detalhes, como eu faço. Acaba virando um outro sentido... a gente meio que *sente* a música.

O barman, a garçonete e vários outros frequentadores do bar tinham ficado em silêncio para ouvir as palavras de Alfy.

— Ah, tem uns truques — continuou Alfy. — Prestar atenção nas vibrações do bumbo em vez de ficar olhando para o resto da bateria. Assim é possível descobrir a batida básica. Muita gente acompanha tudo que o baterista faz, e o cara pode estar improvisando, sei lá. Dá para aprender essas coisas. E você precisa conhecer os instrumentos... como produzem uma nota aguda, como fazem uma grave. Mas só isso não adianta. — A voz de Alfy ganhou um tom de respeito, quase reverência. — É meio esquisito a forma como tudo funciona.

— Ele também faz com música clássica — disse o barman, empolgado. — Precisa ver ele adivinhando músicas da orquestra Boston Pops nas noites de domingo.

Alfy apagou o cigarro, impaciente.

— É, é... música clássica — falou, franzindo o cenho e com isso compartilhando impiedosamente suas dúvidas internas. — É, eu tive sorte domingo passado, quando você me viu. Mas não tenho repertório para isso. É muito para minha cabeça, e não tem como adivinhar uma música clássica se estiver na metade. E é preciso se esforçar muito para montar um repertório desse tipo de música, e às vezes leva um, dois anos para ouvir a mesma coisa novamente. — Esfregou os olhos, como se estivesse relembrando horas de concentração na frente de uma tela. — Precisa ver os caras tocando e tocando e tocando sem parar. E toda hora eles apresentam umas novas... muitas vezes até plagiam coisas mais antigas.

— Dureza, hein? — disse Paul.

Alfy arquivou as sobrancelhas.

— Sim, dureza... como qualquer outra coisa. Ser o melhor é dureza.

— Tem uns moleques tentando ficar bons nisso, mas nem chegam perto do Alfy — disse o barman.

— Eles mandam bem nas especialidade deles... mas precisam ser rápidos — explicou Alfy. — Quando uma música nova é lançada, sabe, eles tentam faturar com ela antes que todo mundo escute. Mas nenhum deles está se sustentando assim, posso garantir. Eles não têm repertório, e, no dia a dia, é isso que importa.

— Você vive disso? — perguntou Paul, que, não conseguindo esconder que achava aquilo bem esquisito, logo se viu cercado de faces rancorosas.

— Sim — respondeu Alfy friamente —, é como eu ganho a vida. Um dólar aqui, dez centavos ali...

— Vinte dólares aqui — disse Paul, e isso pareceu fazer a maioria dos rostos em volta relaxarem.

O barman estava querendo manter uma atmosfera tranquila.

— Alfy começou como craque da sinuca, não é, Alfy? — comentou de repente.

— É. Mas nessa área já tem gente demais. Talvez uns dez, vinte caras consigam sobreviver disso. E devia ter uns bons duzentos tentando a sorte com o taco. Como o Exército e os Fedidos e Ruídos andavam na minha cola, comecei a procurar outra coisa. O engraçado é que, sem nem me dar conta, eu fazia isso desde criança. Devia ter apostado nessa desde o início. Fedidos e Ruídos... — disse com desprezo, aparentemente lembrando de como chegou perto de ser recrutado pelas Unidades de R & R. — Exército! — Cuspiu.

Alguns soldados e uns muitos integrantes dos Fedidos e Ruídos ouviram Alfy insultar suas organizações, mas não fizeram nada além de assentir, partilhando de seu desprezo.

Alfy olhou para a tela.

— "Baby, dear baby, come home with me now" — falou. — Essa é meio nova.

Alfy correu até o balcão para analisar mais de perto os movimentos da banda. O barman pousou a mão sobre o botão de volume e aguardou ansioso pelos sinais de Alfy. Quando ele arqueava uma das sobrancelhas, o barman aumentava o volume. Deixava alto por alguns segundos, Alfy balançava a cabeça, e o volume era desligado novamente.

— O que vão querer, rapazes? — quis saber a garçonete.

— Hmmm? — murmurou Paul, ainda fascinado com Alfy. — Ah, sim... *bourbon* e água.

Paul estava testando os olhos e descobrindo que eles não estavam funcionando direito.

— Uísque irlandês com água — pediu Finnerty. — Você está com fome?

— Sim... traga também uns ovos cozidos, por favor — pediu Paul.

Ele se sentia ótimo, em harmonia com o bar e, por extensão, com a humanidade e o universo inteiros. Estava se sentindo espirituoso, à beira de alguma descoberta esplêndida. Então se lembrou.

— Deus do céu! A Anita!

— Onde?

— Em casa... esperando.

Trôpego, murmurando saudações animadas a todos por quem passava, Paul chegou à cabine telefônica, que estava tomada pelo mau cheiro da fumaça do charuto de um ocupante anterior. Ligou para casa.

— Olha, Anita... eu não vou jantar em casa. Finnerty e eu começamos a conversar, e...

— Tudo bem, querido. Shepherd me avisou que não era para esperar.

— Shepherd?

— Sim... ele viu vocês por aí e disse que você não estava com cara de que voltaria para casa tão cedo.

— Quando você viu Shepherd?

— Ele está aqui agora. Veio pedir desculpas pela noite passada. Ficou tudo resolvido, e ele está sendo muito agradável.

— Ah, é? Você aceitou o pedido de desculpas dele?

— Vamos dizer que chegamos a um acordo. Ele está com medo de que você entregue um relatório negativo a respeito dele para o Kroner, e fiz de tudo para ele acreditar que você está pensando seriamente nisso.

— Ei, olha só, eu não vou entregar relatório negativo nenhum...

— É assim que *ele* costuma jogar. Precisamos responder na mesma moeda. Fiz ele prometer que não vai mais espalhar nenhum boato sobre você. Não está orgulhoso de mim?

— Estou, claro.

— Agora você precisa continuar lidando com a situação, mantendo ele preocupado.

— Tá.

— Agora vá se divertir. Faz bem dar umas escapadas de vez em quando.

— Tá.

— E, por favor, tente convencer o Finnerty a ir embora.

— Tudo bem.

— Você me acha muito chata?

— Não.

— Paul! Você acharia melhor se eu não estivesse nem aí?

— Não.

— Certo. Agora vá encher a cara. Vai fazer bem. Mas coma alguma coisa. Eu te amo.

— Eu *também* te amo.

Paul desligou e se virou para encarar o mundo pelo vidro embaçado da cabine telefônica. Junto com a sensação de tontura havia um sentimento de novidade... a sensação de uma identidade nova e forte crescendo dentro dele. Era um amor generalizado... em especial pelas pessoas simples, comuns, que Deus as abençoe. Durante toda sua vida elas tinham ficado escondidas pelas paredes de sua torre de marfim. Mas nessa noite ele tinha convivido com elas, compartilhado suas esperanças e suas desilusões, compreendido seus anseios, descoberto a beleza de sua simplicidade e de seus valores descomplicados. Isso era *real,* esse lado do rio, e Paul amava aquelas pessoas comuns, queria ajudar, mostrar a elas que eram amadas e compreendidas, e queria ser amado por elas também.

Quando voltou à mesa no fundo do bar, duas jovens mulheres estavam sentadas com Finnerty, e Paul amou as duas imediatamente.

— Paul... queria te apresentar minha prima Agnes, de Detroit — disse Finnerty. Sua mão descansava sobre o joelho de uma ruiva gorda e bastante animada sentada a seu lado. — E essa — prosseguiu, indicando do outro lado da mesa uma morena alta e nada atraente — é a *sua* prima Agnes.

— Como estão, Agnes e Agnes?

— Você é tão maluco quanto ele? — perguntou a morena, com um tom de suspeita. — Se for, estou indo embora.

— Que nada, o Paul é um típico americano decente e sadio, um cara que gosta de se divertir — disse Finnerty.

— Fale mais sobre você — falou Paul, efusivo.

— Meu nome não é Agnes, eu me chamo Barbara — respondeu a morena. — E ela é a Martha.

— O que vão querer? — perguntou a garçonete.

— Uísque duplo com água — pediu Martha.

— A mesma coisa — disse Barbara.

— São quatro dólares pelos drinques das moças — informou a garçonete.

Paul entregou uma nota de cinco.

— Caramba! — disse Barbara, encarando o cartão de identificação na carteira de Paul. — Esse cara é engenheiro!

— Vocês são do *outro* lado do rio? — perguntou Martha a Finnerty.

— Desertores.

As duas se afastaram e, encostadas na parede do bar, olharam confusas para Paul e Finnerty.

— Que coisa doida — disse Martha, enfim. — Sobre o que vocês querem conversar? Eu tive aula de álgebra no colégio.

— Somos caras normais — retrucou Paul.

— O que vão querer? — perguntou a garçonete.

— Uísque escocês, duplo — pediu Martha.

— O mesmo — disse Barbara.

— Vem cá, droga — disse Finnerty, puxando Martha de volta para perto de si.

Barbara ainda mantinha distância de Paul e o encarava de cara feia.

— O que vocês fazendo aqui? Vieram se divertir rindo da cara dos retardados?

— Eu gosto daqui — respondeu Paul com sinceridade.

— Você está tirando sarro da minha cara.

— Juro que não estou. Eu disse algo que fez parecer que sim?

— Você está pensando de forma ofensiva — retrucou ela.

— São quatro dólares pelos drinques das moças — informou a garçonete.

Paul pagou de novo. Não sabia mais o que falar para Barbara. Não queria dar em cima dela. Queria apenas que ela fosse simpática e amistosa e percebesse que ele não era um sujeito metido a besta. Pelo contrário.

— Eles não castram a gente quando entregam o diploma de engenharia — dizia Finnerty para Martha.

— Talvez castrem — respondeu Martha. — Alguns carinhas que vêm do outro lado do rio... bem que parecem castrados.

— Depois da nossa época — disse Finnerty. — Eu quis dizer que eles não *costumavam* castrar.

Para criar uma atmosfera de intimidade e entrosamento, Paul pegou discretamente um dos copos que estavam diante de Barbara e bebericou. Então, notou que as doses caras de uísque escocês que vinham sendo servidas uma depois da outra, em sequência rápida, eram na verdade uma água marrom.

— Peguei no flagra — comentou.

— E você quer que eu faça o quê? Dê um chilique? — perguntou Barbara. — Me deixe sair.

— Não, por favor, está tudo bem. Só quero que você converse comigo. Eu entendo.

— O que vão querer? — perguntou a garçonete.

— Uísque escocês, duplo, com água — respondeu Paul.

—Você está querendo fazer eu me sentir mal?

— Quero que você se sinta bem. Se estiver precisando de dinheiro, eu quero ajudar. — Estava sendo sincero, de todo coração.

—Você é que sabe, malandro — disse Barbara, olhando inquieta em torno do salão.

As pálpebras de Paul foram ficando cada vez mais pesadas enquanto tentava pensar em uma frase para quebrar o gelo com Barbara. Cruzou os braços sobre o tampo da mesa e, por um pequeno instante de descanso, deitou a cabeça sobre eles.

Quando abriu os olhos novamente, estava sendo chacoalhado por Finnerty, e Barbara e Martha tinham sumido. Finnerty o ajudou a ir até a calçada para tomar um ar.

O mundo exterior era um pesadelo de luz e ruído, e Paul notou que algum tipo de desfile à luz de tochas estava passando pela rua. Explodiu em aplauso ao reconhecer Luke Lubbock, carregado sobre uma liteira.

Quando Finnerty o levou de volta para a mesa, um discurso, a pepita de ouro das impressões nebulosas de toda aquela noite, apareceu na mente de Paul, tomou forma e acabamento por pura inspiração, sem nenhum esforço consciente de sua parte. Bastaria que ele declamasse aquelas palavras para se transformar no novo Messias e tornar Ilium o novo Éden. Estava com a primeira frase na ponta da língua, pronta para pular e conquistar a liberdade.

Paul subiu no banco com esforço, e de lá conseguiu passar para o tampo da mesa. Ergueu as mãos sobre a cabeça, pedindo atenção.

— Amigos, meus amigos! — gritou. — Precisamos nos reunir no meio da ponte!

A mesa frágil balançou de repente embaixo de seus pés. Ele ouviu o barulho da madeira rachando, aplausos e, de novo.... escuridão.

A voz que se seguiu foi a do barman.

— Vamos... está na hora de fechar. Preciso trancar as portas — anunciava gentilmente.

Paul se sentou e gemeu. Estava com a boca seca, e a cabeça doía. A mesa tinha desaparecido, e só restavam cacos de gesso e parafusos indicando o lugar em que ela antes esteve presa na parede.

O bar parecia deserto, mas o ar estava tomado por uma barulheira dolorosa. Paul deu uma espiada ao redor da mesa e viu um homem passando um esfregão no piso. Finnerty estava sentado diante do piano mecânico, improvisando grosseiramente naquela relíquia estridente e dissonante.

Paul caminhou até a piano mecânico trocando os pés e colocou a mão no ombro de Finnerty.

—Vamos para casa.

Finnerty continuou martelando as teclas.

—Vou ficar! — gritou por cima da música. —Vai pra casa!

— Onde você vai ficar?

Então Paul enxergou Lasher sentado discreto nas sombras, encostando o espaldar da cadeira na parede. Lasher deu um tapinha em seu peitoral sólido.

— Comigo — seus lábios se moveram sem emitir qualquer som.

Finnerty se desvencilhou da mão de Paul e se recusava a responder.

— Certo — balbuciou Paul. — Até mais.

Cambaleou até a rua e encontrou seu carro. Parou por um instante para ouvir a música infernal de Finnerty ecoando nas fachadas da cidade que dormia. O barman estava parado a uma distância respeitosa do frenético pianista, com medo de interromper.

10

Após a noite com Finnerty e Lasher, além das excelentes pessoas comuns, Alfy, Luke Lubbock, o barman, Martha e Barbara, o doutor Paul Proteus dormiu até o meio da tarde. Quando acordou, Anita estava fora de casa. Com a boca seca, olhos ardidos e uma barriga que parecia cheia de pelo de gato, Paul se dirigiu ao posto pelo qual era responsável nas Indústrias Ilium.

Os olhos da doutora Katharine Finch, sua secretária, estavam vermelhos por outras razões, razões tão urgentes que ela mal percebeu o estado de Paul.

— O doutor Kroner ligou — disse de forma mecânica.

— Foi? Ele quer que eu retorne a ligação?

— O doutor Shepherd anotou o recado.

— Anotou, é? Algo mais?

— A polícia.

— Polícia? O que eles queriam?

— O doutor Shepherd anotou o recado.

— Certo.

Tudo parecia quente, brilhante e dava sono. Paul sentou na ponta da mesa de Katharine e descansou.

— Ligue para o Senhor Mundo Cão — pediu.

— Não é preciso. Ele está no seu escritório.

Desolado e tentando descobrir que espécie de reclamação, desfeita ou infração de regras estaria por trás da visita de Shepherd, Paul abriu com cautela a porta de seu escritório.

Shepherd estava sentado na mesa de Paul, concentrado em assinar uma pilha de relatórios. Nem olhou para cima. Enérgico, com os olhos ainda grudados nos documentos, ligou o interruptor do interfone.

— Senhorita Finch...

— Sim, senhor.

— Sobre o relatório de segurança deste mês... o doutor Proteus informou como planejava lidar com a entrada de Finnerty sem escolta ontem?

— Eu planejava ficar de bico calado sobre o assunto — disse Paul.

Shepherd olhou para cima com aparente prazer e surpresa.

— Bem, falando no diabo. — Não fez nenhuma menção de sair da cadeira de Paul. — E aí — disse, em tom animado de camaradagem —, parece que a ressaca foi forte, hein, amigo? Seria melhor você ter tirado uma folga hoje. Entendo das coisas o suficiente para substituir você.

— Obrigado.

— Sem problemas. Na verdade esse trabalho não exige muito.

— Imaginei que Katharine cuidaria das coisas por mim e telefonaria se precisasse de ajuda.

—Você sabe o que Kroner acharia *disso*. Não custa muito fazer as coisas do jeito certo, Paul.

—Você se importa de me contar o que Kroner queria?

— Ah, sim... Ele quer se encontrar com você hoje à noite, em vez de quinta-feira. Ele precisa estar em Washington amanhã à noite e vai ficar por lá o resto da semana.

— Maravilha. E quais as boas novas da polícia?

Shepherd deu risada.

— Incompetência deles. Estavam bem transtornados com uma pistola encontrada perto do rio. Alegaram que o número de série correspondia a uma arma registrada no seu nome. Pedi para conferirem novamente... disse que nenhum homem inteligente o bastante para estar na gerência das Indústrias Ilium seria tão burro a ponto de deixar uma pistola dando sopa por aí.

— Um elogio e tanto, Shep. Posso usar meu telefone?

Shepherd empurrou o telefone pela mesa e voltou a assinar: "Lawson Shepherd, na ausência de P. Proteus".

—Você disse a Kroner que eu estava de ressaca?

— Mas é claro que não, Paul. Acobertei você bem direitinho.

— Que desculpa você deu?

— Nervos.

— Ótimo!

Katharine estava ligando para o escritório de Kroner a pedido de Paul.

— O doutor Proteus, em Ilium, gostaria de falar com o doutor Kroner. Está retornando a ligação do doutor Kroner — anunciou.

Não era um dia ideal para avaliar as coisas. Paul conseguiu reagir aos problemas com Kroner, Shepherd e a polícia com algo que beirava a apatia. Agora, contudo, sentia-se enfurecido com os exageros da etiqueta telefônica oficial: pompa e circunstância, puro desperdício de tempo, preservadas com carinho por burocratas que defendiam a eficiência acima de tudo.

— O doutor Proteus está na linha? — perguntou a secretária de Kroner. — O doutor Kroner está pronto.

— Um momento — pediu Katharine. — Doutor Proteus, o doutor Kroner está pronto e vai falar com o senhor.

— Certo, estou na linha.

— O doutor Proteus está na linha — confirmou Katharine.

— Doutor Kroner, o doutor Proteus está na linha.

— Diz que ele pode começar falar — disse Kroner.

— Diga ao doutor Proteus para começar — disse a secretária de Kroner.

— Doutor Proteus, pode falar, por favor — disse Katharine.

— Aqui é Paul Proteus, doutor Kroner. Estou retornando sua ligação. — Uma campainha fez "*tinc-tinc-tinc*", informando a Paul que a conversa estava sendo gravada.

— Shepherd mencionou que você estava mal dos nervos, meu rapaz.

— Não é bem isso. Peguei algum tipo de vírus.

— Tem um monte desses por aí. Bem, você está se sentindo em condições de vir até minha casa hoje à noite?

— Vou adorar. Preciso levar alguma coisa? Algo em especial que você queira discutir?

— Como Pittsburgh, por exemplo? — disse Shepherd com um cochicho teatral.

— Não, não, Paul, é puramente social... só quero bater um bom papo. Faz um tempo que não temos uma boa conversa. Mama e eu só queremos socializar.

Paul vasculhou suas memórias. Fazia um ano que não recebia um convite de Kroner para socializar, ocasião em que tinha recebido seu último aumento.

— Parece ótimo. Que horas?

— Oito, oito e meia.

— E o convite inclui Anita?

Foi um erro. Escapou antes que ele pensasse a respeito.

— Claro! Você nunca sai socialmente sem ela, não é?

— Não, não, senhor.

— Como eu imaginava. — Kroner deu uma risadinha mecânica. — Bem, até.

— O que ele disse? — quis saber Shepherd.

— Disse que você não tinha nada que ter assinado aqueles relatórios no meu lugar. Disse que Katharine Finch devia tirar seu nome com um apagador de tinta agora mesmo.

— Ei, espera aí — protestou Shepherd, levantando-se.

Paul viu que todas as gavetas da escrivaninha estavam escancaradas. Na última delas, o gargalo da garrafa de uísque vazia estava à mostra. Bateu as gavetas uma depois da outra, fazendo muito barulho. Quando chegou na última, tirou a garrafa e estendeu para Shepherd.

— Pronto... quer? Pode ser útil algum dia. Está coberta com minhas impressões digitais.

—Você vai fazer com que me demitam... é isso? — perguntou Shepherd, ansioso. — Quer debater isso na frente do Kroner? Vamos nessa. Estou pronto, quando quiser. Vamos ver se consegue levar isso adiante.

— Ponha-se no seu lugar. Vamos. Cai fora deste escritório e não volte a não ser que eu o mande voltar. Katharine!

— Sim?

— Se o doutor Shepherd entrar neste escritório mais uma vez sem permissão, você pode dar um tiro nele.

Shepherd bateu a porta, xingou Paul para Katharine e saiu.

— Doutor Proteus, a polícia está no telefone — informou Katharine.

Paul deixou o escritório às pressas e foi para casa.

Era dia de folga da empregada, e Paul encontrou Anita na cozinha: o retrato da vida doméstica, exceto pela falta de crianças.

A cozinha era, por assim dizer, o que Anita tinha dado de si ao mundo. Ao planejar o espaço, experimentou toda a angústia e o tormento da criação: torturada por dúvidas, amaldiçoando suas limitações, ao mesmo tempo ansiosa e temerosa pelas opiniões alheias. Agora a cozinha estava pronta e já tinha sido admirada. Segundo o veredicto da comunidade, Anita era: *artística*.

Era um cômodo amplo e arejado, maior do que a maioria das salas de estar. Vigas rústicas, tiradas de um celeiro muito antigo, tinham sido afixadas no teto por parafusos ocultos presos na estrutura de aço da casa. As paredes eram revestidas com lambris de madeira de pinho, envelhecida com jato de areia e cobertas em amarelo-claro por uma pátina de óleo de linhaça.

Uma lareira enorme e um forno de pedra ocupavam uma das paredes. Sobre eles pendiam um longo rifle de municiar pela boca, um polvorinho de chifre e uma cartucheira. Em cima do consolo da lareira havia moldes de vela, um moedor de café, um ferro de passar roupa antigo e uma chaleira enferrujada. Um caldeirão de ferro, grande o bastante para ferver um missionário em seu interior, pendia da extremidade de uma haste na lareira, e, abaixo dele, como filhotes enegrecidos, uma porção de panelas menores. Uma desnatadeira feita de madeira mantinha a porta aberta, e chumaços de milho pendiam da moldura em intervalos pensados esteticamente. Uma ceifadeira colonial jazia num canto, e duas cadeiras de balanço do século XIX, sobre um tapete artesanal com colchetes, encaravam a lareira gelada onde o caldeirão abandonado jamais fervia.

Paul ficou de olhos entreabertos, excluindo tudo de seu campo de visão, exceto o cenário colonial, e imaginou que ele e Anita tinham ido morar nas regiões mais isoladas do norte do estado, onde o vizinho mais próximo morava a quarenta e cinco quilômetros de distância. Ela preparava sabão, velas e roupas grossas de lã para o inverno cruel que vinha pela frente, e ele, para que não passassem fome, precisava fundir balas e sair para caçar um urso. Concentradíssimo nessa ilusão, Paul conseguiu se imbuir de um sentimento positivo de gratidão pela presença de Anita e agradecer a Deus por ter uma mulher ao seu lado para ajudá-lo com a assombrosa quantidade de trabalho exigido para simplesmente sobreviver. Como, em sua imaginação, tinha trazido um urso para Anita, que o limpou e salgou, sentiu uma euforia tremenda... o casal usando de força e coragem para conquistar, às garras de um mundo inóspito, uma montanha de carne forte e vermelha. E ele fundiria mais balas, e ela faria mais velas e sabão com a gordura do urso até tarde da noite, quando ambos desabariam juntos sobre um monte de palha no canto da casa, exaustos e suados, fariam amor e dormiriam como pedras até chegar a fria e frágil aurora...

Clanc-clonc-clonc-clonc, fazia a máquina de lavar roupas automática. *Clanc-clonc-clonc-cloncloncIonc!*.

Relutando, Paul deixou seu campo de visão se ampliar para incluir o lado oposto do cômodo, onde Anita estava sentada em uma cadeira com espaldar de treliças em frente à fachada de cerejeira que ocultava o nicho móvel da lavanderia. O nicho móvel tinha sido puxado de dentro do armário, cuja parte de gavetas e portas era uma peça única imensa, que o transformava em um tipo de pequena garagem para o equipamento de lavanderia. As portas de um armário de canto estavam abertas, revelando uma tela de TV a que Anita assistia concentrada. Um médico contava a uma senhora idosa que seu neto provavelmente ficaria paralítico da cintura para baixo pelo resto da vida.

Clanc-clonc-clonc-clonc, prosseguia a máquina de lavar. Anita não estava prestando atenção. *Ziinc. Baz-zump!* Campainhas soaram. Anita continuou ignorando. *Azzzzzzzzzz-zzzz. Frump!*. A tampa da lavadora se abriu com um estalo, e um cesto de roupa sequinha emergiu como um imenso crisântemo, branco, perfumado e imaculado.

— Oi — disse Paul.

Com um gesto, Anita pediu que ele ficasse em silêncio e esperasse o final do programa, o que também incluía o intervalo comercial.

— Certo — disse ela enfim, e baixou o volume. — Seu terno azul está em cima da cama.

— É? Para quê?

— Como assim, para quê? Para visitar o Kroner.

— Como você ficou sabendo?

— Lawson Shepherd ligou para me avisar.

— Mas que gentil da parte dele.

— Acho gentil alguém me contar o que está acontecendo, já que você não conta.

— E o que mais ele disse?

— Falou que você e o Finnerty devem ter se divertido bastante, a julgar pela sua aparência terrível de hoje à tarde.

— Ele sabe tanto sobre isso quanto eu.

Anita acendeu um cigarro, apagou o fósforo com um movimento exagerado e semicerrou os olhos, para enxergar através da fumaça que soltou pelo nariz.

— Havia garotas por lá, Paul?

— Podemos dizer que sim. Martha e Barbara. Não me pergunte quem ficou com quem.

— Ficou?

— Sentou.

Anita se recurvou na cadeira, olhou muito séria pela janela e manteve o cigarro quente com tragadas rápidas e curtas, lacrimejando por causa da fumaça dramática expelida pelo nariz.

— Não precisa me falar sobre isso se não quiser.

— Não vou, porque não consigo me lembrar. — Começou a rir. — Uma se chamava Barbara, e a outra, Martha, mas tudo o que aconteceu depois disso sofreu um apagão.

— Então você não sabe o que aconteceu? Ou seja, qualquer coisa pode ter acontecido?

O sorriso de Paul definhou.

— Não, estou falando de um apagão mesmo, e nada pode ter acontecido. Eu apaguei com a cabeça apoiada na mesa.

— E não se lembra de nada?

— Lembro de um sujeito chamado Alfy, que ganha a vida adivinhando músicas que tocam na TV, de um homem chamado Luke Lubbock, que se transforma de acordo com as roupas que estiver vestindo, de um pastor que se diverte vendo o mundo ir para o inferno, e...

— E de Barbara e Martha.

— E de Barbara e Martha. E de desfiles... ah, meu Deus, desfiles.

— Está se sentindo melhor?

— Não. Mas você deveria, pois acho que o Finnerty encontrou um novo lar e um novo amigo.

— Graças a Deus por isso. Gostaria que você deixasse bem claro para o Kroner hoje à noite que o Finnerty abusou da nossa hospitalidade e que ficamos tão incomodados com ele quanto as outras pessoas que estavam no clube.

— Isso não é bem a verdade.

— Bem, então guarde a verdade para você se gosta tanto assim dele.

Anita ergueu a tampa da escrivaninha sobre a qual escrevia os cardápios diários e comparava seus canhotos com os extratos bancários, e dali tirou três folhas de papel.

— Sei que você me acha boba, mas vale a pena se dar ao trabalho de fazer as coisas do jeito certo, Paul.

Nos papéis havia uma espécie de esquema, com itens principais marcados por algarismos romanos e sub-sub-sub-sub-subdivisões pequenas como a. Ao acaso, e sentindo sua dor de cabeça se avivar, Paul escolheu o item III, A, i, a: "Não fume. Kroner está tentando parar de fumar."

— Talvez ler em voz alta ajude — sugeriu Anita.

— Talvez seja melhor eu ler isso sozinho, onde não haja distração.

— Passei quase a tarde inteira fazendo isso.

— Acredito. É o trabalho mais minucioso que você já fez. Obrigado, querida, valorizo muito isso.

— Eu te amo, Paul.

— Eu *também* te amo, Anita.

— Querido... sobre Martha e Barbara...

— Nem encostei nelas, juro.

— Eu ia perguntar se alguém viu vocês com elas.

— Acho que sim, mas ninguém importante. Shepherd certamente não viu.

— Se isso chegar aos ouvidos do Kroner, nem imagino o que ele vai fazer. Pode até rir da bebedeira, mas as mulheres...

— Fui para a cama com Barbara — disse Paul de repente.

— Eu já imaginava. Problema seu.

Anita parecia estar ficando cansada daquela conversa e começou a dar espiadas na tela da TV.

— E o Shepherd me viu descendo as escadas com ela.

— Paul!

— Brincadeira.

Anita colocou a mão sobre o coração.

— Nossa... graças a Deus.

— "Summer Loves" — disse Paul, analisando a tela da TV com muito cuidado.

— O que disse?

— A banda... estão tocando "Summer Loves" — assobiou alguns compassos.

— Como você sabe, se está no mudo?

— Vamos ver, aumente o som.

Apática, Anita girou o botão, e "Summer Loves", doce e indigesta como pão de mel, ecoou pelo ar.

Cantarolando com a banda, Paul subiu as escadas até o quarto, lendo o esquema de Anita no caminho:

"IV, A, i. Se Kroner perguntar por que você quer a vaga de Pittsburgh, responda que lá você pode ser ainda mais útil.... a. Não mencione uma casa maior, aumento de salário e de prestígio."

Vagamente, Paul começava a entender que tinha feito papel de babaca aos olhos dos moradores de ambos os lados do rio. Lembrou de seu grito na noite anterior: "Temos que nos reunir no meio da ponte!" Concluiu que ele seria o único interessado naquela expedição, o único que não se sentia especialmente ligado a nenhuma das margens.

Se sua tentativa de virar o novo Messias tivesse sido bem-sucedida, se os moradores das margens norte e sul tivessem se encontrado no meio da ponte, com Paul entre ambos, ele não teria a menor ideia do que fazer. Sabia bem que a condição humana era um remendo medonho, mas um remendo costurado de um modo tão lógico e inteligente que ele não conseguia imaginar como a História poderia ter levado a outro destino.

Paul fez um cálculo complicado de cabeça (sua caderneta de poupança, mais o seguro social, mais a casa, mais os carros) e ficou pensando se já não tinha o bastante para simplesmente largar tudo, para não ser mais um instrumento de nenhum conjunto de crenças ou capricho histórico que pudesse arruinar a vida de alguém. Morar em uma casa na beira de uma estrada...

11

O xá de Bratpuhr, parecendo tão pequeno e elegante quanto uma caixinha de rapé em um dos cantos da ampla caverna, devolveu a garrafa de *Sumklish* para Khashdrahr Miasma. Espirrou, deixando para trás naquele momento o calor do verão, e o som vibrou pelas paredes até sumir como um sussurro nos ninhos de morcegos das profundezas das cavernas de Carlsbad.

O doutor Ewing J. Halyard estava fazendo sua trigésima-sétima peregrinação à selva subterrânea de aço, fiação e vidro que preenchia a câmara em que se encontravam, além das trinta outras ainda maiores, mais adiante. Aquela maravilha era uma parada obrigatória nos passeios em que Halyard conduzia uma variedade bizarra de soberanos estrangeiros, que tinham em comum apenas o fato de seus povos representarem mercados ainda intocados para a estupenda produção industrial dos Estados Unidos.

Um carro elétrico com rodas de borracha parou ao lado do elevador, onde estava o grupo do xá, e um major do Exército, armado com uma pistola, desembarcou e examinou as credenciais de todos lenta e meticulosamente.

— Não podemos acelerar um pouquinho, major? — perguntou Halyard. — Não queremos perder a cerimônia.

— Eu até poderia — respondeu o major. — Mas, como oficial do dia, sou responsável por nove bilhões de dólares em bens do governo, e, se algo acontecer com eles, alguém poderá ficar bem aborrecido comigo. De qualquer forma, a cerimônia está atrasada, então vocês não vão perder nada. O presidente ainda nem apareceu.

Quando o major enfim ficou satisfeito, o grupo embarcou no veículo aberto.

— *Siki?* — perguntou o xá.

— Esta é a EPICAC XIV — respondeu Halyard. — É uma máquina de computação eletrônica... um cérebro se o senhor preferir. Esta câmara sozinha, a menor das trinta e uma em uso, possui fiação suficiente para ir quatro vezes daqui até a Lua. Existem mais válvulas eletrônicas em todo esse instrumento do que existiam no estado de Nova York inteiro antes da Segunda Guerra Mundial. — Halyard recitava esses números com tanta frequência que nem precisava mais do panfleto descritivo distribuído aos visitantes.

Khashdrahr traduziu para o xá.

O xá pensou a respeito e deu uma risadinha tímida, e Khashdrahr juntou-se a ele naquela discreta folia oriental.

— O xá disse — falou Khashdrahr — que as pessoas em sua terra dormem com mulheres inteligentes para produzir cérebros bons e baratos. Economizam fiação suficiente para ir mil vezes à Lua.

Halyard respondeu com um risinho simpático, como era pago para fazer, enxugou as lágrimas engendradas por sua úlcera e explicou que cérebros baratos e fáceis eram o que havia de errado no mundo nos terríveis velhos tempos, e que a EPICAC XIV podia refletir simultaneamente sobre centenas ou até mesmo milhares de aspectos de uma questão da maneira mais imparcial possível; que a EPICAC XIV estava completamente livre de qualquer emoção que turva o raciocínio; que a EPICAC XIV nunca se esquecia de alguma coisa: que, em resumo, a EPICAC XIV estava sempre absolutamente certa sobre tudo. E em silêncio, apenas para si mesmo, Halyard acrescentou que o procedimento descrito pelo xá já havia sido testado cerca de um trilhão de vezes e não tinha conseguido produzir um cérebro confiável, capaz de escolher a coisa certa diante de uma centena de oportunidades.

Estavam passando pela parte mais antiga do computador, que um dia tinha sido a EPICAC I em sua totalidade, mas que hoje não passava de um apêndice, uma amígdala, da EPICAC XIV. Ainda assim, a EPICAC I tinha sido inteligente o bastante, imparcial o bastante e dotada de memória suficiente para convencer de que ela, e não os humanos, se sairia melhor planejando a guerra que sem a menor dúvida estava se aproximando. A antiga expressão "levando tudo em consideração", utilizada por generais ao depor em comissões de orçamento, conquistou alguma validade com as ruminações da EPICAC I, maior validade com a EPICAC II e assim por diante, ao longo de todas as versões seguintes da máquina. A EPICAC conseguia analisar as vantagens táticas de bombas de alto poder explosivo em relação a armas atômicas e, simultaneamente, levar em conta a disponibilidade de explosivos em relação aos materiais fissionáveis, o espaçamento das trincheiras do inimigo, a situação laboral nas respectivas indústrias, as prováveis baixas de aviões por conta da tecnologia antiaérea inimiga, e assim por diante, em tudo que parecesse minimamente importante, incluindo os números de cigarros e barras de bombom de chocolate e coco necessários para garantir um moral elevado na força aérea. Após receber dos seres humanos todas as informações necessárias, a série EPICAC, nascida em tempo de guerra, oferecia uma orientação altamente instruída, que só poderia ser fornecida pela elite sensata, amante da verdade, brilhante e altamente treinada da genialidade americana se ela tivesse à sua disposição uma liderança inspirada, recursos ilimitados e um prazo de dois mil anos.

Ao longo da guerra e ao longo dos anos do pós-guerra até o presente, o sistema nervoso da EPICAC tinha se espraiado pelas cavernas de Carlsbad: inteligência comprada a metros, quilos e quilowatts. A cada acréscimo um novo e singular indivíduo havia surgido, e agora Halyard, o xá e Khashdrahr chegavam à plataforma forrada de bandeiras na qual o presidente dos Estados Unidos da América, Jonathan Lynn, inauguraria a EPICAC XIV em nome de um amanhã mais feliz e eficiente.

O trio se sentou nas cadeiras dobráveis e esperou em silêncio com o restante do distinto grupo. Em cada pausa nos cochichos dos presentes era possível ouvir os zumbidos e estalos da EPICAC: sons resultantes do fluxo de elétrons, ora crescendo em uníssono, ora bloqueando um ao outro, indo e voltando por um labirinto de crises eletromagnéticas até uma condição que podia ser traduzida de qualidades e quantidades elétricas a um grau elevado de verdade.

Embora ainda não tivesse sido inaugurada, a EPICAC XIV já estava trabalhando, decidindo quantas geladeiras, quantas lâmpadas, quantos turbogeradores, quantas calotas, quantas travessas, quantas maçanetas, quantas solas de borracha, quantos televisores, quantos maços de baralho, enfim, quanto tudo os Estados Unidos e seus consumidores poderiam ter e quanto isso custaria. Caberia à EPICAC XIV decidir pelos próximos anos o número de engenheiros e gerentes e pesquisadores e funcionários públicos, além das habilidades que seriam necessárias para distribuir os produtos; e quais QIs e níveis de aptidão distinguiriam as pessoas úteis das inúteis, e quantos soldados e trabalhadores de Unidades de Reconstrução e Recuperação poderiam ser sustentados, e quanto receberiam, e onde seriam alocados, e...

— Senhoras e senhores, o presidente dos Estados Unidos — anunciou o apresentador de TV.

O carro elétrico estacionou diante da plataforma, e o presidente Jonathan Lynn, nascido Alfred Planck, saiu do veículo e exibiu os dentes brancos e os olhos cinzentos e sinceros, endireitou os ombros largos e passou as mãos fortes e bronzeadas pelos cabelos ondulados. As câmaras de televisão circulavam ao seu redor como dinossauros curiosos e amigáveis, farejando e espiando. Lynn parecia um garoto, era alto, bonito e afável, e Halyard se lembrou com amargura que ele tinha saído de um programa televisivo de três horas direto para a Casa Branca.

— Este homem é o líder espiritual do povo americano? — perguntou Khashdrahr.

Halyard explicou a separação entre Igreja e Estado, recebendo em troca, como esperava, a costumeira descrença do xá e suas insinuações de que ele, Halyard, não tinha entendido a pergunta.

O presidente, com uma combinação simpaticíssima de impetuosidade e timidez quase adolescentes, e um toque muito sutil de sotaque arrastado do oeste, lia em voz alta um discurso escrito por outra pessoa sobre a EPICAC XIV. Deixou bem claro que não era nenhum cientista, era apenas uma pessoa comum, que se sentia humilde perante aquela grande e nova maravilha do mundo, e que só estava ali porque as pessoas comuns dos Estados Unidos o tinham escolhido como representante para ocasiões como aquela e que, contemplando aquele milagre moderno, sentia-se tomado por um sentimento profundo de reverência, humildade e gratidão...

Halyard bocejou, incomodado por saber que o salário de Lynn, que tinha acabado de ler "ordem a partir do caos" como "ordem a partir do caso", era o triplo do seu. Lynn, ou, como Halyard preferia, Planck, não tinha terminado nem o ensino médio, e Halyard já tinha conhecido até cães de caça mais inteligentes. Mesmo assim, ali estava aquele filho da puta, eleito para um salário de mais de cem mil por ano!

— Está me dizendo que este homem governa sem qualquer preocupação com os destinos espirituais do povo? — cochichou Khashdrahr.

— Ele não tem dever religioso, exceto alguns bem genéricos, de valor simbólico — explicou Halyard, que então começou a se perguntar o que exatamente Lynn fazia.

A EPICAC XIV e o Conselho Nacional de Indústria, Comércio, Comunicações, Gêneros Alimentícios e Recursos cuidavam de todo o planejamento e resolviam as questões mais complexas. E as máquinas dos Recursos Humanos garantiam que todo cargo governamental de qualquer nível e importância fosse preenchido por funcionários de primeira categoria. Quanto mais pensava no alto salário de Lynn, mais irritado Halyard ficava, porque tudo que aquele boneco bonitão precisava fazer era ler o que lhe entregavam em cerimônias de Estado, mostrar-se convenientemente impressionado e respeitoso, como ele mesmo dizia, por todas aquelas pessoas comuns e estúpidas que o tinham eleito presidente e papagaiar palavras sábias de autoria alheia usando sua ressonante laringe e abrindo e fechando os dentes muito retos, brancos como pérolas.

E de repente Halyard se deu conta de que, da mesma forma que religião e governo tinham se dividido em entidades distintas séculos atrás, agora, graças às máquinas, a política e o governo viviam lado a lado, mas quase não se encostavam. Ficou encarando o presidente Jonathan Lynn e imaginou horrorizado como devia ser o país quando, como hoje, qualquer garotinho americano idiota podia se tornar presidente depois de crescer, mas com a diferença de que naquele tempo o presidente tinha realmente que governar o país!

Enquanto o presidente Lynn explicava o que a EPICAC XIV faria por milhões de pessoas comuns, Khashdrahr traduzia para o xá. Lynn declarou que a EPICAC XIV era, de fato, o maior indivíduo da História e que o homem mais sábio que já tinha vivido não era mais do que um verme se comparado à EPICAC XIV.

Pela primeira vez o xá de Bratpuhr pareceu realmente impressionado, até mesmo alarmado. Não tinha dado muita importância às dimensões físicas da EPICAC XIV, mas a comparação entre o verme e o sábio o acertou em cheio. O xá olhava apreensivo ao seu redor, como se as válvulas e medidores que o cercavam estivessem vigiando todo e qualquer movimento.

Quando o discurso terminou e os aplausos diminuíram, o doutor Halyard levou o xá para conhecer o presidente, e as câmeras de televisão esfregaram os focinhos nos dois.

— O presidente agora aperta a mão do xá de Bratpuhr — informou o apresentador. — Vamos ver se o xá pode compartilhar conosco as impressões de um visitante de outra parte do mundo, de outro modo de vida.

— *Allasan Khabou pillan?* — falou o xá, inseguro.

— Ele quer saber se pode fazer uma pergunta — explicou Khashdrahr.

— Claro, claro que pode — respondeu o presidente, muito interessado. — Se eu não souber as respostas, pergunto para alguém.

Para a surpresa de todos, o xá virou as costas para o presidente e caminhou sozinho, bem devagar, até uma parte deserta do palco.

— O que eu fiz de errado? — quis saber Lynn.

— Ssssh! — retrucou Khashdrahr, intenso, colocando-se como um guarda entre a multidão curiosa e o xá.

O xá caiu de joelhos no palco e ergueu as mãos sobre a cabeça. O homenzinho de pele marrom de repente pareceu preencher a caverna inteira com sua dignidade misteriosa e radiante, sozinho ali no palco, comungando com uma presença que ninguém mais conseguia sentir.

— Parece que estamos testemunhando um tipo de ritual religioso — disse o apresentador.

— Você pode fechar essa boca cretina por cinco segundos? — bradou Halyard.

— Quietos! — gritou Khashdrahr.

O xá se virou para um grupo brilhante de válvulas da EPICAC e, com uma voz estridente e melodiosa, entoou o seguinte:

"Allakahi baku billa,
Moumi a fella nam;
Serani assu tilla,
Touri serin a sam."

— O velho doido está falando com a máquina — cochichou Lynn.

— Ssssh! — repetiu Halyard, estranhamente comovido com a cena.

— *Siki?* — gritou o xá, movendo a cabeça, de ouvidos atentos. — *Siki?* — A palavra ecoou e morreu: solitária, perdida.

— *Mmmmmm* — respondeu a EPICAC delicadamente. — *Dit, dit. Mmmmm. Dit.*

O xá suspirou e se levantou, sacudindo triste a cabeça, terrivelmente frustrado.

— *Nibo* — murmurou. — *Nibo.*

— O que ele disse? — quis saber o presidente.

— *Nibo*… "nada". Ele fez uma pergunta para a máquina e a máquina não respondeu — explicou Halyard. — *Nibo.*

— Nunca ouvi uma coisa tão maluca — disse o presidente. — É preciso perfurar as perguntas naquele negócio ali, e as respostas saem em fita naquele outro bagulho. Você não pode simplesmente falar com a máquina. — Uma dúvida perpassou sua bela face. — Não pode, né?

— Não, senhor presidente — confirmou o engenheiro-chefe do projeto. — Como o senhor mencionou, o negócio e o bagulho são indispensáveis.

— O que ele falou? — perguntou Lynn, puxando Khashdrahr pela manga.

— Um velho enigma — respondeu Khashdrahr.

Estava claro que ele não queria falar mais nada a respeito, que aquilo envolvia algo sagrado. Mas ele também era um homem educado, e os olhos curiosos da multidão pediam uma explicação melhor.

— Nosso povo acredita — declarou, tímido — que um deus poderoso e de sabedoria infinita surgirá algum dia entre nós e que nós o reconheceremos pela capacidade de resolver o enigma que a EPICAC não conseguiu responder. Quando ele vier — prosseguiu Khashdrahr sem mudar de semblante —, não haverá mais sofrimento na face da Terra.

— Um deus de sabedoria infinita, é? — disse Lynn. Lambeu os lábios e ajeitou o cacho de cabelo rebelde. — E como é esse enigma?

Khashdrahr recitou:

"Sinos de prata vão meu caminho iluminar,
E nove vezes nove virgens o meu dia preencher,
E nas montanhas os lagos vão desaparecer,
E dentes de tigre vão a noite dominar."

O presidente Lynn olhou pensativo para o teto da caverna, semicerrando os olhos.

— Hmm. Sinos de prata, é? — balançou a cabeça. — Não faz sentido nenhum, sabe? Nenhum. Eu desisto.

— Não estou surpreso — disse Khashdrahr. — Não mesmo. Eu já esperava por isso.

Halyard ajudou o xá, que parecia ter ficado mais velho e exausto por conta da maratona emocional, a embarcar no carro elétrico.

Enquanto se encaminhavam até a frente do elevador, o xá voltou um pouco à vida e contraiu os lábios diante da parafernália eletrônica ao seu redor.

— *Baku!* — declarou.

— Essa é nova para mim — confidenciou Halyard a Khashdrahr, sentindo-se próximo do intérprete baixinho que tinha colocado Jonathan Lynn em seu lugar com tanta maestria. — O que é *baku?*

— São bonequinhos de barro e palha feitos pelos Surrasi, uma pequena tribo de infiéis da terra do xá.

— E isso aqui parece barro e palha para ele?

— Acho que ele estava falando em um sentido mais amplo, de falso ídolo.

— Ah — disse Halyard. — Bem, como vão os Surrasi?

— Todos morreram de cólera na última primavera — disse Khashdrahr. Logo em seguida, acrescentou: — É claro.

Depois ele deu de ombros, como se estivesse perguntando o que mais aquele tipo de gente poderia esperar.

— *Baku.*

12

A residência dos Kroner, nos arredores de Albany, era uma mansão vitoriana, perfeitamente restaurada e conservada até nas filigranas do beiral do telhado e nas pontas de lança ao longo da parte mais alta do telhado. Kroner, o arquiprofeta da eficiência, preferia aquela casa às esguias máquinas de vidro e aço, fáceis de limpar com um pano molhado, em que moravam quase todos os engenheiros e gerentes. Apesar de Kroner nunca ter explicado a compra daquela casa, exceto por mencionar que gostava de muito espaço, ela combinava tanto com ele que ninguém deu muita bola para esse anacronismo.

Um pintor de retratos tinha sentido a adequação do cenário, mesmo sem qualquer pista além do rosto de Kroner. Havia recebido a encomenda de produzir os retratos de todos os gerentes do distrito e o fez com base em fotografias, pois todos eles alegaram ser ocupados demais para posar. Intuitivamente, o pintor retratou Kroner sentado em uma poltrona de veludo vermelho, com uma aliança imensa no dedo e tendo como plano de fundo cortinas de veludo muito pesadas.

A mansão era mais uma afirmação da crença de Kroner de que nada de valor mudava; de que o que tinha sido verdadeiro um dia continuaria sendo para sempre; de que as verdades eram poucas e simples; e de que um homem não precisava de conhecimento algum além dessas verdades para lidar com sabedoria e justiça em qualquer situação.

— Pode entrar — disse Kroner com um rugido suave, abrindo pessoalmente a porta.

Parecia preencher a casa inteira com sua força lenta e sua tranquilidade de rochedo. Estava vestido do modo mais informal que conseguia, tendo trocado o terno de paletó com duas fileiras de botões por outro de paletó simples e tom ligeiramente mais suave, com cotoveleiras de camurça. O paletó, explicou às visitas, tinha sido um presente de sua esposa anos atrás, mas fazia pouco tempo que tinha conseguido reunir coragem para usar.

— Cada vez que vejo sua casa eu fico mais apaixonada — disse Anita.

— Você devia falar isso para Janice.

Janice era a esposa de Kroner e sorria com placidez da sala de estar. Ela era um rotundo repositório de obviedades, ditados e clichês, e, em geral, os engenheiros e gerentes se dirigiam a ela como "Mama".

Mama, Paul relembrou, nunca tinha gostado daquele rapaz, Finnerty, que jamais a chamava de Mama ou compartilhava com ela seus segredos. Certa vez, depois que ela insistiu para que Finnerty desabafasse com ela para se sentir melhor, ele respondeu, impaciente, que já tinha escapado das garras da própria mãe. Paul era do seu agrado, pois, quando jovem, ele lhe *tinha* feito algumas confidências. Jamais faria isso de novo, mas sua conduta diante dela indicava que seu fracasso em se confessar não se devia a qualquer repulsa, mas a uma ausência de problemas.

— Oi, Mama — cumprimentou Paul.

— Oi, Mama — repetiu Anita.

— Relaxem, crianças — disse Mama. — Agora me contem todas as novidades.

— Bem, a gente reformou a cozinha — contou Anita.

Mama ficou empolgadíssima, ansiosa por detalhes.

Kroner inclinou sua cabeça enorme, como se estivesse prestando muita atenção naquele papo furado ou, mais provavelmente, Paul matutou, contando os segundos até encontrar um bom momento para separar homens e mulheres: um costume da casa.

Quando Anita parou para tomar fôlego, Kroner se levantou, abriu um sorriso e sugeriu que Paul o acompanhasse até o escritório para ver as armas. Toda vez era assim: os homens saíam para ver as armas. Anos antes, Anita tinha cometido o erro de dizer que também tinha interesse por armas. Com muita educação, Kroner respondeu que não tinha o tipo de arma que as mulheres gostavam.

A reação de Mama também era sempre a mesma:

— Ah, armas. Eu detesto. Não consigo entender por que os homens gostam de sair por aí atirando em bichinhos inocentes.

Na verdade, Kroner nunca atirava. Seu prazer parecia ser possuir e manipular as armas. Também as usava como objeto cênico, para dar um ar informal às suas conversas de homem para homem. Anunciava aumentos e promoções, rebaixamentos e demissões, e elogiava ou advertia, sempre de forma aparentemente casual, enquanto limpava o interior do cano de alguma arma.

Paul o acompanhou até o escritório revestido de madeira escura e esperou que Kroner escolhesse sua arma na estante que ocupava uma parede inteira. Kroner passou o dedo pela coleção, como quem passa um graveto ao longo de uma cerca de estacas. Esse era um tema de muitos debates entre os subordinados de Kroner: haveria algum significado especial nas armas que ele escolhia para uma determinada conversa? Por algum tempo correu o boato de que escopetas eram para as notícias ruins; e rifles, para as boas. Mas essa interpretação não sobreviveu à prova do tempo. Kroner enfim escolheu uma escopeta calibre 10, que abriu dobrando o cano através do qual espiou apontando para um poste de luz no lado de fora.

— Nunca me atreveria a usar munição moderna nesta aqui — disse Kroner. — Cano raiado... explodiria em pedaços. Mas dê uma olhada nesse trabalho de marchetaria, Paul.

— Lindo. Inestimável.

— Alguém dedicou uns dois anos a isso. Naquela época o tempo não significava nada. Foi a idade das trevas industrial, Paul.

— Sim, senhor.

Kroner escolheu uma vareta de limpeza e alinhou sobre a mesa uma lata de óleo, um pote de graxa e uma porção de tecidos velhos.

— Se a gente não cuida bem do cano, a coisa pode ficar feia de repente.

Estalou os dedos. Encheu de óleo um tecido, que torceu na extremidade da vareta de limpeza.

— Ainda mais nesse clima — acrescentou.

— Sim, senhor.

Paul começou a acender um cigarro e então se lembrou da advertência no esquema de Anita.

Kroner enfiou a vareta de limpeza cano adentro.

— Aliás, onde está Ed Finnerty?

— Não sei, senhor.

— A polícia anda atrás dele.

— Sério?

Kroner deslizou o tecido para frente e para trás sem olhar para Paul.

— Sério. Agora que está sem trabalho, ele precisa se registrar na polícia, mas não registrou.

— Deixei ele em Domicílio ontem à noite.

— Sei disso. Achei que você talvez soubesse para onde ele foi.

Kroner tinha uma mania de dizer que já sabia a respeito do que acabavam de lhe contar. Paul tinha certeza de que na verdade o velho não sabia nada sobre a noite anterior.

— Não faço a menor ideia.

Paul não queria complicar a vida de ninguém. Melhor deixar a polícia descobrir que Finnerty estava com Lasher se fosse capaz.

— Hmm-hmmm. Está vendo esse buraco bem aqui?

Kroner segurou a boca da arma a poucos centímetros do rosto de Paul e apontou para uma reentrância minúscula.

— É isso que acontece quando alguém não limpa um cano, mesmo que só por um mês. Leva você junto com ele.

— Sim, senhor.

— Não se pode mais confiar nele, Paul. Ele não anda bem da cabeça, e ninguém deveria correr o risco de estar com ele, não acha?

— Ninguém, senhor.

Kroner esfregou o buraco com a ponta de um tecido.

— Achei que você via as coisas assim. Por isso mesmo tenho dificuldade em entender por que você o deixou zanzar pela fábrica sem escolta.

Paul ficou vermelho. Não sabia o que falar.

— Ou por que deixou ele ficar com a sua arma. Você sabe que ele não está mais autorizado a ter porte de arma. Mas me disseram que sua pistola foi encontrada coberta com as impressões digitais dele.

Antes que Paul pudesse colocar as ideias em ordem, Kroner deu um tapinha em seu joelho e gargalhou como Papai Noel.

— Tenho tanta certeza de que você tem uma boa explicação para isso que nem quero ouvir. Acredito muito em você, meu rapaz. Não quero ver você em apuros. Agora que o seu pai nos deixou, sinto que é quase um dever meu cuidar de você.

— O senhor é muito gentil.

Kroner deu as costas para Paul e apontou a escopeta, mirando em um pássaro imaginário surgido por detrás da escrivaninha.

— Ca-pôu! — exclamou, expelindo um cartucho imaginário. — São tempos perigosos... mais perigosos do que você imagina, observando apenas da superfície. Ca-pôu! Mas também é a Era de Ouro, não acha, Paul?

Paul assentiu.

Kroner se virou para olhar para ele.

— Perguntei se esta não seria a Era de Ouro.

— Sim, senhor. Eu concordei com a cabeça.

— Pronto! — gritou Kroner, aparentemente imaginando discos de argila. — Ca-pôu! Sempre houve descrentes, profetas do apocalipse, atravancadores do progresso.

— Sim, senhor. Quanto a Finnerty e a pistola, eu...

— Isso ficou para trás, está esquecido — retrucou Kroner, impaciente. — Recomeçamos do zero. Como eu ia dizendo, veja bem aonde chegamos, pois homens marcharam e seguiram adiante com corações valentes, apesar das pessoas que disseram para eles não irem.

— Sim, senhor.

— Ca-pôu! Tem gente que tenta diminuir o que estamos fazendo, o que homens como seu pai fizeram, dizendo que são apenas engenhocas, invenções sem sentido. É bem mais do que isso, Paul.

Paul se inclinou para a frente, ávido por descobrir qual poderia ser essa qualidade extra. Fazia tempo que sentia que todos os outros membros do sistema talvez estivessem enxergando algo que ele não enxergava. Talvez fosse isso, talvez fosse o início de uma paixão tão avassaladora quanto a de seu pai.

— É bem mais do que inventar engenhocas, Paul, isso eu garanto.

— Sim, senhor.

— É força e fé e determinação. Nosso trabalho é abrir novas portas na dianteira da procissão civilizatória. É isso que o engenheiro faz, que o gerente faz. Não existe vocação mais elevada.

Desanimado, Paul deixou suas costas se afundarem no encosto da poltrona.

Kroner colocou outro tecido na vareta de limpeza e voltou a esfregar o cano.

— Paul... A vaga de Pittsburgh ainda está aberta. E apenas dois homens ainda estão na disputa.

Era meio surpreendente que Kroner falasse daquele jeito, bem como Anita tinha previsto. Paul tentou lembrar qual resposta ela achava que ele deveria dar, mas ele nunca dera a ela a chance de dizer, nem tinha lido o esquema.

— É uma chance maravilhosa de ser realmente útil — disse Paul, crendo que era uma resposta bem próxima ao que Anita tinha em mente.

Paul se sentiu tonto depois de tomar emprestadas as ideias de Anita por falta de entusiasmo próprio. Estavam lhe oferecendo a vaga de Pittsburgh, muito mais dinheiro e, como isso o colocaria no alto da hierarquia com boa parte da vida ainda pela frente, a garantia de que muito provavelmente chegaria até o cargo mais alto. O momento em que enfim alcançou esse ponto de incomensurável sucesso foi curiosamente sem graça. Sabia há muito tempo que o momento estava chegando. Kroner desejava aquele cargo para Paul e várias vezes chegou perto de prometer que o conquistaria: sempre em nome do seu pai. Quando as coisas finalmente aconteciam, como agora, havia uma espécie de ritual vestigial de surpresa e congratulação, como se Paul, a exemplo de seus ancestrais, tivesse chegado lá por astúcia, tenacidade e vontade de Deus... ou negligência do Diabo.

— É uma decisão difícil, Paul, entre você e Fred Garth.

Garth era um homem muito mais velho, quase da mesma idade de Kroner, que gerenciava as Indústrias Buffalo.

— Sendo bem sincero — prosseguiu Kroner —, Garth não tem sua imaginação técnica, Paul. Como gerente ele é ótimo, mas se não estivéssemos sempre no pé dele, as Indústrias Buffalo estariam exatamente iguais ao que estavam quando ele assumiu o comando, cinco anos atrás. Mas ele é estável, uma pessoa de confiança, Paul, e ninguém jamais duvidou que ele seja um dos nossos, que coloque o progresso e o sistema acima dos próprios interesses.

— Garth é um ótimo homem — disse Paul.

Garth também era obstinado e desesperado por agradar, e parecia ter uma imagem antropomórfica da personalidade corporativa. Se colocava como um amante em relação a essa imagem, e Paul se perguntava se esse tipo predominante de relação havia algum dia recebido a atenção merecida por parte dos sexólogos. Pensando bem, imaginou que sim: o fenômeno genérico da devoção de um amante pelo invisível, em estudos sobre os casamentos simbólicos de freiras com Jesus Cristo. De qualquer forma, Paul tinha visto Garth em várias fases de seu caso de amor: incapaz de comer por ansiedade; em crise maníaca; ou tomado por um sentimentalismo quase choroso ao relembrar o suave início do romance. Em resumo, Garth sofria todos os riscos emocionais de um eterno jogo de bem-me-quer, mal-me-quer. Cumprir ordens vindas de cima, uma tarefa irritante para Paul, para Garth era como fazer um favor para agradar uma dama.

— Eu adoraria ver Garth conquistando essa vaga.

— Eu adoraria ver você conquistando essa vaga, Paul — disse Kroner, com uma expressão que indicava que o nome de Garth só tinha sido mencionado como jogo de cena. — Você tem tanta imaginação, tanta energia, tanta capacidade...

— Obrigado, senhor.

— Deixa eu terminar. Imaginação, energia e capacidade, e, pelo que sei, seria um erro tremendo questionar a sua lealdade.

— Lealdade?

Kroner deixou a escopeta de lado e puxou uma cadeira para ficar de frente para Paul. Colocou suas mãos enormes nos joelhos de Paul e abaixou suas sobrancelhas grossas. A situação ganhou um clima de sessão espírita, com Kroner fazendo o papel de médium. Mais uma vez, assim como quando Kroner apertou sua mão no Country Club, Paul sentiu sua força e sua vontade serem apagadas pelo homem mais velho.

— Paul, quero que você me diga o que tem em mente.

As mãos apertaram os joelhos de Paul, que ficou aborrecido por ter de lutar contra o ímpeto de abrir seu coração para aquele pai misericordioso, sábio e gentil. Mas o mau humor não durou, e Paul começou a falar.

Percebeu que sua apreensão e inquietação na semana anterior agora tinham forma. A matéria-prima de seu descontentamento estava agora moldada nas formas de outro homem. Estava repetindo o que Lasher tinha dito na noite anterior, falando sobre o desastre espiritual do outro lado do rio, sobre a ameaça de revolução, sobre a hierarquia que era um pesadelo para a maior parte da população. Expressou tudo isso de um modo que não soava como reprovação, mas como se estivesse pleiteando uma réplica.

Kroner, com as mãos ainda sobre os joelhos de Paul, foi baixando a cabeça cada vez mais.

Paul chegou ao fim, e Kroner se levantou e virou de costas para olhar pela janela. O encanto ainda estava ativo, e Paul olhava ansioso para aquelas costas largas, à espera de sabedoria.

Kroner se virou repentinamente.

— Então você está contra nós.

— Certamente não foi isso que eu quis dizer. São perguntas que merecem algum tipo de resposta.

— Fique no seu próprio lado do rio, Paul! Seu trabalho é com a gerência e engenharia. Não sei quais são as respostas para as perguntas de Lasher. Mas sei que é muito mais fácil fazer perguntas do que responder. Sei que sempre existiram perguntas e homens como Lasher, dispostos a criar confusão fazendo essas perguntas.

— Então você conhece Lasher? — perguntou Paul, porque não tinha mencionado aquele nome.

— Sim, há algum tempo. E, desde hoje à tarde, sei o que você, Lasher e Finnerty estavam tramando ontem à noite — disse Kroner, parecendo triste. — Como responsável pela segurança industrial do distrito, eu sei de quase tudo, Paul. E às vezes, como agora, eu preferia não saber tanto.

— E Pittsburgh?

— Ainda acho que você é a pessoa ideal para a vaga. Vou fingir que você não fez o que fez ontem à noite, que não disse o que acabou de dizer. Não acredito que isso tenha vindo do seu coração.

Paul ficou espantado. Por alguma circunstância bizarra ele parecia ter garantido o emprego, depois de ter chegado com a vaga intenção de ter se desqualificado para ele.

— Estamos na reta final, Paul. Agora tudo depende de você.

— Acho que eu poderia parar de beber.

— Receio que seja bem mais complicado que isso. Em pouquíssimo tempo você conseguiu acumular um dossiê policial bem impressionante: a pistola, deixar Finnerty à solta na fábrica, as indiscrições de ontem à noite... e, bem, vou ter de me virar para explicar tudo bem direitinho no quartel-general. Você podia ser preso, sabia?

Paul riu de nervoso.

— Quero ter como alegar que você estava cumprindo uma tarefa de segurança especial a meu pedido, Paul, e gostaria de ter como provar isso.

— Entendo.

Paul não tinha entendido.

— Você deve concordar que Lasher e Finnerty são homens perigosos, sabotadores em potencial que precisam ser colocados onde não possam causar mal algum.

Kroner pegou novamente a escopeta no armário e retorceu o rosto enquanto limpava o ejetor com um palito de dentes.

— Então — disse após alguns instantes de silêncio —, vou querer que você preste um depoimento afirmando que eles tentaram envolver você em um complô para sabotar as Indústrias Ilium.

A porta abriu de forma escancarada, e Baer entrou no escritório com um sorriso no rosto.

— Parabéns, meu rapaz. Parabéns. Maravilha, maravilha, maravilha.

— Parabéns? — disse Paul.

— Pittsburgh, meu rapaz, Pittsburgh!

— Ainda não resolvemos isso — disse Kroner.

— Mas ontem você disse...

— Apareceu uma coisinha nesse meio tempo. — Kroner piscou para Paul. — Mas nada muito sério, não é, Paul? Um probleminha.

— Hã, ah, entendi, hm-hmm; um problema, um problema. Entendi. Hmm.

Paul estava abalado e confuso com o que tinha acabado de acontecer com ele, e ocultou sua falta de compostura por trás de um sorriso vazio. Ficou se perguntando se a entrada de Baer no escritório não tinha sido combinada com Kroner.

— Paul fez umas perguntas — disse Kroner.

— Perguntas? Perguntas, meu rapaz?

— Ele queria saber se não estamos fazendo algo ruim em nome do progresso.

Baer se sentou na escrivaninha e começou a esticar o fio do telefone. Estava absorto em seus próprios pensamentos, e, a julgar por sua expressão, Paul só conseguiu concluir que aquela pergunta nunca tinha entrado no radar de Baer. Agora que isso tinha acontecido, ele a considerava com o máximo de cuidado.

— Se o progresso é ruim? Hm-hmm... boa pergunta — disse, e parou de olhar para o fio do telefone. — Não sei, não sei. Talvez o progresso seja ruim, hein?

Kroner olhou surpreso para Baer.

— Olha, você está mais do que cansado de saber que a História já respondeu essa pergunta milhares de vezes.

— Respondeu? Respondeu mesmo? Você sabe; eu não sei. Respondeu milhares de vezes, foi? Bom, que bom. Tudo que sei é que precisamos agir como se tivesse respondido, senão é melhor jogar a toalha de uma vez. Não sei, meu rapaz. Parece que eu devia saber, mas não sei. Só faço o meu trabalho. Talvez seja um erro.

Foi a vez de Kroner ficar estarrecido.

— Bem, que tal um refresco? — perguntou de repente.

— Eu aceito um refresco — respondeu Paul, aliviado.

Kroner deu uma risadinha.

— Pronto, pronto; nem foi tão ruim, foi?

— Não.

— Meu garoto. Isso aí, cabeça erguida.

Quando Baer, Paul e Kroner adentraram em fila a sala de estar, Mama dizia para Anita, em tom de lamento, que para criar um mundo era necessário todo tipo de gente.

— Eu só queria ter certeza de que todo mundo entendeu que ele se convidou — disse Anita. — Não tivemos como impedir, Mama.

Kroner esfregou as mãos.

— Bem, que tal um estimulante?

— Maravilha, maravilha, maravilha — disse Baer.

—Vocês, homens, se divertiram com aquelas armas horríveis? — perguntou Mama, torcendo o nariz.

— Foi ótimo, Mama — respondeu Paul.

Anita olhou nos olhos de Paul e arqueou as sobrancelhas em tom de interrogação.

Paul meneou a cabeça de leve.

Anita sorriu e se recostou na poltrona, exausta, satisfeita.

Mama distribuiu cálices com vinho do Porto, enquanto Kroner mexia na vitrola.

— Cadê? — perguntou.

— Ora, ora... no lugar de sempre, no prato do disco — disse Mama.

— Ah, sim... aqui está. Pensei que talvez alguém tivesse tocado outra música desde que usei pela última vez.

— Não. Ninguém chegou perto da vitrola desde ontem à noite.

Kroner segurou o braço da agulha logo acima do disco, que girava.

— Para você, Paul. Quando falei em estimulante, estava pensando mais nisto do que no vinho. Isto traz leveza para o espírito. Isso pode me tirar da pior fossa com mais eficácia do que qualquer outra coisa.

— Dei de presente para ele mês passado e não consigo pensar em nada de que ele tenha gostado tanto — contou Mama.

Kroner baixou a agulha no sulco, correu para uma poltrona e cobriu os olhos antes de a música começar.

O volume estava no máximo, e de repente o alto-falante uivou:

"Oooooooaoooh, me dê alguns homens, que tenham o coração valente, que lutarão pelos direitos que adoram..."

Paul olhou ao seu redor. Kroner batia com os pés no chão e sacudia a cabeça de um lado para o outro. Mama também sacudia a cabeça, assim como Baer e Anita... Anita com mais violência que todos os outros.

Paul suspirou e também começou a sacudir a cabeça.

"Ombro a ombro, destemor com destemor, eles crescem ao tomar a vanguarda! Ooooooooooooh..."

13

Deitado na cama depois da noite dos homens de coração valente na casa dos Kroner, o doutor Paul Proteus, filho de um homem bem-sucedido, ele mesmo rico e com perspectivas de ficar ainda mais rico, contabilizava agradecidamente suas bênçãos materiais. Concluiu que estava em excelente forma para se permitir ser íntegro. Sem precisar trabalhar mais um dia sequer na vida, era dono de um patrimônio de quase três quartos de um milhão de dólares.

Dessa vez, sua insatisfação com a própria vida era bem específica. Estava reagindo a um insulto, que seria assim considerado por praticamente qualquer pessoa em qualquer período da História. Tinha recebido a proposta de delatar seu amigo Ed Finnerty. Era o tipo mais simples possível de ataque à integridade de alguém, e Paul recebeu essa proposta com o mesmo tipo de alívio que foi sentido quando os primeiros tiros da última guerra foram desferidos, após décadas de tensão.

Anita dormia completamente satisfeita, não tanto com Paul, mas com o orgasmo social de, após anos de preliminares do sistema, enfim ter recebido a oferta de Pittsburgh.

Havia recitado um monólogo a caminho de casa, na volta de Albany: uma declamação que poderia ter vindo de Shepherd. Passou em revista a carreira de Paul do momento de seu casamento em diante, e Paul ficou surpreso ao descobrir que seu caminho estava repleto de corpos... homens que tinham tentado passar na sua frente, apenas para acabarem sendo humilhados e arruinados.

Ela tornou a carnificina tão vívida que por um instante Paul se viu forçado a abandonar os próprios pensamentos para conferir se havia algum traço de verdade naquele relato. Revisou um por um os escalpos que ela tinha contabilizado, homens que tinham competido com Paul por um emprego ou outro, e certificou-se de que todos tinham se saído muito bem e não estavam nem um pouco arruinados, fosse em termos financeiros ou espirituais. Mas para Anita eles eram cadáveres, fuzilados com um tiro certeiro entre os olhos, lixos humanos que tinham ido tarde.

Paul não tinha contado à esposa as condições com as quais teria de concordar para conquistar Pittsburgh. E não transpareceu a intenção de fazer qualquer outra coisa além de aceitar a vaga com orgulho e alegria.

Agora, deitado ao lado de Anita, parabenizava-se por sua calma, por ter sido ardiloso pela primeiríssima vez na vida. Ficaria um longo tempo sem contar a ela que pretendia pedir demissão, até que ela estivesse preparada. Com sutileza, reeducaria a esposa dentro de um novo conjunto de valores e, *então*, largaria tudo. De outro modo, o choque de se sentir casada com um zé ninguém poderia ser trágico. Ela só compreendia o mundo pela posição hierárquica do marido. Se Paul perdesse seu lugar na hierarquia, era assustadoramente provável que ela perdesse todo e qualquer contato com o mundo ou, pior ainda para ele, que o abandonasse.

E Paul não queria que nenhuma dessas coisas acontecesse. Anita era a pessoa que o destino havia lhe concedido para amar, e ele não media esforços para amá-la. Conhecia a esposa bem demais para não considerar suas extravagâncias como algo ofensivo, para não permitir que fossem qualquer outra coisa além de patéticas.

Anita também era uma fonte de coragem, bem mais do que ele gostava de admitir.

Também era dona de um talento sexual que proporcionava a Paul seu único entusiasmo incondicional na vida.

E, com uma atenção obstinada aos detalhes, Anita também permitia que Paul se desse ao luxo de enxergar a vida com desapego, com uma visão que se alternava entre entretida e cínica.

Ela também era tudo que ele tinha.

Um pânico indistinto cresceu frio em seu peito, afugentando a sonolência bem quando ele mais a teria acolhido. Começou a perceber que ele também sentiria o choque. Era como se estivesse estranhamente desencarnado, uma insignificância desprovida de materialidade, um nada, um homem que abria mão de continuar existindo. Ao perceber de repente que ele, assim como Anita, não era muito mais do que sua posição social, abraçou a esposa adormecida e pousou a cabeça nos seios de sua futura companheira de fantasmagoria.

— Hmmmm? — disse Anita. — Hmmmmmm?

— Anita...

— Hmm?

— Anita, eu te amo.

Sentia vontade de contar tudo, de combinar sua consciência com a dela. Mas quando Paul ergueu por um instante a cabeça do calor e do perfume entorpecentes dos seios da esposa, o vento frio e fresco das montanhas Adirondack banhou seu rosto, e a sabedoria retornou. Não disse mais nada.

— Eu *também* te amo, Paul — murmurou ela.

14

Paul Proteus era um homem que guardava um segredo. Na maior parte do tempo era um segredo emocionante, que lhe proporcionava picos momentâneos de alegria enquanto lidava com seus colegas de sistema durante o expediente. No início e no final de cada atividade administrativa, ele pensava: "Vai pro inferno."

Mandava tudo e todos para o inferno. Esse distanciamento secreto dava a ele a sensação encantadora de que o mundo todo era um palco. Enquanto esperava o momento em que ele e Anita estivessem em condições mentais de largar tudo e dar início a uma vida melhor, Paul encenava seu papel de gerente das Indústrias Ilium. Por fora, como gerente, ele não tinha mudado; mas, por dentro, parodiava aquelas almas menores e menos livres, que levavam o trabalho a sério.

Nunca teve o costume de ler, mas estava começando a devorar romances em que o herói vivia de forma vigorosa, ao ar livre, lidando diretamente com a natureza, dependendo de astúcia e força física para sobreviver: lenhadores, marinheiros, vaqueiros...

Lia sobre esses heróis com um meio sorriso nos lábios. Sabia que o prazer que lhe proporcionavam era um pouco infantil e duvidava que pudesse existir uma vida tão limpa, genuína e satisfatória quanto as retratadas nesses livros. Ainda assim, existia uma verdade básica por trás daquelas histórias, um ideal primitivo ao qual ele podia aspirar. Não queria lidar com a sociedade, apenas com a Terra, concedida ao homem por Deus.

— Esse livro é bom, doutor Proteus? — perguntou a doutora Katharine Finch, sua secretária.

Ela havia entrado no escritório carregando uma grande caixa cinzenta de papelão.

— Ah... oi, Katharine — cumprimentou Paul, deixando o livro de lado com um sorriso. — Não é uma grande literatura, isso eu garanto. É apenas uma leitura agradável, para relaxar. Fala de barqueiros no antigo canal do Erie — explicou, batendo com o dedo no peitoral largo e desnudo do herói na capa do livro. — Não se fazem mais homens como esse. Bem, que caixa é essa? É para mim?

— São suas camisas. Acabaram de chegar pelo correio.

— Camisas?

— Para a Campina.

— Ah, *essas* coisas. Pode abrir a caixa. Qual a cor delas?

— Azul. Neste ano o senhor está na Equipe Azul — disse Katharine, colocando as camisas em cima da mesa.

— Ah, não!

Paul se levantou e segurou uma das camisetas azul-marinho com o braço bem esticado.

— Meu Deus do céu... não!

No peito de cada camiseta, em letras douradas berrantes, estava a palavra "Capitão".

— Katharine, eles não podem fazer isso comigo.

— É uma honra, não é?

— Honra! — Paul suspirou de forma barulhenta e balançou a cabeça. — Por catorze dias, Katharine, eu, Rainha de Maio e capitão da Equipe Azul, vou ser obrigado a comandar meu time em concursos de canto coral, marchas, torneios de pau-de-sebo, voleibol, arremesso de ferraduras, *softball*, minigolfe, badminton, tiro ao prato, pique-bandeira, luta livre indiana, futebol americano, *shuffleboard*, e também vou ter de tentar atirar os outros capitães no lago. Argh!

— O doutor Shepherd ficou bem animado.

— Ele sempre gostou muito de mim.

— Não... eu quis dizer que ele ficou animado por ter sido escolhido capitão.

— Ah, é? Shepherd vai ser capitão?

As sobrancelhas arqueadas de Paul faziam parte de um antigo reflexo, a reação cansada de um homem que estava no sistema há muito tempo. Ser escolhido capitão de uma das quatro equipes *era* uma honra, para quem dava importância para essas coisas. Era a forma como o escalão mais alto demonstrava favoritismo, e, politicamente, a escolha de Shepherd como capitão foi algo notável. Shepherd sempre foi um ninguém na Campina, reconhecido apenas como um arremessador de *softball* razoável. Agora, de repente, ele era capitão.

— De qual equipe?

— Verde. As camisas dele estão na minha mesa. Verde com letras laranja. Bem chamativas.

— Verde, é?

Bem, para quem se importava com essas coisas, a Equipe Verde era a mais baixa na hierarquia informal. Todos sabiam disso, mesmo sem comentar abertamente. Como já estava mergulhado nesse assunto tão insignificante, Paul se sentiu bem por ter sido nomeado capitão da Equipe Azul, que, mais uma vez, como todos pareciam achar, era a equipe mais conceituada. Não que isso ainda fizesse alguma diferença. Não fazia. Era uma bobagem. Que fosse para o inferno.

— Eles mandam mesmo muitas camisetas — comentou Katharine, contando. — Nove, dez, onze, doze.

— Até que não é muito. Por duas semanas a gente bebe e sua, bebe e sua, bebe e sua, até se sentir como uma bomba de esgoto. Essa quantidade vale para um dia ao ar livre.

— Uhum. Bem, me desculpe, isso era tudo que tinha na caixa, além deste livro.

Katharine estendeu o volume, que parecia um hinário.

— Ai, ai! O *Cancioneiro da Campina* — respondeu Paul, com desgosto. Ele se recostou na cadeira e fechou os olhos. — Escolha uma canção, Katharine, qualquer uma, e leia em voz alta.

— Aqui vai a canção da Equipe Verde, o time do doutor Shepherd. Na melodia da abertura da ópera *Guilherme Tell*.

— Da abertura inteira?

— É o que diz aqui.

— Bem, então é isso, pode ler.

Katharine limpou a garganta, começou a cantar baixinho, pensou melhor e resolveu simplesmente ler:

"*Equipe Verde, Verde, Verde, viva!*
Do mundo todo, a mais forte e festiva!
Vermelha, Azul e Branca vão gritar
Ao ver a Equipe Verde chegar!"

— Isso vai deixar você mais masculina, Katharine.

— Ah, poxa, mas vai ser divertido! O senhor *sabe* que vai adorar quando estiver lá.

Paul abriu os olhos e viu que Katharine estava lendo outra canção, os olhos dela brilhando de entusiasmo, meneando a cabeça de um lado para o outro.

— Qual você está lendo agora?

— Ah, como eu queria ser homem! Estava lendo a sua canção.

— A minha canção?

— A canção da Equipe Azul.

— Ah... a *minha* canção. Boa, vamos ouvir.

Katharine assobiou alguns compassos de "Indiana" e então cantou, agora com toda sinceridade:

"*Ó, Equipe Azul, time consagrado e leal*
Nenhuma outra é tão competente!
Vai triturar a Verde e da Branca fazer mingau
E da Vermelha não vai sobrar nem um dente.
Eles todos vão tremer ao sentir seu poder,
E vai cair fora quem for inteligente;

Porque a Equipe Azul é consagrada e leal,
E nenhuma outra é tão competente!"

— Hum.

— E vocês *vão* vencer mesmo. Eu sei que vão — afirmou Katharine.

— Você vai estar em Continente?

Continente era um acampamento para esposas e crianças, e para as funcionárias que ainda não tinham concluído seu aperfeiçoamento. Fica no litoral, bem em frente da Campina, a ilha para onde iam os homens.

— É o mais perto que posso chegar da ação de verdade — suspirou Katharine, melancólica.

— É perto o bastante, pode acreditar. Mas me diga, Bud Calhoun vai estar por lá?

Katharine corou, e na mesma hora Paul se arrependeu de ter perguntado.

— Que eu saiba, ele foi convidado — respondeu ela —, mas isso foi antes de... — Ela deu de ombros, infeliz. — E o senhor sabe o que diz o *Manual.*

— As máquinas não gostam mais dele — disse Paul em tom pesado. — Por que não inventam um dispositivo que ofereça um drinque grátis ao funcionário antes de ele ser demitido? Você sabe o que ele anda fazendo?

— Não tenho falado com o Bud nem me encontrado com ele, mas telefonei para o escritório de Matheson para descobrir o que iam fazer com ele. Informaram que ele vai trabalhar como supervisor de projetos dos... — a voz dela hesitou — dos Fedidos e Ruídos.

A emoção começou a tomar conta de Katharine, que saiu às pressas do escritório de Paul.

— Tenho certeza de que ele vai se dar bem — disse Paul enquanto ela saía. — Aposto que daqui a um ano nossa cidade vai estar irreconhecível, com ele inventando coisas novas para os Fedidos e Ruídos fazerem.

O telefone dela tocou, e Katharine informou a Paul que o doutor Edward Finnerty estava no portão, querendo entrar.

— Amarrem as mãos e os pés dele, enfiem um capuz em sua cabeça e mandem quatro guardas o trazerem aqui. Com baionetas caladas, é claro. E providencie uma fotografia disso para Shepherd.

Dez minutos depois, Finnerty apareceu no escritório de Paul, na companhia de um guarda armado.

— Meu Deus do céu... olha só pra você! — exclamou Paul, admirado.

Finnerty estava de cabelo cortado e penteado, o rosto estava corado, brilhante e barbeado, e o terno de linho riscado, mesmo gasto e mal ajustado, parecia limpo e higiênico.

Finnerty olhou para Paul sem mudar sua expressão, como se não conseguisse entender o porquê do comentário.

— Queria pegar seu carro emprestado.

— Promete que vai limpar suas impressões digitais depois de usar?

— Ah... acho que você ficou chateado com aquele episódio da pistola. Desculpa. Eu pretendia jogar no rio.

— Então você ficou sabendo?

— Claro... e soube também que o Shepherd entregou um relatório sobre você, contando que me deixou entrar no complexo sem escolta. Dureza.

Após menos de uma semana em Domicílio, Finnerty tinha assumido maneirismos rudes e bem fanfarrões... nitidamente artificiais. Também parecia estar adorando a ideia de ser considerado uma companhia arriscada para qualquer pessoa respeitável.

Paul ficou surpreso, assim como tinha ficado na casa dos Kroner, com o fato de saberem tanto sobre sua vida.

— Como você sabe de tudo isso?

— Você ficaria espantado ao ver quem sabe o quê, e como eles descobrem as coisas. Ficaria apavorado ao saber as coisas que acontecem neste mundo. Meus olhos estão começando a se abrir — disse, e então aproximou sua cabeça à de Paul, com um ar sincero. — E, Paul... eu estou me encontrando. Finalmente estou me encontrando.

— E como você é, Ed?

— Aqueles débeis mentais do outro lado do rio... sou como *eles*. Eles são reais, Paul, são reais!

Paul nunca tinha duvidado da autenticidade deles e por isso não conseguiu emitir comentário ou reação emocional para aquele importante pronunciamento.

— Bem, fico feliz em saber que você enfim se encontrou depois de todos esses anos — respondeu.

Finnerty estava se encontrando desde que Paul o tinha conhecido. E, semanas depois, sempre abandonava aquele novo eu aos gritos raivosos de "impostor", para em seguida descobrir mais outro.

— Muito legal, Ed.

— Bem, enfim, e as chaves do carro?

— Tudo bem se eu perguntar o que você pretende fazer?

— Coisa rápida. Quero buscar minhas roupas na sua casa e levar para a casa do Lasher.

— Você está morando com ele?

Finnerty assentiu.

— Incrível como a gente se entrosou logo de cara — disse Finnerty em um tom que insinuava um leve desprezo pelo estilo de vida superficial de Paul. — Chaves?

Paul jogou as chaves para ele.

— Como você pretende passar o resto da sua vida, Ed?

— Vou ficar com o povo. Lá é meu lugar.

— Sabia que a polícia está atrás de você por não ter se registrado?

— Deixa tudo mais gostoso.

— Você pode acabar preso, sabia?

— Você tem medo de viver, Paul. Seu problema é esse. Conhece a história de Thoreau e Emerson?

— Um pouco. Tanto quanto você conhecia antes de ser instruído por Lasher, isso eu aposto.

— Bem, Thoreau foi parar na cadeia por se recusar a pagar um imposto para financiar a guerra com o México. Ele não acreditava na guerra. Aí Emerson apareceu na cadeia para visitá-lo. "Henry", ele perguntou, "por que você está aqui?" E Thoreau respondeu: "Ralph, por que você *não* está aqui?"

— Eu deveria querer ir para a cadeia? — perguntou Paul, tentando descobrir alguma mensagem oculta naquela história.

— Você não deveria deixar que o medo de ser preso o impeça de fazer aquilo em que acredita.

— Bem, não impede.

Paul percebeu que o grande problema, na verdade, era descobrir alguma coisa em que acreditasse.

— Certo, então não impede.

A voz de Finnerty tinha um tom cansado e descrente. Parecia estar ficando entediado com o ex-amigo do lado norte do rio, infestado de convenções.

— Obrigado pelo carro — acrescentou ele.

— Sempre às ordens.

Paul ficou aliviado quando a porta se fechou atrás daquele novo Finnerty (ou o Finnerty daquela semana).

Katharine abriu a porta novamente.

— Ele me dá medo — confessou.

— Não precisa ter medo. Ele desperdiça toda a energia jogando consigo mesmo. Olha, seu telefone está tocando.

— É o doutor Kroner — disse Katharine. — Sim — falou ao telefone. — O doutor Proteus está.

— Pode colocar ele na linha, por favor? — pediu a secretária de Kroner.

— Doutor Proteus falando.

— O doutor Proteus está na linha — disse Katharine.

— Um instante, por favor. O doutor Kroner deseja falar. Doutor Kroner, o doutor Proteus, de Ilium, está na linha.

— Oi, Paul.

— Como vai o senhor?

— Paul, sobre aquela história de Finnerty e Lasher... — O tom de conspiração lúdica dava a entender que a acusação sugerida contra os dois era só uma pegadinha. — Queria apenas informar que telefonei para Washington para falar sobre isso, para deixar o pessoal a par da situação, e eles me disseram para segurar as coisas por um tempo. Dizem que a operação toda precisa ser bem planejada pela mais alta cúpula. Parece que o negócio é bem maior do que eu pensava. — Sua voz ficou mais baixa e se transformou em sussurro. — Está começando a parecer um problema nacional e não apenas limitado a Ilium.

Paul ficou satisfeito ao saber do adiamento, mas surpreso com o motivo.

— Desde quando o Finnerty poderia ser um problema nacional ou mesmo somente em Ilium? Faz só alguns dias que ele chegou.

— Cabeça vazia é oficina do diabo, Paul. Ele deve estar andando com más companhias, e é atrás delas que estamos. De qualquer modo, o pessoal da cúpula quer estar por dentro de tudo que a gente faça e quer fazer uma reunião conosco sobre o assunto na Campina. Daqui a, vamos ver... dezesseis dias.

— Tudo bem — disse Paul.

Então, acrescentando mentalmente o carimbo imaginário que andava usando atualmente em todo e qualquer assunto oficial: "E vão pro inferno." Não tinha a menor intenção de virar informante ou delatar alguém. Ficaria simplesmente enrolando até ele e Anita estarem prontos para dizer em voz alta: "Vão para o inferno, vão todos para o inferno."

— Todos aqui amamos você, Paul.

— Obrigado, senhor.

Kroner ficou quieto por um instante. Então gritou de repente no telefone, quase estourando o tímpano de Paul.

— Perdão, o que o senhor disse?

O recado tinha sido tão alto que transmitiu apenas dor, mas nenhuma informação.

Kroner deu uma risadinha e baixou um pouco a voz.

— Perguntei quem vai vencer, Paul.

— Vencer?

— A Campina, a Campina! Quem vai vencer?

— Ah... a Campina — disse Paul.

Aquela conversa era um pesadelo, com Kroner veemente e feliz, e Paul sem a mais vaga ideia do que estava sendo debatido.

— Qual equipe? — perguntou Kroner, já meio rabugento.

— Ah. Ah! A *Equipe Azul* vai vencer! — Paul encheu os pulmões de ar. — Azul! — berrou.

— Pode apostar sua vida na nossa vitória! — gritou Kroner. — Os Azuis estão com você, capitão!

Então Kroner, que também estava na Equipe Azul, começou a cantar, com sua voz grave e tonitruante:

"Ó, Equipe Azul, time consagrado e leal
Nenhuma outra equipe é tão competente!
Vai triturar a Verde e da Branca fazer mingau
E da Vermelha não vai so..."

A canção foi interrompida por um grito.

— A Branca vai vencer! Vamos, Branca! — Era Baer, berrando ao fundo. — Então vocês acham que a Azul vai vencer, é? Vencer? Acham que a Azul vai vencer, é, é? A Equipe Branca vai fazer mingau de vocês, mingau... arrá, arrá... vai fazer um belo mingau com a Equipe Azul.

Ao som de gargalhadas, provocações e homens brincando de lutinha, Kroner retomou a canção da Equipe Azul de onde tinha parado:

"Eles todos vão tremer ao sentir seu poder,
E vai cair fora quem for inteligente;
Porque a..."

O agudo penetrante de Baer atravessou o grave de Kroner com a canção da Equipe Branca, com a melodia de "Tramp, Tramp, Tramp":

"Branca, Branca, a Branca é o terror.
Azul, Verde e Vermelha têm medo.
Quando enfrentarem a Branca
A surra jamais vão esque..."

O barulho das lutinhas ficou mais alto, e as canções resultaram em gargalhadas ofegantes. Paul ouviu uma algazarra ao telefone, depois um grito, um clique e, então, o sinal de discagem.

Paul devolveu o fone ao aparelho, a mão mole. Em tom melancólico, afirmou para si mesmo que não tinha como cair fora antes da Campina: não podia reeducar Anita e largar tudo nos poucos dias que restavam. Teria de aguentar a Campina e, pior ainda, enquanto capitão da Equipe Azul, teria de aguentar tudo.

Seu olhar percorreu o peito cabeludo e bronzeado, os olhos cinzentos e honestos e os bíceps descomunais do homem na capa do livro, e seus pensamentos fluíram de forma suave e agradável até a fantasia da vida nova e boa que estava à sua frente. Em algum lugar, fora da sociedade, existia um local para um homem e sua esposa, onde poderiam viver com sinceridade e sem culpa, *naturalmente*, usando apenas as próprias mãos e a própria inteligência.

Paul analisou suas mãos compridas e delicadas. Tinha um único calo, que ficava no dedo médio da mão direita. Ao longo dos anos havia crescido ali um calombo duro, manchado de um alaranjado sujo pelo alcatrão dos cigarros, que protegia o dedo contra o atrito de canetas e lápis. Habilidades: era isso que possuíam as mãos dos heróis daqueles romances, habilidades. Até então, as mãos de Paul não tinham aprendido muito mais que segurar lápis, caneta, escova de dentes, escova de cabelos, navalha, garfo, faca, colher, xícara, copo, torneira, maçaneta, alavanca, lenço, toalha, zíper, botão, colchete, sabonete, livro, pente, esposa ou volante.

Relembrou os tempos de colégio e teve a certeza de que havia aprendido alguma habilidade manual. Tinha aprendido a fazer desenhos mecânicos. Foi aí que o calo no dedo começou a crescer. O que mais? Aprendeu a quicar bolas em paredes com habilidade, para a consternação de seus adversários no squash. Era tão bom que chegou até as quartas de final do Torneio Regional de Squash Estudantil por dois anos consecutivos. Já tinha sido capaz de fazer *aquilo* com as mãos.

O que mais?

Mais uma vez Paul foi tomado de assalto pela insegurança, pelo medo de não conseguir ser bem-sucedido fora do sistema, de não conseguir se virar sozinho. Talvez abrisse um pequeno negócio, o que fingia ser quando não queria ser reconhecido: dono de mercadinho. Mas assim ele continuaria prisioneiro das redes da economia e da hierarquia que vinha com ela. De qualquer modo, as máquinas não permitiriam que ele ingressasse naquela atividade, e, mesmo que permitissem, aquilo também não passaria de uma bobagem sem sentido, de pura pose. Além do mais, ainda que Paul estivesse mandando o sistema inteiro para o inferno, ele tinha plena consciência de que o varejo, uma atividade maçante e relativamente livre de qualquer exigência de habilidade manual, estava aquém de suas capacidades. Então, que ela também fosse para o inferno. Pior do que isso apenas o ócio total, que Paul tinha condições de desfrutar, mas que, e disso ele não tinha a menor dúvida, era tão amoral quanto a atividade que ele estava deixando para trás.

Agricultura: *essa* sim era uma palavra mágica. Como tantas palavras que ainda guardavam em si uma certa magia do passado, a palavra "agricultura" era um lembrete da classe austera que tinha originado a atual geração e de como um ser humano podia ser obstinado se necessário. A palavra não tinha muito significado nos tempos atuais. Não existiam mais fazendeiros, somente engenheiros agrícolas. No rico vale do Iroquois, no condado de Ilium, milhares de colonos tinham vivido da terra no passado. Hoje, o doutor Ormand van Curler gerenciava a atividade agrícola do condado inteiro com cem homens e muitos milhões de dólares em maquinário.

Agricultura. Os batimentos cardíacos de Paul se aceleraram, e ele imaginou uma vida de um século atrás, vivendo em uma das muitas fazendas que hoje desmoronavam sobre os próprios alicerces por todo o vale. Escolheu uma fazenda específica para essa fantasia, uma casa próxima da saída da cidade que ele tinha admirado por vezes sem conta. Então, de repente, percebeu que a fazenda, aquele pedacinho do passado, *não* fazia parte do sistema agrícola de Van Curler. Ele estava quase certo disso.

— Katharine — chamou, empolgado —, quero falar com o gerente de Propriedades Imobiliárias de Ilium.

— Escritório de Propriedades Imobiliárias de Ilium. Aqui quem fala é o doutor Pond — sussurrou ele com sua voz afeminada.

— Doutor Pond, aqui quem fala é o Doutor Proteus, das Indústrias.

— Ora! O que posso fazer pelo *senho*r, doutor Proteus?

— Sabe aquela fazenda na rua King, bem nos arredores da cidade?

— Hum. Aguarde um instante, por favor.

Paul ouviu uma máquina embaralhando fichas, e então uma campainha anunciou que a ficha tinha sido encontrada.

— Sim, a casa de Gottwald. Estou com ficha bem aqui.

— O que está sendo feito com a fazenda?

— Uma boa pergunta! O que pode ser feito com ela? Eu adoraria saber. Era um passatempo para Gottwald, sabe, conservar tudo exatamente como uma fazenda à moda antiga. Quando ele faleceu, seus herdeiros queriam que ela fosse transferida para Van Curler, mas ele disse que não valia a pena. São apenas duzentos acres, e, para poder cultivá-la com eficiência, ele precisaria derrubar todas as cercas-vivas para conectar a fazenda com os outros campos. Então os herdeiros descobriram que, de qualquer modo, não teriam como vender a fazenda ao Sistema Agrícola. Estava escrito na escritura que a fazenda precisava ser mantida nos mesmos moldes, totalmente à moda antiga. — Riu com amargura. — No fim das contas, tudo o que velho Gottwald deixou aos herdeiros foi uma bela dor de cabeça, um elefante branco.

— Quanto custa?

— Está falando sério? Aquilo é uma peça de museu, doutor. Digo, não tem quase nada mecânico por lá. Mesmo que você conseguisse derrubar as restrições da escritura, teria de gastar milhares de dólares para deixar tudo em ordem.

— Quanto custa? — insistiu, a fazenda parecendo cada vez mais atraente.

— Dezoito mil, diz aqui no cartão.

Antes que Paul pudesse fechar o negócio naquele mesmo instante, Pond acrescentou:

— Mas o senhor consegue comprar por quinze, não tenho a menor dúvida. Ou doze, quem sabe, o que acha?

— Posso reservá-la com um adiantamento de quinhentos, até que eu possa dar uma olhada?

— Ela está sem reserva nenhuma há uns catorze anos. Pode ir até lá e visitar pessoalmente se tiver vontade. Depois que o senhor deixar essa ideia de lado, posso mostrar algumas outras coisas bem interessantes que temos por aqui — propôs, e Paul ouviu de novo a máquina embaralhando as fichas. — Temos, por exemplo, uma ótima mansão georgiana na avenida Griffin. Portas com abertura eletrônica, janelas controladas por termostatos, alcance de radar, precipitadores eletrostáticos de poeira, máquina de lavar roupas ultrassônica embutida, televisões de quarenta polegadas na suíte, no quarto de hóspedes, na sala de estar, na cozinha e na sala de jogos, e de vinte polegadas nos quartos dos empregados e nos quartos das crianças, e...

— Onde eu pego a chave da fazenda?

— Ah, *aquela* coisa. Bem, para o senhor ter uma ideia de onde está se metendo, o lugar nem tem uma fechadura. Só uma correntinha.

— Correntinha?

— Sim, uma correntinha. Tive de ir pessoalmente até lá para descobrir como raios isso funciona. Há um trinco no lado de dentro da porta, com uma correntinha presa a ele. Para permitir a entrada de alguém, basta enfiar a correntinha em um buraquinho na porta, até ela ficar pendurada do lado de fora. Se não quiser que ninguém entre, você puxa a correntinha para dentro, pelo buraco. Não é horroroso?

— Acho que consigo lidar com isso. A correntinha está para o lado de fora?

— Tem um caseiro por lá, transferido dos Fedidos e Ruídos. Vou telefonar avisando para deixar a correntinha do lado de fora. Cá entre nós, tenho certeza de que eles aceitariam uma oferta oito mil.

15

A correntinha da casa de Gottwald estava pendurada do lado de fora para o doutor Paul Proteus.

Ele deu um puxão, ouviu satisfeito o trinco se abrir do lado de dentro e seguiu em frente. A sala de estar estava ligeiramente iluminada devido aos vidros minúsculos das janelas empoeiradas, minúsculos, e a pouca luz que entrava no cômodo morria antes de brilhar sobre as superfícies foscas e escuras dos móveis antigos. O assoalho subia e descia como um trampolim a cada passo de Paul.

— Essa casa respira *com* você, como uma cueca de boa qualidade — declarou uma voz que vinha das sombras.

Paul olhou na direção da voz. O homem deu uma tragada profunda no cigarro, iluminando seu rosto de lua cheia com um brilho cor de rosa.

— Doutor Proteus?

— Isso.

— Sou o doutor Pond. Quer que eu acenda as luzes?

— Por favor, doutor.

— Bem, a casa não tem luz elétrica. São lamparinas de querosene em todos os cômodos. Quer lavar as mãos ou algo assim?

— Bem, não...

— Porque, se quiser, tem uma bomba no quintal e uma casinha bem ao lado do galinheiro. Quer ver os cupins, os carunchos, o chiqueiro e o espalhador de estrume, ou vamos dar uma olhada naquela mansão georgiana da avenida Griffin?

Deu alguns passos até um ponto em que ambos podiam se enxergar. O doutor Pond era muito jovem, gordo e sincero, totalmente transtornado com tudo que o cercava.

— Pelo jeito você está louco para me vender este lugar — comentou Paul, dando risada.

A cada nova inconveniência, o lugar ficava mais irresistível. Era um fim de mundo, completamente isolado, separado das corredeiras da História, da sociedade e da economia. Atemporal.

— Tenho certa responsabilidade — respondeu doutor Pond, com cuidado. — Um administrador sem certa percepção, indo além do que está no *Manual*, é como um navio sem leme.

— Ah, é? — perguntou Paul, distraído.

Pela janela dos fundos, espiava o estábulo ao lado do celeiro e, mais adiante, por uma porta aberta no celeiro, notou o flanco rijo de uma vaca.

— Sim — insistiu o doutor Pond —, é como um navio sem leme. Por exemplo, ainda que o *Manual* não me obrigue, sempre faço de tudo para que cada cliente adquira a casa mais adequada à sua posição nos degraus da vida. O modo como um homem vive pode destruir ou aumentar a estatura do seu posto... pode aumentar ou reduzir a estabilidade e prestígio do sistema inteiro.

— Você disse que posso levar a fazenda inteira por oito mil dólares?

— Doutor, eu imploro... assim o senhor me coloca em uma posição desconfortável. Fiquei empolgado quando falamos ao telefone, porque faz muito tempo que este lugar só me dá dor de cabeça. Mas depois minha consciência começou a funcionar, e, bem, eu simplesmente não posso permitir que o senhor realize essa compra.

— Vou ficar com ela. Os animais estão incluídos?

— Tudo está incluído. É o que determina o testamento de Gottwald e a escritura. A fazenda precisa ser conservada exatamente como está e deve ser cultivada. Vê como é impossível? Que tal agora irmos até a avenida Griffin, onde fica a casa certa para o gerente das Indústrias Ilium?

Ao pronunciar aquele título, a voz do doutor Pond soou como um coro de trompas.

— Eu quero essa.

— Se o senhor tentar me obrigar a vender esta fazenda, vou pedir demissão — declarou o doutor Pond, que foi ficando vermelho. — Meu número de classificação pode ser o dobro do seu, mas ainda tenho integridade.

Vinda de Pond, de início a palavra pareceu ridícula a Paul e o fez começar a sorrir. Mas então notou como Pond estava tenso e se deu conta de que o corretor estava falando, por Deus, de integridade. Aquele homem insignificante, com um trabalho insignificante, tinha padrões insignificantes e estava disposto a dar sua vida insignificante por eles. E Paul vislumbrou a civilização como uma represa imensa e defeituosa, com milhares de homens iguais ao doutor Pond formando uma fila que se estendia até o horizonte, com cada um tapando um buraco com o próprio dedo.

— Isto aqui seria um *hobby*, é claro... — mentiu Paul. —Vou continuar morando onde eu moro.

O doutor Pond suspirou e se afundou em uma cadeira.

— Ah... graças a Deus! Ah! O senhor não imagina como estou me sentindo melhor. — Deu uma risadinha nervosa, aliviado. — É claro, é claro, é claro. E pretende manter o senhor Haycox?

— Quem é senhor Haycox?

— O Fedido e Ruído que foi designado para manter o lugar funcionando. Recebe ordens dos Fedidos e Ruídos, mas quem paga o salário são os herdeiros de Gottwald, é claro. O senhor teria de fazer o mesmo.

— Gostaria de conhecê-lo.

— É outra peça de antiquário — disse Pond, erguendo as mãos acima da cabeça. — Que lugar. Acho que o senhor ficou maluco, simplesmente maluco. Mas quem paga o flautista escolhe a música.

— Desde que não ameace desgraçar o sistema.

— Isso mesmo! Uma frase quase boa o bastante para ser esculpida sobre o consolo da lareira, mas duvido que a escritura dê permissão para isso.

— E que tal "Depois de nós, o dilúvio"? — perguntou Paul.

— Hum?

O doutor Pond tentou entender a citação, mas pareceu decidir que era algum sentimento arcaico e agradável para quem compreendia poesia, e sorriu.

— Também é bom — afirmou, a palavra "dilúvio" aparentemente ainda em sua cabeça. — Agora, falando do porão: o chão é de terra batida *e* muito úmido — explicou, inclinando-se para fora da porta dos fundos. Então torceu o nariz para o cheiro doce e severo do esterco cozinhando ao sol e gritou: — Senhor Haycox! Ei, senhor Haycox!

Paul tinha aberto a parte de trás de um relógio de pêndulo.

— Puxa vida — sussurrou. — Engrenagens de madeira.

Conferiu seu cronômetro à prova de choques, à prova d'água, antimagnético, fosforescente e automático, um presente de Natal de Anita, e descobriu que o relógio de pêndulo estava doze minutos atrasado. Cedendo a um impulso atávico, acertou seu relógio para ficar igual aos mostradores da relíquia, que rangia e crepitava os segundos, soando como um barco de madeira enfrentando uma ventania.

A casa era sem dúvida uma das mais antigas do vale. As vigas do teto ficavam a poucos centímetros da cabeça de Paul, a lareira estava preta de fuligem, e não havia um ângulo perfeitamente reto em parte alguma. A casa parecia ter se retorcido e se esticado sobre os alicerces até encontrar uma posição confortável para todas as suas partes, como um cachorro adormecido.

Mais impressionante do que o modo como a casa tinha relaxado suas tensões era a maneira como ela atendia as necessidades particulares, para não dizer peculiares, de Paul. Ali estava um lugar em que ele poderia trabalhar com as próprias mãos, extraindo vida da natureza sem ser incomodado por nenhum outro ser humano além de sua esposa. Além disso, Anita, com seu amor por coisas coloniais, ficaria encantada, até mesmo atônita, com aquele autêntico microcosmo do passado.

— Ah — disse o doutor Pond —, aí vem o senhor Haycox. Quando a gente grita, ele nunca grita de volta. Simplesmente começa a vir, sem pressa.

Paul acompanhou o caminhar pesado do senhor Haycox pelo chão batido do estábulo junto ao celeiro. O zelador era idoso, com cabelos brancos de corte bem rente, pele áspera e bronzeada, e, como Rudy Hertz, chamava a atenção pelas mãos imensas. Ao contrário de Rudy, o senhor Haycox não estava acabado. Sua carne era firme, rígida e bem corada. A principal consequência do tempo parecia ter acontecido nos dentes, dos quais restavam bem poucos. Poderia ter feito parte de um espetáculo que reproduzia a vida rural dos velhos tempos. Usava um macacão de brim azul antiquado, um chapéu de palha de aba larga e botinas pesadas, cobertas de lama seca.

Como se quisesse indicar para Paul o anacronismo do senhor Haycox e da fazenda de Gottwald, um dos homens do doutor Ormand van Curler, que dirigia um trator, surgiu no outro lado da cerca-viva, vistoso em seu imaculado macacão branco, um boné vermelho, sandálias abertas que quase nunca encostavam no solo e luvas brancas que, como as mãos de Paul, raramente tocavam em algo que não fossem botões, alavancas e interruptores.

— O que *você* quer? — perguntou o senhor Haycox. — O que houve agora?

Sua voz era forte. Não tinha nem sinal do acanhamento ou da subserviência que Paul costumava ver em outros Fedidos e Ruídos. O senhor Haycox se comportava como dono do lugar, queria uma conversa o mais breve e concisa possível e duvidava que aqueles dois homens pudessem querer algo mais importante do que aquilo que ele estava fazendo.

— Doutor Proteus... este é o senhor Haycox.

— Como vai? — saudou Paul.

— Salve — disse o senhor Haycox. — Que tipo de doutor?

— Doutor em Ciência — respondeu Paul.

O senhor Haycox pareceu aborrecido e decepcionado.

— Nem chamo isso de doutor. Há três tipos de doutor: dentista, veterinário e médico. Você é um desses?

— Não. Desculpe.

— Então não é doutor.

— Ele *é* doutor — retrucou determinado o doutor Pond. — Ele sabe como manter as máquinas funcionando — explicou, tentando transmitir a importância de títulos universitários para aquele homem simples.

— Mecânico — respondeu o senhor Haycox.

— Bem — disse o doutor Pond —, é possível ir para a faculdade para se especializar em qualquer tipo de coisa, não só para aprender a cuidar de pessoas ou animais. Ora, bem. O mundo moderno entraria em colapso se não existissem homens treinados o suficiente para manter as peças complicadas da civilização funcionando com perfeição.

— Hum — respondeu o senhor Haycox, apático. — E o que você mantém funcionando perfeitamente?

O doutor Pond sorriu com modéstia.

— Passei sete anos no Instituto de Pós-Graduação em Bens Imóveis de Cornell para obter um diploma de Doutor em Bens Imóveis e fazer jus ao meu trabalho.

— Então você também se considera doutor, é? — perguntou o senhor Haycox.

— Acho que posso afirmar sem medo de cair em contradição que fiz por merecer esse título — respondeu o doutor Pond com frieza. — Minha tese foi a terceira mais extensa do país naquele ano, em qualquer área: oitocentas e noventa e seis páginas em espaço duplo, com margens estreitas.

— Corretor de imóveis — disse o senhor Haycox.

E então ficou olhando para Paul e para o doutor Pond, virando a cabeça de um para outro esperando que falassem algo digno de sua atenção. Como não fizeram isso em um espaço de vinte segundos, ele deu as costas para ir embora e, sem se virar para os dois, disse:

— Eu sou doutor em bosta de vaca, merda de porco e titica de galinha. Quando os doutores aí descobrirem o que estão querendo comigo me procurem ali no celeiro. Vou meter uma pá na *minha* tese.

— Senhor Haycox! — exclamou furioso o doutor Pond. — Você vai ficar aqui até a gente terminar a conversa!

— Pensei que vocês já tivessem terminado.

O senhor Haycox parou e ficou por ali mesmo, perfeitamente imóvel.

— O doutor Proteus está comprando a fazenda.

O senhor Haycox se virou bem devagar para encará-los, com os olhos tomados por uma preocupação genuína.

— A *minha* fazenda?

— A fazenda da qual o senhor vem cuidando — disse o doutor Pond.

— A *minha* fazenda.

— A fazenda do espólio de Gottwald — corrigiu o doutor Pond.

— Isso aí é uma pessoa?

— O senhor sabe que não.

— Bem, eu sou. E se estamos falando de pessoa, esta fazenda aqui só tem um dono, que sou eu mesmo. Sou a única pessoa que se importa com ela, que faz alguma coisa por ela — disse, e então se dirigiu a Paul com um tom fervoroso: — Sabia que o testamento diz que é para deixar a fazenda exatamente do jeito que está?

— É o meu plano.

— E me manter por aqui também — disse o senhor Haycox.

— Bem, quanto a isso eu não tenho certeza — respondeu Paul.

O senhor Haycox era uma complicação imprevista. Paul tinha planejado cuidar sozinho de todo o trabalho. Era esse o sentido daquela empreitada.

— Isso *não* está no testamento — informou o doutor Pond, satisfeito por ter encontrado algo que obrigasse o senhor Haycox a demonstrar algum respeito.

— Mesmo assim, vai ter de me deixar aqui — insistiu o senhor Haycox. — É isso que eu faço da vida — disse, apontando para o estábulo e as edificações, tudo muito bem cuidado. — Fui eu que fiz tudo isso.

— Gottwald comprou esta fazenda do pai do senhor Haycox — explicou o doutor Pond. — Creio que tenha havido algum tipo de acordo informal determinando que o senhor Haycox tivesse um cargo vitalício de zelador.

— Informal uma ova! — disse o senhor Haycox. — Ele *prometeu*, o Gottwald. Isso aqui é da nossa família há mais de cem anos... muito mais que isso. E só sobrou eu da família, e o Gottwald prometeu, jurou por Deus, que a fazenda seria como se fosse minha até chegar minha hora de ir.

— Bem, essa hora chegou — disse o doutor Pond.

— Até eu morrer... o Gottwald estava falando que era minha até eu morrer. Já vivi duas vezes mais que você, moleque, e ainda vou viver duas vezes mais. — Chegou mais perto do doutor Pond e semicerrou os olhos. — Já carreguei tanta bosta nessa vida que vou achar bem fácil atirar um merdinha como você por cima do celeiro.

Os olhos do doutor Pond se arregalaram, e ele recuou.

— Isso nós vamos ver — respondeu com um fio de voz.

— Olha só — interrompeu Paul às pressas. — Tenho certeza de que podemos resolver essa situação. Assim que eu fechar o negócio, senhor Haycox, o senhor começa a trabalhar para mim.

— E as coisas vão ficar *iguaizinhas*?

— Minha esposa e eu vamos aparecer de vez em quando.

Não parecia ser a hora certa de revelar ao senhor Haycox ou a qualquer outra pessoa que ele e Anita seriam moradores permanentes.

Haycox não pareceu se incomodar com isso.

— Quando?

— Você vai receber o aviso com muita antecedência.

O zelador assentiu. Então, de forma inesperada e simpática, o senhor Haycox sorriu.

— Será que eu magoei aquele doutor em imóveis?

Pond tinha fugido.

— Bem, então vou voltar para o trabalho. E já que esta fazenda vai ser sua, acho bom consertar a bomba de água. Precisa trocar a vedação.

— Acho que não sei como fazer isso — confessou Paul.

— Talvez... — disse o senhor Haycox, afastando-se — ... talvez, se o senhor tivesse ficado mais uns dez ou vinte anos na faculdade, alguém ia aparecer e mostrar como se faz, *doutor*.

16

Anita parecia ter confundido a empolgação silenciosa de Paul com devaneios sobre *happy hours* na Campina, que aconteceriam em menos de duas semanas.

Não sabia que Paul estava aprendendo a ser um fazendeiro e preparando os alicerces para lhe ensinar como ser esposa de um fazendeiro.

Era um sábado quente e, com a desculpa de ter de comprar uma luva de beisebol, Paul foi até a sua fazenda: sua e do senhor Haycox. Chegando lá, ouviu do senhor Haycox, em um tom que misturava condescendência e impaciência, meias-verdades sobre como administrar a fazenda e sentiu uma vaga confiança de que com o tempo acabaria pegando o jeito.

À noite, na hora do jantar, exausto e satisfeito após ter passado horas acompanhando o senhor Haycox, Paul perguntou à esposa se ela sabia a data da quarta-feira seguinte.

Anita ergueu os olhos de uma lista de coisas que precisava embalar para sua viagem até Continente e, mais importante ainda, para a viagem de Paul até Campina.

— Não faço ideia. Você tem tênis bonitos para a viagem?

— Esses aí servem. Para sua informação, a próxima quarta-feira...

— Shepherd está levando doze pares de meias... todas verdes. Ele também é capitão, sabia?

— Eu sei.

— E o que você achou disso? Não dá para dizer que não é uma surpresa... na primeira vez em que você consegue ser capitão, ele também vai ser.

— Vai ver ele mandou um cupom para os rosacrucianistas. Ei, como você sabe quantos pares de meia o Shepherd vai levar?

— Bem, como ele não tem uma esposa para ajudar no planejamento da viagem, apareceu aqui hoje à tarde para pedir minha ajuda. Aí eu fiz uma lista das coisas que ele precisa levar. Homens não conseguem cuidar de si mesmos...

— Mas acabam sempre se virando. E ele contou alguma coisa interessante?

Anita largou a lista e olhou para o marido com um ar de reprovação.

— Apenas sobre o boletim de ocorrência relativo à sua pistola e sobre os marginais com quem você passou aquela noite horrorosa em Domicílio — disse, amassando o guardanapo e colocando-o no colo de forma petulante. — Paul... por que você não me conta essas coisas? Por que eu sempre preciso descobrir por outras pessoas?

— Marginais! — Paul riu com desdém. — Ah, pelo amor de Deus.

— Shepherd disse que Lasher e Finnerty estão sendo vigiados como potenciais sabotadores.

— Todo mundo está sendo vigiado! Por que você dá ouvidos a esse fofoqueiro?

— Por que *você* não me conta o que está acontecendo?

— Porque essas coisas eram triviais. Porque eu fiquei com medo de que você não achasse que eram sem importância e ficasse incomodada... como está ficando agora. Está tudo em ordem. Kroner cuidou de tudo.

— Shepherd comentou que você pode pegar dez anos só com essa história da pistola.

— Da próxima vez que Shepherd aparecer por aqui, pergunte quanto tempo ele acha que eu pegaria se quebrasse o nariz dele.

Os músculos de Paul estavam tensos por conta da tarde de esforços incomuns, e os odores dos bichos tinham lhe transmitido uma sensação de força primitiva. A ideia de socar a cara de Shepherd, um esporte bizarro em um histórico de vida pacifista, apareceu como um complemento inesperado do dia.

— Bem, que se dane o capitão da Equipe Verde. Vou perguntar mais uma vez: em que data cai a próxima quarta-feira?

— Tenho certeza que não sei.

— É nosso aniversário de noivado.

Era um aniversário com conotações inquietantes para ambos, um aniversário que nenhum dos dois jamais tinha mencionado ao longo de todos os anos de casamento. Era a data em que Anita tinha anunciado a Paul que estava grávida, esperando um filho dele, que reagiu com um pedido de casamento etc. Agora, com o acontecimento já suavizado por anos de uma vida conjugal mais ou menos satisfatória, Paul imaginou que talvez pudessem transformar em algo sentimental uma data que não tinha nada disso. O aniversário, trocando em miúdos, cairia como uma luva para o início de seu programa de reeducação de Anita.

— E eu planejei uma noite especial — continuou Paul. — Uma noite diferente de todas as que passamos juntos até hoje, querida.

— Engraçado, eu tinha esquecido completamente dessa data. Sério? Quarta que vem?

Anita abriu um sorriso curioso e recriminador, como se a história do noivado estivesse distorcida em sua cabeça: como se achasse que *ele* tivesse precipitado o acontecimento por meio de um engodo agora insignificante.

— Bem, isso é fofo — comentou ela. — Achei bonitinho você lembrar. Mas Campina está chegando...

Anita tinha uma natureza tão metódica que, quando algo importante estava por acontecer, outros aspectos da vida acabavam perdendo qualquer importância. Parecia quase indecente dar atenção a qualquer outra coisa que não fosse o assunto mais crucial de todos: Campina.

— Campina que vá para o inferno.

— Você não está falando sério.

— Estou falando que vamos sair na quarta que vem, de qualquer jeito.

— Bem, espero que você saiba o que está fazendo. Você é o capitão.

— Eu sou o capitão.

17

Edgar R. B. Hagstrohm, 37 anos, R&R-131313, Pintor de Primeira Demão de Primeira Classe, 22º Batalhão de Preservação de Superfícies, 58º Regimento de Manutenção, 110ª Divisão de Edificações e Jardins das Unidades de Reconstrução e Recuperação, tinha sido batizado com o nome do autor preferido de seu pai, o nome do criador de Tarzan: Tarzan, que, bem distante da fuligem e do inverno inclemente de Chicago, a cidade natal dos Hagstrohm, fazia amizade com leões e elefantes e macacos, cruzava árvores pendurado em cipós, tinha um corpo tão forte quanto uma casa de tijolos com venezianas nas janelas, tomava o que queria das mulheres bonitas da civilização em cabanas no alto de árvores e deixava o resto da civilização em paz. E. R. B. Hagstrohm gostava tanto de Tarzan quanto seu pai, detestava ser baixinho e detestava dez vezes mais estar em Chicago.

E Edgar estava deitado no quarto, lendo sobre Tarzan, quando foi chamado por Wanda, sua esposa gorda, que estava parada em frente à janela panorâmica da sala de estar de sua casa pré-fabricada no Parque Proteus, em Chicago, um conjunto habitacional do pós-guerra com três mil casas dos sonhos construídas para três mil famílias com sonhos aparentemente idênticos.

— Nossa, Edgar, aí vem ele!

— Tá bom, tá bom, tá bom — disse Edgar. — Aí vem ele, mas e daí? O que eu devo fazer: me esgoelar como um maluco, beijar os pés dele e desmaiar?

Demorou o quanto pôde para sair da cama e não desfez a marca que tinha deixado na colcha. Deixou o livro aberto na mesinha de cabeceira, para que os visitantes vissem que ele gostava de ler, e foi caminhando até a sala de estar.

— Como ele é, Wan?

—Você precisa ver, Ed... parece uma gaiola chinesa, algo assim, todo dourado e chique.

O xá de Bratpuhr havia perguntado ao seu guia, o doutor Ewing J. Halyard, se podia ver um lar de um *Takaru* típico: que, em tradução livre, de uma cultura para outra, significava "homem comum". O pedido tinha sido feito enquanto passavam por Chicago no caminho de volta das cavernas de Carlsbad, e Halyard procurou o escritório local do Departamento de Recursos Humanos para pegar o nome de um americano bem típico que morasse ali por perto.

As máquinas do Departamento de Recursos Humanos tinham analisado a questão e mostraram o cartão de Edgar R. B. Hagstrohm, que estatisticamente era um homem mediano em tudo, menos no número de iniciais: idade (37), altura (1,70), peso (67 kg), anos de casado (11), QI (83), número de filhos (2: 1 h., 9; 1 m., 6), número de dormitórios (2), automóvel (Chev. sed. 2 p. 3 anos), escolaridade (ens. méd., 117° em turma de 233; esp. trans. com.; 2° time fut*, basquet*; com soc., jog* vet*; sem grad.), sua vocação (R&R), seus *hobbies* (esportes, TV, soft*, pesca) e folha de serviço na guerra (5 anos, 3 exterior; T-4 radio; Div. Inf. 157; condec.: Hjørring, Elbasani, Cabul, Kaifeng, Qal'a-i-Ūst; ferido 4 vzs; Cor. Purp., 3 cla.; Estr. Prata; Estr. Br*ze, 2 cla.; Gran. Med. Cond.).

E como Hagstrohm era mediano em quase tudo, as máquinas também poderiam ter presumido que ele provavelmente tinha sido preso uma vez, que havia tido experiências sexuais (apenas moderadamente satisfatórias) com cinco garotas antes de se casar com Wanda, que desde então teve duas aventuras extraconjugais (uma passageira e superficial; outra bem longa e problemática) e que morreria de ataque cardíaco aos 76,2 anos.

O que as máquinas não tinham como adivinhar era que o segundo caso extraconjugal de Edgar, o mais profundo, era com uma viúva chamada Marion Frascati e ainda estava acontecendo, e que o falecido marido de Marion tinha sido Lou Frascati, pintor de segunda demão de primeira classe e melhor amigo de Edgar. Para a surpresa profunda de ambos, Edgar e Marion se viram nos braços um do outro pouco mais de um mês depois da morte do bom e velho Lou. E por inúmeras, inúmeras, inúmeras vezes tinham tentado parar com tudo, da forma mais sincera possível. Mas o romance era como uma cereja brilhante e carnuda no mingau cinzento de suas vidas. E os dois cogitaram, sem muita convicção, que talvez aquilo não fosse um problema, desde que ninguém se machucasse: nem as crianças, nem a doce e leal Wanda. E que Lou teria aprovado, agora que estava nos braços de outro tipo de êxtase, que o bom e velho Edgar e a boa e velha Marion aproveitassem ao máximo a vida enquanto ainda podiam fazer uso de seus corpos.

Mas não acreditavam nisso. E as crianças notaram que alguma coisa estranha estava acontecendo, e Wanda tinha chorado e se recusado a revelar o motivo, e provavelmente Lou, onde quer que ele estivesse... Mesmo assim, Edgar continuaria se encontrando com Marion, mas também contaria tudo a Wanda, que Deus lhe abençoasse e lhe desse forças, e... Quem estava batendo na porta dos Hagstrohm, pelo amor de Deus, senão o desgraçado do xá de Bratpuhr?

— Entra, entra — disse Edgar, acrescentando baixinho para si mesmo: — Sua Majestade, Sua Alteza, imperador do universo e de todos os navios no mar, seu intrometido filho de uma puta.

Quando Halyard ligou para falar da visita, Hagstrohm fez questão de não parecer impressionado nem com o título do xá, nem com o cargo de Halyard. Era raro ter a oportunidade de mostrar o que pensava sobre a hierarquia: que um homem era um homem mesmo com tudo aquilo. Pretendia se comportar de forma perfeitamente natural, como se os visitantes fossem colegas dos Fedidos e Ruídos. Wanda, que tinha outro ponto de vista, começou a limpar a casa freneticamente de alto a baixo e a fazer limonada, e mandou Edgar Júnior buscar biscoitinhos, mas Edgar pai colocou um ponto final naquilo tudo. Mandou os filhos saírem de casa e mais nada.

A porta se abriu, e o xá entrou seguido por Khashdrahr, Halyard e pelo doutor Ned Dodge, administrador do Parque Proteus.

— Arrá! — exclamou o xá, tocando animado na parede de aço esmaltado da sala de estar. — Hum.

Edgar estendeu a mão, mas a comitiva passou por ele sem trocar nenhum aperto.

— Ah, vão se danar — resmungou.

— Hein? — perguntou doutor Dodge.

— Você ouviu.

— Você não está em um boteco, Hagstrohm — cochichou Dodge. — Comporte- se, essa visita é um caso de relações internacionais.

— Então eu posso ir ao boteco?

— Mas o que está incomodando você?

— O cara entra na minha casa e nem aperta a minha mão.

— Não é um costume no país dele.

— E no seu, é?

Dodge deu as costas a Edgar e sorriu para o xá com uma expressão hospitaleira.

— Dois quartos, sala de estar com alcova de jantar, banheiro e cozinha — explicou. — Esta é a casa M-17. Piso térmico. A mobília foi desenhada após um exaustivo levantamento nacional de preferências e aversões em termos de móveis. A casa, a mobília e todo o resto são vendidos como um pacote. Planejamento e produção simplificados em todos os aspectos.

— *Lakki-ti, Takaru?* — perguntou o xá com um tom melódico, olhando de perto para Edgar pela primeira vez.

— O que ele disse?

— Ele quer saber se você gosta daqui — traduziu Khashdrahr.

— Sim... claro. É decente. Acho. É.

— É ótimo — disse Wanda.

— Agora, se me acompanharem até a cozinha — disse o doutor Dodge, deixando Wanda e Edgar para trás —, poderão ver o equipamento de radar. Cozinha usando alta frequência, e o cozimento da parte de dentro é tão rápido quanto o da parte de fora. Cozinha qualquer coisa em questão de segundos, com controle perfeito. Faz até pão sem casca se a pessoa quiser.

— Qual o problema de pão com casca? — perguntou Khashdrahr, com toda educação.

— E esta é a lavadora ultrassônica de louça e de roupas — informou Dodge. — Som em alta frequência passa através da água para eliminar sujeira e gordura em questão de segundos. É mergulhar e tirar. Bingo! Está pronto!

— E o que a mulher faz depois disso? — perguntou Khashdrahr.

— Depois ela coloca as roupas ou a louça nesta secadora, que seca tudo em questão de segundos e, para mim esse é um belo truque, deixa as roupas com um cheirinho natural de limpeza, de ar livre, como se tivessem secado ao sol. Tudo com esta pequena lâmpada de ozônio bem aqui, estão vendo?

— E depois? — perguntou Khashdrahr.

— Ela insere as roupas neste passador, que, em três minutos, cuida do que antes da guerra, com um ferro de passar, levava uma hora. Bingo!

— E depois, o que ela faz? — perguntou Khashdrahr.

— Depois está tudo pronto.

—E depois, o que ela faz?

O doutor Dodge ficou visivelmente vermelho.

— Isso é uma piada?

— Não — respondeu Khashdrahr. — O xá gostaria de saber o que a mulher *Takaru*...

— O que é *Takaru*? — perguntou Wanda, desconfiada.

— Cidadão — explicou Halyard.

— Sim — confirmou Khashdrahr com um sorriso estranho. — Cidadão. O xá gostaria de saber por que ela precisa fazer tudo tão rápido... isso em questão de segundos, aquilo em questão de segundos. Por que ela está com tanta pressa? O que mais ela tem de fazer, a ponto de não poder desperdiçar tempo nenhum com essas coisas?

—Viver! — exclamou o doutor Dodge, efusivo. —Viver! Extrair da vida um pouco de diversão.

Ele riu e deu um tapinha nas costas de Khashdrahr, como se quisesse fazer o intérprete pegar no tranco e sentir um pouco da alegria daquela casa de um americano médio.

Aquela explicação não surtiu muito efeito em Khashdrahr e no xá.

— Entendi — disse o intérprete com frieza, e depois se dirigiu a Wanda. — E como você vive e se diverte tanto com a vida?

Wanda corou, olhou para o piso e desamassou a ponta do tapete com o dedão do pé.

— Ah, com a televisão — murmurou. — A gente assiste bastante televisão, né, Ed? E eu passo um tempão com as crianças, a pequena Delores e o jovem Edgar Júnior. Isso, sabe? Coisas.

— Onde estão as crianças? — quis saber Khashdrahr.

— Estão na casa dos Glock, os vizinhos, acho que assistindo televisão.

— Querem ver a lavadora ultrassônica funcionando? — perguntou o doutor Dodge. — Bem diante dos seus olhos, bingo! Elimina manchas de ovo, de batom, de sangue...

— O transformador estragou de novo — disse Edgar —, então a lavadora não está funcionando. Faz um mês que a Wanda está usando uma bacia para lavar roupa, esperando o transformador novo.

— Ah, eu não me incomodo — apaziguou Wanda. — Sério, eu gosto de lavar assim. É meio que um alívio. O corpo precisa variar. Eu não me incomodo. Assim eu tenho alguma coisa para fazer.

Halyard interrompeu o silêncio que se seguiu após a declaração de Wanda, sugerindo que deixassem aquela gente boa à vontade e fossem dar uma espiada no pavilhão central de recreação, que ficava na mesma rua.

— Se nos apressarmos — disse o doutor Dodge —, acho que pegamos o final da aula de artesanato em couro.

O xá deu um tapinha no forno a radar e na lavadora, e espiou por um momento a tela da televisão, que mostrava cinco pessoas sentadas em volta de uma mesa de reunião, debatendo fervorosamente.

— *Brahouna!* — deu uma risadinha.

Khashdrahr assentiu com a cabeça.

— *Brahouna!* Viver!

Enquanto o grupo saía, Halyard explicava que a casa e tudo que havia dentro dela, inclusive o carro, eram pagos com descontos mensais no contracheque de Edgar no CR&R, além de deduções nas bonificações de seu seguro conjunto de vida, saúde e velhice, e que a mobília e os equipamentos domésticos eram trocados regularmente por modelos mais novos à medida que Edgar (ou melhor, as máquinas de folha de pagamento) concluía o pagamento dos modelos mais antigos.

— Ele tem um pacote de seguridade *completo* — afirmou Halyard. — O padrão de vida de Edgar sobe constantemente, e ele, como o resto do país, está protegido contra os antigos altos e baixos econômicos graças aos hábitos de consumo organizados e previsíveis proporcionados pelas máquinas de folha de pagamento. Antigamente as pessoas faziam compras por impulso, de forma irracional, e a indústria ficava doidinha tentando descobrir o que elas comprariam em seguida. Ora, lembro de um vizinho maluco, quando eu ainda era moleque, que torrou todo o dinheiro em um órgão elétrico, apesar de ainda ter na cozinha uma geladeira antiquada e um fogão de querosene!

Edgar fechou a porta e se apoiou nela, na porta de seu castelo M-17.

Wanda afundou no sofá.

— Acho que a casa estava arrumada — comentou.

Dizia isso sempre que uma visita ia embora, fosse ela Amy Glock, Gladys Pelrine ou o xá de Bratpuhr: qualquer pessoa.

— Sim — disse Edgar.

E ele se sentiu mal e culpado ao olhar para Wanda, aquela alma tão, tão boa que nunca tinha feito nada de errado para ele e cujo amor pelo marido era tão grande quanto o mundo lá fora. Apalpou as três notas de dez dólares que tinha no bolso, seu pagamento líquido: dinheiro para cigarros, dinheiro para recreações, o dinheirinho extra que as máquinas lhe permitiam. Aquele minúsculo átomo da economia sob seu controle seria investido não em si mesmo ou em Wanda, nem nas crianças, mas em Marion. O coração perturbado de Edgar tinha simpatizado com o vizinho maluco da história de Halyard, o sujeito que tinha comprado um órgão elétrico. Uma coisa cara, nem um pouco prática, estritamente pessoal: uma coisa que ia muito além daquele pacote miserável.

Mas não queria mais enganar.

— Wanda — disse Edgar. — Eu não presto.

Sem dúvida, ela sabia do que o marido estava falando. Não parecia nem um pouco surpresa.

— Presta sim, Edgar — respondeu ela, bem pouco enfática. — Você é uma ótima pessoa. Eu entendo.

— Está falando da Marion?

— Sim. Ela é muito bonita e charmosa. E eu não sou mais uma garota, acho até que sou bem sem graça.

Wanda começou a chorar e, boa alma que era, tentou impedir que Edgar percebesse. Entrou às pressas na cozinha, tirou quatro porções de jantar do congelador e enfiou no forno a radar.

— Chame as crianças, Edgar, por favor — pediu com uma voz miúda e aguda. — O jantar vai ficar pronto em vinte e oito segundos.

Edgar gritou os nomes das crianças para o sol que se punha e voltou para Wanda.

— Olha, Wan... não é você. Deus sabe que a culpa não é sua.

Ele abraçou a esposa por trás, e ela se desvencilhou, fingindo ajustar botões no painel, mesmo que nenhum ajuste fosse necessário. Tudo era automático.

Campainhas soaram, o mecanismo fez um clique, e o forno parou de zunir.

— Vá chamar as crianças antes que a comida esfrie — pediu ela.

— Estão vindo.

Edgar novamente tentou abraçar a esposa, que desta vez permitiu.

— Olha — disse ele em tom passional —, a culpa é do mundo, Wan... minha e do mundo. Eu não presto para ninguém, não *neste* mundo. Não passo de um Fedido e Ruído, e é isso que o meu filho vai ser. Se um cara não se diverte, acaba perdendo a vontade de viver... e o único tipo de diversão que sobra para uma besta ignorante como eu é esse. Eu não presto, Wan. Eu não presto!

— Quem não presta para ninguém sou eu — retrucou Wanda, com um ar cansado. — Ninguém precisa de mim. Você ou até mesmo a pequena Delores podiam tomar conta da casa e de todo o resto, é tudo tão fácil. E agora estou gorda demais para ser amada por alguém além dos meus filhos. Minha mãe engordou, minha avó engordou, acho que está no sangue. Mas alguém precisava delas, elas ainda prestavam para alguma coisa. Mas você não precisa de mim, Ed, e não pode fazer nada se não me ama mais. Os homens são assim mesmo, e você não pode fazer nada se Deus fez você desse jeito — lamentou, encarando o marido com um olhar amoroso, quase de pena. — Coitado.

Delores e Edgar Júnior entraram de repente. Edgar e Wanda se acalmaram e contaram aos filhos tudo sobre o xá.

Logo o assunto se esgotou, e durante o jantar só as crianças falaram e encostaram na comida.

— Tem alguém doente? — perguntou Edgar Júnior.

— Sua mãe não está bem. Dor de cabeça — disse Edgar.

— Ah, é? Que pena, mamãe.

— É bobagem — disse Wanda. — Já vai melhorar.

— E você, papai? — quis saber Edgar Júnior. — Está bem para ir ver o basquete no pavilhão hoje à noite?

Edgar não tirou os olhos do prato.

— Seria ótimo — balbuciou —, mas prometi para o Joe que hoje a gente vai jogar boliche.

— Joe Prince?

— Isso, Joe Prince.

— Ué, papai — disse Delores. — A gente viu o senhor Prince na casa dos Glock, e ele falou que iria ao jogo.

— Não disse, não! — cortou Edgar Júnior. — Fica quieta. Você não sabe do que está falando. Ele não falou nada disso.

— Falou, sim! — teimou Delores — Ele disse...

— Delores, meu amor — interveio Wanda —, tenho certeza de que você entendeu errado.

— Isso aí — disse Edgar Júnior. — Lembro agora que ele falou que ia jogar boliche com o papai. Delores entendeu tudo errado, mamãe.

Com as mãos trêmulas, desajeitado, o menino derrubou seu copo de leite. Ele e o pai se levantaram de um salto para apanhar o copo antes que caísse no chão. Edgar Júnior foi mais rápido, e quando seus olhos se cruzaram com os de Edgar pai, estavam cheios de raiva.

— Acho que estou cansado demais para ver o basquete — disse o menino. —Vou ficar em casa vendo televisão com a mamãe.

— Não deixe de se divertir por minha causa — pediu Wanda. — Eu me viro, fico bem sozinha.

Uma série de batidinhas muito nítidas soou na janela panorâmica, e, ao olhar para cima, a família enxergou o xá de Bratpuhr batucando no vidro com seus dedos cheios de anéis. Tinha acabado de voltar do pavilhão para a limusine, estacionada em frente à casa M-17 dos Hagstrohm.

— *Brahouna!* — gritou o xá, muito animado, e acenou. — *Brahouna, Takaru.*

—Viver! — traduziu Khashdrahr.

18

Quando chegou a quarta-feira, Paul deu uma passada em sua fazenda de manhã bem cedo e transmitiu suas instruções ao senhor Haycox, que, em resposta deixou bem claro que não era uma criada.

Com relutância, Paul fez o senhor Haycox entender que ele podia escolher entre fazer seu trabalho ou cair fora, e que era melhor caprichar no trabalho. Para Paul, era importantíssimo que tudo estivesse perfeito para a delicada transformação de Anita.

— O doutor pensa que pode sair por aí comprando pessoas para fazerem tudo o que você bem entender — retrucou o senhor Haycox. — Bem, dessa vez você se enganou. Pode pegar seu diploma de doutor e...

— Eu não quero demitir você.

— Então não demita!

— Pela última vez, estou pedindo um favor...

— Por que você não disse isso logo de cara?

— Não disse o quê?

— Que era um favor.

— Certo. Estou pedindo um favor...

— Eu faço esse favor, mas só desta vez — respondeu o senhor Haycox. — Eu não sou sua criada, mas tento ser um bom amigo.

— Obrigado.

— Imagina. De nada.

Durante o dia, Anita ligou para Paul perguntando que roupa deveria usar.

— Roupas velhas.

— É um baile campestre?

— Não é bem isso, mas quase. Pode se vestir como se fosse.

— Paul, falta tão pouco para a Campina... Você acha mesmo que a gente deve ficar saindo por aí?

— A Campina não é um funeral.

— Poderia ser, Paul.

— Vamos esquecer a Campina só por esta noite. Hoje seremos só nós dois, o resto que vá para o inferno.

— Falar é fácil, Paul. É uma ideia muito fofa, sim, mas...

— Mas o quê? — perguntou Paul, impaciente.

— Bem, sei lá. Não quero perturbar, mas me parece que você não está dando a mínima para a Campina e para a Equipe Azul.

— E o que eu deveria estar fazendo?

— Você não deveria estar treinando ou algo assim? Digo, será que você não deveria estar dormindo bastante, se alimentando direito e correndo um pouco depois do trabalho? E talvez fumando menos?

— Hein?

—Você precisa estar em forma para garantir a vitória da Equipe Azul.

Paul deu risada.

— Olha, Paul, não precisa rir. Shepherd comentou que viu carreiras emplacando ou empacando de acordo com o desempenho como capitão de equipe na Campina. Shepherd parou de fumar.

— Pois pode dizer a ele que comecei a fumar haxixe para acelerar meu tempo de reação. Que sua bola mais rápida vai parecer um balão de aniversário flutuando na direção do meu taco. Hoje à noite nós *vamos* sair.

— Tudo bem — respondeu ela com uma voz triste. — Tudo bem.

— Eu te amo, Anita.

— Eu *também* te amo, Paul.

E ela estava pronta quando ele chegou em casa, não como a Dama do Solar de Ilium, mas como uma garota enfeitada e travessa com calças de brim enroladas acima dos joelhos. Estava usando uma camisa de Paul com as pontas amarradas abaixo dos seios, tênis brancos e uma bandana vermelha em volta do pescoço.

— Assim está bom?

— Perfeito.

— Paul... não estou entendendo nada. Liguei para o Country Club, e eles não sabem de nenhum baile campestre. Nem os clubes de Albany, Troy ou Schenectady.

Paul sabia que Anita detestava surpresas, não suportava ficar sem o controle de alguma situação.

— É um baile íntimo — respondeu Paul. — Só para nós dois. Você vai ver na hora.

— Quero saber agora.

— Cadê nossos martínis de aniversário?

A mesa sobre a qual a bebida e os copos o aguardavam todas as noites estava vazia.

— Agora você só vai beber depois da Campina.

— Não seja ridícula! Todo mundo vai passar duas semanas bebendo por lá.

— Não os capitães. Shepherd falou que *eles* não podem se dar ao luxo de beber.

— Só para você ver como ele está por fora. Os drinques são de graça.

Paul preparou martínis, bebeu mais do que costumava e trocou de roupa, vestindo um macacão de brim muito engomado que tinha comprado em Domicílio naquela tarde. Ficou frustrado ao perceber que Anita não estava tendo nenhum prazer com o suspense que ele tinha criado. Em vez de uma expectativa alegre, ela mostrava sinais de desconfiança.

— Pronta? — perguntou, muito animado.

— Sim... acho que estou.

Caminharam em silêncio até a garagem. Com um gesto dramático, Paul segurou a porta do carro para a esposa embarcar.

— Ah, Paul. No carro velho *não*.

— Tem um motivo.

— Não existe motivo nenhum capaz de me fazer entrar nessa coisa.

— Por favor, Anita... Logo mais você vai entender por que precisamos ir neste carro.

Ela entrou e sentou bem na beiradinha do banco, tentando reduzir ao máximo seu contato com o veículo.

— Sério! Onde já se viu!

Fizeram o trajeto como se fossem desconhecidos. Porém, na ladeira acentuada do campo de golfe, Anita relaxou um pouco. A luz dos faróis dianteiros iluminou um homem pálido e peludo, vestindo um calção verde, meias verdes e uma camiseta verde com a palavra "Capitão" escrita no peito. O homem corria pelo acostamento, diminuindo o ritmo de vez em quando para dar piruetas e socos no ar, e então voltar à corrida.

Paul castigou Shepherd com a buzina e ficou satisfeitíssimo quando ele saltou a vala do acostamento para sair do caminho.

Anita abaixou o vidro e o cumprimentou.

O capitão da Equipe Verde respondeu com um aceno, o semblante contraído de cansaço.

Paul pisou fundo no acelerador, soltando uma nuvem de óleo queimado e monóxido de carbono.

— O homem está cheio de energia — comentou Anita.

— O que me falta é saco para aguentar esse sujeito — retrucou Paul.

Estavam passando agora pelas muralhas das Indústrias Ilium, e um dos guardas, ao reconhecer Paul de dentro da guarita, acenou amistosamente com sua metralhadora calibre cinquenta.

Anita, que estava ficando cada vez mais inquieta, fez menção de agarrar o volante.

— Paul! Para onde você está indo? Ficou maluco?

Paul afastou a mão da esposa, abriu um sorriso e seguiu cruzando a ponte até Domicílio.

Mais uma vez a ponte estava interditada por Fedidos e Ruídos, que pintavam linhas amarelas para demarcar as faixas de rodagem. Paul conferiu o relógio. Ainda faltavam dez minutos para que eles, conforme a expressão, largassem a lida. Paul ficou se perguntando se Bud Calhoun era o idealizador daquele projeto. Como a maioria dos projetos do R&S, parecia, aos olhos de Paul, irônico. Antes da guerra, a ponte de quatro pistas vivia engarrafada com os carros dos trabalhadores que iam e voltavam das Indústrias Ilium. Quatro pistas não davam nem para o começo, e, se um motorista saísse de sua faixa, acabava com a porta do carro amassada. Hoje, a qualquer hora do dia, um motorista podia dirigir em zigue-zague na ponte e a chance de colidir com outro veículo seria de talvez um em dez mil.

Paul parou o carro. Três homens estavam pintando, doze orientavam o tráfego e mais doze descansavam. Aos poucos, abriram uma pista.

— Ei, chefe, sua lanterna está quebrada.

— Obrigado — respondeu Paul.

Anita deslizou sobre o banco para chegar mais perto dele, e Paul percebeu que ela estava morrendo de medo.

— Paul... isso é horrível. Me leva para casa.

Paul sorriu com paciência, seguiu em frente e entrou em Domicílio. Mais uma vez, o hidrante em frente ao bar na saída da ponte estava aberto, e ele precisou estacionar mais adiante no quarteirão. O mesmo menino sujo fazia barquinhos de papel, para a alegria da multidão. Encostado contra um prédio, fumando nervosamente, um velho abatido pareceu familiar, e logo Paul se deu conta de que o homem era Luke Lubbock, o incansável folião, perdido no limbo dos trajes à paisana, esperando o início do próximo desfile ou da reunião seguinte. Sentindo emoções conflitantes, deu uma olhada ao seu redor em busca de algum sinal de Lasher e Finnerty, mas não viu nada. Era bem provável que estivessem no escuro do bar, na mesa mais reservada do salão, concordando em tudo.

— Paul... você está achando essa brincadeira divertida? Me leva para casa, *por favor*.

— Ninguém vai machucar você. Essas pessoas são cidadãos americanos como nós.

— Só porque nasceram na mesma parte do mundo que eu não significa que eu tenha de descer até aqui e me misturar a eles.

Paul tinha esperado essa reação e se manteve paciente diante dela. Anita era a única pessoa no lado norte do rio cujo desprezo pelos habitantes de Domicílio era contaminado por um ódio vigoroso. Era também a única esposa do lado norte que nunca tinha ido à faculdade. A postura dos grupinhos do Country Club em relação aos moradores de Domicílio era de desprezo, mas também tinha traços de carinho e benevolência, o mesmo tipo de sentimento que a maioria nutria em relação às criaturas das matas e dos campos. Anita odiava os moradores de Domicílio.

Se algum dia Paul tivesse vontade de ser extremamente cruel com a esposa, sabia que a coisa mais cruel que poderia fazer seria explicar a ela o porquê de tanto ódio: se ele não tivesse casado com Anita, era ali que ela moraria, era aquilo que ela seria.

— Não vamos sair — disse Paul. — Vamos só ficar parados aqui por alguns minutos, observando. Depois seguimos em frente.

— Observando o quê?

— O que aparecer. Os homens pintando o asfalto, o sujeito cuidando do hidrante, as pessoas assistindo, o moleque fazendo barquinhos de papel, os velhos dentro do bar. É só ficar olhando em volta. Há muita coisa a ser vista.

Em vez de olhar ao seu redor, Anita se curvou no banco do carro e ficou encarando as próprias mãos.

Paul tinha uma ideia do que Anita estava pensando: que, por algum motivo que ela não conseguia entender, ele estava fazendo aquilo para humilhá-la, para que relembrasse sua origem humilde. Se essa fosse a intenção de Paul, ele teria sido muito bem-sucedido, pois o ódio virulento de Anita perdeu força. Ela ficou quieta, como se estivesse tentando encolher.

— Sabe por que eu trouxe você aqui?

A voz de Anita era um sussurro.

— Não. Mas quero ir para casa, Paul. Por favor?

— Anita... trouxe você aqui porque acho que passou da hora de termos uma perspectiva completamente nova, não só em relação a nós mesmos, mas em relação à sociedade como um todo.

Paul não gostou do som das palavras que tinha pronunciado, pomposas e empoladas. Não causaram impacto algum em Anita.

Ele tentou mais uma vez.

— Para conseguirmos o que temos hoje, Anita, o que fizemos na verdade foi tomar dessas pessoas a coisa mais importante que elas tinham... o sentimento de serem necessárias e úteis, o alicerce de seu amor próprio.

Esse discurso também não era bom. Ele não estava conseguindo sensibilizar a esposa. Anita ainda parecia convencida de que estava, de certa forma, sendo castigada pelo marido.

Ele tentou de novo.

— Querida, quando vejo o que nós temos e depois vejo o que essas pessoas têm, eu me sinto um canalha.

Um lampejo de compreensão atravessou o rosto de Anita. Ainda na defensiva, ela se animou um pouco.

— Então você não está irritado comigo?

— Meu Deus, não. Por que eu estaria irritado com você?

— Não sei. Pensei que talvez você achasse que eu estava enchendo muito o saco... ou que tinha alguma coisa rolando entre mim e o Shepherd.

Aquela última, aquela insinuação de que ele teria qualquer mísero motivo para se preocupar com Shepherd fez Paul jogar para o alto seus planos tão precisos de reeducar Anita. A ideia de que ele talvez estivesse sentindo ciúmes do capitão da Equipe Verde era tão absurda, mostrava uma compreensão tão falha das coisas, que passou a ocupar toda a sua atenção.

— Só vou ter ciúmes do Shepherd no dia em que você sentir ciúmes da Katharine Finch — respondeu, rindo.

Para a sua surpresa, Anita levou aquilo a sério.

— Você não pode estar falando sério!

— Falando o quê?

— Que eu devia sentir ciúmes de Katharine Finch. Aquela tampinha filha da...

— Espera aí! — A conversa tinha se perdido de vez. — Eu só quis dizer que a chance de eu ter alguma coisa com Katharine Finch é igual à chance de você ter algo com o Shepherd.

Ela continuava na defensiva e parecia não ter captado o sentido negativo da comparação. Voltou ao ataque, agressiva.

— Bem, sem sombra de dúvida o Shepherd é mais atraente como homem do que a Katharine como mulher.

— Nem vou discutir isso — retrucou Paul, desesperado. — Não quero entrar nesse assunto. Eu não tenho nada com a Katharine, assim como você não tem nada com o Shepherd. Eu só estava mostrando como seria absurdo que um de nós suspeitasse do outro.

— Você não me acha bonita?

— Acho você linda de morrer. Você sabe muito bem.

O tom de voz de Paul tinha ficado mais alto, e, ao olhar para a rua, percebeu que ele e Anita, os supostos observadores, estavam sendo observados. Um barquinho de papel percorreu as corredeiras e foi engolido pelo bueiro sem ser percebido por ninguém.

— Eu não trouxe você até aqui para trocarmos acusações de adultério — sussurrou com a voz rouca.

— Então por quê?

— Já falei. Para sentirmos juntos o mundo como um todo, não só o nosso lado do rio. Para vermos o que o nosso modo de vida fez com a vida dos outros.

Anita estava no domínio da situação depois de conseguir atacar e confundir Paul, e ao mesmo tempo confirmar que não estava sendo testada nem punida.

— Eles me parecem todos muito bem alimentados.

— Mas o recheio espiritual foi esvaziado por gente como meu pai, como Kroner e Baer, como Shepherd, como nós dois.

— Se eles tivessem nascido com algum recheio, nem estariam por aqui.

Paul ficou furioso, e o mecanismo delicado que o impedia de magoar a esposa degringolou de vez.

— E quem é você para dizer uma coisa dessas?

— Paul! — Anita caiu no choro. — Não é justo — protestou entre soluços. — Não é justo mesmo. Por que você me falou isso?

— Não é justo você chorar.

— Você é cruel, é isso que você é... cruel. Se estava querendo me magoar, meus parabéns. Com certeza você conseguiu. — Anita assoou o nariz. — Eu devo ter alguma coisa que essas pessoas não têm, senão você não teria se casado comigo.

— Oligomenorreia — respondeu ele.

Anita piscou.

— O que é isso?

— Oligomenorreia... era isso que você tinha. Significa menstruação com frequência alterada.

— Como você aprendeu uma palavra dessas?

— Procurei no dicionário um mês depois que a gente se casou e ficou gravada dentro do meu cérebro.

— Ah. — Ela ficou quase roxa. — Você já falou bastante, já falou demais — retrucou, amarga. — Se não vai me levar para casa, eu vou voltar a pé.

Paul deu a partida no carro, abusou das marchas com satisfação brutal e voltou a cruzar a ponte, rumo ao lado norte do rio.

Quando chegaram bem no meio da ponte, Paul ainda estava acalorado, agitado pela briga repentina com Anita. Ao adentrarem o raio de alcance das armas das Indústrias Ilium, a racionalidade e o remorso começaram a despontar.

A briga tinha sido uma completa surpresa. Os dois nunca tinham se atracado de forma tão venenosa. A surpresa maior era Paul ter sido o maldoso da situação e Anita, quase inteiramente uma vítima. Confuso, ele tentava repassar os acontecimentos que tinham levado à briga. Sua memória não ajudou.

E que briga mais estéril e destrutiva! No calor de um momento ruim, ele falou algo que a magoaria mais do que qualquer outra coisa e, por extensão, faria com que ela o odiasse mais. E ele não queria isso. Deus sabe que não. E ali estava ele agora, com os planos alegres e cuidadosos de começar uma vida nova ao lado de Anita totalmente arruinados.

Estavam passando pelo campo de golfe. Em minutos estariam em casa.

— Anita...

Como resposta, ela ligou o rádio e girou impacientemente os botões, na esperança de que o volume ficasse mais alto que a voz do marido. Mas o rádio não funcionava há anos.

— Anita, olha... Eu te amo mais do que tudo no mundo. Juro por Deus que me arrependo do que a gente falou um para o outro.

— Nada do que eu falei chegou perto do que você me disse.

— Estou com vontade de cortar a língua por ter falado aquilo.

— Não use nenhuma das nossas facas boas.

— Foi um acidente.

— Assim como eu, ao que parece. Você passou da entrada da nossa garagem.

— Foi de propósito. Eu tenho uma surpresa. Aí você vai ver o quanto eu te amo... e como aquela briga idiota foi insignificante.

— Acho que já chega de surpresas por hoje, obrigada. Volta, por favor. Estou exausta.

— Essa surpresa custou oito mil, Anita. Ainda quer voltar?

— Você acha que pode me comprar, é? — retrucou Anita com raiva, mas a expressão em seu rosto começava a ficar mais suave, respondendo a sua própria pergunta. — E o que raios pode ser isso? É sério? Oito mil dólares?

Paul relaxou, recostando-se no assento para aproveitar a viagem.

— Domicílio não é lugar para você, meu amor.

— Ah, sei lá... talvez seja.

— Não, não. Você tem uma coisa que os testes e as máquinas nunca vão conseguir medir: você é artística. Uma das tragédias da nossa época é a falta de uma máquina capaz de reconhecer essa qualidade, apreciar, incentivar, ser favorável a ela.

— É mesmo — aceitou Anita, com tristeza. — Sim, é mesmo.

— Eu te amo, Anita.

— Eu *também* te amo, Paul.

— Olha! Um cervo!

Paul acendeu o farol alto para iluminar o animal e reconheceu o capitão da Equipe Verde, ainda correndo, mas agora em estado avançado de exaustão. As pernas de Shepherd se debatiam, fracas e desconjuntadas, e os pés atingiam o chão com golpes ruidosos e moles. Dessa vez seus olhos não demonstravam nenhum sinal de reconhecimento, e ele seguiu em frente aos tropeços, alheio a tudo.

— A cada passo ele crava outro prego no meu caixão — disse Paul, acendendo mais um cigarro no que estava se apagando.

Dez minutos depois ele parou o carro, deu a volta até o lado de Anita e, com carinho, ofereceu-lhe o braço.

— A correntinha está para fora, querida, para abrir a porta para uma vida totalmente nova e mais feliz para a gente.

— O que significa isso?

— Você vai ver.

Paul a conduziu até a porta da frente da casinha baixa por um túnel escuro e perfumado, coberto e murado por lilaseiros. Pegou a mão de Anita e a colocou na correntinha.

— Puxe.

Com cuidado, ela deu um puxão. O trinco interno se soltou com um estalo, e a porta se abriu.

— Ah! Ahhhh... Paul!

— É nossa. Isto pertence a Paul e Anita.

Ela entrou bem devagar, a cabeça muito ereta, as narinas bem abertas.

— Estou com vontade de chorar, é tão graciosa.

Às pressas, Paul conferiu os preparativos para as horas cruciais que viriam pela frente e ficou encantado. O senhor Haycox, em uma provável orgia de masoquismo, tinha esfregado todas as superfícies da casa. Fuligem e poeira tinham desaparecido, deixando apenas a pátina limpa, suave e reluzente da passagem do tempo: no peltre sobre a lareira, na caixa de cerejeira do relógio de pêndulo, as ferragens pretas na lareira, na coronha de nogueira e na marchetaria de prata do rifle de cano longo na parede, no estanho das lamparinas de querosene, na calorosa e gasta madeira de bordo das cadeiras. E sobre uma mesa no centro do cômodo, também parecendo arcaicos sob a luz suave, dois copos, uma jarra, uma garrafa de gim, uma garrafa de vermute e um balde de gelo. Além disso, dois copos de leite gordo e fresco da fazenda, ovos frescos da fazenda cozidos e frango fresco da fazenda frito.

Enquanto Paul preparava os drinques, Anita circulava pela sala suspirando feliz, tocando em tudo com afeto.

— Ela é mesmo nossa?

— Desde ontem. Assinei as últimas papeladas. Você está mesmo se sentindo em casa?

Anita se acomodou em uma cadeira de balanço diante da lareira e aceitou o copo oferecido por Paul.

— Não dá para notar? Eu não pareço radiante? — Ela deu uma risadinha delicada. — Ele quer saber se eu gostei!

Isto aqui não tem preço, meu querido, e você comprou por oito mil dólares! Como você é inteligente!

— Feliz aniversário de noivado, Anita.

— Quero uma palavra mais forte do que *feliz*.

— Arrebatador aniversário de noivado, Anita.

— Arrebatador aniversário de noivado para você, Paul. Eu te amo. Meu Deus, como eu te amo!

— Eu te amo.

Nunca tinha amado tanto a esposa.

— Você tem noção, querido, que só aquele relógio de pêndulo vale quase mil dólares?

Paul se sentiu terrivelmente inteligente. Era fantástico ver como as coisas estavam indo bem. A satisfação de Anita com a casa era genuína, e o processo de transferi-la de uma casa para outra, de um estilo de vida para outro, parecia, em poucos e milagrosos minutos, estar quase completo.

— Este é *bem* o seu tipo de ambiente, não é?

— Você sabe que sim.

— Sabia que esse relógio tem mecanismo de madeira? Pensa bem! Tudo foi entalhado em madeira.

— Nem se preocupe. Isso se resolve facilmente.

— Hm?

— Podemos colocar um mecanismo elétrico.

— Mas o charme todo...

Em meio a seu arrebatamento de criatividade, Anita não ouvia mais nada.

— Assim... tirando o pêndulo, podemos encaixar um precipitador eletrostático de poeira na parte inferior da caixa.

— Ah.

— E sabe onde eu colocaria o relógio?

Paul deu uma espiada em volta da sala e não enxergou outro lugar para o relógio, senão onde ele já estava.

— Aquele nicho parece perfeito.

— No saguão de entrada! Você não consegue imaginar ele lá?

— Mas a casa não tem saguão de entrada.

Paul ficou confuso. A porta de entrada dava acesso direto à sala de estar.

— No *nosso* saguão de entrada, seu bobo.

— Mas Anita...

— E aquele armarinho de temperos na parede... não ficaria lindo com algumas das gavetas entreabertas, e filodendros crescendo dentro delas? Já sei exatamente onde colocá-lo: no quarto de hóspedes.

— Legal.

— E essas vigas incríveis, Paul! Isso significa que podemos colocar vigas rústicas também na nossa sala de estar. Não só na cozinha, mas na sala de estar também! E juro que eu engulo seu cartão de classificação se nossa televisão não couber naquele outro armário.

— Quem está louco para comer esse cartão sou eu — respondeu ele em voz baixa.

— E esse piso de tábuas amplas... dá para imaginar como vai melhorar a sala de jogos!

— E para que me serviu ter uma sala de jogos? — comentou Paul consigo mesmo, desanimado.

— Como é?

— Eu disse: e para que me serviu ter uma sala de jogos?

— Ah, sim.

Anita forçou uma risada e, com os olhos brilhando, saiu em busca de mais despojos.

— Anita...

— Sim? Ah! Que delícia esse acendedor.

— Me escuta só um instante.

— Claro, querido.

— Eu comprei este lugar para ser a nossa casa.

— Mas assim do jeito que está?

— Exato. Nada pode ser modificado.

— Então a gente não pode retirar nenhuma dessas coisas?

— Não. Mas podemos nos mudar para cá.

— Só pode ser mais uma das suas brincadeiras. Não me venha com gracinhas, querido. Estou me divertindo tanto.

— Não é gracinha! Essa é a vida que eu quero. É aqui que eu quero morar.

— Está muito escuro, não consigo enxergar seu rosto para ver se você está mesmo falando sério. Acende a luz.

— Não tem luz.

— Não tem energia elétrica?

— Só a eletricidade estática no seu cabelo.

— E como fazem com a caldeira de calefação?

— Não tem caldeira.

— E o fogão?

— Lenha. E a geladeira é uma nascente com água bem fria.

— Mas que horror!

— Eu estou falando sério, Anita. Quero que a gente venha morar aqui.

— A gente morreria em seis meses.

— Várias gerações da família Haycox moraram aqui.

— Mas você está *mesmo* brincalhão, hein? Com a cara bem séria e tudo, para não estragar a piada. Vem cá me dar um beijo, meu doce palhacinho.

— Vamos dormir aqui esta noite, e amanhã cedo vou cuidar da lida da fazenda. Não quer tentar?

— E eu vou ser uma boa matrona gorda, preparando o café da manhã no fogão à lenha... café, ovos de granja e creme de leite, pãezinhos caseiros cheios de manteiga e geleia feitas em casa.

— Você faria isso?

— Prefiro me afogar em manteiga e geleia.

— Você poderia aprender a amar essa vida.

— Jamais, e você sabe disso.

Paul estava voltando a perder a paciência em resposta àquela amarga decepção, como tinha acontecido uma hora antes em Domicílio. E mais uma vez estava procurando por alguma coisa que deixasse sua esposa mais humilde, qualquer coisa que não fosse um tapa na cara. A frase que ele acabou soltando tinha sido preparada em sua mente há muito tempo. Falou aquilo não por acreditar que era a hora certa, mas por não ter a menor dúvida de que a frase teria impacto.

— Sua opinião não importa — declarou ele com a voz calma. — Eu já tomei a decisão de largar meu emprego e vir morar aqui. Entendeu? Vou pedir demissão.

Anita cruzou os braços sobre os seios como se estivesse se protegendo do frio e ficou se balançando na cadeira por alguns instantes sem falar nada.

— Eu imaginei que talvez isso pudesse acontecer — disse, enfim. — Eu imaginava que talvez você estivesse com isso na cabeça. Torci para estar enganada, Paul. Rezei para estar enganada. Mas... bem, aqui estamos nós, e você confirmou tudo.

Anita acendeu um cigarro e começou a fumar com tragadas curtas e apressadas, soltando fumaça pelo nariz.

— Shepherd falou que você ia fazer isso.

—Ele falou que eu estava prestes a pedir demissão?

— Não. Disse que você é do tipo que desiste fácil das coisas — disse ela, suspirando fundo. — Parece que ele conhece você bem mais do que eu.

—Deus é testemunha de como seria bem mais fácil continuar apegado ao sistema, avançando pouco a pouco até o topo. O que exige coragem é abandonar o sistema.

—Mas por que desistir do sistema se é tão fácil continuar?

—Você não ouviu nada do que eu falei em Domicílio? Foi por isso que levei você até lá, para você sentir melhor as coisas.

—Aquela bobagem sobre Katharine Finch e Shepherd?

—Não, não... Deus, não. Para você perceber que gente como nós roubou todo o amor-próprio das outras pessoas.

—Você disse que se sentia um canalha. Disso eu lembro.

—E você não se sente assim às vezes?

— Mas que ideia!

— E a sua consciência, caramba... nunca fica pesada?

— Por que ficaria? Eu nunca fiz nada desonesto.

— Vou colocar em outros termos: você não concorda que as coisas estão muito erradas?

— Entre nós?

— Em todo lugar. No mundo inteiro!

Às vezes a miopia de Anita era assustadora. Sempre que possível, ela gostava de reduzir qualquer generalização em termos de si mesma e de pessoas que ela conhecia intimamente.

— Em Domicílio, por exemplo — completou Paul.

— O que mais a gente poderia dar àquelas pessoas? Elas já têm tudo!

— É isso! Você chegou sozinha no xis da questão. Você disse: e o que mais *a gente* pode dar, como se tudo no mundo fosse nosso para conceder ou negar.

— Alguém precisa assumir a responsabilidade, e quando alguém faz isso as coisas são assim mesmo.

— É isso: as coisas nem sempre foram assim. É uma coisa nova, inventada por gente como nós. Ora, antes todo mundo tinha alguma habilidade particular, vontade de trabalhar ou qualquer coisa que pudesse ser trocada por aquilo que a pessoa queria. Agora que as máquinas assumiram o controle, raríssimas pessoas têm algo a oferecer. E tudo que a maioria dos humanos pode fazer é viver na esperança de receber alguma coisa.

— Se alguém for inteligente — retrucou Anita com a voz firme —, ainda pode subir na vida. É o modo de vida americano, Paul, e isso nunca mudou. — Ela encarou o marido como se o estivesse avaliando. — Inteligência e coragem, Paul.

— E antolhos.

A energia tinha sumido da voz de Paul, e ele se sentia drogado, uma tontura que vinha de ter exagerado um pouco na bebida, de ter percorrido uma série de altos e baixos emocionais e de ter sentido a mais absoluta frustração.

Anita agarrou a alça do macacão de Paul e o puxou para baixo, tentando lhe dar um beijo. Ele cedeu, o corpo rígido.

— Ahhhhhh — repreendeu ela —, às vezes você parece um *molequinho*.

Puxou o marido de novo, e dessa vez o obrigou a retribuir o beijo.

— Pare agora mesmo de se preocupar, está bem? — cochichou Anita em seu ouvido.

“Uma descida ao Maelström”, pensou, cansado, e fechou os olhos entregando-se à única sequência de acontecimentos que jamais fracassava em proporcionar um começo, um meio e um fim satisfatório.

— Eu te amo, Paul — murmurou Anita. — Não quero que o meu molequinho se preocupe. Você não vai pedir demissão, meu amor. Você só está muito cansado.

— Humm.

— Promete que não vai mais pensar nisso?

— Humm.

— E nós *vamos* para Pittsburgh, não vamos?

— Humm.

— E que equipe vai vencer os jogos na Campina?

— Humm.

— Paul...

— Humm?

— Que equipe vai ganhar?

— Azul — sussurrou ele, sonolento. — Azul, juro, Azul.

— Esse é o meu garoto. Seu pai ficaria extremamente orgulhoso.

— É.

Paul carregou a esposa pelo assoalho de tábuas, entrou no quarto revestido de madeira de pinho e deitou-a sobre uma colcha de retalhos em uma cama rústica de madeira de bordo. Ali, segundo o senhor Haycox, seis pessoas tinham morrido em ocasiões diferentes, e catorze tinham nascido.

19

Na ausência de um golpe severo o bastante para forçar um desvio no curso determinado pelas circunstâncias de seu nascimento e de sua formação, o doutor Paul Proteus chegou sem maiores percalços ao dia programado para os homens com aperfeiçoamento ainda incompleto irem à Campina.

Paul sabia que estava chegando a hora da crise, quando teria de pedir demissão ou virar delator, mas tal proximidade era etérea, e, por falta de um plano claro para enfrentar esse momento, ele se forçou a adotar uma falsa tranquilidade, uma vaga noção de que tudo daria certo no final, como sempre acontecia com ele.

Depois de uma hora no ar, o grande avião de passageiros sobrevoou em círculos a praia, onde o pinheiral se encontrava com as águas da nascente do rio São Lourenço. O avião desceu mais um pouco, a pista de pouso na floresta ficou visível, e finalmente era possível ver os alojamentos de toras de madeira, o refeitório, as quadras de *shuffleboard*, de tênis e de *badminton*, os campos de *softball*, os balanços, os escorregadores e o pavilhão de bingo de Continente e o acampamento para mulheres e crianças. E avançando para dentro do rio havia uma doca comprida e três iates brancos, o ponto de embarque para os homens a caminho da ilha conhecida como Campina.

— Acho que está na hora da despedida — disse Paul a Anita assim que o avião parou.

— Você está lindo — comentou Anita, ajeitando a camisa azul de capitão. — E que equipe vai ganhar?

— Azul — disse Paul. — *Gott mit uns.*

— Bem, e eu vou ficar enchendo a cabeça de Mama de ideias enquanto...

— Senhoras, por aqui! — ribombou o sistema de alto-falantes. — Os homens vão se reunir na doca. Deixem as malas onde estiverem. Quando vocês chegarem nos seus quartos, elas vão estar à sua espera.

— Tchau, querido — disse Anita.

— Tchau, Anita.

— Eu te amo, Paul.

— Eu *também* te amo, Anita.

— Vamos — falou Shepherd, que tinha chegado no mesmo avião. — Vamos andando. Estou louco para ver como essa Equipe Azul vai se sair.

— Equipe Azul, hein? — disse Baer. — Preocupado com a Equipe Azul, né? Né? Branca. É com a Branca que você deve se preocupar, meu rapaz. — Esticou a camisa branca que vestia, para que todos admirassem. — Viram? Viram? Essa é a camisa que vocês devem temer. Viram? Arrá, arrá...

— Cadê o doutor Kroner? — perguntou Shepherd.

— Viajou ontem — disse Paul. — Como ele faz parte do comitê oficial de recepção, já está na ilha.

Acenou mais uma vez para Anita, que descia por uma trilha coberta de cascalho rumo às instalações de Continente na companhia de uma dúzia de outras mulheres, incluindo Katharine Finch e Mama Kroner, e de um punhado de crianças. Durante todo o dia, aviões estariam trazendo mais.

Anita deu uma corridinha até ficar ao lado de Mama e agarrou seu braço gordo.

Alto-falantes escondidos na floresta virgem irromperam em uma canção:

"A você, bela dama, dedico o meu sorriso;
Seu coração, bela dama, é do que preciso.
Vem, vem, bela dama, comigo ao Paraíso..."

A canção morreu com um ruído no alto-falante, uma tosse e então uma ordem.

— Homens com números de classificação de 0 a 100 embarquem por gentileza no *Rainha da Campina*. Aqueles com números de 101 a 250 devem embarcar no *Cotovia da Campina*, e os com números acima de 250 vão embarcar no *Espírito da Campina*.

Paul, Shepherd, Baer e o resto dos integrantes da área de Albany-Troy-Schenectady-Ilium tomaram o rumo da doca onde os primeiros a chegar já estavam aguardando. Todos colocaram óculos escuros, que usariam pelas próximas duas semanas, para proteger os olhos do clarão implacável do sol de verão sobre o rio e sobre as instalações caiadas, as trilhas de cascalho branco, a praia branca e as quadras de cimento branco da Campina.

— A Equipe Verde vai ganhar! — gritou Shepherd.

— É isso aí, capitão!

Todos gritavam e cantavam, os motores das embarcações borbulharam e rugiram, e os três iates, em uma formação em V, começaram a avançar em direção à ilha.

Semicerrando os olhos para enxergar em meio aos borrifos de água, Paul viu Campina ficando cada vez mais próxima, quente, esbranquiçada e higiênica. Já dava para ver a serpente branca que se estendia pela extensão da ilha inteira como uma fila de cubos brancos, as estruturas isoladas de blocos de concreto conhecidas, em um jargão da Campina que datava de instalações mais primitivas, como barracas. O anfiteatro na extremidade mais ao norte da ilha lembrava um prato raso, e a área esportiva que o rodeava era uma colcha de retalhos geométrica de todos os tipos imagináveis de quadras. Pedras caiadas onipresentes emolduravam as trilhas e os jar...

O ar estremeceu com um estampido agudo e perturbador. E outro. Outro. *Blam!*

Foguetes lançados da ilha explodiam no ar. No intervalo de um minuto, os três iates faziam barulho e espumavam no recuo das hélices, e a banda tocava o hino dos Estados Unidos.

"And the rockets red glare,
The bombs bursting in air..."

O regente da banda ergueu a batuta, e os músicos fizeram uma pausa sugestiva.

Vuuuuzzzzzzip!, fez um foguete. *Cabluuuuuum!*

"Gave proof through the night,
That our flag was still there..."

Depois do hino veio um alegre caleidoscópio de "Pack Up Your Troubles", "I Want a Girl", "Take Me Out to the Ball Game" e "Working on the Railroad".

Os recém-chegados se amontoaram no convés para segurar as mãos estendidas no atracadouro por uma fileira de homens mais velhos, quase todos gordos, grisalhos e calvos. Eram os Nobres Veteranos: os gerentes distritais, os gerentes regionais, os vice-presidentes adjuntos, os vice-presidentes assistentes e os vice-presidentes das divisões Leste e Meio-Oeste.

"Bem-vindos a bordo!" era a saudação, como sempre tinha sido.

— Bem-vindos a bordo!

Paul percebeu que Kroner estava reservando sua mão grande e suas boas-vindas para ele, e foi abrindo caminho pelo convés até alcançar aquela mão, que segurou para descer ao atracadouro.

— Bom ter você a bordo, Paul.

— Obrigado, senhor. É bom estar a bordo.

Vários dos outros homens mais velhos interromperam as saudações para olhar de maneira amistosa para o filho jovem e brilhante de seu falecido líder dos tempos de guerra.

— Todos devem se dirigir à Administração para se inscrever e depois ir cada um para sua barraca, para confirmar se a bagagem está por lá — orientou o sistema de alto-falantes. — Depois, apresentem-se ao colega de barraca e, em seguida, serviremos o almoço.

Com a banda guiando o caminho, os recém-chegados foram pela trilha de cascalho até chegar na Administração.

Em frente ao prédio da entrada, uma faixa dizia: "Recebam as boas-vindas da Equipe Azul."

Após alguns gritos bem-humorados de revolta, pirâmides humanas se formaram em um piscar de olhos, e os homens que estavam nas pontas arrancaram aquela mensagem, enfurecidos.

Um jovem membro da Equipe Azul deu um tapinha nas costas de Paul.

— Que grande ideia, capitão! — gritou. — Rapaz, agora eles viram quem é que manda. E não vamos deixar ninguém se esquecer disso!

— Sim — disse Paul —, pode apostar. Esse é o espírito.

Tudo indicava que aquela era primeira visita do jovem à Campina. Nesse estado de inocência, ele não sabia que a faixa era obra de um comitê especial cuja única missão era atiçar a rivalidade entre as equipes. Não faltariam outras provocações desse tipo.

Logo depois da entrada, um cartaz verde anunciava: "Abandonem toda a esperança vós que não usais camisas verdes!"

Shepherd deu um grito de satisfação, brandiu o cartaz acima da cabeça e, no segundo seguinte, foi derrubado no chão por uma onda de Azuis, Brancos e Vermelhos.

— Sem baderna em ambientes fechados! — alertou estridente o alto-falante. — Vocês conhecem as regras. Sem baderna em ambientes fechados. Economizem vitalidade para as competições. Depois de se inscreverem, tomem o rumo de suas barracas para conhecer seus colegas de quarto e se apresentem para o almoço em quinze minutos.

Paul chegou à barraca antes de seu ainda desconhecido colega de quarto. Ambos, de acordo com o prefácio do *Cancioneiro*, desenvolveriam uma espécie de amizade tácita como resultado de terem compartilhado tanta beleza, empolgação e emoção profunda.

Ficou tonto com o ar gelado do ar-condicionado da barraca. Quando o lampejo de vertigem passou, os olhos de Paul focaram em um distintivo do tamanho de um prato raso colocado sobre o travesseiro de sua cama. Nele estava escrito "Dr. Paul Proteus, Ger. Ind., Ilium, N.Y.". E abaixo disso: "Se não me chamar de Paul vai pagar cinco dólares". A segunda parte da legenda estava em todos os distintivos. O único homem que não deveria ser chamado pelo primeiro nome na Campina era o Velho em pessoa, o sucessor do pai de Paul, doutor Francis Eldgrin Gelhorne. Ele, o Diretor Nacional de Indústria, Comércio, Comunicações, Gêneros Alimentícios e Recursos, deveria sim ser chamado de doutor Gelhorne a qualquer hora do dia ou da noite, por onde quer que fosse.

E então Paul viu o distintivo no travesseiro de seu colega de barraca: "Dr. Frederic Garth, Ger. Ind., Buffalo, N.Y. Se não me chamar de Fred vai pagar cinco dólares".

Paul sentou na beirada da cama e lutou contra a perplexidade incômoda detonada pela visão do distintivo de Garth. Conhecia muitos homens, Shepherd por exemplo, que viviam enxergando presságios e se preocupando com eles: presságios no aperto de mão de um superior, na grafia errada de um nome em um documento oficial, na disposição de lugares em uma mesa de banquete, no modo com que um superior pedia ou oferecia um cigarro, no tom de... Até recentemente a carreira de Paul tinha sido harmoniosa e fácil por todo o caminho, e ele considerava a análise de presságios algo tedioso e sem serventia. Para ele, os presságios eram sempre bons ou assim tinham sido até agora. Agora, ele também começava a tomar consciência de aparições possivelmente malignas que se revelavam de formas indiretas.

Ele tinha sido colocado no mesmo quartinho que Garth, o outro candidato a Pittsburgh, por mero acaso, ignorância ou algum complô sutil? E por que Shepherd tinha sido escolhido como capitão, quando a honra era reservada àqueles que estavam mesmo destinados a ir bem longe? E por que... Com hombridade, Paul voltou seu pensamento para outros canais, ainda que de forma superficial, e conseguiu dar risada como um homem que não se importava mais nem um pouco com o sistema.

Seu colega entrou na barraca, as têmporas grisalhas, cansado, pálido e gentil. Fred Garth queria muito ser querido por todos e com isso atingiu uma espécie de limbo social, não causando nenhum tipo de impressão especial em ninguém. Tinha crescido por conta dessa qualidade, possuía uma mediocridade conveniente. Por vezes duas personalidades poderosas, apadrinhadas por facções importantes, haviam aspirado ao mesmo cargo. E os membros da cúpula, temendo um racha se escolhessem o afilhado de uma facção em vez do protegido da outra, acabavam indicando Garth como um candidato inofensivo, um meio-termo. Mas o consenso, tão generalizado que jamais poderia ser visto como ressentimento, era de que Garth nunca tinha tido a menor condição de lidar com as atribuições grandiosas concedidas por aquela política conciliatória. Embora ainda estivesse com cinquenta e poucos anos, ele parecia terrivelmente velho: esforçado e gentil, mas também fraco e esgotado, parecendo sempre estar pedindo desculpas por isso.

— Doutor Proteus! Digo, Paul.

Garth balançou a cabeça, rindo como se tivesse feito algo cômico, e estendeu uma nota de cinco dólares para Paul.

— Deixa para lá, doutor Garth — disse Paul, devolvendo o dinheiro. — Digo, Fred. Como está você?

— Bem, bem. Não posso reclamar. Como vão a esposa e os filhos?

— Tudo ótimo, ótimo, obrigado.

Garth corou.

— Ah, nossa, me desculpe.

— Pelo quê?

— Ora, fui bobo de perguntar sobre seus filhos sendo que você não tem nenhum.

— Bobo sou eu de não ter filho.

— Pode ser, pode ser. Mas é bem difícil ver os filhos crescendo sem saber se eles são bons o bastante, vê-los se matando de estudar antes dos Exames de Classificação Geral, depois esperando os resultados... — A frase terminou com um suspiro. — Acabo de passar por esse martírio dos ECG com o Brud, meu primogênito, e ainda vou precisar passar por esse pesadelo mais duas vezes, com a Alice e o pequeno Ewing.

— E como o Brud se saiu?

— Hm? Ah... como ele se saiu? Bem, ele é esforçado. Brud quer se sair bem e se esforçou para os exames mais do que qualquer outro moleque da vizinhança. Ele dá o melhor de si.

— Ah... entendo.

— Bem, ele vai tentar os exames de novo.... exames diferentes, claro. Estava meio doente da primeira vez... no finalzinho de uma dessas viroses. Como não faltaram muitos pontos, o Conselho de Apelação emitiu uma sentença especial. Amanhã ele vai ter uma segunda chance, e vamos ter as notas na hora do jantar.

— Dessa vez ele consegue — disse Paul.

Garth balançou a cabeça.

— Seria o caso de o moleque ganhar alguma coisa em troca de tanto esforço, sabe? Meu Deus, você precisava ver aquele carinha estudando sem parar.

— Que dia bonito — disse Paul, mudando para um assunto menos sofrido.

Garth olhou distraído pela janela.

— E não é que está mesmo? Deus está sorrindo para a Campina.

— Acho que ele já fazia isso antes de ocuparmos a ilha.

— Eu não inventei isso.

— Não inventou o quê?

— Isso de Deus sorrindo. É coisa do doutor Gelhorne, claro. Lembra? Ele falou isso ano passado, no dia de encerramento.

— Ah, é.

O doutor Gelhorne dizia muitas coisas memoráveis, era difícil uma pessoa guardar tudo no cofre de preciosidades da memória.

— Almoço! — anunciaram os alto-falantes. — Almoço! Lembrem da regra: vocês precisam conhecer uma pessoa diferente a cada refeição. Sentem ao lado do colega de quarto, mas tenham do outro lado um estranho. Almoço! Almoço!

Sem o menor sentido, os alto-falantes vomitaram "Oh, How I Hate to Get Up in the Morning". Paul, Garth e quinhentas outras duplas caminharam pelo pátio de exercícios em direção ao refeitório.

Enquanto a multidão espremia Paul e seu colega de quarto a caminho das portas teladas de vaivém, Kroner apanhou seu braço e o puxou para um canto. Garth, como bom colega que queria ser, saiu da fila e ficou esperando.

— Amanhã à noite — disse Kroner. — A grande reunião vai ser amanhã à noite... depois da peça motivacional e da fogueira.

— Ótimo.

— Já contei que o Velho em pessoa vai comparecer. Vai ser de fato muito importante. *Você* vai ser muito importante. Não sei bem o que estão planejando, mas meu palpite é que vai ser a maior coisa que já aconteceu na sua carreira.

— Puxa.

—Não se preocupe. Com o sangue que tem nas veias, você tem bem mais do que o necessário para encarar esse trabalho... seja ele qual for.

—Obrigado.

Paul voltou para a fila com Garth.

— Ele gosta mesmo de você, hein? — comentou Garth.

—Velho amigo do meu pai. Disse que era bom me ter a bordo.

—Ah — Garth pareceu um pouco constrangido.

Com aquela mentira descarada, Paul tinha acentuado pela primeira vez a competição entre eles. Garth deixou a mentira passar em branco. Shepherd teria atormentado Paul e, com mais sutileza, Kroner, até descobrir cada palavra trocada entre eles.

Paul sentiu uma ternura sincera por Garth.

— Vem, colega, vamos encontrar uma dupla de estranhos.

—Vai ser difícil. Faz tempo que estamos por aqui, Paul.

—Procure algum jovenzinho de bochechas coradas, recém-saído da faculdade.

—Ali tem um.

— Berringer! — disse Paul, surpreso.

Quando as máquinas produziram uma lista com os funcionários de Ilium qualificados para a Campina, o cartão de Berringer não foi escolhido. Ele era o último homem do complexo inteiro que mereceria um convite. E ainda assim ele estava ali.

Berringer pareceu notar o que estava passando pela cabeça de Paul e retribuiu seu olhar com um sorriso insolente.

Baer apareceu e ficou entre os dois.

— Esqueci, esqueci... devia ter te avisado — falou. — Berringer, do Berringer. Kroner me mandou avisar, e eu esqueci, eu me esqueci.

— Como diabo ele veio parar aqui?

— Kroner precisou trazê-lo. Coisa de última hora, sabe? Hum? Kroner achou que o pai do rapaz ia ficar de coração partido se ele não fosse convidado depois do que aconteceu com o Carlito Damas e tudo mais.

— E a meritocracia vai pelo ralo — disse Paul.

Baer assentiu com a cabeça.

— É... pelo ralo, pelo ralo, isso aí. — Deu de ombros e arqueou as sobrancelhas de um jeito esquisito. — Foi, foi, foi pelo ralo.

Paul refletiu que Baer deveria ser a pessoa mais justa, sensata e franca que ele conhecia: excepcionalmente parecido com as máquinas, no sentido de só se interessar pelos problemas que lhe eram apresentados e de abordá-los com energia e interesse idênticos, totalmente insensível a questões de qualidade ou dimensão.

Paul deu mais uma espiada em Berringer, viu que seu companheiro de mesa era Shepherd e que sua camisa era verde, e se esqueceu do rapaz.

Ele e Garth enfim encontraram um par de estranhos bem jovens, separados por dois lugares vagos, e se sentaram.

O jovem ruivo ao lado de Paul olhou para seu distintivo.

— Ah, doutor Proteus. Já ouvi falar do senhor. Como vai?

— Paul, não doutor. Eu vou bem, e você... — estudou o distintivo do companheiro de mesa — ... doutor Edmund L. Harrison, das Indústrias Ithaca?

— Conheça melhor quem está ao seu lado — ordenou o alto-falante. — Não fale com ninguém que você já conheça.

— Casado? — perguntou Paul.

— Vocês estão aqui para isto: para conhecer pessoas novas, para ampliar seus horizontes — prosseguiu o alto-falante.

— Não, senhor, estou noi...

— Quanto mais contatos vocês fizerem aqui na Campina — anunciou o alto-falante —, melhor a indústria vai funcionar, em termos de cooperação.

— Estou noivo — disse o doutor Harrison.

— Uma garota de Ithaca?

— Tem dois lugares vagos ali, cavalheiros... bem ali no canto. Ali mesmo. Vamos sentar de uma vez, temos um programa cheio pela frente, e todo mundo precisa começar a se conhecer — disse o alto-falante.

— Não, senhor — respondeu o doutor Harrison. — Atlanta. — Olhou mais uma vez para o distintivo de Paul. — O senhor não é o filho do...

— Agora que estamos todos sentados e nos conhecendo, que tal uma cançãozinha para ficarmos ainda mais próximos? — sugeriu o alto-falante.

— Sim, ele era meu pai — respondeu Paul.

— Abram na página vinte e oito do *Cancioneiro* — orientou o alto-falante. — Vinte e oito, vinte e oito!

— Ele era um homem e tanto — disse Harrison.

— Sim — respondeu Paul.

— "Wait Till the Sun Shines, Nellie"! — berrou o alto-falante. — Acharam? Vinte e oito! Certo, agora vamos lá!

Postada em um dos cantos do refeitório e amplificada até parecer o estrondo de uma carga de elefantes, a banda mandou ver na canção, como se aquilo fosse uma guerra santa contra o silêncio. Era impossível ser caloroso até consigo mesmo no meio daquela balbúrdia. O estômago de Paul deu um nó e suas papilas gustativas ficaram anestesiadas, fazendo a comida deliciosa e cara descer pela garganta como se fosse carne de cavalo fervida com angu de milho branco sem sal.

— Paul, Paul, Paul, ei Paul — gritou Baer do outro lado da mesa. — Paul!

— Que foi?

— É com você... estão chamando, estão chamando você!

— Não me digam que o capitão da Equipe Azul é tão covarde que fugiu na última hora? — dizia o alto-falante em tom sarcástico. — Vamos lá! Cadê o capitão da Azul?

Paul se levantou da mesa e ergueu a mão.

— Aqui — respondeu com uma voz que nem mesmo ele ouviu.

Ele foi saudado por aplausos e vaias, na proporção de um para três. Virou alvo de bolinhas de guardanapo de papel e das cerejas ao marrasquino que cobriam as saladas.

— Ah, bom — disse o alto-falante em tom de provocação. — Vamos ouvir a sua canção.

Mãos agarraram Paul e o levantaram no alto, e ele foi levado pelo corredor até o palanque da banda por um grupo de homens vestidos com camisas azuis. Colocaram Paul em cima do palanque e formaram um cordão ao seu redor. O mestre de cerimônias, um velho gordo e avermelhado com peitos que pareciam de mulher, salientes por debaixo da camiseta ensopada, enfiou um *Cancioneiro* em suas mãos. A banda irrompeu na canção bélica da Equipe Azul.

— Ó, Equipe Azul, time consagrado e leal — cantou Paul. Sua voz retornou estranha e assustadora, transformada em algo desafiador e determinado graças à amplificação eletrônica. — Nenhuma outra turma é tão competente!

Nesse momento ele foi totalmente abafado por batidas de pés, assobios, vaias e choques de colheres contra copos. O mestre de cerimônias, maravilhado com a empolgação que Paul estava despertando, deu a ele uma bandeira azul para agitar. Assim que as mãos de Paul seguraram a bandeira, ele enxergou as fileiras de seus protetores se abrindo. Berringer, com a cabeça abaixada, as coxas grossas trabalhando a todo vapor, corria para atacá-lo.

Em meio ao tumulto, Paul tentou acertar um soco no ensandecido Berringer, errou e foi derrubado do palanque, ficando *hors de combat* e indo parar nas portas da cozinha.

— Por favor! Por favor! — implorou o alto-falante. — Existem pouquíssimas regras na Campina, mas as poucas que existem *precisam* ser respeitadas! Volte para o seu lugar agora mesmo, você aí de camisa verde. Nada de baderna em ambientes fechados. Entendido?

Gargalhadas gerais.

— Mais uma brincadeira dessas e você vai ser convidado a se retirar da ilha!

Mãos gentis ajudaram Paul a se levantar, e ele se viu encarando o rosto solene e banal de Luke Lubbock, o folião, que dessa vez estava usando um uniforme de ajudante de garçom. Um dos cozinheiros, que tinha assistido à cena com desdém, virou a cara bem rápido quando Paul olhou para ele, e então desapareceu no interior da grande câmara frigorífica.

Enquanto os colegas de equipe de Paul o conduziam de volta ao seu lugar na mesa, ele de súbito se deu conta, como se fosse um pedaço de um pesadelo, que o cozinheiro era Alfy, o mestre da TV silenciosa.

— Chega, chega — disse o alto-falante. — Acabou a baderna, senão vamos ter de cancelar toda a diversão que ainda temos pela frente. Cadê o capitão da Equipe Branca?

Quando a diversão acabou, Paul e o doutor Harrison de Ithaca saíram juntos do refeitório.

—Vocês têm dez minutos de tempo livre até a cerimônia memorial — anunciou o alto-falante. — São dez minutos para fazer novos contatos antes da cerimônia.

— Foi um prazer conhecer o senhor — disse o doutor Harrison.

— O pra...

— *My wild Irish rose* — uivou o alto-falante — *the sweetest flower that grows...* — O refrão foi interrompido por um ruído. — Sua atenção, por favor. O Comitê de Programação acaba de me informar que estamos com um atraso de sete minutos no cronograma, por isso pedimos que por favor entrem e alinhem-se no Carvalho agora mesmo. A cerimônia memorial vai começar agora mesmo.

Um silêncio reverente desceu como neblina sobre a multidão suada que tinha se dispersado nas quadras de *shuffleboard* e em volta das mesas de pingue-pongue próximas ao refeitório. Então todos começaram formar fila ao redor do Carvalho, o símbolo oficial da organização ao país inteiro.

Sua imagem aparecia em cada papel timbrado e, bordada em um retângulo de seda branca, tremulava ao sabor do vento logo abaixo da bandeira dos Estados Unidos no mastro do pátio de exercícios.

Os mais jovens imitaram a postura uniforme de devoção dos mais velhos: olhos fixos nos ramos mais baixos da árvore antiga e magnífica, mãos sobrepostas diante dos genitais.

— A Branca vai vencer! — berrou um jovem baixo, magro e dentuço.

Os mais velhos olharam para ele com tristeza e um ar melancólico de reprovação. Não era hora para aquele tipo de brincadeira. Era praticamente a *única* hora imprópria para qualquer tipo de brincadeira. O extremo mau gosto daquele jovem envenenaria suas próximas duas semanas e provavelmente sua carreira. Em um segundo ele tinha se transformado no "rapaz que berrou na cerimônia memorial". Aquilo o descreveria, e ninguém se daria ao trabalho de investigar mais nada sobre ele. Mas, se ele viesse a se mostrar um atleta de primeira linha... Não. Seu porte físico flácido e sua pele branquela indicavam que aquele caminho para o perdão estava fechado para ele.

Paul olhou para o rapaz com empatia e relembrou outros passos em falso a que ele tinha assistido no passado. Aquele homem ficaria terrivelmente sozinho, dedicaria-se a uma carreira de alcoolismo contumaz e nunca mais seria convidado para a Campina.

Os únicos sons que se ouviam agora eram o farfalhar das folhas, o tremular das bandeiras e, de vez em quando, louças e talheres se chocando no refeitório.

Um fotógrafo que parecia muito estressado correu até ficar em frente ao grupo, encostou um joelho no chão, estourou um flash e se afastou, também correndo.

Vuuuuzzzzzzip!, fez um foguete. *Cabluuuum!* Uma bandeira dos Estados Unidos caiu da bomba, amortecida por um paraquedas, e foi descendo preguiçosa até o rio.

Kroner se separou da multidão e caminhou muito sério até o tronco grosso da árvore. Então se virou e, baixando os olhos, olhou pensativo para as próprias mãos. Suas primeiras palavras foram tão suaves, tão engasgadas pela emoção, que poucos dos presentes ouviram. Ele respirou fundo, endireitou a postura, ergueu os olhos e reuniu forças para repetir o que tinha dito.

No breve intervalo antes de Kroner voltar a falar, Paul deu uma espiada ao seu redor. Seus olhos encontraram os de Shepherd e Berringer, e o que se passou entre eles foi afetuoso e doce. Milagrosamente, a multidão se transformou em uma espécie de pudim homogêneo. Era impossível definir onde terminava um ego e começava o outro.

— É o nosso costume — disse Kroner. — É costume aqui na Campina... o nosso costume, a nossa Campina... nos reunirmos aqui debaixo desta nossa árvore, nosso símbolo de raízes fortes, tronco forte e ramos fortes, nosso símbolo de coragem, integridade, perseverança, beleza. É nosso costume nos reunirmos aqui para relembrar os amigos e colegas que nos deixaram.

E então ele se esqueceu da multidão e falou para as gordas nuvens que percorriam velozes o céu azul.

— Desde nosso último encontro, o doutor Ernest S. Bassett deixou nosso mundo para receber sua recompensa em um mundo melhor. Ernie, como todos vocês sabem, era...

O fotógrafo correu, estourou um flash no rosto de Kroner e sumiu novamente.

— Ernie foi gerente das Indústrias Filadélfia por cinco anos e das Indústrias Pittsburgh por sete. Ele era meu amigo; ele era *nosso* amigo: um grande cidadão, um grande engenheiro, um grande gerente, um grande pioneiro na vanguarda do processo civilizatório, abrindo portas novas e jamais sonhadas para coisas melhores, para uma vida melhor para mais gente, a um custo menor.

Com a voz falhando de tempos em tempos, Kroner falou sobre a época de Ernie Bassett como jovem engenheiro e traçou sua carreira de complexo industrial a complexo industrial.

— Ele se doou sem reservas em termos de engenharia, em termos administrativos, em termos de personalidade, em termos de cidadania e... — Kroner fez uma pausa para, de maneira grandiloquente, encarar cada um dos rostos que lhe assistiam e então voltou a falar com as nuvens — ... em termos de coração.

Um homem da multidão deu um passo à frente para entregar a Kroner uma caixa branca e comprida. Kroner abriu a caixa bem devagar e olhou com carinho para o conteúdo antes de mostrar às outras pessoas. Até que finalmente colocou a mão na caixa e desfraldou uma flâmula azul e branca, o "E" das Forças Armadas que Bassett tinha conquistado durante a guerra como gerente das Indústrias Filadélfia.

Uma corneta em surdina executou o toque de silêncio.

Kroner se ajoelhou ao pé da árvore e depositou ali a flâmula de Ernie Bassett.

O fotógrafo veio em disparada, tirou a foto e sumiu em disparada.

Vuuuuzzzzzip! Cabluuuum!

Um coro masculino, escondido em meio às árvores, cantou muito suavemente, ao tom de "Love's Sweet Song":

"Companheiros da Campina
Erguei alto seus canecos;
Brindai ao nosso símbolo vivo,
Crescendo alto até o céu.
Nascido de humilde bolota,
Agora tu és um gigante;
Que nunca pares de crescer;
Sobe até as estrelas!
Lin-do sí-í-ím-bo-lo
Nosssssso."

— Um minuto de silêncio e prece pelos amigos que partiram — anunciou o alto-falante.

Ao longo de todo o minuto de silêncio, Paul percebeu alguém fungando ao fundo. As emoções represadas de alguém pareciam ter vindo à tona sob o impacto da cerimônia: alguém que devia ter sido muito íntimo de Bassett. Lágrimas caíam de muitos olhos, e aqui e ali dentes mordiam lábios trêmulos, mas Paul não conseguia identificar o homem que soluçava de tanto chorar. De repente o avistou, não na multidão, mas no refeitório. Luke Lubbock, carregando uma pilha de pratos sujos, tinha sido dominado pela emoção. Lágrimas gordas e sinceras derramadas para o gerente das Indústrias Pittsburgh inundavam seu rosto. De forma rude, o *maître* o enxotou para longe da porta telada.

Vuuuuzzzzip! Cabluuuuum!

A banda explodiu com "Star and Stripes Forever", e Kroner foi conduzido para longe da árvore por outros veteranos que tinham sido íntimos de Bassett. A multidão se dispersou.

Paul olhou ansioso para as portas do bar, que ficava em uma construção branca separada. Conferiu as portas para ter certeza de que estavam trancadas, e naturalmente estavam. O bar jamais abria antes da hora dos drinques, depois dos jogos.

— Sua atenção! — bradou o alto-falante. — Sua atenção, por gentileza. Aqui está a programação para o resto do dia: em dez minutos as equipes vão se reunir nas barracas de seus respectivos capitães para receber instruções para os esportes do dia. A competição formal só começa amanhã cedo. Depois de receberem suas instruções, relaxem, conheçam melhor seu colega de quarto, não fiquem andando com a mesma turma de sempre.

"Drinques às cinco e meia. Jantar às seis e meia. Peço sua atenção para esta mudança: a peça motivacional e a fogueira *não* vão acontecer esta noite. *Não* vão. Elas passaram para amanhã à noite, e hoje à noite teremos um grupo musical no anfiteatro. Toque de silêncio à meia-noite.

"Capitães de equipes, queiram por gentileza se apresentar em suas barracas."

Sem muita esperança. Paul sacudiu os trincos das portas do bar, pensando que talvez conseguisse convencer um faxineiro ali dentro a lhe arranjar alguma coisa.

— Acabo de receber uma informação — disse o alto-falante. — Acabo de receber a informação de que o capitão da Equipe Azul não está em sua barraca. Doutor Paul Proteus; doutor Paul...

20

O turbante dourado do xá de Bratpuhr pendia de um cabide para chapéus em Miami Beach, desenrolado como uma toalha pendurada.

— *Puka pala koko, puku ebo koko, nibo aki koko* — disse o xá.

— O que o distinto estrangeiro deseja? — quis saber Homer Bigley, proprietário da barbearia.

— Ele quer aparar um pouco as laterais e um pouco atrás, sem cortar nada em cima — balbuciou Khashdrahr Miasma, com a cabeça envolta por uma toalha fumegante, sentado ao lado da cadeira do xá.

O doutor Ewing J. Halyard cuidava das próprias unhas, que roía com afinco sentado em uma das cadeiras de espera, enquanto seus tutelados recebiam os primeiros cortes de cabelo americanos. Ele sorria e balançava a cabeça em resposta a qualquer coisa que estivesse sendo dita, mas não escutava coisa alguma além dos estalos suaves da carta que trazia no bolso do paletó, remexendo-se nervoso em busca de um conforto que nenhuma cadeira poderia lhe proporcionar. A carta, do agente de recursos humanos do Departamento de Estado, tinha perseguido Halyard de Nova York até Utica, até as cataratas do Niágara, até Camp Drum, até Indianápolis, até St. Louis, até Fort Riley, até Houston, até Hollywood, até o Grand Canyon, até as cavernas de Carlsbad, até Hanford, até Chicago e até Miami Beach, onde ele tinha ficado por tempo suficiente para que a carta o alcançasse: alcançasse-o como se fosse uma lança, cravada bem entre as escápulas de seu espírito. Estava vermelho como um camarão depois de passar um dia na areia da praia, mas, sob aquele verniz ardente de boa saúde e disposição, ele estava gelado e branco como um fantasma de tanto medo. "Meu caro senhor Halyard", a carta começava. "Meu caro *senhor* ..."

Enquanto Halyard remoía os pensamentos, Homer Bigley, com os reflexos nascidos de uma vida inteira em barbearias, selecionava tesouras, fazia com que elas tinissem acima da cabeça sagrada e, como se sua mão direita fosse operada pelo mesmo nervo do diafragma e das cordas vocais, começou a cortar cabelo e a conversar: conversar com o xá, que não entendia patavina, como se fosse um embalsamador extrovertido batendo papo com um cadáver.

— Sim, o senhor escolheu uma época excelente para fazer sua visita. Consideram fora de temporada, mas para mim é a época mais agradável do ano. E a mais barata também. Mas não é isso que eu quis dizer. Agora está fazendo dez graus a menos do que em Nova York, e aposto que nem uma pessoa em cada cinquenta lá do norte sabe disso. Só porque esse fato não foi divulgado. Tudo é divulgação. Já parou para pensar nisso? Tudo que a gente pensa só é pensado porque alguém divulgou aquelas ideias. Educação... nada mais é do que divulgação.

"Tem a divulgação boa e a divulgação ruim. Barbeiros sofrem muita divulgação ruim por causa de tirinhas de humor e comediantes de televisão, sabia? Não tem como pegar uma revista ou ligar a televisão sem ver alguma piada sobre um barbeiro que cortou alguém. E, claro, talvez isso renda algumas risadas, talvez, e só Deus sabe o quanto o mundo precisa de umas risadas, mas não acho certo magoar alguém para fazer outra pessoa rir. Estou querendo dizer que uma coisa anula a outra, e ninguém se dá conta disso. E eu fico pensando se alguns desses comediantes ou chargistas já pararam para pensar nos milhares de barbeiros que, entra ano e sai ano, trabalham sem cortar um freguês, e, ainda mais, esse pessoal insiste em sair por aí dizendo para todo mundo que os barbeiros estão retalhando tantas artérias e tantas veias que é até um milagre os esgotos darem conta de tanto sangue. Mas parece que ninguém mais se incomoda com uma coisa que talvez possa ser sagrada para outras pessoas.

"Na verdade, claro, antigamente os barbeiros sangravam *mesmo* as pessoas e eram pagos para isso. É uma das profissões mais antigas do mundo, se o senhor parar para pensar, mas ninguém para, ninguém pensa. Barbeiros eram um tipo de médico: faziam as pessoas sangrarem e consertavam os ossos e tudo mais, mas aí os médicos ficaram ressentidos e assumiram sozinhos todas essas coisas, deixando só corte de barba e corte de cabelo para os barbeiros. É uma história bem interessante. Mas meu pai sempre dizia, antes de morrer, claro, que os barbeiros vão continuar por aqui muito tempo depois do último médico desaparecer, e há muita verdade nisso daí. Valia a pena ouvir meu pai.

"Hoje em dia, puxa vida, cortar cabelo exige mais tempo e habilidade do que fazer o que os médicos fazem. Se o senhor tivesse sífilis ou gonorreia ou escarlatina ou febre amarela ou pneumonia ou câncer ou algo assim, juro por Deus que eu poderia curá-lo e ao mesmo tempo lavar o cabelo de algum outro freguês. Só preciso pegar uma agulhinha e aí é espetar, injetar e pronto, milagre! Depois o senhor leva um atestado de boa saúde junto com o troco. Hoje em dia qualquer barbeiro pode fazer o que um médico faz. Mas aposto cinquenta dólares que o senhor não vai encontrar um médico que consiga cortar cabelo.

"Ora, dizem por aí que ser barbeiro nem é profissão, mas dá uma olhada em outras profissões que ficaram grandes demais desde a Idade Média e agora desprezam os barbeiros. Olha só a medicina, olha só o direito. É tudo feito por máquina!

"Médico não precisa usar a cabeça nem a educação para descobrir seu problema. São as máquinas que mexem no paciente, medindo isso, medindo aquilo. Aí ele escolhe a coisa milagrosa certa, e só faz isso porque as máquinas dizem o que ele precisa fazer. E os advogados! Claro que para mim foi muito bom o que aconteceu com os advogados, porque foi ruim para eles e, por isso mesmo, foi bom para todo mundo que não é advogado. Nem fui eu que disse isso. Foi meu pai. São palavras dele. Mas agora a lei é a lei, e não um concurso entre um monte de homens pagos para sorrir e mentir e gritar e trapacear. Por Deus, os detectores de mentiras sabem quem está mentindo e quem está dizendo a verdade, e aquelas máquinas de cartões perfurados sabem qual é a lei certa pra qualquer caso e descobrem, antes que o senhor consiga falar '*habeas corpus*', o que os juízes decidiram sobre casos parecidos no passado. E tudo fica resolvido. Sem firula. Ora, se eu tivesse um detector de mentiras e máquinas de cartões perfurados e essas coisas todas, eu poderia ter um escritório de advocacia bem aqui e resolver um divórcio para o senhor, ou um processo de indenização de um milhão de dólares, ou sei lá o que o senhor precisasse, tudo enquanto o senhor enfia o pé e uma moeda naquela máquina de engraxar sapatos.

"Esses médicos e advogados e coisa e tal eram bem arrogantes, quase uns sacerdotes, mas a cada dia que passa eles estão mais parecidos com mecânicos. Já os dentistas ainda conseguem resistir. Eu diria que os dentistas são a exceção que confirma a regra. E o barbeiro, que, a propósito, é uma das profissões mais antigas da Terra, resistiu bem melhor do que todo o resto. As máquinas mostraram quem é homem e quem é moleque, vamos dizer assim.

"Quem é homem e quem é moleque. É isso que diziam no Exército; o que dizia, por exemplo, o sargento Elm Wheeler. Um carinha de Memphis. 'Vamos lá, rapazes', ele dizia. 'Agora vamos ver quem é homem e quem é moleque'. E a gente ia para a próxima colina, e os médicos iam atrás e viam quem estava morto e quem estava ferido. E aí o Wheeler dizia: 'Vamos lá, agora vamos ver quem é homem e quem é moleque.' E isso continuou até o dia em que a gente se afastou do batalhão e a cabeça do Wheeler foi separada do seu corpo.

"Mas, sabe, por mais que aquela bagunça toda tenha sido horrível, não só essa história do Wheeler, como a guerra inteira, ela mostrou a grandeza do povo americano. A guerra tem alguma coisa que traz a grandeza à tona. Odeio dizer isso, mas é verdade. Claro, talvez porque em uma guerra a pessoa pode virar alguém importante de uma hora para outra. É só fazer uma coisa boba qualquer por uns segundos e de repente você vira alguém importante. Eu posso ser o maior barbeiro do mundo, e talvez eu até seja mesmo, mas preciso de uma vida inteira de cortes excelentes para provar isso, e mesmo assim ninguém ia perceber. As coisas são assim em tempos de paz, entende?

"Mas o Elm Wheeler, por exemplo. Era impossível não perceber como ele ficou completamente transtornado depois que recebeu uma carta da esposa contando que ela tinha tido um filho, e já fazia dois anos que eles não se viam. Ora, ele leu isso e saiu correndo direto para um ninho de metralhadoras e atirou e jogou granadas em todo mundo que nem um possuído, aí correu até outro ninho e usou a coronha do rifle pra esmagar todo mundo que estava por lá e aí, depois de quebrar tudo, partiu para cima de uma porção de morteiros com uma pedra em cada mão, e aí acabaram pegando ele com um morteiro. Nem se pagassem mil dólares para um cirurgião o sujeito conseguiria fazer um serviço tão caprichado. Bem, Elm Wheeler recebeu a Medalha do Congresso por isso tudo, e botaram a medalha no caixão com ele. Só botaram ali. Não tinha como pendurar no pescoço, e se botassem no peito acho que precisariam usar solda, porque ele estava puro chumbo e estilhaços de ferro.

"Mas assim ele se tornou alguém *importante*, e ninguém jamais vai duvidar disso, mas o senhor acha que ele teria conseguido virar alguém importante hoje, nessa nossa era moderna? O Wheeler? O Elm Wheeler? Sabe o que ele seria hoje? Um Fedido e Ruído, só isso. Por causa da guerra ele virou alguém, e essa vida aqui teria matado o infeliz.

"E outra coisa boa sobre a guerra, não que a guerra tenha alguma coisa boa, acho, é que, enquanto ela está acontecendo e a gente está ali no meio, ninguém se preocupa em fazer a coisa certa. Entendeu? Quando você está ali, combatendo e tal, não tem como você estar mais certo. O cara podia só causar problemas em casa, viver deixando os outros infelizes e tal, ser um canalha burro e maldoso, mas lá ele vira rei. Vira rei para todo mundo, especialmente pra si mesmo. Isso acima de tudo, seja verdadeiro com você mesmo e não será falso com ninguém, e é isso aí: metido num buraco, levando tiros e dando tiros.

"Esses garotos que estão agora no Exército, bem, é só um lugar para mantê-los fora das ruas e longe de confusão, porque não tem mais o que fazer com eles. E eles só têm chance de virar alguém importante se houver alguma guerra. É a única chance que eles têm de mostrar que viveram e morreram, e que fizeram isso em nome de alguma coisa, juro por Deus.

"Antes um idiota qualquer podia fazer um monte de coisas para virar alguém importante, mas as máquinas resolveram isso. Sabe, antigamente dava para sair navegando em um veleiro ou pesqueiro e virar um grande herói por causa de uma tempestade. Ou sei lá, dava pra ser um pioneiro e seguir para o oeste guiando pessoas, abrindo caminhos, afugentando índios e coisas assim. Ou então ser caubói ou qualquer outra coisa perigosa, e ainda assim *continuar* sendo um idiota qualquer.

"Agora as máquinas fazem todos os trabalhos perigosos, e quem é burro, quem é idiota, acaba enfiado em aglomerações de casas pré-fabricadas que mais parecem um tabuleiro de Banco Imobiliário no fim da partida, ou então em quartéis, e não tem mais nada para fazer além de ficar sentado, meio que torcendo por um grande incêndio, para que talvez possa entrar correndo em um prédio em chamas na frente de todo mundo e sair às pressas carregando um bebê. Ou talvez torcer, mesmo que em silêncio, porque a última tinha sido horrível demais, por outra guerra. Mas é claro que não vai ter outra.

"E, ah, eu acho que as máquinas deixaram as coisas bem melhores. Eu seria um imbecil se não admitisse isso, ainda que muita gente diga que elas não melhoraram nada, e eu entendo do que estão falando, pode apostar. Parece mesmo que as máquinas roubaram todos os empregos decentes em que um homem podia ser verdadeiro consigo mesmo e deixaram sobrando só os trabalhos mais ridículos. E acho que sou um tipo de último espécime de uma raça ainda de pé por aqui.

"E tenho a sorte de barbeiros terem resistido tanto tempo, tempo o bastante para seguir levando minha vida. E fico feliz por não ter filhos. Aí tudo fica por isso mesmo, não preciso me preocupar se eles iriam conseguir manter essa barbearia ou se não iriam ter outra escolha além do Exército ou dos Fedidos e Ruídos, a menos que um engenheiro ou gerente ou pesquisador ou burocrata se engraçasse com minha esposa e meus filhos herdassem o cérebro deles em vez do meu. Mas a Clara jamais deixaria um desses babacas encostar um dedo nela, seria mais fácil enfiar meio quilo de margarina no cu de um gato usando um furador quente.

"Enfim, torço para não trazerem aquelas máquinas de cortar cabelo de Miami Beach por pelo menos mais dois anos, quando já vou poder me aposentar e mandar tudo para o inferno. Um dia desses apareceu na televisão o sujeito que inventou essas desgraças, e o pior de tudo é que o cara era barbeiro. Contou que vivia preocupado, pensando que alguém ia inventar uma máquina de cortar cabelos e acabar com o trabalho dele. Tinha pesadelos com isso e, quando ele acordava, repetia pra si mesmo todos os motivos por que alguém jamais conseguiria inventar uma máquina que cuidaria disso, sabe, de todos os gestos complicados que um barbeiro precisa fazer. E aí, no pesadelo seguinte, ele sonhava com uma máquina que fazia uma dessas tarefas, como pentear, por exemplo, e enxergava com toda clareza como o negócio funcionava. E era um círculo vicioso. O cara sonhava. Aí dizia pra si mesmo alguma coisa que uma máquina nunca poderia fazer. Depois sonhava com a máquina e via direitinho como ela *poderia* fazer aquilo que ele tinha dito que nunca seria possível. E assim por diante, até ele sonhar com uma máquina inteira que cortava cabelo como ninguém. Aí vendeu o design por cem mil dólares mais royalties, e acho que hoje em dia ele não tem mais motivo para se preocupar.

"Já parou pra pensar como a mente humana é uma coisa maluca? Prontinho, o que o senhor achou do corte?"

— *Sumklish* — respondeu o xá, e tomou um gole interminável do frasco estendido por Khashdrahr. Muito sério, olhou-se no espelho que Bigley segurava. — *Nibo bakula ni provo* — disse, enfim.

— Ele gostou? — quis saber Bigley.

— Falou que não é nada que um bom turbante não cubra — traduziu Khashdrahr, que também já tinha acabado de cortar o cabelo. Chamou Halyard. — Sua vez, doutor.

— Hum? — murmurou Halyard distraído, erguendo os olhos da carta. — Ah... não vou cortar o cabelo. Que tal voltarmos para o hotel para descansar um pouco, hein?

Deu outra espiada na carta:

Meu caro senhor Halyard:

Acabamos de completar uma auditoria dos cartões de pessoal do nosso Departamento, comparando as informações neles registradas com os fatos.

Durante essa auditoria, foi constatado que o senhor não cumpriu os requisitos de educação física para um diploma de bacharel na Universidade de Cornell e que o diploma foi concedido por conta de um descuido burocrático em relação a essa deficiência. Lamento informar que, em consequência disso, o senhor se encontra tecnicamente desprovido de um diploma de bacharel e, portanto, tecnicamente inelegível para os títulos de mestrado e doutorado que também constam de seu registro.

Como existem, como o senhor sabe, penalidades severas para quem registra intencionalmente informações falsas em cartões de pessoal, devemos alertá-lo que o senhor se encontra oficialmente sem qualquer espécie de graduação de nível superior e que foi transferido da categoria efetiva para a categoria de período de experiência por um prazo de oito semanas, ao longo do qual deverá retornar à Universidade de Cornell para compensar a deficiência supracitada.

Talvez o senhor possa encaixar essa tarefa simples em seu itinerário, concedendo ao xá uma oportunidade de visitar uma típica instituição americana de ensino superior.

Entrei em contato com Cornell para resolver esse problema, e eles garantiram que vão cuidar para que o senhor possa realizar as provas de educação física assim que desejar. Não será necessário frequentar o curso, apenas prestar os exames finais. Essas provas, pelo que entendi, são bastante simples: nadar seis voltas na piscina, fazer vinte flexões de braço, quinze barras, escalar uma corda, ficar de...

21

A lua cheia brilhava sobre as Mil Ilhas e, ao menos em uma delas, mil olhos estavam atentos. A nata do Leste e do Meio-Oeste, em termos de engenharia e gerência, estava reunida no anfiteatro da Campina. Era a segunda noite, a noite da peça motivacional e da fogueira. O palco central, rodeado pelo círculo de assentos de pedra, estava oculto sob a metade de uma esfera de aço, que se abriria ao meio como as conchas de um marisco cozido no vapor.

Kroner se sentou ao lado de Paul e colocou a mão em seu joelho.

— Bela noite, rapaz.

— Sim, senhor.

— Acho que pegamos uma ótima equipe este ano, Paul.

— Sim, senhor. Eles parecem ótimos.

Após um dia de competição, a Equipe Azul parecia em ótima forma, apesar de contar em suas fileiras com uma proporção considerável de executivos mais graduados, portanto velhos e exaustos. Naquela tarde os Azuis tinham eliminado o capitão dos Verdes, Shepherd, em apenas três lances. Shepherd, em sua determinação de vencer e seu horror de perder, tinha entrado em colapso.

Paul, em contrapartida, tinha acertado em cheio todas as bolas, sem esforço algum, dando risada, parecendo outra pessoa. Analisando o caráter mágico daquela tarde durante a hora dos drinques, Paul se deu conta do que tinha acontecido: pela primeira vez desde que tinha decidido pedir demissão, ele realmente não estava dando a mínima para o sistema, para a Campina, para a política institucional. Já tinha tentado não dar importância antes, mas sem muito sucesso. De repente, a partir daquela tarde, ele se sentia dono de si mesmo.

Um pouco bêbado, Paul se sentia satisfeito. Tudo iria correr muito bem.

— O Velho quer dar início à reunião assim que seu avião aterrissar — informou Kroner —, então vamos precisar ir embora quando ele chegar, não importa o que esteja acontecendo.

— Certo — disse Paul. — Legal. — Noite agradável, ar perfumado e uma espécie letárgica de inocuidade encobrindo tudo. Talvez ele desse a notícia naquela mesma noite se tivesse vontade. Sem pressa. — Ótimo.

— Todos em seus lugares, por gentileza — pediu o alto-falante. — Queiram tomar seus assentos, por favor. O Comitê de Programação acaba de me informar que estamos oito minutos atrasados, então peço que todos tomem seus assentos.

Todos se sentaram. A banda, vestindo smokings de verão, executou um pot-pourri com as canções favoritas da Campina. A música foi diminuindo. Os topos dos quartos de esfera se abriram de leve, liberando um feixe de luz que atravessou a fumaça de cigarros e se projetou no azul profundo do firmamento. A música parou, a maquinaria subterrânea grunhiu e as duas metades da meia esfera afundaram no solo, revelando:

Um velho, com barbas brancas até a cintura, usando um manto branco comprido e sandálias douradas e um chapéu cônico azul salpicado de estrelas douradas, está sentado no alto de uma escada dobrável de altura impressionante. Ele parece sábio, justo e cansado de suas responsabilidades. Em uma das mãos, segura uma enorme flanela. Ao lado da escada, e da mesma altura, está uma vara bem fina. Outra vara idêntica está cravada do outro lado do palco. Entre as duas varas há uma espiral de arame, que passa, como uma corda de varal, pelas rodas fixadas nas varas. Pendendo do arame está uma série de estrelas metálicas com cerca de sessenta centímetros de diâmetro. Estão cobertas com tinta fluorescente, de modo que um feixe de luz infravermelha invisível, incidindo sobre uma estrela, depois sobre outra, faz com que brilhem com uma cor estonteante.

O velho, indiferente à plateia, contempla as estrelas penduradas diante de si, desengancha a estrela mais próxima, analisa sua superfície, lustra uma mancha, balança a cabeça com tristeza e deixa a estrela cair. Olha para a estrela caída com remorso, então para as que continuam no arame, e então para a plateia. Ele fala.

VELHO: Eu sou o Gerente do Céu. Sou eu que mantenho o brilho luminoso do céu à noite; sou eu que, quando a glória de uma estrela está denegrida e sem conserto, devo retirá-la do firmamento. A cada cem anos subo minha escada para manter o brilho dos céus. E agora meu momento chegou mais uma vez. (*Ele puxa o arame, trazendo outra) estrela para perto de si. Tira a estrela do arame e a examina.* E esta é uma estrela estranha para reluzir nos céus modernos. E, ainda assim, há cem anos, quando realizei minha última vigília, era uma estrela orgulhosa e nova, e somente uns poucos meteoros, que se autodestruíam em um instante luminoso, brilhavam mais do que ela. (*Ele segura a estrela, e a luz infravermelha faz com que ela irradie um brilho intenso, mostrando a inscrição "Sindicalismo". Ele esfrega a estrela de forma aleatória, dá de ombros e a deixa cair.*) Está em ótima companhia. (*Olha para a pilha de refugos.*) Com estrelas chamadas Individualismo Rigoroso, Socialismo, Livre Iniciativa, Comunismo, Fascismo e... (*Deixa a frase pela metade e suspira.*) Não é um trabalho fácil, e nem sempre é agradável. Mas Alguém mais sábio do que eu, infinitamente bom, decretou que deve ele ser feito [*suspira*], e que deve ser feito sem paixão. (*Ele puxa o arame e aproxima outra estrela, a maior de todas. A luz infravermelha incide sobre ela, e a estrela se ilumina de forma radiante, e sobre ela aparece a imagem do Carvalho, o símbolo da organização.*)Ai, uma jovem beleza. Mas já existe quem deteste sua existência, que clama para que seja arrancada dos céus. (*Usando a flanela, esfrega a estrela sem muito afinco, dá de ombros e segura a estrela com o braço estendido, preparando-a para cair. Entra em cena um jovem engenheiro da plateia, bonito e alinhado.*)

JOVEM ENG: (*Sacode a escada.*) Não! Não, Gerente do Céu, não!
VELHO: (*Olha para baixo com curiosidade.*) O que é isso? Um mero garoto imberbe desafia o zelador dos céus?

(*Entra em cena pelo alçapão do palco um radical jovem e desgrenhado.*)

RADICAL: (*Desdenhoso.*) Deixa cair.
JOVEM ENG: Nunca existiu uma estrela mais brilhante e mais linda!
RADICAL: Nunca existiu uma mais sangrenta, mais sombria!
VELHO: (*Olhando perplexo dos dois homens para a estrela, e então de volta para os dois.*) Hmmmm. Estão preparados para suplicar pelo destino desta estrela usando a razão em vez da emoção? Meus deveres exigem que eu seja inimigo jurado da emoção.
JOVEM ENG.: Eu estou!
RADICAL: Eu também. (*Sorri.*) E prometo tomar muito pouco do seu tempo.

FECHA-SE A MEIA ESFERA.
ABRE-SE A MEIA ESFERA.

(*Uma alta tribuna de juiz circunda a escada do velho. O velho usa uma peruca e uma toga de juiz. O radical e o jovem engenheiro também vestem toga e peruca ao estilo dos advogados das cortes superiores inglesas.*)

Voz fora de cena: Silêncio, silêncio, silêncio! O Tribunal de Relações Celestiais está em sessão!

VELHO: (*Bate o martelo.*) Ordem no tribunal. A acusação pode iniciar.

RADICAL: (*Acintosamente lisonjeiro.*) Meritíssimo, senhoras e senhores do júri, a acusação vai provar que a estrela em questão se encontra tão desgastada... não, acabada!... quanto qualquer outra no céu. Convocarei somente uma testemunha, mas essa testemunha é na realidade um milhão de testemunhas, e cada uma delas poderia contar a mesma história sórdida, contar a verdade sem retoques com as mesmas palavras simples vindas do coração. Gostaria de chamar Zé Ninguém para o banco das testemunhas.

Voz fora de cena: Zé Ninguém, Zé Ninguém. Compareça por favor ao banco das testemunhas.

(*Entra Zé Ninguém pelo alçapão no assoalho do palco. Ele é ligeiramente atarracado e rechonchudo, tímido, de meia-idade, cativante. Veste roupas baratas, quase cômicas. Demonstra reverência pelo tribunal e talvez tenha tomado uns goles para ganhar coragem.*)

RADICAL: (*Tocando no braço de Zé.*) Vou tomar conta de você, Zé. Não tenha pressa em responder. Não se deixe assustar. Deixe o raciocínio comigo e tudo vai dar certo.

Voz fora de cena: Jura solenemente dizer a verdade, toda a verdade e nada mais que a verdade, em nome de Deus?

ZÉ: (*Olha para o radical com ar de dúvida.*) É para eu jurar?

Radical: Sim, você jura.

Zé, conte ao tribunal o que você fazia antes da guerra, antes de essa estrela nova ascender para arruinar, para manchar os céus.

ZÉ: Eu operava máquinas na Fábrica Qualquer da Companhia Industrial da Cidade Qualquer.

RADICAL: E agora?

ZÉ: Agora estou nas Unidades de Reconstrução e Recuperação, senhor. Sou Operador de Pá de Primeira Classe.

RADICAL: Para o benefício do tribunal, informe quanto você ganhava antes da ascensão da estrela e quanto ganha hoje.

ZÉ: (*Olha para cima, com dificuldades para se lembrar e calcular.*) Bem, senhor, quando o trabalho de defesa e tudo mais começou antes da guerra, acho que eu conseguia ganhar mais do que uns cem dólares por semana com as horas extras. Acho que na minha melhor semana eu ganhei uns cento e quarenta e cinco dólares. Agora eu recebo trinta por semana.

RADICAL: Sim, sim. Em outras palavras, enquanto aquela estrela ascendia, a sua renda caía. Para ser mais preciso, Zé, sua renda diminuiu em cerca de oitenta por cento.

JOVEM ENG.: (*Levantando-se de impulso.*) Meritíssimo, eu...

VELHO: Aguarde sua vez de interrogar a testemunha.

JOVEM ENG.: Sim, senhor. Perdão, meritíssimo.

RADICAL: Acho que deixamos muitíssimo claro que o padrão de vida americano despencou em oitenta por cento. (*Suas feições assumem uma incômoda expressão de piedade.*) Mas basta de considerações meramente materialistas. Em termos espirituais, o que significou a ascensão dessa estrela para Zé Ninguém? Zé, conte ao tribunal o que você me contou. Lembra? Sobre os engenheiros e gerentes...

ZÉ: Sim, senhor. (*Olha hesitante para o jovem engenheiro.*) Sem querer ofender, senhor...

RADICAL: (*Estimulando.*) A verdade sempre magoa alguém, ZÉ. Apenas fale.

ZÉ: Bem, senhor, um homem fica bem magoado quando é esquecido. Sabe? Ver que os camaradas que mandam, os engenheiros e gerentes, olham pra gente e não enxergam nada. É bom saber que alguém acha a gente importante, que percebe que a gente está ali.

JOVEM ENG.: (*Em tom urgente.*) Meritíssimo!

VELHO: (*Severo.*) Não vou mais tolerar outra interrupção de sua parte. As questões são muito mais graves do que eu imaginava. (*Para o Radical.*) Queira prosseguir, por favor.

RADICAL: Prossiga, Zé.

ZÉ: Bem, senhor, o negócio é esse mesmo. Meio que resumindo, parece que hoje em dia os engenheiros e os gerentes e esse pessoal são tudo, e o homem comum não significa mais nada.

RADICAL: (*Finge estar dominado pela comoção perante a tragédia contida no depoimento de Zé. Depois de passar cerca de trinta segundos em busca de palavras e controlando as emoções, ele enfim fala com a voz embargada e furiosa.*) Estrela maravilhosa, estrela poderosa; estrela de beleza fúlgida e assombrosa. Derrubem a estrela. (*Sacode o punho cerrado.*) Derrubem a estrela! (*Aponta para Zé.*) Ouvimos a voz do povo. Sim, do povo. "Abaixo a estrela!", eles pedem. E quem pede "Deixem a estrela"? Quem? Não é o Zé, não é o povo. Quem será? (*Com um gesto dramático, puxa um folheto do bolso da jaqueta.*) Meritíssimo, senhoras e senhores do júri (*lê do panfleto*), no início da guerra, a renda média de engenheiros e gerentes nesta nossa grandiosa nação era de oito mil quatrocentos e quarenta e nove dólares e vinte e sete centavos. Agora, nesta noite envenenada, enquanto a estrela negra atinge seu zênite, oitenta por cento do contracheque de Zé Ninguém foram arrancados dele. E qual o contracheque médio de engenheiros e gerentes? (*Volta a ler do panfleto, enfatizando cada sílaba com amargura.*) Cinquenta e sete mil, oitocentos e noventa e seis dólares e quarenta e um centavos! (*Em tom explosivo.*) A testemunha é sua!

(*O radical se esgueira até a vara na outra extremidade do palco e nela se encosta para assistir com desdém.*)

JOVEM ENG. (*Suave, gentil.*) Zé.
ZÉ: (*Desconfiado, hostil.*) Sim, senhor?
JOVEM ENG.: Zé, conte-me. Quando você tinha essa renda melhor, antes da ascensão da estrela, você por acaso tinha uma televisão de vinte e oito polegadas?
ZÉ: (*Confuso.*) Não, senhor.
JOVEM ENG.: Ou uma lavadora automática, um forno a radar ou um aspirador eletrônico de pó?
ZÉ: Não, senhor, eu não tinha. Essas coisas eram de rico.
JOVEM ENG.: E me diga, Zé, quando você tinha todo aquele dinheiro, por acaso você tinha um pacote de seguridade social que pagava *todas* as suas despesas médicas, todas as suas despesas dentárias e proporcionava

alimentação, moradia, roupas e dinheiro para gastos pessoais na velhice?

ZÉ: Não, senhor. Naquela época essas coisas não existiam.

Jovem eng.: Mas agora você tem tudo isso, agora que (*sarcástico*) a estrela decadente ascendeu, não tem?

ZÉ: Sim, senhor. Eu tenho, é verdade. Mas...

JOVEM ENG.: Zé, você já ouviu falar em Júlio César? Ótimo, você sabe quem é. Zé, você acha que Júlio César, com todo seu poder e sua riqueza, com o mundo a seus pés, você acha que ele tinha as mesmas coisas que você, sr. Zé Ninguém, tem hoje?

ZÉ: (*Surpreso.*) Pensando bem, ele não tinha. Ora! Mas vejam só.

RADICAL: (*Furioso.*) Protesto! O que César tem a ver com o assunto?

JOVEM ENG.: Meritíssimo, eu estava tentando demonstrar que nosso Zé bem aqui, desde que a estrela em questão ascendeu aos céus, tornou-se mais rico que César, Napoleão ou Henrique VIII em seus sonhos mais delirantes! Ou que *qualquer* outro imperador em toda a História! Trinta dólares, Zé. Sim, é essa a quantia que você recebe. Mas nem Carlos Magno, com todo seu ouro e seus exércitos, poderia ter obtido sequer uma única lâmpada elétrica ou válvula eletrônica! Ele teria dado qualquer coisa para gozar do mesmo pacote de assistência social que você tem, Zé. Mas por acaso ele tinha como conseguir isso? Não!

ZÉ: Bem, pelo amor de Deus! Mas...

JOVEM ENG.: (*Antecipando a objeção de Zé.*) Mas os engenheiros e gerentes se esqueceram do sr. Ninguém?

ZÉ: Sim, senhor. Era isso que eu ia dizer.

JOVEM ENG.: Zé, você sabia que nenhum gerente ou engenheiro teria um emprego se não fosse por você? Como poderíamos esquecer de você por um minuto sequer quando cada minuto de nossas vidas é gasto tentando dar a *você* tudo aquilo que deseja? Você sabe quem é meu chefe, Zé?

ZÉ: Acho que nunca conheci esse senhor.

JOVEM ENG.: (*Sorrindo.*) Ah, eu acho que talvez conheça, sim. É você mesmo, Zé! Se eu não conseguir dar o que você quer, será o meu fim. Será o nosso fim, e a estrela vai cair.

ZÉ: (*Corando.*) Nossa, eu nunca tinha pensado desse jeito antes. (*Dá uma risada discreta.*) É, acho que o senhor tem razão mesmo, não é? Ora, vejam só. Mas...

JOVEM ENG.: Mas eu ganho dinheiro demais? Cinquenta e sete mil dólares? É isso que preocupa você?

ZÉ: Sim, senhor, isso é bastante dinheiro.

JOVEM ENG.: Zé, antes da ascensão da estrela, a folha de pagamento para produzir o que produzo para você, para o meu chefe, o sr. Ninguém, ultrapassava cinquenta e sete mil dólares por semana. Não por ano, perceba, mas por semana! Está me parecendo, Zé, que é você, o consumidor, que está saindo no lucro, e não eu.

ZÉ: (*Assobia baixinho, sem alarde.*) Isso é verdade! (*Aponta de repente para o Radical, que está bem inquieto.*) Mas ele falou...

JOVEM ENG.: Já respondemos a tudo que ele falou, Zé. E eu gostaria de acrescentar uma breve reflexão. Ele adoraria tirar vantagem do seu bom caráter. Ele quer o poder e não liga para mais nada. Ele adoraria que você engolisse as meias-verdades que ele propaga, Zé, contar com sua ajuda para derrubar a estrela e, assim, se colocar no poder e devolver o mundo para a Idade das Trevas!

ZÉ: (*Carrancudo.*) Ah, então era isso?

(*O Radical parece preocupado e, então, assustado e humilhado, e sai correndo de repente até o alçapão do palco. Zé sai correndo atrás dele, e o alçapão se fecha. Os refletores esmorecem, e um holofote de luz azul foca o jovem engenheiro, que caminha diretamente para o centro do palco. A banda começa a tocar "Battle Hymn of the Republic" em um volume suave, quase imperceptível.*)

JOVEM ENG.: (*Em tom pensativo, moderado, informal.*) Sim, existe quem tenha clamado tão alto contra nossa estrela a ponto de convencer algumas pessoas de que ela estivesse decadente. E, se aquela estrela caísse, a culpa também seria nossa. Sim, nossa! Deveríamos passar cada minuto do dia enaltecendo sua beleza e explicando o porquê dessa beleza. Temos ficado muito quietos.

(*Aponta para a estrela. Um feixe de luz infravermelha incide sobre ela, fazendo com que brilhe lindamente.*)

JOVEM ENG.: Sob a égide dessa estrela, tornamo-nos mais ricos do que qualquer um poderia imaginar no passado, mesmo nos sonhos mais loucos! A civilização atingiu as alturas mais estonteantes de todos os tempos!

(*O volume da música aumenta um pouco.*)

JOVEM ENG.: Temos trinta e um vírgula sete vezes mais aparelhos de televisão do que todo o resto do mundo inteiro somado!

(*A música fica ainda mais alta.*)

JOVEM ENG.: Noventa e três por cento de todos os aspiradores eletrostáticos de pó do mundo! Setenta e sete por cento de todos os automóveis do mundo! Noventa e oito por cento dos helicópteros! Oitenta e um vírgula nove por cento das geladeiras!

(*A música fica ainda mais alta.*)

JOVEM ENG.: Setenta e um vírgula três por cento da capacidade de geração de energia do mundo!

Oitenta e cinco por cento das válvulas eletrônicas para controle industrial!

Sessenta e nove por cento dos motores de potência fracionária!

Noventa e oito vírgula três por cento dos...

(*Crescendos musicais encobrem sua voz. A luz do holofote começa a diminuir. Foguetes são lançados da praia.*)

MEIA ESFERA SE FECHA.
MEIA ESFERA SE ABRE.

(*O jovem engenheiro desapareceu, bem como o cenário do tribunal. O velho está no topo da escada, sozinho com suas estrelas, como estava no início. Ele segura a estrela com a imagem do Carvalho, sorri, prende a estrela no arame e coloca ela em movimento, até que brilhe sob a luz infravermelha.*)

VELHO: Sim, ali está ela de novo, mais brilhante do que todas as outras. (*Enfia a mão dentro do manto e saca uma lanterna muito poderosa, cujo facho ele posiciona diretamente para cima.*) E quando eu voltar para examinar as estrelas em busca de manchas daqui a um século, será que ela vai estar resplandecente como hoje? Ou? (*Olha de forma expressiva para o solo.*) Afinal, o que determina se vai estar manchada ou não? (*Olha para a plateia.*) Só depende de... (*Baixa a lanterna de repente, apontando o facho para cada rosto da plateia, um de cada vez.*) Você! E Você! E Você! etc.

(*Foguetes são lançados. "Star and Stripes Forever" se faz ouvir, bem alta.*)

MEIA ESFERA SE FECHA.

(*A luz dos refletores inundam o anfiteatro.*)

A mão de Kroner caiu com força sobre o joelho de Paul.

— Minha nossa! Foi a melhor peça motivacional a que já assisti! Paul... a história, a história inteira tão bem resumida!

— Vocês certamente vão gostar de saber — anunciou o

alto-falante por cima dos aplausos. — Aqui vai um anúncio de seu interesse: no passado, as peças motivacionais eram escritas por dramaturgos sob nossa supervisão. Essa peça a que vocês acabaram de assistir foi escrita, acreditem se quiserem, por um engenheiro e gerente da organização! Bill Holdermann, queira se levantar! Por gentileza, queira se levantar! Levanta, Bill!

O público foi à loucura.

— Eu sabia! — gritou Kroner. — Aquilo foi real! Acertou em cheio, direto no coração. Tinha de ser alguém de dentro!

Holdermann, um sujeito desgrenhado, envelhecido e sem importância das Indústrias Indianápolis, levantou-se a poucas fileiras na frente de Paul, vermelho, sorridente e com lágrimas nos olhos. No crepúsculo da vida, ele tinha chegado lá. Talvez um eco abafado do aplauso tenha cruzado o rio até Continente e chegado até os ouvidos de sua esposa, a mulher que tinha acreditado nele quando ninguém colocava qualquer fé no coitado.

— Fogueira em cinco minutos — anunciou o alto-falante. — Cinco minutos para fazer novos contatos, depois a fogueira.

Shepherd abriu caminho pela multidão com dificuldade e fez Kroner parar de prestar atenção em Paul.

— "Mas nem Carlos Magno" — recitou Shepherd, parafraseando a peça. — "Mas nem Carlos Magno, com todo seu ouro e seus exércitos, poderia ter obtido sequer uma única lâmpada elétrica ou válvula eletrônica!" — Sacudiu a cabeça com um ar espantado de admiração. — Não me digam que a arte está morrendo.

— O que é arte? — resmungou Paul em voz baixa.

Ele então se afastou dos dois, caminhando para a meia-luz na beirada do anel de refletores. O resto da multidão, totalmente amontoada, foi tomando o caminho da praia, onde Luke Lubbock, Alfy e o resto da equipe contratada derramavam querosene sobre um feixe de nós de pinho.

A peça motivacional era praticamente a mesma que abria todas as reuniões da Campina, mesmo antes da guerra, quando a ilha pertencia a uma companhia siderúrgica. Vinte anos antes, o pai de Paul o tinha levado até ali, e a mensagem da peça tinha sido idêntica: o homem comum nem de longe demonstrava a devida gratidão a engenheiros e gerentes pelo que eles lhe tinham proporcionado, e os radicais eram a causa de tamanha ingratidão.

Quando Paul assistiu àquela alegoria pela primeira vez, na adolescência, ficou profundamente comovido. Foi diretamente impactado por sua clareza e simplicidade sublimes. *Era* uma história muito bem resumida, e o combate heroico contra a ingratidão tinha se revelado com tanta nitidez para a sua mente jovem que por algum tempo ele passou a venerar seu pai como um guerreiro, um Ricardo Coração de Leão da era moderna.

— Bem — dissera seu pai depois daquela primeira peça, anos antes — o que você está pensando, Paul?

— Eu não fazia ideia... não tinha nenhuma ideia de que era isso que estava acontecendo.

— Essa é a história — confirmara seu pai, com tristeza. — A história toda. As coisas são assim.

— Sim, senhor.

Seus olhos se encontraram, e uma sensação doce e inexprimível de tragédia eterna tinha passado entre eles, entre suas gerações: um legado de *Weltschmerz* tão antigo quanto a humanidade.

Agora Paul caminha sozinho no escuro, desnorteado com aquela imagem de homens, como dizia Kroner, na vanguarda do processo civilizatório, que abriam portas para mundos novos jamais sonhados. Aquela peça curta e boba parecia satisfazer inteiramente a todos como retrato do que estavam fazendo, do porquê de estarem fazendo aquilo, e de quem estava contra eles, e do porquê de existirem algumas pessoas contra eles. Aqueles líderes da vanguarda enxergavam um retrato lindamente simples. Era como se um navegante, para libertar a mente de qualquer preocupação, tivesse apagado de seus mapas todos os recifes.

De repente uma luz cintilou nos olhos de Paul, mas menos ofuscante do que a luz do Gerente do Céu. Ele encarava a própria imagem em um espelho emoldurado por lâmpadas fluorescentes. Sobre o espelho havia uma legenda: o melhor homem do mundo para o melhor trabalho do mundo.

A ilha estava repleta desse tipo de armadilhas. As lâmpadas que emolduravam o espelho eram antigas e emitiam uma luz vacilante em tons de verde e roxo. Concediam à sua pele uma aparência de cobre corroído, enquanto os lábios e as pupilas pareciam azulados. Descobriu que não havia nada de perturbador em se enxergar morto. Uma consciência que começava a despertar, sem estar acompanhada por uma sabedoria renovada, tinha tornado sua vida tão miserável e solitária que Paul decidiu que não se importaria muito de morrer. E os bons aromas da hora dos drinques estavam acabando.

Um zumbido no céu, vindo do leste, chamou sua atenção: devia ser o avião anfíbio que transportava os inestimáveis 115 quilos do doutor Francis Eldgrin Gelhorne e todo o seu *know-how*.

Paul deu um passo à frente, fazendo com que as luzes do espelho se apagassem, e voltou a caminhar até a fogueira, que liberava faíscas e chamas a dezenas de metros de altura, deixando os rostos que a rodeavam com uma aparência rosada e suada.

Um ator profissional, pintado de cor de bronze, com um cocar de guerra feito de plumas de águia e uma tanga de contas, ergueu uma das mãos e deixou a cabeça bem ereta, com um ar orgulhoso. A multidão ficou quieta.

— *Rááá*! — Olhou fixamente para um rosto de cada vez. — *Rááá*! Muitas luas atrás, o meu povo fez desta ilha sua morada.

O avião anfíbio agora estava circundando a ilha, diminuindo sua altitude.

— É o Velho, pode apostar — cochichou Kroner no ouvido de Paul. — Mas não vai cair bem a gente sair no meio da cerimônia. Precisamos ficar até o fim.

— Meu povo era um povo valente — disse o índio. — Meu povo era um povo orgulhoso e honesto. Meu povo trabalhava muito, se divertia muito, lutava muito, até chegar o momento de seguir para o Feliz Campo de Caça.

O mesmo ator era contratado para interpretar o índio, há anos, desde que Paul tinha começado a frequentar a Campina. De início, tinha sido contratado pela voz profunda e pelos belos músculos. Paul notou que agora sua barriga fazia sombra sobre a tanga, sua perna esquerda tinha varizes e a pintura cerimonial de guerra não conseguia esconder suas olheiras pesadas. Ele tinha se tornado algo tão corriqueiro na Campina, um símbolo tão vital, superado nessa função apenas pelo doutor Gelhorne e pelo Carvalho, que virou um homem à parte dos outros contratados para trabalhar na ilha, íntimo das autoridades, com o mesmo direito dos hóspedes a frequentar o bar.

— Agora nossos bravos guerreiros foram embora, nossos jovens fortes se foram desta ilha que pertenceu ao meu povo, ouçam bem, tantas luas atrás — disse o índio. — Agora chegaram outros jovens. Mas o espírito do meu povo continua vivo, o Espírito da Campina. Ele está em toda parte: no vento que atravessa os pinheirais, no movimento das ondas nas grandes águas azuis, no zunido de uma asa de águia, no rugido de um trovão. Homem nenhum pode chamar esta ilha de sua, homem nenhum pode ser feliz aqui se não escutar o Espírito, se não prestar o Juramento do Espírito.

O barulho do alto-falante sendo ligado foi ouvido mais uma vez.

— Jovens bravos na Campina pela primeira vez, deem um passo à frente — comandou uma voz de pontífice, diferente da voz do animador habitual.

— Levantem a mão direita — pediu o índio. — Repitam comigo o Juramento do Espírito da Campina. Juro solenemente, pela voz nos pinheirais...

— Pela voz nos pinheirais — repetiram os iniciantes.

— Pelo movimento das ondas nas grandes águas azuis, pelo zunido da asa da águia...

O avião do Velho tinha deslizado sobre a água até chegar na praia do outro lado da ilha e roncava os motores ao subir até a terra firme por meio de uma rampa.

— Pelo rugido do trovão — disse o índio.

— Pelo rugido do trovão.

— Vou preservar o Espírito da Campina — disse o índio. — Vou obedecer aos sábios mandamentos dos meus chefes, pelo bem do povo. Vou trabalhar e lutar sem medo, incansavelmente, por um mundo melhor. Nunca vou dizer que a tarefa está acabada. Vou preservar em todos os momentos a honra de minha profissão e aquilo que represento. Vou perseguir inimigos do povo, inimigos de um mundo melhor para todas as crianças, sem dar trégua.

— Sem dar trégua! — disse alguém na multidão, em tom passional.

Paul se virou para ver que Luke Lubbock, mais uma vez carregado pelo repuxo de pompa e circunstância, erguia alto sua mão e repetia qualquer juramento que era pronunciado. Luke segurava na mão esquerda um extintor de incêndio, aparentemente para utilizá-lo caso a fogueira saísse do controle.

Ao final do juramento, o índio olhou e viu que tinha sido bom.

— O Espírito da Campina ficou satisfeito — anunciou. — A Campina pertence a estes bravos de coração intrépido e voltará a ser um lugar orgulhoso e feliz como era, ouçam bem, tantas luas atrás.

Uma bomba de fumaça escondida à frente do índio foi acionada, formando uma cortina por um instante espantoso, e então ele sumiu.

— O bar está aberto — anunciou o alto-falante. — O bar abriu e ficará aberto até à meia-noite.

Paul se viu caminhando ao lado do jovem simpático que tinha conhecido na hora do almoço, o doutor Edmund Harrison, das Indústrias Ithaca. Shepherd e Berringer vinham logo atrás, dependurados no saco de Kroner.

— Bem, Ed, o que você achou? — quis saber Paul.

Harrison olhou para Paul com um ar de perspicácia, começou a sorrir e, em seguida, achou que talvez isso não fosse recomendável.

— Um belo trabalho — respondeu, com cuidado. — Muito profissional.

— Nossa mãe — dizia Berringer. — Quero dizer, nossa, rapaz, mas que espetáculo. É diversão, sabe, é entretenimento, e ainda assim a gente aprende alguma coisa. Nossa! Quando as duas coisas vêm ao mesmo tempo, rapaz, aí é arte. Nossa, e não deve ter saído barato montar aquilo, pode apostar que não.

Ed Harrison de Ithaca parou para apanhar uma pedrinha na beira do caminho.

— Ora, mas vejam só! É uma ponta de flecha.

— E muito bonita — disse Paul, admirando a relíquia.

— Então tinha *mesmo* índios aqui na ilha — comentou Harrison.

— Mas pelo amor de Deus, seu idiota — disse Berringer. — Por acaso você é surdo, mudo e cego? O que você acha que estão tentando te ensinar há meia hora?

22

A reunião entre os doutores Paul Proteus, Anthony Kroner, Lou MacCleary, Gerente Executivo da Segurança Nacional de Indústria, e Francis Eldgrin Gelhorne, diretor do Conselho Nacional de Indústria, Comércio, Comunicações, Gêneros Alimentícios e Recursos, ocorreria na chamada Casa do Conselho da Campina. A Casa do Conselho era de madeira, distante das outras, construída nos velhos tempos como um espaço de quarentena para bêbados mal-humorados em uma época mais indisciplinada. Como as bebedeiras na Campina tinham ficado mais comedidas desde a guerra (mais maduras, como dizia Kroner), o espaço de quarentena caiu em desuso e acabou sendo convertido em local de reuniões para os membros da cúpula.

Todos, exceto o doutor Gelhorne, estavam agora sentados em volta de uma comprida mesa de reuniões, olhando pensativos para a cadeira vazia que Gelhorne ocuparia a qualquer momento. Era um momento de silêncio. A balbúrdia, as apresentações mútuas, as cantorias, tudo continuava a todo vapor do outro lado da ilha, no bar. Ali, na Casa do Conselho, não havia sinal de alegria, somente o aroma de cabana de verão, um cheiro de mofo e madeira começando a apodrecer e uma consciência sóbria, da parte de cada um daqueles três homens, de que o mundo estava aos seus pés.

Paul percebeu que os gritos e canções que flutuavam pelo gramado, vindos do bar, tinham um quê de estridentes. Não havia sinal dos gritos roucos e inimitáveis de um único bêbado genuíno sequer. Era impensável que algum homem no bar estivesse sem um copo na mão, mas era também improvável que boa parte deles enchesse seus copos mais do que duas vezes. Ninguém mais bebia na Campina com a mesma intensidade dos velhos tempos, quando Finnerty, Shepherd e Paul tinham entrado na organização. As idas para a Campina serviam para relaxar e se embriagar de verdade, como forma de ter algum alívio do trabalho inclemente da produção de guerra. Agora a manobra parecia ser fingir estar bêbado, mas continuar sóbrio e descartar apenas as inibições e habilidades motoras que podiam ser deixadas de lado sem oferecer riscos.

Paul imaginou que um ou dois homens talvez não se dessem conta do que estava acontecendo, e não mediriam esforços para ficar tão bêbados quanto todos os outros pareciam estar. Esses se sentiriam terrivelmente sozinhos e perdidos depois que o grupo se dispersasse. E haveria também um ou dois bêbados solitários sem nada a perder, homens que tinham caído em desgraça de uma forma ou de outra, conscientes de que era o último convite que tinham recebido para a Campina. E, bem, azar, a bebida era grátis. *De mortuis nil nisi bonum.*

Ouviu-se uma voz na varanda da Casa do Conselho. O doutor Gelhorne estava do outro lado da porta, fazendo uma pausa para trocar uma última palavra com o mundo exterior.

— Dê uma boa olhada naqueles jovens — Paul ouviu o Velho falar — e me diga se Deus não está em seu céu.

Enquanto a maçaneta girava, Paul continuava a pensar em fatos aleatórios, a reduzir as características e convenções do único estilo de vida que conhecia, uma vida fácil e confortável, com respostas simples para toda e qualquer dúvida. Se ele estivesse deixando aquela vida para trás, agora talvez fosse a hora de fazer isso. A ideia principal ofuscava todas as outras, mal dando espaço a sua consciência. Era algo que se manifestava principalmente na sensação de estar fora do corpo ou de vez em quando em uma sensação de vento gelado. Talvez a hora certa de pedir demissão acontecesse agora ou dali a alguns meses. Não havia pressa, nenhuma pressa.

A porta se abriu.

Os três homens se levantaram.

O doutor Francis Eldgrin Gelhorne, Diretor Nacional de Indústria, Comércio, Comunicações, Gêneros Alimentícios e Recursos entrou. Seu corpanzil esférico estava embalado dentro de um terno azul-marinho com duas fileiras de botões. Sua única concessão à tradição de informalidade da Campina era um colarinho desabotoado e o nó da gravata uma fração de centímetros abaixo de onde deveria estar. Embora tivesse setenta anos de idade, tinha a cabeleira abundante e negra de um mexicano de vinte. Sua obesidade assumia uma forma impressionante, em vez de cômica, graças à sua perpétua expressão de estou-sentindo-cheiro-de-merda.

Parecia ser o último de uma raça, assim como, Paul refletiu, acontece com muitos líderes. Era difícil acreditar que, depois que Gelhorne partisse, surgiria outro homem tão fabulosamente velho, astuto e destemido quanto ele.

Ele pigarreou.

— Estamos aqui porque alguém quer nos matar, destruir os complexos industriais e se apoderar do país. Está bem claro para vocês?

Todos fizeram que sim com a cabeça.

— A Sociedade da Camisa Fantasma — disse o doutor Lou MacCleary, Gerente-Executivo da Segurança Nacional de Indústria.

— A Sociedade da Camisa Fantasma — confirmou o doutor Gelhorne com acidez. — Quando sabemos o nome, parece que temos tudo. Mas não temos nada. Apenas o nome. É por isso que estamos aqui. Tudo que sabemos é o nome.

— Sim, doutor — aquiesceu Lou. — A Sociedade da Camisa Fantasma. E achamos que o quartel-general fica em Ilium.

— Achamos — disse o doutor Gelhorne. — Não sabemos de nada.

— Sim, doutor — confirmou Lou.

— Certo. Bom. Isso é bom. — Gelhorne olhou para Lou MacCleary. — Vamos ver aquele seu relatório com tudo que não sabemos sobre a Sociedade da Camisa Fantasma.

MacCleary estendeu um grosso dossiê datilografado.

Gelhorne, movendo os lábios, folheou o relatório, franzindo o cenho. Nenhum dos outros falava nem sorria, nem olhava para mais ninguém.

Paul matutou sobre a ideia de o doutor Gelhorne ser o último de uma raça e concluiu que era possível. Ele tinha chegado ao topo da carreira por um caminho desordenado, que jamais seria tolerado pelas máquinas dos Recursos Humanos. Se as máquinas estivessem atentas quando Gelhorne começou a subir na carreira, seu cartão de classificação teria sido cuspido para fora dos arquivos como se tivesse uma mola.

Ele não tinha diploma universitário, exceto por um buquê de títulos honoríficos conferidos quando ele já estava entrando na casa dos sessenta anos.

Na verdade, ele nunca tinha se metido com a indústria antes dos trinta. Antes disso, tinha salvado da falência um negócio de taxidermia com vendas pelo correio e depois vendeu sua participação e comprou um caminhão articulado. Aumentou sua frota para cinco caminhões ao receber uma informação exclusiva sobre a Bolsa, vendeu a empresa, investiu os lucros e triplicou seu capital. Com essa mina de ouro, comprou a maior fábrica de sorvetes de Indianápolis, que também estava beirando a falência, mas em um ano deixou a empresa no azul ao criar rotas de furgões de sorvete que atendiam as fábricas de Indianápolis na hora do almoço. No ano seguinte, seus furgões passaram a vender sanduíches e café, além do sorvete. E no espaço de mais um ano ele estava administrando as cantinas de fábricas da cidade inteira, e o ramo dos sorvetes se tornou uma divisão menos importante da Gelhorne Empreendimentos.

Gelhorne percebeu que muitas das fábricas pertenciam a herdeiros de terceira ou quarta geração que, conforme os aparentes ditames de alguma lei do declínio, não tinham nem o vigor e nem o empenho dos antecessores. Gelhorne, de início quase que por brincadeira, tinha dado alguns conselhos aos herdeiros e descobriu neles uma enorme ânsia por se livrar das responsabilidades. Então virou acionista, observou, aprendeu e, ao descobrir que o vigor era tão valioso quanto o conhecimento especializado, acabou virando gerente e coproprietário de uma dezena de pequenas fábricas.

Quando a guerra se mostrou inevitável e as maiores corporações saíram em busca de novas instalações industriais, Gelhorne entregou sua próspera comunidade de fábricas à Aço Geral e virou executivo dessa corporação. Sua familiaridade prática com muitas indústrias diferentes, demonstrada pela variedade de fábricas que tinha acumulado, superava a dos outros executivos da Aço Geral, que tinham sempre permanecido dentro da própria organização, e logo Gelhorne se viu passando todo o seu tempo durante a guerra ao lado do aturdido presidente da corporação.

Por lá acabou chamando a atenção do pai de Paul em Washington, e o pai de Paul nomeou Gelhorne seu gerente-executivo-geral quando a economia inteira se tornou um só corpo. Quando o pai de Paul morreu, quem assumiu foi Gelhorne.

Isso jamais aconteceria novamente. As máquinas nunca admitiriam.

Paul se lembrou de um fim de semana de anos antes, quando ele era um jovem alto, magricela, educado e facilmente constrangível, e Gelhorne tinha aparecido para visitar seu pai. Gelhorne tinha estendido a mão de repente e segurado Paul pelo braço quando ele passou por sua poltrona.

— Paul, meu rapaz.

— Sim, senhor?

— Paul, seu pai me contou que você é muito inteligente.

Paul assentiu com a cabeça, pouco à vontade.

— Isso é bom, Paul, mas não é o suficiente.

— Não, senhor.

— Não se iluda.

— Não, senhor, não vou.

— Todo mundo está na luta, então não se iluda.

— Não, senhor.

— Ninguém é tão estudado a ponto de que noventa por cento desse conhecimento não possa ser transmitido em um espaço de seis semanas. Os outros dez por cento são puro enfeite.

— Sim, senhor.

— Se você me mostrar um especialista, eu mostro um homem muito assustado, que cavou um buraco para se esconder.

— Sim, senhor.

— Quase ninguém é competente, Paul. Sinto vontade de chorar ao ver como a maioria das pessoas é ruim no que faz. Quem consegue fazer um trabalho meia-boca, qualquer que seja, vira um caolho em um reino de cegos.

— Sim, senhor.

— Quer ficar rico, Paul?

— Sim, senhor... eu acho. Sim, senhor.

— Certo. Eu fiquei rico e acabo de revelar noventa por cento do que aprendi sobre isso. O resto é puro enfeite. Certo?

— Sim, senhor.

Agora, depois de tantos anos, Paul e o doutor Francis Eldgrin Gelhorne estavam de novo frente a frente, diante daquela mesa comprida na Casa do Conselho da Campina. Não eram amigos íntimos, e Gelhorne não tinha nem um pouco do eflúvio paternalista de Kroner. Com ele, negócios eram negócios.

— Esse relatório não tem nada de novo sobre a sociedade — sentenciou Gelhorne.

— Só a parte do Finnerty — disse Lou MacCleary. — As coisas estão indo devagar.

— Estão mesmo — respondeu o doutor Gelhorne. — Bem, doutor Proteus e doutor Kroner, a questão é que essa bobagem de Camisa Fantasma pode virar coisa grande. E o Lou aqui ainda não conseguiu infiltrar um agente para descobrir quais são os planos deles ou quem está no comando.

— Esse pessoal é esperto — disse Lou. — São muito rigorosos ao escolher quem pode entrar.

— Mas achamos que existe um jeito de infiltrar alguém — prosseguiu Gelhorne. — Achamos que eles ficariam muito tentados diante de um gerente e engenheiro insatisfeito. Achamos que já recrutaram pelo menos um.

— Finnerty — acrescentou Kroner, muito sério. — Por sinal, ele enfim se registrou na polícia.

— Ah, é? — comentou MacCleary. — E o que declarou como atividade?

— Disse que está editando pornografia em braile.

— Cada vez mais engraçadinho — disse Gelhorne. — Mas acho que vamos pegar ele de jeito. Mas isso é um assunto secundário. A questão, Paul, é que eu acho que eles aceitariam você na Sociedade da Camisa Fantasma, sob certas condições.

— Condições, doutor?

— Se demitirmos você. A partir de agora, todo mundo fora desta sala já sabe que você foi colocado na rua. O boato já está circulando pelo bar, certo, Lou?

— Sim, doutor. Deixei escapar na frente do Shepherd durante o jantar.

— Parabéns, garoto — disse Gelhorne. — Ele vai assumir a gerência de Ilium, a propósito.

— Doutor, sobre Pittsburgh... — disse Kroner, preocupado. — Eu prometi ao Paul que o cargo seria dele quando a investigação terminasse.

— Exato. Enquanto isso, Garth vai dirigir as coisas por lá — Gelhorne se levantou. — Certo, Paul? Ficou tudo bem claro? Você precisa sair da ilha e voltar para Ilium esta noite. — Sorriu. — É uma oportunidade e tanto, Paul. Uma chance de limpar sua ficha.

— Ficha, doutor?

As coisas aconteciam tão rápido que Paul, para manter a conversa, só conseguia pescar a última palavra que havia sido dita e repeti-la em forma de pergunta.

— Aquele negócio de deixar o Finnerty andar sem escolta pela fábrica e o caso da pistola.

— O caso da pistola — disse Paul. — Posso contar para minha esposa?

— Receio que não — disse Lou. — O plano é que ninguém fora desta sala saiba de nada.

— Vai ser difícil, eu sei — lamentou Gelhorne em tom solidário. — Mas agora mesmo me lembrei de um menino que uma vez me falou que não queria ser engenheiro quando crescesse. Ele queria ser soldado. Sabe quem era esse menino, Paul?

— Eu? — disse Paul, com desalento na voz.

— Você. Bem, agora você está na linha de frente, e estamos muito orgulhosos.

— Seu pai ficaria orgulhoso de você, Paul — incentivou Kroner.

— Acho que sim. Ele ficaria, né? — disse Paul. Acolhia com gratidão o calor cego e revigorante da raiva. — Doutor Gelhorne, posso dizer só mais uma coisa antes que o senhor vá embora?

Kroner estava segurando a porta para o Velho sair.

— Certo, pois não.

— Estou pedindo demissão.

Gelhorne, Kroner e MacCleary riram.

— Maravilha — disse o Velho. — Esse é o espírito. Continue assim e vai enganar eles direitinho.

— É sério! Cansei dessa operação infantil, estúpida e cega.

— Boa — elogiou Kroner com um sorriso encorajador.

— Precisamos de dois minutos para chegar ao bar antes de você ir embora — orientou MacCleary. — Não ficaria bem sermos vistos juntos agora. E não se preocupe com sua bagagem. Já estão cuidando das suas coisas, e elas estarão no cais a tempo para o último barco.

Fechou a porta atrás de si, de Gelhorne e de Kroner.

Paul se afundou na cadeira.

— Estou pedindo demissão, estou pedindo demissão, estou pedindo demissão — repetiu. — Estão me ouvindo? Estou pedindo demissão!

— Que noite — ouviu Lou dizer na varanda.

— Deus sorri sobre a Campina — respondeu o doutor Gelhorne.

— Vejam! — disse Kroner.

— A lua? — perguntou Lou. — É *mesmo*, que bonita.

— A lua, sim... mas olhem só para o Carvalho.

— Ah... e aquele homem — apontou o doutor Gelhorne. — Mas ora, vejam só!

— Um homem ali sozinho com o Carvalho, com Deus e o Carvalho — disse Kroner.

— O fotógrafo ainda está por aí? — quis saber Lou.

— Tarde demais... o homem está se afastando — disse Kroner.

— Quem era? — perguntou o doutor Gelhorne.

— Nunca saberemos — respondeu Lou.

— Nem quero saber — disse Kroner. — Quero lembrar dessa cena e pensar naquele homem como um pedacinho de cada um de nós.

— Isso é poesia — disse o Velho. — Muito bom, muito bom.

Sozinho dentro da sala, Paul fez muita força para exalar a fumaça e tossiu.

Os homens na varanda cochicharam alguma coisa.

— Bem, cavalheiros — disse o doutor Gelhorne. — Vamos?

23

Se o doutor Paul Proteus, ex-gerente das Indústrias Ilium, não tivesse considerado a realidade inquietante em todos os aspectos, não teria dado as caras no bar antes de pegar o último barco para Continente. No entanto, enquanto caminhava pela trilha de cascalho em direção ao barulho e às luzes do bar, seu campo consciente se reduziu às proporções de uma cabeça de alfinete, e preenchendo esse campo havia um copinho cintilante de bebida.

A multidão ficou em silêncio assim que ele entrou, e em seguida explodiu em uma algazarra jovial ainda mais barulhenta. Em uma espiada rápida ao seu redor, Paul não viu um homem sequer olhando para ele nem o reconheceu, com a visão embaçada pela emoção, um único rosto entre aqueles velhos amigos.

— Bourbon e água — disse ao barman.

— Perdão.

— Perdão pelo quê?

— Não posso servir o senhor.

— Por que não?

— Fui informado de que o senhor não é mais hóspede da Campina. — A voz do barman traía uma satisfação afetada.

Algumas pessoas observaram o incidente, dentre elas Kroner, mas ninguém mexeu uma palha para fazer o barman mudar de ideia.

Era um momento grosseiro, e, em sua atmosfera desagradável, Paul esboçou uma última insinuação grosseira ao barman e se virou para ir embora com dignidade.

O que ele ainda precisava aprender era que, sem posto e sem privilégios de hóspede, ele vivia em um nível primitivo de justiça social. Não estava preparado quando o barman saltou por cima do balcão e trocou empurrões com ele.

— Ninguém fala aquilo na minha cara, malandro — disse o barman.

— Quem diabo você pensa que é? — retrucou Paul.

— Não sou um sabotador desgraçado, pode apostar — disse o barman, de cabeça quente.

Todos ouviram aquilo, a palavra mais feia do idioma, aquela que uma vez pronunciada não permitia mais resmungos de reconciliação, apertos de mão ou retratações. "Filho da puta" podia ser amaciado com um sorriso, mas "sabotador" jamais.

De alguma forma, a noção de destruidor de máquinas tinha se tornado a parte mais sem importância da palavra, como a ponta visível de um iceberg. A maior parte de sua massa, a parte que evocava tamanhas emoções venenosas, era indefinida: um amálgama de perversões, imundície, doenças, uma galáxia de atributos, e qualquer um deles bastaria para transformar um homem em pária desprezível. O sabotador não era um destruidor de máquinas, mas uma imagem à qual todo homem sentia orgulho de não corresponder. O sabotador era o homem que, se morresse, deixaria de tornar o mundo um lugar difícil de se viver.

— Quer que eu repita? — disse o barman. — Sabotador. Você é um sabotador imundo.

Era uma situação eletrizante, uma situação básica. Um homem adulto tinha proferido o maior dos insultos contra outro homem adulto. Ninguém parecia disposto a encerrar aquele drama nem se imaginava capaz disso. Era como ver um homem cair em uma máquina debulhadora sem qualquer perspectiva de salvação. Como Deus tinha precipitado aquela tragédia, tudo que os espectadores podiam fazer era assistir e aprender o que uma máquina debulhadora fazia com um homem que caía em seu ventre.

Paul não batia em ninguém desde o segundo ano do Ensino Médio. Não tinha nada daquilo que os instrutores militares desejavam estimular nos alunos: a vontade de enfrentar o inimigo de perto. Para ele, era uma vontade bem pouco promissora. Ainda assim, obediente a algum sistema involuntário de nervos e glândulas, Paul cerrou os punhos e distanciou os pés, de modo a formar um suporte sólido para desferir o soco.

Assim como não existe bis para a *Abertura 1812*, exceto pelo hino nacional americano, Paul também não tinha escolha quanto à réplica.

— Sabotador é você — retrucou com a voz tranquila, e deu um murro no nariz do barman.

Parecia absurdo, mas o barman desabou, fungando e bufando. Paul saiu para a noite, como Wild Bill Hickock, como Daniel Boone, como o barqueiro na capa do livro, como... De repente, um novo empurrão. Por uma fração de segundo, Paul enxergou o nariz vermelho do barman, seu rosto branco, seu avental branco e seu punho branco. Um clarão muito vivo iluminou o interior do seu crânio, e depois veio a escuridão.

— Doutor Proteus. . . Paul.

Paul abriu os olhos e enxergou a Ursa Maior. Uma brisa fresca fazia cafuné em sua cabeça dolorida, e ele não conseguia enxergar de onde vinha aquela voz. Alguém o tinha deitado no banco de cimento do cais para ser embarcado junto com a banda e o malote de correio no último barco para Continente.

— Doutor Proteus...

Paul se sentou. Seu lábio inferior estava rasgado e inchado, e sua boca tinha gosto de sangue.

— Senhor Paul...

A voz parecia estar vindo de trás da cerca-viva de buquê-de-noiva ao pé do cais.

— Quem está aí?

O jovem doutor Edmund Harrison surgiu furtivo do meio das plantas, segurando um drinque.

— Achei que talvez você quisesse um.

— Um gesto muito cristão, doutor Harrison. Acho que já me sinto bem o bastante para me sentar e aproveitar essa bebida.

— Queria que a ideia tivesse sido minha. Mas foi Kroner que pediu.

— Ah, foi? Algum recado?

— Sim... mas acho que você não vai gostar de ouvir. Eu não gostaria se estivesse no seu lugar.

— Pode falar.

— Ele pediu para eu dizer que depois da tempestade vem a bonança e que tudo na vida tem seu lado bom.

— Hum.

— Mas o senhor precisava ver o barman — disse Harrison, animado.

— Aaaaaah. Conta tudo.

— O nariz dele não para de sangrar, porque ele não consegue parar de espirrar. Parece um círculo vicioso, que com um pouco de sorte talvez dure alguns anos.

— Maravilha — disse Paul, sentindo-se melhor. — Olha, melhor você cair fora antes que tenha o azar de ser visto comigo por aqui.

— Poderia me contar o que o senhor fez, afinal?

— É uma história longa e sórdida.

— Imagino. Rapaz! Um dia você é o rei, no outro está com a bunda no chão. O que o senhor vai fazer?

Conversando ali no escuro em voz baixa, Paul começou a valorizar aquele notável jovem ao lado de quem tinha escolhido se sentar à mesa no primeiro dia, aquele Ed Harrison. Harrison parecia ter simpatizado com Paul e agora, sem qualquer motivo particular para se voltar contra ele, estava ao seu lado como se fosse um amigo. Aquilo era integridade, sem dúvida, e de um tipo bem raro, pois muitas vezes representou, como poderia representar naquele momento, um suicídio profissional.

— O que vou fazer? Plantar, acho. Tenho uma bela fazendinha.

— Plantar, é? — Harrison estalou a língua, pensativo. — Plantar. Parece maravilhoso. Já pensei nisso: acordar bem cedinho, com o nascer do sol, trabalhar ao ar livre com as mãos enfiadas na terra, só a gente e a natureza. Se eu tivesse dinheiro, às vezes acho que mandaria essa...

— Quer um conselho de um velho cansado?

— Depende de quem for esse velho cansado. O senhor?

— Eu. Não fique com um pé no emprego e outro nos seus sonhos, Ed. Siga em frente e peça demissão, ou fique resignado com esta vida. É uma tentação grande demais para o destino e vai rasgar você ao meio antes que possa escolher com certeza o caminho a seguir.

— Foi isso que aconteceu com o senhor?

— Algo bem parecido com isso — estendeu o copo vazio para Harrison. — Obrigado. Melhor você cair fora. Diga ao doutor Kroner que quem está na chuva é para se molhar.

O iate *Espírito da Campina* resmungou ao tomar seu lugar no cais, e Paul subiu a bordo. Poucos minutos depois a banda embarcou carregando os instrumentos, e os alto-falantes anunciavam uma última chamada. As luzes no bar se apagaram, e grupinhos de fanfarrões, agora demonstrando uma sobriedade impressionante, atravessaram o pátio de exercícios a caminho das barracas.

Com o estalo do interruptor e o arranhar de uma agulha, os alto-falantes cantaram pela última vez naquela noite:

"Fare thee well, for I must leave you,
Please don't let this parting grieve you;
Fare thee well, the time has come for us to say goodbye.
Adieu, adieu, kind friends, adieu, yes, adieu! ..."

E Paul acenou, cansado e apático. Era um adeus à vida que tinha levado até ali, à vida inteira de seu pai. Não tinha tido a satisfação de dizer a alguém que estava pedindo demissão, pelo menos não para alguém que acreditasse naquilo; mas tinha pedido. Adeus. Aquilo não tinha mais nada a ver com ele. Melhor não ser nada do que ser um porteiro cego na vanguarda do processo civilizatório.

E enquanto Paul dizia essas coisas para si mesmo, uma onda de tristeza apagou seus pensamentos, como se tivessem sido escritos na areia. Estava percebendo que homem nenhum consegue viver sem raízes: raízes em um trecho de deserto, em um campo de barro vermelho, na encosta de uma montanha, em uma praia rochosa, na rua de uma cidade. Na marga preta, na lama ou areia ou rocha ou asfalto ou carpete, todo homem contava com raízes fincadas bem fundo em seu *lar*. Um nó apertou sua garganta, mas não havia nada que ele pudesse fazer. O doutor Paul Proteus estava dando adeus ao seu lar, para sempre.

— Até logo — disse. Então, à revelia da própria vontade:
— Até logo, turma.

Um grupo de retardatários genuinamente bêbados estava sendo enxotado do bar. Cantavam "Brinde ao Carvalho" em uma versão muito açucarada. Abraçaram-se e caminharam aos tropeços na direção da grande árvore. Suas vozes chegavam claramente até Paul por sobre os gramados planos e verdes:

"Nascido de humilde bolota,
Agora tu és um gigante;
Que nunca pares de crescer;
Sobe até as estrelas!
Lin-do sí-í-ím-bo-lo
Nossssssso."

Uma pausa reverente foi violada por uma exclamação.

— Minha nossa!

Era a voz de Berringer, a palavra de Berringer.

— Que foi?

— Olhem para a árvore... bem ali perto do chão!

— Nossa mãe!

— Alguém arrancou a casca todinha ao redor do tronco — disse Berringer, quase sem voz.

— Mas quem?

— Quem você acha? — respondeu Berringer. — Aquele sabotador desgraçado. Cadê ele?

O *Espírito da Campina* acionou os motores e manobrou de volta para sair do cais.

— Ei! — gritou uma voz solitária e assustada em meio à noite. — Ei... alguém matou o Carvalho!

— Matou o Carvalho — foi o eco na praia.

Os alto-falantes estalaram mais uma vez, e um uivo de guerra de gelar a espinha tomou conta do ar.

— Cuidado com a Camisa Fantasma! — uma voz terrível se esgoelou.

— Camisa Fantasma — repetiu a praia, e então se fez um silêncio mortal.

24

Durante o voo entre Miami e Ithaca, Nova York, lar da Universidade de Cornell, o xá de Bratpuhr ficou bastante resfriado. Quando sete *prakhouls* (a quantidade de fluido que pode ser extraído da pele de uma marmota macho e adulta de Bratpuhr) de *Sumklish* melhoraram o ânimo do xá mas não fizeram nada por seu sistema respiratório, foi decidido que o avião deveria pousar em Harrisburg, Pensilvânia, para que o xá tivesse algum repouso e experimentasse a magia da medicina americana.

Com sete *prakhouls* de *Sumklish* na barriga, o xá abordava animado as *Takarus* atraentes que avistava nas calçadas a caminho do consultório médico.

— *Pitty fit-fit, sibi Takaru? Niki fit-fit. Akka sahn nibo fit-fit, simi Takaru?*

Sem o mesmo benefício do *Sumklish*, Khashdrahr estava branco como uma vela, de tanto constrangimento.

— O xá falou que o dia está muito bonito — explicou, com sofrimento no rosto.

— *Fit-fit, pu sibi bonanza?* — disse o xá a uma loirinha que estava com as mãos enfiadas em uma máquina de manicure na esquina de uma rua.

Corando, ela puxou as mãos da máquina e foi embora a passos largos, deixando a máquina polindo o vazio. Um menino de rua enfiou as mãos sujas no aparelho para aproveitar o restante da operação e saiu com unhas brilhantes, pintadas com esmalte vermelho.

— Bom saber que ele está gostando do clima — disse Halyard, deprimido.

Fazia muitas semanas que estavam viajando sem que esse assunto tivesse aparecido, e um Halyard esperançoso repetia para si mesmo que talvez o xá fosse mesmo diferente dos outros visitantes nesse sentido, diferente dos franceses e bolivianos e tchecos e japoneses e panamenhos e micronésios e... Mas não. O xá também estava ficando interessado nas mulheres americanas. Halyard, a um custo lastimável em termos de dignidade, precisaria mais uma vez desempenhar o papel de perfeito anfitrião... ou cafetão.

— *Fit-fit?* — gritou o xá quando pararam em um sinal vermelho.

— Olha — Halyard se dirigiu a Khashadrahr em tom de reprovação —, explique ao xá que ele não pode simplesmente abordar uma garota americana e pedir que ela vá para a cama com ele. Vou ver o que eu consigo, mas não vai ser fácil.

Khashdrahr explicou a situação para o xá, que o enxotou com acenos de mão. Antes que alguém pudesse impedi-lo, o xá já tinha saído do carro e estava na calçada, cheio de confiança, abordando uma morena de pele escura e beleza estonteante.

— *Fit-fit, sibi Takaru?*

— Perdão, moça — desculpou-se Halyard. — Perdão pelo meu amigo. Ele está meio doente.

A jovem aceitou o braço oferecido pelo xá e entrou junto com ele na limusine.

— Receio ter havido um terrível mal-entendido, moça — disse Halyard. — Mal sei como explicar. Eu, hã, ele, digo... Estou querendo dizer que ele não estava oferecendo uma carona.

— Ele estava pedindo alguma coisa, certo?

— Isso.

— Então não houve mal-entendido algum.

— *Fit-fit* — disse o xá.

— Pois é — respondeu Halyard.

Khashdrahr começou a olhar pela janela com interesse renovado, na verdade com certo descontrole, e Halyard mal conseguiu se conter.

— Aqui estamos — anunciou o motorista. — É o consultório do doutor Pepkowitz.

— Sim, bem, a moça precisa esperar no carro — disse Halyard —, enquanto o xá entra para tratar o resfriado.

O xá abriu um sorriso enorme e começou a respirar profundamente pelo nariz.

— Não está mais entupido nem escorrendo — observou Khashdrahr, confuso.

— Siga em frente — disse Halyard ao motorista.

Já tinha visto uma cura milagrosa parecida acontecer com um brigadeiro equatoriano que estava sofrendo um acesso de urticária.

Halyard observou que a garota se comportava de forma muito suspeita, visivelmente inquieta e infeliz. Mantinha um sorriso pouco convincente e parecia ansiosa para resolver tudo aquilo de uma vez. Halyard ainda não acreditava que ela soubesse no que tinha se metido.

— Para onde vamos agora? — quis saber ela, forçando um tom animado. — Para um hotel, imagino.

— Sim — confirmou Halyard com a voz falhando.

— Ótimo — disse ela, que deu um tapinha no ombro do xá e desatou a chorar.

O xá ficou aflito e tentou a seu modo oferecer algum consolo.

— *Oh, nibo souri, sibi Takaru. Akka sahn souri? Ohhh. Tipi Takaru. Ahhh.*

— Vamos, não chore — disse Halyard. — O que houve?

— Não faço isso todo dia — respondeu a moça, assoando o nariz. — Por favor, me desculpem. Vou tentar ser melhor.

— Claro. Nós entendemos — disse Halyard. — A coisa toda foi um terrível engano. Onde você quer descer?

— Ah, não... agora eu vou até o fim — respondeu, melancólica.

— Por favor... — disse Halyard. — Talvez fosse melhor para todos se...

— Se eu perdesse meu marido? Seria melhor se ele se matasse com um tiro ou se morresse de fome?

— Mas é claro que não! Mas por que essas coisas horríveis aconteceriam se você se recusasse a... digo...

— É uma longa história. — Ela enxugou os olhos. — Meu marido, Ed, é escritor.

— Qual o número de classificação dele? — quis saber Halyard.

— O problema é esse. Ele não tem um número.

— Então como você pode dizer que ele é escritor? — perguntou Halyard.

— Porque ele escreve — disse ela.

— Moça, minha cara, se o critério fosse esse, todos seríamos escritores —, explicou Halyard com ar paternal.

— Dois dias atrás ele tinha um número... W-441.

— É o de ficcionista aprendiz — explicou Halyard a Khashdrahr.

— Sim — confirmou ela —, e ficaria com esse número até terminar seu romance. Depois disso ele viraria ou W-440...

— Ficcionista experiente — disse Halyard.

— Ou W-255.

— Relações públicas — acrescentou Halyard.

— Por favor, o que significa relações públicas? — perguntou Khashdrahr.

— É a profissão — esclareceu Halyard, citando de cabeça o *Manual* —, é a profissão especializada em cultivar, mediante psicologia aplicada aos meios de comunicação em massa, uma opinião pública favorável relativa a assuntos e instituições controversas, sem ofender ninguém importante e tendo como meta principal a estabilidade continuada da economia e da sociedade.

— Ah, bem, deixa pra lá — respondeu Khashdrahr. — Continue por favor a sua história, *sibi Takaru*.

— Dois meses atrás ele entregou seu manuscrito final ao Conselho Nacional de Artes e Letras, para análise crítica e distribuição para um dos clubes do livro.

— Existem doze desses clubes — interrompeu Halyard. — Cada um seleciona livros para um tipo específico de leitor.

— Existem doze tipos de leitores? — quis saber Khashdrahr.

— Já andam falando em treze ou catorze — disse Halyard. — Em algum momento é preciso delimitar as coisas, claro, por conta do aspecto econômico. Para ser autossuficiente, um clube do livro precisa de pelo menos meio milhão de membros ou não valerá a pena investir no maquinário: cobradores eletrônicos, embaladores eletrônicos, impressoras eletrônicas e computadores eletrônicos para calcular dividendos.

— E escritores eletrônicos — comentou a jovem com amargura.

—Vão existir, vão existir — disse Halyard. — Mas Deus sabe que conseguir originais de livros não dá trabalho nenhum. Isso está *longe* de ser um problema. O negócio é o maquinário. Um dos clubes menores, por exemplo, ocupa quatro quarteirões da cidade. O HCM.

— HCM? — perguntou Khashdrahr.

— Perdão. História Canina do Mês.

Khashdrahr e o xá sacudiram a cabeça bem devagar e estalaram a língua.

— Quatro quarteirões — repetiu Khashdrahr sem emoção na voz.

— Bem, um esquema completamente automático como esse deixa a cultura muito barata. Um livro custa menos do que sete pacotes de chiclete. E também existem clubes de quadros... com quadros emoldurados a preços incrivelmente baixos. Na verdade, a cultura é tão barata que um homem, em vez de usar lã de rocha, forrou as paredes da casa com livros e gravuras para ter isolamento térmico. Não acredito que isso seja verdade, mas é uma história interessante, com uma moral válida.

— E os artistas recebem um bom sustento com esse sistema de clubes? — quis saber Khashdrahr.

— Sustento... acho que sim! — respondeu Halyard. — Estamos na Era de Ouro da Arte, com milhões de dólares investidos por ano em reproduções de Rembrandt, Whistler, Goya, Renoir, El Greco, Degas, Da Vinci, Michelangelo...

— E esses sócios dos clubes recebem um livro qualquer, um quadro qualquer? — perguntou Khashdrahr.

— Certamente não! Há muitos estudos sobre o que vai ser distribuído, acredite. Pesquisas sobre os gostos de leitura do público, testes de legibilidade e apelo com os livros que estão sendo analisados. Ora, publicar um livro impopular acabaria com um clube em dois tempos! — Halyard estalou os dedos sinistramente. — Eles mantêm a cultura tão barata conhecendo de antemão o que as pessoas querem, e em que quantidade. E eles acertam tudo nos mínimos detalhes, até mesmo na cor da capa. Gutenberg ficaria espantado.

— Gutenberg? — perguntou Khashdrahr.

— Sim... o homem que inventou os tipos móveis. O primeiro homem a produzir Bíblias em massa.

— *Alla sutta takki?* — perguntou o xá.

— Hein? — disse Halyard.

— O xá quer saber se Gutenberg fez alguma pesquisa primeiro.

— Enfim — voltou a falar a jovem —, o livro de meu marido foi rejeitado pelo Conselho.

— Mal escrito — sentenciou Halyard em tom afetado. — Os critérios são muito exigentes.

— Lindamente escrito — retrucou ela com impaciência. — Mas tinha 27 páginas a mais que o permitido. O quociente de legibilidade era de 26,3 e...

— Nenhum clube se arriscaria a encostar em algo com QL superior a 17 — explicou Halyard.

— E tem uma temática antimáquinas — prosseguiu a jovem.

Halyard arqueou as sobrancelhas.

— Bem! Não me admira que não será publicado! Mas o que ele pensa que está fazendo, meu Deus? Senhor! Sorte sua que ele não foi parar atrás das grades por causa disso, acusado de incitação a atos de sabotagem. Ele não achava *de fato* que alguém publicaria isso, não é?

— Ele não se importava. Precisava escrever aquele livro, então escreveu.

— Por que ele não escreve sobre veleiros ou algo assim? Aquele livro sobre os velhos tempos no canal do Erie... o autor está ganhando uma fortuna. A demanda por esse tipo de romance com heróis sem camisa é enorme.

Ela deu de ombros, desamparada.

— Porque imagino que ele nunca tenha ficado furioso com veleiros no canal do Erie.

— Ele parece bem desajustado — comentou Halyard com uma expressão de repulsa. — Minha opinião, querida, é que ele precisa da ajuda de um psiquiatra competente. Hoje em dia os psiquiatras fazem coisas formidáveis. Pegam pacientes já desacreditados e transformam em cidadãos de primeira classe. Ele não acredita em psiquiatria?

— Acredita, sim. Viu o próprio irmão encontrar a paz de espírito com ajuda da psiquiatria. Por isso mesmo que não quer nem chegar perto dela.

— Não entendi. O irmão dele não está feliz?

— Felicíssimo, sempre alegre. E meu marido diz que alguém *precisa* se sentir desajustado, precisa se sentir insatisfeito a ponto de se perguntar onde estão as pessoas, para onde elas vão e por que estão indo até lá. Esse é o problema do livro dele. Como levanta essas questões, acabou rejeitado. Por isso meu marido foi colocado em um cargo de relações públicas.

— Então, no fim das contas, a história tem um final feliz — disse Halyard.

— Nem um pouco. Ele recusou.

— Meu Deus!

— Sim. E foi notificado que tinha até ontem para dar início a seu trabalho como relações públicas ou sua subsistência, seus direitos de habitação, seu pacote de saúde e seguridade social, *tudo*, seria revogado. Por isso, hoje, quando vocês apareceram, eu estava vagando pela cidade, imaginando que tipo de coisa uma mulher poderia fazer para ganhar uns dólares neste mundo. Não são muitas opções...

— E seu marido acharia melhor que sua esposa fosse uma... Digo, que ela... — Halyard pigarreou — ... a trabalhar como relações públicas?

— Sinto orgulho em dizer que ele é um dos poucos homens na Terra que ainda tem um pouco de autoestima — respondeu a moça.

Khashdrahr traduziu essa última frase, e o xá sacudiu a cabeça com tristeza. Tirou um anel de rubi do dedo e colocou-o na mão da jovem.

— *Ti, sibi Takaru. Dibo. Brahous brahouna, houna saki. Ippi goura Brahouna ta tippo a mismit* — pronunciou, e abriu a porta da limusine para ela.

— O que o cavalheiro disse? — quis saber ela.

— Ele disse para você ficar com o anel, bela e pequena cidadã — disse Khashdrahr com ternura. — Disse adeus e desejou boa sorte, e falou que alguns dos maiores profetas eram completamente malucos.

— Obrigada, senhor — agradeceu ela, saindo do carro e voltando a chorar. — Que Deus o abençoe.

A limusine se afastou da mulher. O xá acenou, melancólico.

— *Dibo, sibi Takaru* — disse ele, que foi tomado por um violento acesso de espirros. Assoou o nariz. — *Sumklish!*

Khashdrahr estendeu o frasco sagrado.

25

Quando o *Espírito da Campina* atracou no cais em Continente, o sistema de alto-falantes, em volume baixo, murmurava "Good Night, Sweetheart", um doce espectro em forma de música, um sussurro acima da voz nos pinheirais, do movimento das ondas nas grandes águas azuis, do zunido da asa da águia.

Nenhuma luz brilhava nas instalações das mulheres e das crianças. Na Administração Central havia um único quadrado de luz, marcando a silhueta de um funcionário adormecido.

Enquanto Paul se dirigia até lá para perguntar ao funcionário onde poderia encontrar Anita, luzes piscaram em seus olhos acostumados à noite. Quando suas pupilas se ajustaram ao clarão, ele se viu mais uma vez diante de seu reflexo em um espelho, sob a legenda: a melhor esposa para o melhor homem para o melhor trabalho do mundo.

Passou às pressas pelo espelho, imaginando quantas vezes Anita teria contemplado seu reflexo ali sob aquela legenda, imaginando como ela receberia a notícia de que seu

Melhor Homem tinha se tornado um mero homem, e sem emprego algum.

Paul acordou o funcionário, que ligou para a governanta encarregada da cabana em que Anita dormia.

— O que está acontecendo com o pessoal por lá? — perguntou o funcionário sonolento, esperando a governanta atender o telefone. — Você deve ser o décimo cara que aparece por aqui nesta noite. Ninguém costuma aparecer antes do quarto dia, mais ou menos. E o que está havendo com essa governanta? O telefone fica ao lado da cama — deu uma espiada no relógio. — Você sabe que horas são? Não vai mais dar tempo. O último barco para a ilha sai daqui a três minutos.

— Continue ligando. Eu não vou voltar.

— Se pretende dormir aqui, não quero nem saber. Existem umas vinte e sete regras proibindo isso daí.

Paul estendeu uma nota de dez dólares.

— Continue ligando.

— Com isso você pode ficar invisível por uma semana. Do que você gosta? Loiras, morenas, ruivas? Opa! Ela atendeu. Por onde diabos você andava? — perguntou à governanta. — Tem alguma senhora Paul Proteus por aí? — Balançou a cabeça. — Sim, sim. Certo. Deixa um bilhete na cama dela, combinado? — Então se virou para Paul. — Ela saiu, doutor.

— Saiu?

— Deve estar caminhando sob a luz do luar. A governanta comentou que ela adora caminhar.

Anita gostando de caminhar era uma novidade para Paul. Já tinha visto a esposa pegar o carro para ir até a casa de um vizinho que ficava do outro lado da rua, e ela desmentia todos os ditames da cultura física, permanecendo jovem e graciosa mesmo comendo como um camponês e economizando esforços como uma princesa. Pés amarrados e unhas de quinze centímetros não fariam a menor diferença em sua mobilidade.

Paul sentou-se em uma cadeira de vime nas sombras frescas e azuladas da varanda da Administração e apoiou os pés na tora descascada da balaustrada, esperando.

Agora as luzes ao longo das trilhas se acendiam e se apagavam, um sinal silencioso alertando sobre a partida do último barco para a ilha.

Escutou risadas e um barulho de passos rápidos sobre o cascalho, e um casal correu do arvoredo em direção ao cais. A insistência em se manterem abraçados pela cintura tornava a caminhada tão deselegante quanto uma corrida de saco. Isso incomodou a veia crítica de Paul. Era penoso observar um rito de acasalamento tão desajeitado, sabendo, graças a uma longa experiência com a habilidosa Anita, como aquilo podia lembrar uma dança quando feito da maneira correta.

Pronto: agora ela obrigava o companheiro a ir mais devagar, e a caminhada de ambos em meio às árvores, contra a lua, parecia mais sistemática. Paul tinha apostado consigo mesmo que o beijo de despedida seria canhestro, mas (e todo o crédito cabia à mulher) os dois pararam e se preocuparam em gastar o tempo necessário e assumir a posição correta para fazer aquilo direito. Que bom.

Paul observava os dois sentindo uma identificação crescente com o homem. Sempre tinha sido um espião de grandes momentos alheios, e seu apetite por esse tipo específico de instante era agudo. Com o término de sua antiga vida e com sua vida nova, qualquer que fosse ela, ainda não iniciada, sentia uma fome voraz de amor: amor de Anita, amor nitidamente imaginado, amor dos outros, qualquer amor, desde que estivesse disponível naquele exato instante.

Agora ela vinha voltando, bem devagar, pensativa, satisfeita. Maravilha.

As luzes da armadilha espelhada se acenderam. A mulher alisou as calças folgadas sobre os quadris e alinhou uma mecha de cabelo. Ficou um longo tempo parada diante da própria imagem, virando de um lado para o outro, parecendo satisfeita, como deveria estar, com a forma dos seios engenhosamente escondidos debaixo da camiseta justa de algodão verde, com a palavra "Capitão" ondulando morro acima e morro abaixo.

— Anita!

Ela tomou um susto e rapidamente cruzou os braços sobre os seios em um gesto de proteção. Aos poucos baixou os braços e endireitou a postura, uma mulher sem nada a esconder, especialmente a camiseta de Shepherd.

— Oi, Paul. — Ela caminhou imponente e fria até a varanda em que Paul estava sentado e sentou-se ao seu lado. — Pois bem?

Como Paul não disse nada, a pose de Anita foi se desfazendo. Nervosa, ela começou a cutucar a casca da tora da balaustrada, arrancando pedacinhos, que atirava longe.

— Pode começar — disse ela, enfim.

— Eu, começar? — perguntou Paul.

— Não acha que precisa dar alguma explicação?

— Sem dúvida.

— Você *foi* demitido, não foi?

— Fui, mas não por desobedecer a um Mandamento.

— Vestir a camiseta de outro homem configura adultério para você?

No fundo, ela estava muito abalada.

Paul estava encantado. Tinha certeza de que agora conseguiria convencê-la a partir com ele. Era inconcebível que ela estivesse usando o chato, pomposo e briguento do Shepherd para algo que não fosse como uma espécie de ameaça vazia, mas aquele simulacro de traição poderia virar um trunfo.

— Você não diria que a camisa juntamente com o sexo no mato não seriam suficientes? — perguntou ele.

— Se está querendo saber se eu amo Shepherd, a resposta é sim.

Paul deu uma risada silenciosa.

— Fico feliz que você esteja reagindo tão bem — prosseguiu Anita, em tom afetado. — Acho que isso prova o que eu sempre imaginei.

— E o que você imaginou...?

Para a surpresa de Paul, ela desatou a chorar.

— Que eu nunca tive serventia para você! Finnerty estava certo — ela soluçou. — Você só precisa de uma boneca de aço inoxidável com formas femininas, coberta com borracha esponjosa e aquecida à temperatura do corpo.

Foi a vez de Paul ficar assustado.

— Anita... meu amor, olha.

— E que você emprestaria a qualquer um se não estivesse precisando dela.

— Mas desde quando eu...

— Cansei de ser tratada como uma máquina! Você sai por aí falando sobre o que engenheiros e gerentes fazem com as pessoas pobres e menos inteligentes. Pois veja bem o que um engenheiro e gerente fez comigo!

— Meu Deus do céu, querida, eu...

— Você fala sobre como é errado que as pessoas inteligentes ajam como superiores às pessoas menos inteligentes que elas, e então chega em casa e fica ostentando seu QI imenso como se fosse um homem-sanduíche. Certo, então eu sou burra.

— Não é, não, meu anjo. Olha, eu...

— Sabotador!

Paul se recostou na cadeira e sacudiu a cabeça, como se estivesse zonzo e tentando se defender de golpes de porrete.

— Pelo amor de Deus, que tal você me ouvir? — implorou.

— Pode falar.

Ela voltou a dominar a situação com excelência.

— Querida, você pode até estar falando a verdade. Não sei mesmo. Mas por favor, minha querida, minha esposa, agora eu preciso de você como nunca precisei de ninguém em toda a minha vida.

— Talvez dez minutos sejam suficientes para resolver isso. Ao ar livre — acrescentou ela, desdenhosa.

— Na riqueza e na pobreza, na saúde e na doença — disse Paul. — Lembra disso, Anita? Lembra?

— Você ainda é rico e você não está doente. — Ela o encarou com uma breve preocupação. — Você não está doente, está?

— Do coração.

— Você vai se acostumar. Eu me acostumei.

— Desculpe, Anita... Eu não sabia que tinha sido tão ruim. Agora vejo que provavelmente foi.

— Da próxima vez eu vou me casar por amor.

— Shepherd?

— Ele precisa de mim, ele me respeita, ele acredita nas mesmas coisas que eu.

— Espero que vocês sejam muito felizes — disse Paul, levantando-se.

Os lábios de Anita tremeram, e ela voltou a chorar.

— Paul, Paul, Paul.

— Hm?

— Eu gosto de você. Nunca se esqueça disso.

— E eu *também* gosto de você, Anita.

— Doutor Proteus — chamou o funcionário pela janela.

— Sim?

— O doutor Kroner telefonou avisando que o senhor tem um transporte para a estação de trem. O jipe está do outro lado do prédio da Administração, esperando pelo senhor. Temos meia hora para pegar o trem das 12h52.

— Já vou.

— Me beija — pediu Anita.

Foi um beijo estonteante, e, na esteira da languidez que se seguiu, Paul entendeu que Anita não tinha absolutamente nada a lucrar com aquilo, que tinha dado aquele beijo, por mais incrível que parecesse, por mera bondade do seu coração.

— Vem comigo, Anita — sussurrou ele.

— Não sou tão burra quanto você pensa. — Ela o afastou com um empurrão firme. — Adeus.

26

O doutor Paul Proteus, um ser humano desprovido de classificação, foi colocado a bordo do trem das 12h52, onde compartilhou um vagão antigo, meio escarradeira e meio caixa de charutos, com sessenta soldados em licença de Camp Drum.

— *Great Bend. Esta parada é Great Bend* — anunciou uma gravação por um alto-falante sobre a cabeça de Paul.

O maquinista apertava um botão em sua cabine ao parar em cada estação, os degraus desciam e a voz se fazia ouvir.

— *Próxima estação, Carthage. Próxima estação, Carthage. Clic.*

— *Embarcar!* — vociferava outro alto-falante, no lado externo do vagão.

Um velho que se despedia da esposa com um beijo sobre as tábuas apodrecidas da plataforma de Great Bend olhou na direção da voz insistente como se estivesse pedindo desculpas, implorando por mais um segundo para dizer uma última palavra.

— *Embarcar!*

O maquinário zuniu, e os degraus dos vagões se ergueram da plataforma, encaixaram-se uns nos outros e desapareceram dentro de seu nicho.

— Já vai! Já vai! — gritou o velho.

E então deu início a uma corrida cheia de sofrimento atrás do trem em movimento, com toda a velocidade permitida por suas pernas frágeis. Ele agarrou a balaustrada, pulou para dentro do vagão e ficou parado no vestíbulo, ofegando. Procurou nos bolsos a passagem e inseriu-a no mecanismo da porta. O mecanismo estudou a passagem, confirmou que estava tudo em ordem, destrancou a porta e permitiu a entrada do velho naquele monumento ao tabaco feito de frisas e ferro fundido.

Ainda recuperando o fôlego, sentou-se ao lado de Paul.

— Esse filho de uma puta não espera nem um segundo para um velho — queixou-se, amargo.

— É uma máquina — disse Paul. — Tudo automático.

— Mesmo assim é um trem filho de uma puta.

Paul balançou a cabeça, demonstrando apreço.

— Eu fui fiscal nesta linha.

— Ah!

O homem tinha um ar exuberante e cheio de si, típico de um especialista chato, e Paul não estava interessado em ouvir o que ele tinha a dizer.

— Sim, por quarenta e um anos — afirmou. — Qua-renn-ta-iumm anos!

— Uau!

— Qua-renn-ta-iumm. Duas vezes vinte, mais um. E adoraria ver uma dessas máquinas ajudando a fazer um parto.

— Ah! Você ajudou a fazer um parto, foi?

— Sim. Um garotinho. Por coincidência, tudo aconteceu no banheiro masculino. — Deu uma risadinha. — Qua-renn-ta-iumm anos!

— Uau.

— E nunca vi uma máquina cuidando de uma garotinha de três anos no trajeto de St. Louis a Poughkeepsie.

— É. Acho que não — disse Paul.

Arquivou esse comentário para seu próximo encontro com Bud Calhoun. Já conseguia enxergar o aparato: uma espécie de donzela de ferro, claro que sem os espigões, e claro que eletrônica, que seguraria uma garotinha com firmeza em St. Louis e a soltaria nos braços dos parentes em Poughkeepsie.

— Qua-renn-ta-iumm anos! Com máquinas você tem *quantidade*, mas não tem *quali*dade. Entendeu?

— Sim — disse Paul.

— *Carthage* — anunciou a gravação. — *Esta parada é Carthage. Próxima estação, Deer River.*

Paul se recostou no assento duro com um suspiro de relaxamento e fechou os olhos para fingir que dormia.

— Qua-renn-ta-iumm anos! Essas máquinas nunca ajudaram uma senhora de idade a descer os degraus.

Depois de algum tempo, o velho fiscal acabou ficando sem exemplos da superioridade humana sobre as máquinas e, com um tom desleixado e desdenhoso, começou a antecipar as gravações das próximas paradas, como se qualquer imbecil pudesse fazer aquilo.

— Deer River. Esta parada é Deer River. Próxima estação, Castorland.

— *Deer River. Esta parada é Deer River* — anunciou a gravação. — *Próxima estação, Castorland.*

— Rá! Viu só?

Paul acabou dormindo mesmo, um sono inquieto, e em Constableville viu enfim o companheiro de viagem enfiar a passagem na ranhura da porta e sair. Paul conferiu a própria passagem, que destrancaria a porta na parada de Ilium para ele desembarcar, para ver se não estava amassada ou rasgada. Tinha ouvido relatos sobre senhoras de idade confusas que ficaram trancadas em vagões por vários dias depois de terem perdido suas passagens ou esquecido de descer na estação certa. Seria um desafio encontrar uma edição de jornal sem alguma matéria de interesse humano sobre alguém sendo libertado de vagões por equipes dos Fedidos e Ruídos.

O velho fiscal que tinha perdido seu emprego desapareceu em meio à noite de Constableville, e Paul refletiu sobre como a maioria dos americanos acreditava piamente na mecanização, mesmo quando suas vidas tinham sido terrivelmente prejudicadas por ela. A reclamação do fiscal, como as lamentações de tantos outros, não era sobre a injustiça de tirar empregos dos humanos e entregar para máquinas, mas sobre as máquinas ainda não fazerem nem de longe tantas tarefas humanas quanto poderiam realizar nas mãos de projetistas talentosos.

— *Constableville. Esta parada é Constableville. Próxima estação, Remsen.*

Um jogo de pôquer acontecia nos assentos atrás de Paul, e um primeiro-sargento reformado, que mais parecia uma zebra de tantas condecorações indicando paciência, sacrificios de sangue e ausências de casa, contava histórias da última guerra: da Última Guerra.

— Nossa — disse, embaralhando distraído as cartas, como se sua mente estivesse a milhares de quilômetros dali. — Estávamos ali, e eles estavam lá. Imaginem que bem ali no banheiro masculino há uma encosta, com os desgraçados enfiados em trincheiras na inclinação oposta. — Os recrutas olharam para o banheiro masculino com os olhares semicerrados de soldados experientes, e o sargento embaralhou um pouco mais as cartas. — À noite, uma bala perdida tinha acertado nosso gerador.

— Puxa vida! — comentou um recruta.

— Que situação, vou te contar — disse o sargento. — Enfim... cinco cartas descobertas, apostas baixas... ali estávamos nós, sem eletricidade alguma, dezoito dos nossos contra quinhentos deles. As sentinelas de micro-ondas, as minas de proximidade, a cerca elétrica, o sistema de comando de fogo, os ninhos de metralhadoras por controle remoto... *pfft*! Sem eletricidade, rainha, ás, ás, e banca leva dois. Aposto no primeiro ás.

"Bem, rapazes... mais dez centavos? Que tal subir dez centavos, só para deixar as coisas mais interessantes? Foi aí, rapazes, que começou a diversão. Às sete horas eles mandaram uma patrulha de cem homens contra nós, para ver o que tínhamos. E não tínhamos nada! E como as comunicações estavam interrompidas, não dava pra pedir ajuda. Todos os nossos tanques robóticos tinham sido transferidos para dar suporte a um ataque do 106, então estávamos sozinhos mesmo. Um caos completo, tudo fodido. Aí mandei o cabo

Merganthaler de volta ao batalhão para pedir socorro... Duas rainhas, nada feito, dois ases, e a banca ficou com outro dois. Aposto nos ases. E aí eles apareceram, berrando que nem uns malucos, e nós só com rifles e baionetas. Parecia um maremoto vindo direto em nossa direção... Ases? Mas que diabo, dois de novo... E bem naquela hora chega o Merganthaler com um caminhão e um gerador que ele tinha surrupiado do 57. Instalamos o gerador, ligamos, e, meu Deus do céu, vocês precisavam ter visto. Os infelizes fritando na cerca elétrica, as minas de proximidade explodindo nos pés deles, os sentinelas de micro-ondas acionando os ninhos de metralhadoras de controle remoto, e o sistema de comando de fogo girando armas e lança-chamas enquanto ainda tinha qualquer coisa se mexendo no raio de um quilômetro e meio. E foi assim que ganhei a minha Estrela de Prata."

Paul balançou de leve a cabeça enquanto ouvia o relato absurdo do sargento. Então aquela era a guerra da qual no passado ele tinha sonhado em participar, a oportunidade de vivenciar um heroísmo básico, com a cabeça quente e os músculos rijos, que ele tanto lamentou ter perdido. Foram muitas mortes, muita dor, sem dúvida, e muito estoicismo, dentes cerrados e ousadia. Mas os soldados tinham sido convocados, acima de qualquer outra coisa, para suportar tudo ao lado das máquinas, os terríveis mecanismos que disputavam com sua própria espécie o direito de se empanturrar de humanos. Na ponte, Horácio era um foguete teleguiado com uma ogiva atômica e um detonador de proximidade. Rolando e Oliveiros eram um par de computadores movidos a jato, voando um contra o outro a uma velocidade muito superior à de qualquer grito humano. A grande tradição do fuzileiro americano sobrevivia apenas simbolicamente, nas salvas ouvidas nos céus em nome dos mortos nos milhares de cemitérios militares. Aqueles nos túmulos, mortos nas linhas de frente, eram herdeiros de outra tradição americana tão antiga quanto a do fuzileiro, mas que era tradicionalmente uma ocupação pacífica: a do funileiro americano.

— Nossa! Mas sargento, por que você nunca tentou virar oficial?

— Eu? Voltar para a faculdade na minha idade? Não sou estudioso, meu rapaz. Aquele bacharelado foi suficiente pra mim. Mais dois anos e um mestrado só pra ganhar duas barrinhas douradas e bem vagabundas? Paaaaaasso!... E uma rainha, e nada feito, e um valete, nada feito, e um cinco, e nada feito, e a banca fica com... vejam só. Três dois. Parece que é o meu dia de sorte, rapazes.

— *Middleville. Esta parada é Middleville. Próxima estação, Herkimer.*

— Sargento, o senhor se importa de falar sobre essas condecorações por ferimento?

— Hm? Não... acho que não. Essa aqui foi por uma dose de raios gama em Jiujiang. Essa daqui... deixa eu pensar... poeira radioativa nos brônquios em Afyonkarahisar. E essa miudinha aqui... hã... foi pé de trincheira em Kransystaw.

— Sargento, qual foi a mulher mais gostosa que o senhor já pegou?

— Uma ruivinha em Farafangana, filha de sueca com egípcio — respondeu o sargento sem hesitar.

— Rapaz! Espero que me mandem pra lá!

Paul supôs que ali estava uma característica da antiga tradição militar americana que continuaria viva para sempre: mandem-me para onde tiver as mulheres mais bonitas.

— *Herkimer. Esta parada é Herkimer. Próxima estação, Little Falls.*

— Sargento, esse trem é suburbano?

— Dá pra chamar assim. Que tal mais um joguinho pra ver quem fica com os trocados? — sugeriu o sargento.

— Por mim tudo bem. Opa. Três, que lixo. Rainha para o Charley, um oito para o Lou. E, rapaz, o sargento se deu mal.

— Ei, sargento, ouvi dizer que o soldado Elmo Hacketts vai embarcar.

— Sim. Desde que engajou, ele pede pra ser enviado para o exterior. Par de três para o Ed, nada para o Charley, curinga para o Lou, e a banca fica com... mas que porcaria!

— Ás!

— *Little Falls. Esta parada é Little Falls. Próxima estação, Johnsonville.*

—Vamos de novo, e... Ora, mas vejam só — disse o sargento. — Ed está com uma trinca de três. Sim... é uma pena perder o Hacketts. Mais uns anos de experiência e ele viraria um baita porta-estandarte. Mas se ele prefere jogar tudo isso fora, o problema é dele. Nada para o Charley, e o Lou pega meu ás. Por enquanto a trinca de três leva.

— E para onde vão mandar o Hacketts? O senhor sabe?

— E nada, e pego, e nada, e nada — disse o sargento. — Sim, as ordens dele chegaram hoje. Última rodada, rapazes. E nada, e nada, e nada, e...

— Nossa!

— Desculpa por esse terceiro ás, Ed. Acho que vai ser meu também. Sim, o Hacketts conseguiu ser transferido para o serviço no exterior, como ele queria. Embarca para Tamanrasset amanhã cedo.

— Tamanrasset?

— No deserto do Saara, seu burro. Não sabe nada de geografia? — Abriu um sorriso enorme. — Que tal um blackjackzinho, bem tranquilo?

Paul suspirou por Hacketts, nascido em um deserto espiritual e que agora estava sendo enviado para onde a Terra também era estéril.

— *Johnsonville... Fort Plain... Fonda... Fort Johnson... Amsterdam... Schenectady... Cohoes... Watervliet... Albany... Rensselaer... Ilium, esta parada é Ilium.*

Com os olhos embaçados de sono, Paul arrastou os pés até a porta, inseriu sua passagem na fenda e desceu na plataforma da estação de Ilium.

A porta do compartimento de bagagem se abriu fazendo barulho, um caixão deslizou até um elevador de carga que estava à espera e foi levado para dentro das entranhas refrigeradas da estação.

Nenhum táxi tinha se preocupado em esperar a chegada daquele trem nada promissor. Paul telefonou para a empresa de táxis, mas ninguém respondeu. Olhou desamparado para o vendedor automático de passagens, o vendedor automático de náilon, o vendedor automático de café, o vendedor automático de chiclete, o vendedor automático de livros, o vendedor automático de jornais, o vendedor automático de escovas de dente, o vendedor automático de Coca-Cola, a máquina automática de engraxar sapatos e a cabine de fotos automática, e então saiu caminhando pelas ruas desertas do lado do rio que abrigava Domicílio.

Foram treze quilômetros de caminhada atravessando Domicílio, passando pela ponte e subindo pelo outro lado do rio, até chegar em casa. Não era seu lar, pensou Paul, mas a casa onde ficava sua cama.

Paul estava aborrecido, mole por dentro, com uma camada externa de calor inclemente: sonolento e ao mesmo tempo insone, atacado por pensamentos ainda impensáveis.

Seus passos ecoaram nas fachadas cinzentas de Domicílio, e os tubos desligados de néon, proclamando coisas sem nenhuma importância àquela hora, eram apenas vidro frio e vazio, por falta da magia dos elétrons voando pelo gás inerte.

— Companhia?

— Hein?

Uma mulher jovem, com seios que lembravam balões murchos antes de serem inflados pelo ar, olhava para ele de uma janela no segundo andar.

— Perguntei se você quer companhia.

— Sim — respondeu Paul, simplesmente.

— Sobe aqui.

— Bem — Paul ouviu a própria voz —, certo, vou subir.

— É a porta ao lado do Mercado Automágico.

Paul subiu a escadaria longa e escura, e a cada lance encontrava um anúncio proclamando que o doutor Harry Friedmann era um dentista indolor, licenciado sob o Plano Nacional de Seguridade e Saúde. "Por que", Friedmann perguntava retoricamente, "se contentar com alguém inferior a um D-006?"

A porta no corredor ao lado da porta do doutor Friedmann estava aberta, com a mulher à espera.

— Qual o seu nome, amor?

— Proteus.

— Parente do figurão do outro lado do rio?

— Meio-irmão.

— Você é a ovelha negra, amor?

— Isso.

— Seu irmão que se dane.

— Tomara — disse Paul.

Acordou uma vez durante a noite que passou com ela, despertando de um sonho em que viu seu pai ao pé da cama, furioso.

Ela resmungou durante o sono.

Enquanto voltava a dormir, Paul balbuciou uma resposta automática:

— Eu *também* te amo, Anita.

27

O doutor Paul Proteus foi dono do próprio nariz, sozinho em sua própria casa por uma semana. Ficou esperando algum contato por parte de Anita, mas nada aconteceu. Agora ele percebia que não havia mais nada a ser dito. Ela provavelmente ainda devia estar em Continente. Ainda restava uma semana da temporada na Campina. Depois disso viria a confusão de separar os pertences... e então o divórcio. Ele ficou pensando qual seria alegação dela para entrar com o pedido. Crueldade mental extrema parecia divertido, e ele imaginou que não estava muito longe da verdade. Qualquer variação de qualquer norma causava um sofrimento terrível em Anita. Ela precisaria se mudar do estado de Nova York, é claro, já que ali os únicos motivos aceitáveis para um divórcio eram adultério e incitação a atos de sabotagem. Qualquer desses dois motivos poderia ser alegado, ele imaginou, mas não com dignidade.

Paul tinha visitado sua fazenda uma vez e, como um homem dedicando a vida a Deus, tinha pedido ao senhor

Haycox que mostrasse como ele deveria trabalhar, guiando a mão da natureza. Paul logo descobriu que a mão que agarrou com tanto fervor era áspera e lenta, quente, úmida e malcheirosa. E a casinha encantadora que ele tinha imaginado como um símbolo da boa vida de um fazendeiro era tão irrelevante quanto uma estátua de Vênus no portão de uma estação de tratamento de esgoto. Não voltou mais.

Foi uma vez à fábrica. O maquinário tinha sido desligado durante a temporada na Campina, e apenas os vigias estavam de serviço. Quatro deles, agora impertinentes e desdenhosos, tinham telefonado para a Campina em busca de Kroner, para pedir instruções. Depois escoltaram Paul até sua antiga escrivaninha, onde ele recolheu alguns objetos pessoais. Fizeram uma lista de tudo que ele tinha recolhido e questionaram seus direitos sobre cada um dos itens. E, por fim, conduziram-no de volta ao mundo exterior e fecharam as portas diante dele para todo o sempre.

Agora Paul estava na cozinha, em frente à máquina de lavar roupa, sentado em uma banqueta, assistindo a programas na televisão. A tarde estava chegando ao fim, e ele pensou que não seria nada mau lavar a própria roupa.

Ãrdol-ãrdol-ãrdol, rangia a máquina. *Ãrdol-ãrdol-ãt-zãl! Znic. Baz-zuap!* Soou a campainha. *Azzzzzzzzzz. Frump!* E então surgiram as decepcionantes oferendas: três pares de meias, três bermudas e as camisetas azuis da Campina, que ele vinha usando como pijama.

Na tela da TV, uma mulher de meia-idade dava conselhos ao filho adolescente, cujos cabelos e roupas estavam desgrenhados e imundos.

— Brigar não serve para nada, Jimmy — dizia ela, triste. — Deus é testemunha de que ninguém consegue deixar o mundo mais alegre quebrando o nariz de outra pessoa nem deixando que quebrem o seu.

— Eu sei... mas ele disse que o meu QI é 59 mamãe! — O garoto estava quase chorando de tão furioso e magoado. — E disse que o do papai era 53.

— Ora, ora... isso é criancice e nada mais. Não ligue para essas coisas, Jimmy.

— Mas é verdade — disse o garoto, entre soluços. — É verdade, mamãe. Fui à delegacia e consultei! É mesmo 59, mamãe! E o papai 53, coitado. — Ele se virou de costas para a mãe, e sua voz era um sussurro amargo. — E o seu é 47, mamãe. É 47!

Ela mordeu o lábio, parecendo estar de coração partido, e então, como se por um milagre retirasse forças de algum lugar acima da linha dos olhos, segurou a mesa da cozinha com as duas mãos.

— Jimmy, olhe para sua mãe.

Ele se virou bem devagar.

— Jimmy, QI não é tudo. Algumas das pessoas mais infelizes do mundo são as mais inteligentes.

Desde o começo daquela semana de ócio em casa, Paul tinha aprendido que, com algumas variantes, essa era uma das situações-problema básicas dos dramas vespertinos, com doenças e lesões do nervo óptico e do aparelho locomotor vindo logo em seguida. Um dos programas explorava incansavelmente a seguinte questão: uma mulher de QI baixo poderia ter um casamento feliz com um homem de QI alto? A resposta parecia ser sim e não.

— Jimmy, meu filho querido... QI não traz felicidade, e São Pedro não faz testes de QI para ver quem pode entrar no Paraíso. As pessoas mais maldosas que já viveram eram as mais inteligentes.

Jimmy pareceu desconfiado, depois surpreso, e logo cautelosamente disposto a se deixar convencer.

— Então, mamãe, você está dizendo que... um cara normal como eu, uma pessoa qualquer, gente como a gente, é tão bom quanto, quanto, quanto, bem, quanto o doutor Garson, gerente da fábrica?

— Doutor Garson, com seu QI 169? Doutor Garson, com seus títulos de doutorado, pós-doutorado, pós-pós-doutorado e pós-sei-lá-eu-o-quê? Está falando dele?

— Sim, mamãe. Ele.

— Ele? O doutor Garson? Jimmy, meu filho... você já viu as olheiras do doutor Garson? Já viu as rugas naquele rosto? Ele está carregando o mundo nas costas, Jimmy. Foi isso que ele ganhou por ter um QI alto. Sabe quantos anos ele tem?

— É um cara bem velho, mamãe.

— Ele tem dez anos a menos que o seu pai, Jimmy. Foi *isso* que ele ganhou em troca de tanta inteligência.

O pai entrou nesse momento, usando seu distintivo de Nivelador de Asfalto, Primeira Classe, das Unidades de Reconstrução e Recuperação. Estava alegre, rosado, com uma saúde de ferro.

— Oi, pessoal — saudou. — Tudo em perfeita ordem na minha casinha?

Jimmy trocou olhares com a mãe e abriu um sorriso esquisito.

— Sim, senhor, acho que sim. Quero dizer, sim, senhor, pode apostar que sim!

Então entrou a música de órgão, o locutor e o sabão em pó sem água e sem enxágue, e Paul baixou o volume.

A campainha da casa estava tocando, e Paul não sabia há quanto tempo. Ele poderia ter ligado a câmera de circuito interno para descobrir se valia a pena atender, mas, como estava sedento por companhia, por qualquer tipo de companhia, foi até a porta, satisfeito e agradecido.

Um policial olhou friamente para ele.

— Doutor Proteus?

— Sim?

— Sou da polícia.

— Estou vendo.

— Você não se registrou.

— Ah. — Paul sorriu. — Ah... estava mesmo pensando em fazer isso. — E era verdade.

O policial não sorriu.

— Então por que não se registrou?

— Ainda não tive tempo.

— É melhor ir arranjando um tempinho.

Paul ficou aborrecido com aquele jovem rude e, como tinha acontecido com o barman da Campina, sentiu vontade de colocar aquele policial em seu devido lugar. Mas dessa vez pensou melhor.

— Certo, vou me registrar amanhã cedo.

— O doutor vai se registrar hoje mesmo, em no máximo uma hora.

Paul estava aprendendo que o título de "doutor" podia ser pronunciado de um modo capaz de fazer qualquer homem se arrepender sinceramente por ter algum dia estado a quinze quilômetros de distância de uma universidade.

— Sim... tudo bem, você é que manda.

— E o seu cartão de identificação industrial... o doutor não devolveu.

— Perdão. Vou fazer isso.

— E o porte de armas e munição.

— Vou levar também.

— E o cartão de sócio do clube.

— Vou procurar.

— E o passe de viagens aéreas.

— Certo.

— E sua apólice executiva de seguridade e saúde. Agora vai ter de tirar uma apólice comum.

— Você é que manda.

— Acho que é isso. Se aparecer mais alguma coisa, eu aviso.

— Tenho certeza disso.

A expressão do jovem policial se abrandou de repente, e ele meneou a cabeça.

— Puxa vida! Os poderosos também sucumbem, hein, doutor?

— E como! — respondeu Paul.

E uma hora depois, Paul se apresentou na delegacia, muito gentil, carregando uma caixa de sapato cheia de privilégios revogados.

Enquanto esperava alguém notar sua presença, ficou se distraindo com a máquina de radiofotos protegida por um vidro, que estava produzindo o retrato de um fugitivo com uma breve biografia registrada ao lado. O retrato emergia aos poucos de uma ranhura no alto da máquina: primeiro o cabelo, depois as sobrancelhas, alinhadas com a palavra PROCURADO, e então, alinhado com os olhos grandes e ensandecidos, o nome: Edgar Rice Burroughs Hagstrohm, R&R-131313. A história sórdida de Hagstrohm apareceu junto com o nariz: "Hagstrohm destruiu sua casa M-17 em Chicago com um maçarico, caminhou nu até a casa da senhora Marion Frascati, viúva de um antigo amigo, e exigiu que ela fugisse para o mato com ele. A senhora Frascati se recusou, e ele desapareceu no santuário de pássaros contíguo ao conjunto habitacional. Por ali conseguiu escapar da polícia, e possivelmente fugiu saltando do alto de uma árvore sobre um trem de carga que passava..."

— Você! — surgiu o sargento em serviço. — Proteus!

O registro envolvia o preenchimento de um formulário longo e tediosamente complicado, que começava com o nome e o número de classificação mais elevado, investigava os motivos pelos quais a pessoa havia caído em desgraça, pedia nomes dos amigos e parentes mais próximos e terminava com um juramento de fidelidade aos Estados Unidos da América. Paul assinou o documento na presença de duas testemunhas e ficou observando um programador traduzir os dados, com ajuda de um teclado, em termos compreensíveis para as máquinas. Um cartão foi emitido, com uma nova disposição de entalhes e perfurações.

— Pronto — disse o sargento em serviço.

Depositou o cartão em uma ranhura, e o cartão percorreu rapidamente todo um sistema de comutadores e desvios até repousar sobre uma grossa pilha de cartões similares.

— O que é aquilo? — perguntou Paul.

O sargento olhou para a pilha sem muito interesse.

— Sabotadores em potencial.

— Espera aí... o que está acontecendo aqui? Quem falou que eu me encaixo nisso?

— Nada pessoal — respondeu o sargento, com paciência. — Ninguém disse que você é um sabotador. É tudo automático. Quem cuida disso são as máquinas.

— E que direito elas têm de dizer uma coisa dessas sobre mim?

— Ah, elas sabem, elas sabem — disse o sargento. — Têm muita experiência. Fazem isso com qualquer um que tenha mais de quatro anos de curso superior e esteja desempregado. — O sargento semicerrou os olhos e deu uma boa espiada em Paul. — E você ficaria surpreso, doutor, ao ver como elas acertam.

Um detetive entrou, suando e desanimado.

— Alguma novidade no caso Freeman, Sid? — perguntou o sargento, perdendo o interesse em Paul.

— Não. Todos os bons suspeitos passaram sem problemas pelo detector de mentiras.

— Você conferiu as válvulas?

— Claro. Colocamos válvulas novas, conferimos os circuitos. Mesma coisa. Todos os desgraçados são inocentes. Na verdade, todos aqueles desgraçados teriam adorado apagar o sujeito. — Deu de ombros. — Bem, vamos precisar dar mais uma circulada. Temos uma pista: a irmã disse ter visto um homem estranho nos fundos da casa de Freeman meia hora antes de ele ser morto.

— Tem uma descrição?

— Parcial. — Virou para o programador. — Pronto, Mac?

— Tudo certo. Manda.

— Estatura mediana. Sapatos pretos, camisa azul. Sem gravata. Aliança na mão esquerda. Cabelo preto, penteado para trás. Bem barbeado. Verrugas nas mãos e na nuca. Mancava um pouco.

O programador, sem expressão alguma no rosto, acionava as teclas enquanto o detetive falava.

Dinga-dinga-dinga-ding!, fez a máquina, e depois emitiu um cartão.

— Herbert J. van Antwerp — disse Mac. — Quatro-nove cinco-meia, avenida Collester.

— Bom trabalho — disse o sargento. Pegou um microfone. — Carro 57, carro 57... vá até...

Enquanto Paul saía para a rua iluminada pelo sol, um camburão, com a sirene desligada e pneus, "cantando" a canção da borracha nova sobre o asfalto quente, fez a curva no beco que passava por trás da delegacia.

Curioso, Paul deu uma espiada, enquanto o camburão parava diante de uma porta gradeada.

Um policial desceu pela porta traseira do veículo preto novinho e reluzente, e apontou uma arma não letal para Paul.

— Certo, certo, vamos circulando!

Paul começou a caminhar, demorando-se apenas por um instante para dar uma espiada no prisioneiro, que estava sentado no fundo do interior escuro do camburão, indistinto, sem importância, entre dois outros homens com armas não letais.

— Circulando, cai fora! — gritou o policial para Paul mais uma vez.

Paul imaginou que o policial não chegaria a desperdiçar munição em um mero curioso, então se demorou para mais uma espiada. Seu respeito pelo enorme cano da arma era atenuado por sua ânsia de ver alguém que tinha se dado pior que ele na tarefa de progredir na sociedade.

A porta de ferro da delegacia se abriu com ruído, e outros três policiais armados surgiram à espera do facínora. Tudo indicava que a ideia de permitir que ele ficasse livre naquele beco, mesmo que por alguns segundos, era tão ameaçadora que o policial que antes tinha enxotado Paul agora concentrava toda sua atenção na cobertura dos poucos metros quadrados que o prisioneiro atravessaria dentro de instantes. Paul notou o polegar do policial destravando gatilho.

— Certinho, nada de malandragem, ouviu bem? — disse uma voz nervosa dentro do camburão. — Vamos saindo!

No instante seguinte, o doutor Fred Garth, usando uma camisa da Equipe Azul toda rasgada, com a barba por fazer e os olhos esbugalhados, emergiu para a luz do dia, algemado e com um sorriso zombeteiro no rosto.

Antes que Paul pudesse acreditar que aquela cena sem sentido estava mesmo acontecendo, seu ex-colega de barraca e de equipe, seu parceiro, o segundo na fila para a vaga de Pittsburgh, já tinha entrado na delegacia.

Paul voltou às pressas até a porta da frente e entrou novamente na sala em que tinha preenchido os documentos, mostrando suas credenciais.

O sargento o encarou com arrogância.

— Sim?

— O doutor Garth... o que ele está fazendo aqui? — perguntou Paul.

— Garth? Não tem nenhum Garth por aqui.

— Eu o vi sendo levado para a delegacia pela porta dos fundos.

— Imagina.

O sargento voltou a ler.

— Olha... ele é um dos meus melhores amigos.

— Deve ficar preso com seu cachorro e sua mãe — disse o sargento, sem levantar os olhos. — Cai fora.

Perplexo, Paul voltou para a rua, deixou o carro estacionado em frente à delegacia e foi subindo a pé a ladeira que levava até a rua principal de Domicílio, até o bar ao lado da ponte.

O relógio da câmara municipal bateu quatro horas. Poderia ter batido meia-noite ou sete ou uma, para Paul não faria a menor diferença. Não precisava mais estar em lugar nenhum lugar em horário nenhum: talvez nunca mais, pensou. Inventava os próprios motivos para ir a algum lugar ou simplesmente ia sem ter motivo algum. Ninguém tinha mais nada para ele fazer em lugar algum. A economia não estava mais interessada. Seu cartão agora só interessava às máquinas da polícia, que o encararam, assim que o cartão foi introduzido, com uma desconfiança instintiva.

O hidrante estava aberto como sempre, e Paul se juntou à multidão. Relaxou diante dos borrifos frescos de água. Esperou ansiosamente para que o moleque acabasse de fazer o barquinho de papel e se deleitou com o avanço da embarcação aos sacolejos rumo à destruição garantida nas profundezas escuras e borbulhantes do bueiro.

— Gostou, doutor?

Paul se virou e deu de cara com Alfy, aquele cara que adivinhava as músicas com a televisão no mudo, bem ao seu lado.

— Ora! — exclamou Paul. — Achei que você estivesse na Campina.

— E eu achei que *você* estivesse por lá. Como está esse lábio?

— Melhorando. Inchado.

— Se isso serve de consolo, doutor, o barman continua espirrando.

— Ótimo, maravilha. E você? Foi demitido?

— Não ficou sabendo? Mandaram todo mundo para a rua, toda a equipe de serviço, depois daquela história da árvore. — Deu uma risada. — Agora eles mesmos estão cozinhando, arrumando a cama, preparando as quadras e tudo mais, fazendo tudo sozinhos.

— Todo mundo?

— Todo mundo abaixo dos gerentes de complexo.

— Estão limpando as privadas também?

— Só os burrinhos, doutor. Todo mundo com QI abaixo de 140.

— Que coisa. E ainda estão jogando?

— Sim. Até onde eu sei, a Equipe Azul estava bem na frente.

— Ora, mas não diga!

— É, ficaram com tanta vergonha por sua causa que quase se mataram para ganhar.

— E a Verde?

— Na lanterna.

— Mesmo com o Shepherd?

— Está falando daquele cara que se acha medalhista olímpico? Sim, ele se inscreveu em tudo e tentou pontuar em todas as provas.

— Então...

— Então ninguém fez ponto nenhum. Até onde eu sei, a equipe dele estava tentando convencê-lo de que ele estava com pneumonia viral e precisava passar uns dias na enfermaria. Algum problema ele realmente tem, disso eu não tenho dúvidas. — Alfy conferiu o relógio. — Olha, está passando música de câmara no canal sete. Vamos apostar?

— Não com você.

— Só de brincadeira mesmo. Sem apostar dinheiro. Estou ficando maluco por música de câmara. É um campo totalmente novo. Vem, doutor, a gente aprende junto. Você presta atenção no violoncelo e no contrabaixo, e eu fico com a viola e o violino. Combinado? Depois a gente compara nossas impressões e soma nosso conhecimento.

— Pago uma cerveja para você. Que tal?

— Opa, legal. Legal mesmo.

Na meia-luz úmida do bar, Paul enxergou um adolescente olhando para ele com um ar de esperança. Em frente ao rapaz, sobre a mesa, três fileiras de palitos de fósforo: três na primeira, cinco na segunda, sete na terceira.

— Oi — disse o adolescente, parecendo constrangido. — Esse jogo é bem interessante. O objetivo é fazer o outro cara ficar com o último fósforo. Pode tirar quantos palitos quiser a cada rodada, mas só de uma fileira por vez.

— Bem… — disse Paul.

— Vai fundo — incentivou Alfy.

— Por dois dólares? — perguntou o rapaz, nervoso.

— Certo, dois dólares.

Paul tirou um fósforo da fileira mais comprida.

O jovem franziu o cenho, demonstrando preocupação, e contra-atacou. Três lances mais tarde, Paul fez com que ele ficasse olhando desconsolado para o último palito.

— Mas que droga, Alfy — lamentou, desolado —, olha isso. Eu perdi.

— Ainda é seu primeiro dia! — respondeu Alfy animado. — Não desanime. Certo, você perdeu. Mas você só está começando. — Alfy deu um tapinha no ombro do rapaz. — Doutor, ele é meu irmão caçula, o Joe. Está só começando. O Exército e os Fedidos e Ruídos estão loucos atrás dele, mas estou tentando ajudá-lo, para que se dedique ao próprio negócio. Vamos ver como ele se sai nesse negócio dos fósforos, e, se não der certo, pensamos em outra coisa.

— Eu jogava bastante na faculdade — disse Paul, como se estivesse pedindo desculpas. — Sou muito experiente.

— Faculdade! — exclamou Joe, impressionado, e então sorriu, parecendo se sentir melhor. — Meu Deus, agora eu entendi. — Suspirou e voltou a se sentar, mais uma vez deprimido. — Mas, não sei, Alfy... estou quase jogando a toalha. Falando sério, eu não tenho cabeça para isso. — Alinhou os fósforos mais uma vez e começou a tirar alguns, jogando consigo mesmo. — Eu treino bastante, é quase um trabalho, mas não pareço estar ficando melhor.

— Claro que é um trabalho! — retrucou Alfy. — Todo mundo trabalha em alguma coisa. Levantar da cama dá trabalho! Tirar comida do prato e colocar na boca também dá trabalho! Mas existem dois tipos de trabalho, moleque: trabalho e trabalho *duro*. Se você quer se destacar, se quer vender alguma coisa, precisa trabalhar *duro*. Escolha alguma coisa impossível e vire mestre nisso, ou então passe o resto da vida sendo um vagabundo. Claro, todo mundo trabalhava na época de George Washington, mas George Washington trabalhava *duro*. Todo mundo trabalhava na época de Shakespeare, mas Shakespeare trabalhava *duro*. Sou quem eu sou porque trabalho *duro*.

— Tá bom, tá bom, tá bom — aquiesceu Joe. — Mas eu, Alfy, não tenho cabeça, não tenho olho, não tenho talento. Talvez seja melhor eu entrar para o Exército.

— É melhor você trocar de sobrenome antes de fazer isso, moleque, e nunca mais me chateie — reclamou Alfy, tenso. — Quem tem o sobrenome Tucci precisa saber como se virar sozinho. Sempre foi assim, e é assim que sempre vai ser.

— Certo — disse Joe, corando. — Beleza. Vou continuar tentando por mais uns dias.

— Certo! — exclamou Alfy. — É isso aí, insista.

Alfy deu uma corridinha para ficar mais perto da televisão e foi acompanhado por Paul.

— Escuta — disse Paul —, você por um acaso sabe quem é Fred Garth?

— Garth? — Alfy deu uma risada. — De início eu não sabia, mas agora pode apostar que sei muito bem. Foi ele que arrancou a casca do Carvalho.

— Mentira!

— Sim. E nem pensaram em investigar o sujeito. *Ele* foi colocado na comissão que deveria investigar o caso.

— E como pegaram ele?

— Acabou se entregando. Quando o arborista chegou para remendar o Carvalho, Garth abriu o bico.

— Alfy! — exclamou o barman. — Você perdeu o primeiro número.

Alfy puxou uma banqueta do balcão.

Paul se sentou ao lado dele e puxou conversa com o barman. Foi um diálogo desconexo, pois Alfy mantinha o sujeito ocupado, aumentando e diminuindo o volume da televisão.

— Você tem visto o Finnerty? — perguntou Paul.

— O tocador de piano mecânico?

— Isso.

— E se tiver?

— Só quero falar com ele, mais nada. É meu amigo.

— Muita gente anda querendo falar com o Finnerty.

— Pois é. Por onde ele anda?

O barman analisou Paul de cima a baixo.

— Ninguém tem visto o Finnerty.

— Ah, é? Ele não está mais morando com o Lasher?

— Quantas perguntas, hein? Ninguém tem visto o Lasher.

— Entendi. — Paul não estava entendendo nada. — Saíram da cidade?

— Quem sabe? Agora vamos, eu não tenho o dia inteiro. O que vai querer?

— *Bourbon* e água.

O barman misturou a bebida, colocou o copo diante de Paul e virou as costas.

Paul bebeu à saúde dos companheiros hostis ou apáticos na nova vida que ele tinha escolhido, tossiu, sorriu, estalou os lábios discretamente, tentando descobrir o que aquele drinque tinha de errado, e caiu desacordado da banqueta do balcão.

28

— *Do Cayuga Azul* — entoavam as vozes juvenis no entardecer de outono...

> *Da colina, do vale e do céu*
> *De todos estes ecoa toda a glória de Cornell...*

O doutor Harold Roseberry, EF-002, colocou dois documentos lado a lado no vasto espaço desnudo e encerado do tampo de sua mesa de jacarandá. A mesa, grande o bastante para servir de heliporto, tinha sido um presente de seus ex-alunos de Cornell, como indicado por uma placa de prata em um de seus cantos. A justificativa daquele presente suntuoso estava entalhada na madeira preciosa daquele tampo de mesa: os resultados obtidos pelo Big Red, o time de futebol americano da universidade, durante as cinco últimas temporadas. Ao menos o porquê e o para quê daquele objeto não deixariam espaço a qualquer dúvida nas mentes dos arqueólogos do futuro.

"Do leste e do oeste vêm os ecos dos chamados", gritavam as vozes juvenis, e o doutor Roseberry teve enorme dificuldade em se concentrar nos dois documentos que estavam à sua frente: um memorando do diretor da Escola de Artes e Ciências, um homem pitoresco e antigo de uma parte pitoresca e antiga da universidade, e uma carta de cinco anos atrás assinada por um ex-aluno implicante, reclamando sobre o comportamento extracampo do time. O memorando do diretor anunciava que um certo senhor Ewing J. Halyard tinha chegado na cidade para mostrar a universidade ao xá de Bratpuhr e aproveitaria a oportunidade para compensar uma insuficiência de créditos acadêmicos em educação física, um problema que já tinha completado dezessete anos. O memorando pedia que o doutor Roseberry designasse alguém de seu departamento para a tarefa de submeter Halyard às provas finais de educação física na manhã seguinte.

"Cornell vitoriosa! A campeã de tudo!", entoavam as vozes. O doutor Roseberry não conseguiu deixar de reagir com ironia ao último verso da canção.

— Sem dúvida foi vitoriosa no ano passado e nos quatro anos anteriores — resmungou em meio à sua fecunda solidão. Mas aquele ano não pareceria tão glorioso se entalhado em jacarandá. — Amanhã e amanhã e amanhã — disse ele, cansado.

Todos os técnicos da Ivy League queriam rebaixá-lo a EF-003 novamente, e para isso bastariam duas derrotas. Yale e Penn estavam em chamas. Yale tinha arrecadado fundos para comprar toda a defesa do Texas A&M, e Penn comprou o passe de Breslaw, do time de Wisconsin, por 43 mil dólares.

Roseberry gemeu.

"Por quanto tempo esses miseráveis pensam que alguém consegue jogar futebol americano universitário?", pensou.

Seis anos antes, Cornell tinha comprado seu passe do Wabash College e pedido para que ele dissesse sua ideia de time ideal. Depois, sem fazer mais perguntas, compraram a equipe inteira para ele.

— Mas o que esses infelizes acham que compraram, afinal? — perguntava-se. — Alguma coisa feita de aço e cimento? Imaginam que vai durar uma vida inteira, é isso?

Desde então não tinham contratado nem mesmo um auxiliar para entregar água aos jogadores, e a média de idade do Big Red estava chegando perto dos 31 anos.

"Rio acima nas águas do Cayuga,
Com o azul das ondas a brilhar,
Imponente nossa nobre Alma Mater
Tão gloriosa de contemplar..."

— É gloriosa mesmo — disse o doutor Roseberry para si mesmo. — E quem diabo você acha que pagou por ela?

Nos primeiros dois anos, o time de futebol americano se pagou. Nos três anos seguintes, financiou um novo prédio de química, um laboratório de calor e energia, um novo prédio administrativo para o Departamento de Engenharia Agrícola e quatro novas cátedras: Filosofia da Engenharia Criativa; História da Engenharia Criativa; Relações Públicas Criativas para Engenheiros; e Engenharia Criativa e o Consumidor Cativo.

Roseberry, de quem não se esperava qualquer atenção ao lado acadêmico da universidade, mesmo assim tinha mantido um inventário cuidadoso de todas essas melhorias, gloriosas de ver, realizadas desde que ele e seu time de futebol americano tinham começado a navegar pelas águas azuis do Cayuga. Prevendo uma temporada ruim, rascunhava na cabeça uma carta polêmica aos ex-alunos, na qual exibiria com destaque os gastos acadêmicos. Já tinha burilado à perfeição a primeira frase, que começaria a carta logo após a saudação "Desportistas", e gostava de imaginar suas palavras escritas em letras maiúsculas:

"SERÁ QUE O EMPREENDIMENTO FUTEBOLÍSTICO DE CORNELL SERÁ GERENCIADO COMO O EMPREENDIMENTO QUE É OU VAMOS DEIXAR O TIME SANGRAR VERMELHO ATÉ MORRER BRANCO?"

E então a frase seguinte lhe veio à mente em um acesso de inspiração:

"NOS ÚLTIMOS CINCO ANOS, NENHUM CENTAVO FOI REINVESTIDO NO EMPREENDIMENTO, NENHUM CENTAVO FOI DESTINADO A RENOVAR OS ATIVOS!"

Estava percebendo que a carta inteira precisaria ser escrita em letras maiúsculas. A situação exigia uma notificação que causasse um verdadeiro impacto.

O telefone tocou.

— Doutor Roseberry falando.

— Aqui quem fala é Buck Young, doutor. Tem um bilhete aqui dizendo que o senhor quer falar comigo.

A voz rouca tinha traços de inquietação, bem como Roseberry esperava. Conseguia imaginar Buck sentado em frente ao telefone por vários minutos, com o recado na mão, antes de discar. Agora que Buck tinha ido tão longe, Roseberry disse a si mesmo, certamente também iria até o fim.

— Isso, isso — respondeu Roseberry, com um sorriso cativante. — Como você está, meu caro Buck?

— Bem. O que você tem em mente?

— Melhor eu perguntar o que você tem em mente.

— Termodinâmica. Análise de tensões. Fluxo fluido. Equações diferenciais.

— Aaah — disse Roseberry —, não quer relaxar tomando uma cerveja comigo no The Dutch? Quando você ouvir minhas novidades, talvez tenha outra coisa em mente.

"Salve, salve, cá estamos novamente
Para com toda nossa força torcer"

As vozes cantavam, e o doutor Roseberry esperou impaciente que a algazarra parasse. Se precisavam treinar uma torcida organizada, seria melhor que fizessem isso em algum lugar que não incomodasse nem a ele nem ao seu time. Era outro problema: Cornell era tão sovina que alojava seus atletas no campus, em vez de construir uma instalação separada, distante de toda a balbúrdia estudantil.

— Deixa só eles calarem a boca, meu caro, senão nem consigo me ouvir pensar.

"Salve, salve, cá estamos novamente,
Para o vermelho e branco vencer!"

Ou Cornell pensa em termos de progresso, ou melhor começar a procurar outro treinador, Roseberry disse a si mesmo. Tennessee, por exemplo: eles, sim, pensavam em progresso. O time *deles* ficava em Miami Beach, e não era nenhuma surpresa que Milankowitz tivesse ido para lá por 35 mil dólares após recusar uma oferta de 40 mil de Chicago.

— Certo, Bucky. Já consigo ouvir de novo. Que tal a gente se encontrar no The Dutch pra tomar umas daqui a uns quinze minutos?

A voz era tênue, relutante.

— Só por meia hora.

O doutor Roseberry entrou em seu conversível preto, estacionado nas vagas reservadas ao time, e dirigiu até a casa da fraternidade Delta Upsilon, em cujo gramado ele tinha visto pela primeira vez Buck Young jogando futebol em um torneio intrafraternidades. Sem cobrar nada, Young tinha feito coisas para a Delta Upsilon pelas quais qualquer universidade do país pagaria 50 mil dólares por ano, ainda achando tudo uma pechincha.

Isso tinha acontecido no outono anterior, e a Delta Upsilon tinha vencido o torneio intrafraternidades de futebol americano com 450 pontos, contra seis dos adversários. Young tinha marcado 390 desses pontos e dado os passes para outros 54, com os pontos restantes conquistados por um certo George Ward, cujo nome tinha sido gravado em fogo na memória de Roseberry ao lado de todas as outras estatísticas.

Porém, ao ser abordado por Roseberry, Young tinha afirmado com convicção que jogava futebol americano para se divertir e que queria ser engenheiro. Um ano antes, quando o Big Red ainda era de longe a equipe mais impressionante no Leste e os ex-alunos de Yale e Penn ainda não tinham começado a mobilizar seus recursos econômicos, Roseberry pôde se dar ao luxo de achar engraçada a preferência de Young por uma carreira em engenharia. Agora nada mais era engraçado, e Roseberry via em Young sua única chance de permanecer um EF-002, mesmo levando em conta a desorganizada economia futebolística de Cornell. Venderia uns dois atacantes habilidosos para Harvard, que compraria qualquer coisa que fosse barata, e usaria os recursos para contratar os serviços de Young a um preço muitíssimo abaixo de seu valor de mercado.

O The Dutch, com suas paredes com revestimento de madeira envelhecida pela condensação do hálito de gerações de adolescentes alcoólatras, estava lotado e barulhento, e em quase todas as mãos se enxergava o drinque da moda daquela temporada: licor *Bénédictine* com água Pluto, conhecida por suas propriedades laxativas, decorado por um raminho de hortelã.

O doutor Roseberry foi saudado e brindado pelos garotos ao entrar. Sorriu e corou, como se esperava dele, enquanto por dentro perguntava a si mesmo e à história: "Que diabo esses bebês engenheiros têm a ver comigo?" Abriu caminho pela multidão, que exigia sua atenção por motivos nem um pouco claros, até chegar a uma mesa em um canto mais escuro, onde Purdy e McCloud, os atacantes que ele pretendia vender para Harvard, curtiam a única cerveja da noite, de acordo com o que era permitido em época de treinamento. Estavam conversando com o tom de voz baixo, com um ar de mistério e, quando o doutor Roseberry se aproximou, ergueram o olhar, mas não sorriram.

— Boa noite, rapazes — disse o doutor Roseberry, sentando-se na beiradinha do banco que não estava ocupada pelo traseiro de McCloud e mantendo os olhos fixos na porta por onde chegaria Buck Young.

Ambos acenaram com a cabeça e continuaram a conversar.

— Nada impede que um homem jogue futebol americano universitário até os quarenta se ele se cuidar — disse McCloud, que já estava com trinta e seis anos.

— Claro, um cara mais velho tem uma certa maturidade que você não vê nos mais jovens — concordou seriamente Purdy, de trinta e sete anos.

— Olha o Moskowitz — disse McCloud.

— Sim. Está com quarenta e três e continua em ótima forma. Nada impede que ele continue jogando até os cinquenta. Nada impede que a maioria dos caras faça o mesmo.

— Aposto que amanhã mesmo eu poderia ir até os Fedidos e Ruídos e formar um time para o campeonato da Ivy League só com caras de mais de quarenta por quem ninguém dá mais nada.

— Planck — falou Purdy. — Poznitsky.

— McCarren, Mirro, Mellon. Não é verdade, doutor? — perguntou McCloud a Roseberry, muito à vontade.

— É, acho que sim. Espero que sim. Melhor. É o time que eu tenho pra treinar.

— Hã — disse McCloud. Encarou a cerveja, engoliu o resto com um floreio e olhou com ar de súplica para Roseberry. — Tudo bem se eu tomar mais uma hoje?

— Claro... ora, por que não? — respondeu Roseberry. — Eu até pago essa.

McCloud e Purdy pareceram incomodados com isso, e ambos, pensando melhor, decidiram que era melhor se manter em forma para a importante temporada que o Big Red teria pela frente.

Roseberry não deu resposta alguma a essa artimanha desastrada.

— Melhor não pegar pesado — disse um estudante com malícia, apontando para as duas garrafas de cerveja. — Se querem que Cornell continue na liderança da Ivy League, é melhor vocês se controlarem, rapazes.

Purdy respondeu com uma cara feia, e o rapaz bateu em retirada, voltando para a multidão.

— Uma hora eles pedem para a gente treinar braços e pernas até quase explodir, para provar a força de Cornell. Aí logo depois querem que a gente viva como um missionário — reclamou Purdy, com amargura.

— Como no Exército — comentou McCloud.

O assunto fez o doutor Roseberry lembrar da carta e do memorando que tinha lido em seu gabinete, e ele deu um tapinha no bolso interno do paletó para confirmar que ainda estava com eles.

— Como no Exército — disse Purdy. — Só que a gente não ganha pensão.

— Sim, você dedica os melhores anos da sua vida a uma universidade, e o que esses miseráveis fazem quando não querem mais saber de você? Pé na sua bunda até você cair direto nos Fedidos e Ruídos. Você que se *dane*, parceiro.

— Olha o Kisco — disse Purdy.

— Morreu pela boa e velha Rutgers, e a esposa dele ganhou o quê?

— Nada! Só uma bandeira com um *R*, que ela pode usar como tapete de banheiro, e uma pensão do governo.

— Ele devia ter guardado dinheiro! — interrompeu o doutor Roseberry, impaciente. — Ganhava mais que o reitor da universidade. Como ele acabou ficando tão pobre? De quem é a culpa?

Purdy e McCloud olharam ao mesmo tempo para suas mãos grandes e ficaram inquietos. Ambos, em seu auge, tinham ganhado tanto dinheiro quanto Buddy Kisco, que tinha de fato morrido pelo time da Rutgers. Mas os dois também estavam falidos: viviam falidos, construindo mansões luxuosas em Cayuga Heights, comprando carros novos a cada seis meses, vestindo as roupas mais caras...

— Mas o negócio é esse — respondeu McCloud em tom queixoso. — Um atleta precisa manter as aparências. Claro, as pessoas acham que um atleta ganha rios de dinheiro, e teoricamente é verdade. Mas nunca param para pensar que um atleta gasta muita grana para ficar bem na foto.

Purdy se inclinou para a frente, concordando empolgado.

— E para quem? — perguntou, retoricamente. — Para o próprio atleta?

— Para Cornell! — respondeu McCloud.

— Pode apostar! — disse Purdy, recostando-se no assento, satisfeito.

Buck Young, alto, imponente, tímido, apareceu na entrada e deu uma olhada no interior do bar. O doutor Roseberry ficou em pé e acenou, abandonando Purdy e McCloud para se encontrar com Young na porta.

— Meu caro Bucky!

— Doutor.

Buck parecia estar com um pouco de vergonha de ser visto com o treinador e procurou com esperança por uma mesa vazia. Era como se estivesse se encontrando com um traficante, e de certa forma, para o alegre doutor Roseberry, ele estava mesmo.

— Buck, eu não vou desperdiçar palavras, porque a gente não tem muito tempo. Não posso manter essa oferta por muitos dias. Talvez seja cancelada amanhã. Tudo depende dos ex-alunos — mentiu.

— Uhum — disse Buck.

— Posso te oferecer trinta mil, Buck, seiscentos por semana, o ano inteiro, começando amanhã. O que me diz?

O gogó de Young subiu e desceu. Ele pigarreou.

— Toda semana? — perguntou, a voz quase falhando.

— Para mostrar o quanto você é valioso para nós, rapaz. Não se venda barato.

— E eu poderia continuar estudando? Teria tempo livre para as aulas e os estudos?

Roseberry franziu o cenho.

— Bem... existem regras bem rígidas sobre isso. Você não pode jogar futebol americano universitário e *ao mesmo tempo* frequentar a universidade. Já tentaram isso uma vez, e você sabe bem a confusão que foi.

Buck passou os dedos grossos pelos cabelos.

— Nossa, sei lá. É muita grana, mas minha família ia ficar muito surpresa e decepcionada. É que...

— Não estou pedindo por mim, Buck! Pensa nos seus colegas. Quer que eles percam alguma partida este ano?

— Não — balbuciou ele.

— Trinta e cinco mil, Buck.

— Meu Deus, eu...

— Ouvi tudo o que vocês falaram — disse um jovem ruivo, arrastando a língua.

Não estava bebendo *Bénédictine* com água Pluto: em vez disso, derramou uma poça de uísque com água na mesa ao sentar-se ao lado de Buck, de frente para o doutor Roseberry, sem ter sido convidado. Por debaixo do colarinho desabotoado, aparecia nítido o vermelho de uma camiseta da Campina.

— Ouvi tudo — repetiu com um ar muito sério, colocando a mão no ombro de Buck. — Você está em uma encruzilhada, rapaz. Sorte sua. As pessoas não costumam ter muita escolha. A vida de quase todo mundo é feita de ruas de mão única com despenhadeiros dos dois lados.

— Quem diabo é você? — perguntou o doutor Roseberry, irritado.

— Sou o doutor, o *doutor*, veja bem, Edmund L. Harrison, das Indústrias Ithaca. Você precisa me chamar de Ed, senão terá de pagar cinco dólares.

— Vamos sair de perto desse pinguço — disse o doutor Roseberry.

Harrison deu um soco na mesa.

— Escuta aqui! — suplicou a atenção de Buck, impedindo que ele saísse. — O eminente doutor Roseberry representa um caminho e eu, o outro. Eu sou você daqui a cinco anos se continuar no rumo atual.

Seus olhos estavam semicerrados e, na tradição dos bêbados afáveis, ele parecia à beira das lágrimas, de tão forte a compulsão que sentia por amar e ajudar os outros.

— Se você é bom e se usar bem a cabeça, uma bacia fraturada em campo vai doer menos do que uma vida inteira de engenharia e gerência. Nessa vida, pode acreditar, as pessoas que usam bem a cabeça, as pessoas sensatas, que conseguem perceber o ridículo, morrem mil mortes — avisou Harrison.

O doutor Roseberry se recostou no assento e cruzou as mãos sobre a barriga reta e rígida. Se tivesse pensado naquilo, teria contratado um ator profissional para fazer o que o doutor Harrison estava fazendo sem cobrar nada.

— Como assim? — perguntou Young, tentando entender.

— O melhor homem que conheci na Campina...

— Na *Campina*? — perguntou Buck, impressionado.

— Na Campina — continuou Harrison —, onde os homens na vanguarda do processo civilizatório, longe dos olhos de outras pessoas, demonstram que na verdade não passam de garotinhos de dez anos, sem a menor noção do que estão fazendo com o mundo.

— Estão abrindo novas portas na vanguarda do processo! — retrucou Buck de forma passional, chocado com aquela conversa direta, com ares de sabotagem, e lutando contra ela, como mandava seu papel de bom cidadão. Tinha aprendido a frase sobre abrir portas em um programa de orientação de calouros, no qual o impressionante orador principal tinha sido um certo doutor Kroner.

— Batendo portas na cara de todo mundo — corrigiu Harrison. — É isso que eles estão fazendo.

— Fale mais baixo — alertou o doutor Roseberry.

— Não estou nem aí — respondeu Harrison em tom estridente. — Não depois do que fizeram com o único adulto que estava por lá. Deram um pé na bunda do Proteus, foi isso que eles fizeram.

— Faz muito tempo que Proteus está morto — protestou Buck, certo de que Harrison era um farsante.

— O filho dele, o filho dele, o Paul — explicou Harrison. — Então me deixa dizer o seguinte, meu rapaz, siga em frente e ganhe seu dinheiro no campo de futebol americano, com sangue, suor e energia. Há honra e glória nisso, pelo menos um pouco delas, e assim você nunca vai se odiar. Mas mantenha distância dessa miserável vanguarda do processo, que vai querer seu pescoço se você não se comover com os altos e baixos de um bando de fábricas. — Harrison tentou se levantar, fracassou uma vez, mas conseguiu na tentativa seguinte. — E agora tchau.

— Para onde você vai? — perguntou o doutor Roseberry. — Fica aí, fica aí.

— Para onde eu vou? Primeiro vou desligar a parte das Indústrias Ithaca pela qual eu sou responsável, e depois vou para uma ilha, talvez, ou para uma cabana nas florestas do norte, um barraco nas Everglades.

— E vai fazer o quê? — perguntou Buck, desconcertado.

— Fazer? — disse Harrison. — *Fazer*? Nada, meu rapaz. Todas as portas foram fechadas. Não há mais nada a fazer, a não ser descobrir um útero em que caiba um adulto e me arrastar para dentro dele. Um útero sem máquinas me cairia muito bem.

— O que você tem contra máquinas? — quis saber Buck.

— Elas são escravas.

— Ora, mas como assim? — protestou Buck. — Mas elas nem são pessoas. Não sofrem. Não se importam de trabalhar.

— Não. Mas competem com as pessoas.

— E isso é fabuloso, não acha? Considerando o trabalho desleixado que a maioria das pessoas costuma fazer.

— Quem compete com escravos se torna um escravo — afirmou Harrison com a voz arrastada, e saiu.

Um homem de pele escura, vestido como um estudante, mas parecendo muito mais velho, colocou no balcão seu *Bénédictine* com água Pluto sem ter bebido um gole sequer, estudou os rostos de Roseberry e Young como se estivesse decorando seus traços e saiu do bar atrás de Harrison.

— Vamos até o saguão, onde podemos conversar — sugeriu Roseberry quando um ciclo de canções teve início.

— *Salve, salve, cá estamos novamente* — cantaram as vozes juvenis, e Young e Roseberry foram para o saguão.

— Bem? — perguntou o doutor Roseberry.

— Eu...

— Doutor Roseberry, correto? — perguntou uma voz desconhecida.

Roseberry olhou para o intruso, um cavalheiro de bigode ruivo, camisa roxa, uma flor da mesma cor na lapela e um colete de cores vivas que contrastava com o terno escuro.

— Sim?

— Meu nome é Halyard, E. J., do Departamento de Estado. E estes cavalheiros são o xá de Bratpuhr e seu intérprete, Khashdrahr Miasma. Estávamos indo embora para a casa do reitor quando vi você.

— Encantado — disse o doutor Roseberry.

— *Brahous brahouna, bouna saki* — disse o xá, fazendo uma ligeira mesura.

Halyard riu nervoso.

— Acho que temos uma coisinha para resolver amanhã cedo, hein?

— Ah — disse Roseberry —, então é *você*... que precisa fazer as provas finais de educação física.

— Sim, sim, de fato. Faz duas semanas que não fumo um cigarro. Vai demorar muito?

— Não, acho que não. Quinze minutos e resolvemos a questão.

— Ah, é? Tão rápido? Ora, ora.

Os tênis e o calção que ele tinha comprado naquela tarde não ficariam gastos em tão pouco tempo.

— Ah, os cavalheiros me desculpem — disse Roseberry. — Este aqui é Buck Young. Estudante, por enquanto.

— *Lakki-ti Takaru?* — perguntou o xá para Buck.

— "Você gosta daqui?" — traduziu Khashdrahr.

— Sim, senhor. Adoro, senhor, sua alteza.

— Está bem diferente de como era no meu tempo — comentou Halyard. — Nossa, a gente precisava levantar bem cedinho todas as manhãs, subir o morro na chuva ou no sol, sentar lá no alto e assistir a algumas das aulas mais tediosas que se pode imaginar. E, claro, ao longo da semana inteira, todos os dias, uma pessoa qualquer aparecia na nossa frente para falar, e na maioria dos casos não era grande orador, muito menos alguém que entendesse de entretenimento.

— Sim, senhor, os atores profissionais e os circuitos de televisão são mesmo uma grande melhoria — concordou Buck.

— E as provas! — disse Halyard. — Acho sensacional perfurar as respostas no cartão e descobrir na mesma hora se a gente passou ou não. Rapaz, pode acreditar, a gente escrevia até os braços caírem, e depois precisava esperar semanas até o professor entregar provas corrigidas com as notas. E muitas vezes eles cometiam erros horríveis nas correções.

— Sim, senhor — respondeu Buck em tom educado.

— Bem, então amanhã eu me encontro com um de seus assistentes? — perguntou Halyard a Roseberry.

— Pretendo cuidar pessoalmente das suas provas — respondeu Roseberry.

— Ora! Isso me parece uma *honra*, agora que estamos no início da temporada.

— Claro — disse Roseberry, então enfiou a mão no bolso interno do paletó e tirou a carta e o memorando e entregando a primeira para Halyard. — Aqui tem uma coisa que você deveria ler antes de aparecer para as provas.

— Ótimo, obrigado.

Halyard pegou a carta, imaginando ser uma lista das coisas que precisaria fazer. Abriu um sorriso caloroso para Roseberry, que tinha dado todos os sinais de que Halyard seria submetido a uma série de provas curtíssimas e facílimas. Em quinze minutos tudo estaria resolvido, como ele tinha falado. Isso seria suficiente.

Halyard deu uma espiada na carta e, de início, não conseguiu imaginar do que se tratava. Estava endereçada ao reitor de Cornell, doutor Albert Herpers, e não a ele. Além do mais, a data indicava que a carta tinha sido escrita há cinco anos. Então começou a ler:

Prezado Doutor Herpers

Tive a oportunidade de ver o pessoal da Vermelha e Branca depois do jogo contra a Penn, em Filadélfia, no último Dia de Ação de Graças, e preciso dizer que depois disso senti vergonha de admitir a qualquer um que algum dia cheguei perto de Ithaca.

Eu estava jantando no Clube Cibernético depois da partida, quando os jogadores, liderados por esse recém-chegado, o tal doutor Roseberry, apareceram todos ao mesmo tempo...

A carta seguiu descrevendo a orgia de devassidão que havia se seguido, com ênfase especial na vulgaridade do comportamento de Roseberry...

> Enquanto isso, veja bem, todos vestiam algo que, talvez na minha concepção antiquada, eu considere sagrado, o C do Big Red...
>
> Em vista disso, doutor Herpers, sinto-me compelido a frisar, na condição de leal ex-aluno, que o doutor Roseberry, em seu primeiro ano no Big Red, está dando todos os sinais de estar começando mal. Mesmo em tão breve período de incumbência, não tenho a menor dúvida de que a baixeza moral do time, chocantemente pública, criou para aquela que eu costumava proclamar com orgulho como minha Alma Mater uma imagem tão negativa que nem uma vida inteira de vitórias no campo de futebol americano poderá compensar...
>
> Tenho fortes esperanças de que Roseberry seja forçado a pedir demissão imediatamente, ou, caso isso não aconteça, de que ex-alunos indignados o vendam imediatamente para uma universidade qualquer de terceira categoria.
>
> Para este fim, estou enviando cópias desta carta ao Secretário de Ex-Alunos, a cada uma das associações regionais de ex-alunos, aos membros do Conselho Administrativo e à Secretaria de Atletismo em Washington, D.C.
>
> Muito respeitosamente,
> Doutor Ewing J. Halyard

— Ah — disse Halyard, perdendo toda a pose e repentinamente se sentindo ridículo com as roupas que, um momento antes, eram a última moda. — Então você leu isso?

— O doutor Herpers achou que eu ficaria interessado.

Um sorriso pálido emoldurou os dentes brancos de Halyard.

— Faz um tempão, hein, doutor? Parece cem anos atrás.

— Parece que foi ontem.

— Haha. Isso tudo são águas do passado, não acha?

O xá olhou para Khashdrahr com um ar questionador, buscando uma explicação para a súbita palidez de Halyard. Khashdrahr deu de ombros.

— Águas *passadas* — disse Buck Young, preenchendo o vácuo implacável na conversa. — Ou *coisas* do passado.

— Sim. Verdade — disse Halyard, soando vazio por dentro. — Bem, melhor ir andando. Nos vemos amanhã cedo.

— Eu não perderia essa chance por nada nesse mundo.

O doutor Roseberry se virou para Buck Young, enquanto Halyard, com uma expressão sombria no rosto, conduzia o xá e Khashdrahr pela noite de Ithaca. O xá espirrava violentamente.

— Bem, rapaz — disse Roseberry. — O que me diz de trinta e cinco mil? Sim ou não?

— Eu...

— Trinta e seis.

— Sim — sussurrou Buck. — Ah, sim.

Quando os dois voltaram ao interior do bar para brindar o acordo, Purdy e McCloud ainda estavam conversando tristes no canto escuro.

— Sim — dizia Purdy. — É difícil trabalhar com o Roseberry, mas graças a Deus não estamos trabalhando para Harvard.

McCloud concordou com a cabeça.

— É isso aí, quem trabalha por lá só pode usar ternos de flanela cinza-escuros no inverno e tecido anarruga no verão.

Os dois sentiram um arrepio e voltaram a encher seus copos com o meio engradado de cerveja escondido debaixo da mesa.

— E sem ombreiras — completou Purdy.

29

O doutor Paul Proteus, que, para todos os fins práticos, agora era o senhor Paul Proteus, não sonhava com nada além de coisas agradáveis sob o efeito da droga benigna e falava ao mesmo tempo, sem refletir mas com sinceridade, sobre qualquer assunto que fosse trazido à sua atenção. As coisas que ele falava, as suas respostas às perguntas, pareciam ditas por alguém contratado para interpretá-lo, enquanto ele em pessoa assistia a divertidas fantasmagorias na privacidade do interior de suas pálpebras fechadas.

— Você foi demitido mesmo ou foi tudo fingimento? — perguntou a voz.

— Fingimento. Queriam que eu me infiltrasse na Sociedade da Camisa Fantasma para descobrir o que andam tramando. Mas o negócio é que eu pedi demissão, e eles ainda não sabem disso. — Paul deu uma risadinha.

E no sonho Paul dançava com vigor e elegância aos ritmos frenéticos da "Suíte do Prédio 58".

Furrazz-au-au-au-au-au-au-ac! ting!, fazia o agrupamento de tornos número 3, e Paul saltitava e girava em volta das máquinas, enquanto, rosada entre as máquinas cinzentas no centro do prédio, Anita jazia convidativa em um ninho de cabos de controle com as cores do arco-íris. Sua parte na dança pedia apenas que ela ficasse deitada ali, imóvel, enquanto Paul se aproximava e fugia, se aproximava e fugia, em ações aleatórias e febris.

— Por que você está pedindo demissão?

— Cansei do meu trabalho.

— Porque você estava fazendo algo moralmente condenável? — sugeriu a voz.

— Porque não estava levando ninguém a lugar nenhum. Porque estava levando todos a nenhum lugar.

— Por que era maligno? — insistiu a voz.

— Porque não tinha sentido — disse o representante de Paul, enquanto Kroner se juntava ao balé, pesado, preso ao solo, com uma marcha metódica ao ritmo das vozes das prensas perfuradoras no porão: *Au-granf! tonca-tonca. Au-granf! tonca-tonca...*

Kroner olhou com afeto para Paul, segurou seu corpo enquanto ele ia passando e levou-o até Anita com um abraço de urso. Paul conseguiu se contorcer e ficar livre no último segundo, e voltou a se afastar, deixando Kroner em lágrimas, implorando que Anita saísse com ele para o ar livre.

— Então agora você está contra a organização?

— Não estou mais *com* eles.

Shepherd, canhestro porém enérgico, saiu do porão para aquele cenário cada vez mais rico, escolhendo como seu tema as vozes roucas das soldadoras: *Vaaaaaaa-zuzip! Vaaaaaaa-zuzip!*. Shepherd marcava o tempo com um dos pés, observando os giros de Paul, mais uma rejeição de Kroner, mais um esforço para persuadir a impassível Anita a abandonar seu ninho entre as máquinas. Shepherd assistiu a tudo com perplexidade e desdém, deu de ombros e avançou sem desvios rumo a Kroner e Anita. Os três se sentaram no ninho de cabos e, juntos, acompanharam os movimentos de Paul, com olhos desconcertados e repletos de censura.

De repente, uma janela ao lado da qual Paul estava saltando se abriu, e o rosto de Finnerty apareceu pela abertura.

— Paul!

— Sim, Ed?

— Agora você está do nosso lado!

A "Suíte do Prédio 58" parou de forma abrupta, e uma cortina negra caiu entre Paul e o resto do elenco, com exceção de Finnerty.

— Hum? — estranhou Paul.

— Você está do nosso lado — repetiu Finnerty. — Se você não está com eles, está com a gente!

A cabeça de Paul estava doendo, e seus lábios estavam secos. Abriu os olhos e enxergou o rosto de Finnerty, grosseiro, transformado em caricatura pelo excesso de proximidade.

— Com quem? Quem?

— Com a Sociedade da Camisa Fantasma, Paul.

— Ah, eles. E o que eles acham, Ed? — perguntou Paul, ainda grogue.

Percebeu que estava em um colchão dentro de uma sala com ar parado e úmido, carregado com a sensação de uma massa morta pressionando de cima para baixo.

— O que eles acham, Ed?

— Acham que o mundo deveria ser devolvido às pessoas.

— Sem a menor dúvida — disse Paul, tentando concordar com a cabeça. Seus músculos respondiam debilmente à sua vontade, e sua vontade, por sua vez, era uma coisa indistinta e inoperante. — As pessoas precisam ter o mundo de volta.

— Você vai ajudar?

— Sim — murmurou Paul.

Estava com um humor altamente tolerante, cheio de admiração e boa vontade para com qualquer um que tivesse convicções, e alegremente *hors de combat*, sob a influência da droga. Era óbvio que não se podia esperar nada dele. E Finnerty voltou a se esvaecer, e Paul dançou mais uma vez no Prédio 58, dançou sabe Deus o porquê, sem saber se existia em algum lugar uma plateia para apreciar seus esforços.

— O que acha? — Paul ouviu Finnerty perguntar.

— Ele promete — ouviu outra voz responder, uma voz que ele reconheceu como a de Lasher.

— O que é uma camisa fantasma? — murmurou Paul com a boca formigando.

— Quase no final do século dezenove — disse Lasher —, um novo movimento religioso conquistou os índios deste país, doutor.

— A Dança Fantasma, Paul — disse Finnerty.

— O homem branco tinha quebrado todas as promessas feitas para os índios, exterminado a maior parte dos animais de caça, tomado a maior parte das terras indígenas e espancado violentamente os índios toda vez que eles ofereciam qualquer resistência — continuou Lasher.

— Coitados dos índios — disse Paul.

— Isso é sério — censurou Finnerty. — Ouve o que ele está contando.

— Sem caça nem terra, nem ter como se defender — prosseguiu Lasher —, os índios perceberam que todas as coisas das quais antes tinham orgulho de fazer, todas as coisas que tinham feito eles se sentirem importantes, todas as coisas que proporcionavam algum prestígio, todos os modos com que justificavam sua existência, todas essas coisas estavam desaparecendo ou tinham desaparecido. Grandes caçadores não tinham mais nada para caçar. Grandes guerreiros não voltavam mais das batalhas depois de enfrentar rifles de repetição. Grandes líderes não tinham como conduzir seu povo a lugar algum, exceto para a morte em um ataque suicida ou até terras desoladas mais distantes. Grandes líderes religiosos não tinham mais como mostrar que as antigas crenças religiosas eram o caminho para a vitória e a fartura.

Sugestionável devido ao efeito da droga, Paul ficou profundamente perturbado com o drama dos peles-vermelhas.

— Nossa.

— O mundo tinha mudado radicalmente para os índios — disse Lasher. — Tinha se tornado um mundo de homens brancos, e os costumes indígenas eram irrelevantes em um mundo branco. Era impossível manter os antigos valores indígenas em um mundo que havia mudado. A única coisa que eles podiam fazer naquele mundo mudado era se tornar homem branco de segunda categoria ou então submisso aos brancos.

— Ou podiam se dedicar a uma última luta em defesa de seus antigos valores — disse Finnerty, saboreando as palavras.

— E a religião da Dança Fantasma era essa defesa derradeira e desesperada dos antigos valores — prosseguiu Lasher. — Surgiram Messias, como sempre, pregando a magia que traria de volta a caça, os antigos valores, as antigas razões para existir. Surgiram novos rituais e novas canções, que supostamente eliminariam todos os brancos com sua magia. E algumas das tribos mais belicosas, que ainda tinham alguma disposição para o combate, adicionaram um destaque todo seu: a Camisa Fantasma.

— Ah! — disse Paul.

— Cavalgariam pela última vez até a batalha usando camisas mágicas, que não podiam ser perfuradas pelas balas dos homens brancos — explicou Lasher.

— Luke! Ei, Luke! — chamou Finnerty. — Larga esse mimeógrafo por um instante e vem aqui.

Paul ouviu passos se arrastando sobre o chão úmido. Abriu os olhos e enxergou Luke Lubbock, as feições deterioradas pelo estoicismo trágico de um pele-vermelha roubado, em pé ao lado da cama, usando uma camisa branca com franjas que imitavam uma camisa de camurça, decorada com pássaros do trovão e búfalos estilizados, costurados no tecido com pedaços de fio vivamente isolados.

— *Ug* — disse Paul.

— *Ug* — devolveu Luke, sem hesitar, imerso em seu papel.

— Paul, isso não é uma piada — advertiu Finnerty.

— Tudo é uma piada até o efeito da droga passar — disse Lasher.

— Luke acredita *mesmo* que é à prova de balas? — perguntou Paul.

— É o simbolismo da coisa! — exclamou Finnerty. — Você ainda não entendeu?

— Espero que sim — respondeu Paul, com um tom amável e sonhador. — Claro. Pode apostar. Acho que sim.

— *Qual* é o simbolismo? — quis saber Finnerty.

— Luke Lubbock quer seus búfalos de volta.

— Paul... vamos, acabou a brincadeira! — disse Finnerty.

— Tudo bem, tudo bem.

— Você não percebe, doutor? — disse Lasher. — Hoje em dia, as máquinas representam para quase todo mundo o que os homens brancos representavam para os índios. As pessoas estão achando que seus antigos valores valem cada vez menos, por causa da forma como as máquinas estão transformando o mundo. E as pessoas não têm outra escolha a não ser virarem máquinas de segunda categoria ou então reféns dessas máquinas.

— Que Deus nos ajude — suplicou Paul. — Mas sei lá, esse negócio de Camisa Fantasma... é meio infantil, não acham? Ficar se vestindo desse jeito, e...

— Infantil... como as camisas pardas de Hitler e as camisas negras de Mussolini. Infantil como qualquer uniforme

— retrucou Lasher. — Não negamos que seja infantil. Ao mesmo tempo, admitimos que temos de ser, de algum modo, um pouco infantis, para conseguirmos atrair o número de adeptos de que precisamos.

— Esperem até ele participar de uma reunião — disse Finnerty. — Parece algo saído de *Alice no país das maravilhas*, Paul.

— Todas as reuniões são — concordou Lasher. — Mas, por alguma magia que foge à minha compreensão, as reuniões fazem as coisas acontecerem. Eu gostaria de um pouco mais de dignidade e maturidade em nossas operações, pois estamos lutando por essas coisas. Mas antes de tudo precisamos lutar, e a luta é necessariamente indigna e imatura.

— Luta? — perguntou Paul.

— Luta — repetiu Lasher. — E temos esperança de lutar com valentia. Essas trocas violentas de um sistema de valores por outro já aconteceu inúmeras vezes na História...

— Com índios e judeus e vários outros povos que foram tiranizados por forasteiros — explicou Finnerty.

— Sim, isso aconteceu com tanta frequência que temos uma boa ideia do que pode acontecer desta vez — disse Lasher. E após uma pausa: — Podemos fazer acontecer.

— Cai fora, Luke — mandou Finnerty.

— Sim, senhor.

— Paul, você está ouvindo? — perguntou Finnerty.

— Sim. Interessante.

— Certo — murmurou Lasher. — No passado, em situações como essa, se os Messias apareciam com mensagens de esperança convincentes e dramáticas, muitas vezes detonavam revoluções físicas e espirituais poderosas, mesmo enfrentando obstáculos que pareciam intransponíveis. Se um Messias surgir agora com uma mensagem boa, sólida e surpreendente, e se conseguir não ser pego pela polícia, ele tem a possibilidade de detonar uma revolução... talvez uma revolução grande o suficiente para libertar o mundo das máquinas, doutor, e devolvê-lo para o povo.

— E você também é o cara ideal para isso, Ed — comentou Paul.

— Também foi o que pensei de início — disse Lasher. — Depois percebi que seria bem melhor começar com um nome que já era bem conhecido.

— Touro Sentado? — perguntou Paul.

— Proteus — respondeu Lasher.

— Você não precisa fazer nada além de se manter fora de circulação — disse Finnerty. — Todo o resto será feito para você.

— *Está* sendo feito — corrigiu Lasher.

— Então descanse agora — sugeriu Finnerty com uma voz gentil. — Recupere suas forças.

— Eu...

— Você não importa — disse Finnerty. — Agora você pertence à História.

Uma porta pesada se bateu com um ruído surdo, e Paul sabia que estava de novo sozinho e que a História, em algum lugar do outro lado da porta, só permitiria que ele saísse no momento certo.

30

A História, personificada nessa altura da vida do doutor Paul Proteus por Ed Finnerty e pelo reverendo James J. Lasher, só permitia que Paul deixasse sua cela, um velho abrigo antiaéreo de Ilium, para eliminar os dejetos acumulados no contínuo de sua existência como animal. Outros sinais de que ele continuava vivo, como gritos, protestos, exigências e impropérios, não eram do interesse da História até chegar o momento adequado, quando a porta se escancarou e Ed Finnerty conduziu Paul até sua primeira reunião na Sociedade da Camisa Fantasma.

Quando Paul foi levado à câmara de reuniões, outro segmento do sistema de abrigos antiaéreos, todos se levantaram: Lasher, na cabeceira da mesa, Bud Calhoun, Katharine Finch, Luke Lubbock, o caseiro da fazenda de Paul (senhor Haycox), e muitos outros, cujos nomes Paul não sabia.

Não era uma congregação de conspiradores de aparência muito sagaz como um todo, mas parecia virtuosa e determinada. Paul imaginou que Lasher e Finnerty tinham reunido aquele grupo com base em sua disponibilidade e confiabilidade, e não no talento, começando, ao que parecia, por alguns dos frequentadores mais inteligentes do bar ao lado da ponte. Ainda que o grupo fosse composto em sua maioria por cidadãos de Ilium, Paul descobriu que todas as regiões do país tinham representantes.

Em meio à mediocridade, alguns homens irradiavam uma boa dose de competência e, por sinal, prosperidade e pareciam estar, assim como Paul, em meio a um ato de deserção de um sistema que os tinha tratado muitíssimo bem.

Enquanto analisava essas exceções interessantes, Paul olhou para um dos membros que pareciam mais desleixados e ficou surpreso ao topar com outro rosto familiar: o professor Ludwig von Neumann, um senhor idoso de aparência frágil e desalinhada, que tinha dado aulas de ciências políticas no Union College, em Schenectady, até o prédio de Ciências Sociais ser demolido para dar espaço ao novo Laboratório de Calor e Energia. Paul e Von Neumann se conheciam superficialmente, como membros da Sociedade Histórica de Ilium, antes de o prédio da Sociedade Histórica ser derrubado para dar espaço ao novo Reator Atômico de Ilium.

— Aqui está ele — anunciou Finnerty com orgulho.

Paul recebeu uma educada salva de palmas. As expressões dos que o aplaudiam eram um tanto frias, dando a entender a Paul que ele jamais poderia ser *realmente* um parceiro integral daquela empreitada porque não tinha estado com os outros desde o início.

As únicas exceções a esse esnobismo eram Katharine Finch, sua ex-secretária, e Bud Calhoun, que pareciam tão amáveis quanto sempre foram, como se ainda estivessem à vontade na recepção do antigo escritório de Paul nas Indústrias. Bud, refletiu Paul, mudava de uma situação a outra rodeado pela atmosfera protetora de sua imaginação, enquanto Katharine continuava isolada da mesma forma, devido à sua adoração por Bud.

A formalidade da reunião, a determinação estampada em cada rosto, convenceram Paul a ficar em silêncio naquele momento. A cadeira ao lado esquerdo de Lasher foi puxada para ele, e Finnerty tomou o assento à direita.

Enquanto se sentava, Paul notou que apenas Luke Lubbock vestia uma camisa fantasma e supôs que o sujeito jamais conseguiria fazer qualquer coisa sem estar usando algum tipo de uniforme.

—Vamos dar início a uma reunião da Sociedade da Camisa Fantasma — anunciou Lasher.

Paul, com um pouco de sinais fantasiosos da droga ainda em sua corrente sanguínea, tinha esperado um espetáculo de bobagens típicas de reuniões de ordens fraternais, cheio de conversas semi-primitivas. Em vez disso, exceto pela camisa indígena de Luke Lubbock, a reunião pertencia sem a menor dúvida ao presente, um presente sórdido e realista, um presente revoltado.

A Sociedade da Camisa Fantasma, então, era apenas um título conveniente e dramático para um grupo metódico como uma empresa, um título cujas raízes históricas interessavam especialmente a Lasher e seu discípulo Finnerty, que se entretiam com comentários elaborados sobre o detestável *status quo*. Quanto aos outros: comentários elementares e ressentimentos pessoais específicos eram motivos suficientes para aderir a qualquer coisa que prometesse uma mudança para melhor. *Prometesse uma mudança para melhor, ou*, Paul emendou seu pensamento depois de encarar alguns daqueles olhos, *prometesse alguma agitação para quebrar o tédio*.

Paul não conseguia imaginar o que Bud Calhoun estava fazendo ali, já que ele não se interessava nem um pouco por atividades políticas e era desprovido de qualquer capacidade de nutrir ressentimentos. Como o próprio Bud dizia sobre si mesmo: "Tudo que eu quero é tempo e equipamento para me manter ocupado, aí eu fico feliz que nem um porco na lama."

— Vamos começar com você, Z-II — disse Lasher, olhando para Katharine.

Havia olheiras sob os olhos gentis e espantados de Katharine, e ela pareceu surpresa ao ser chamada por Lasher, como se ele, a reunião e a câmara subterrânea tivessem aparecido de repente em seu mundo arrumadinho de menina.

— Ah — disse Katharine, e remexeu nos papéis à sua frente. — Temos agora setecentas e cinquenta e oito camisas fantasmas disponíveis. Nossa cota para o momento era de mil camisas — mencionou com a voz cansada —, mas a senhora Fishbein...

— Sem citar nomes! — gritaram vários dos membros.

— Perdão. — Ela corou e voltou a consultar os papéis. — Hã, X-229 teve problemas de catarata e precisou interromper o trabalho de *design*. Em seis semanas, ela vai estar melhor e poderá voltar ao trabalho. E também... a linha vermelha está em falta.

— A-12! — chamou Lasher.

— Sim, senhor — respondeu um homem de pele morena, que Paul enfim reconheceu como um dos vigilantes do complexo, à paisana. A-12 anotou o pedido de linha vermelha e sorriu encabulado para Paul.

— As camisas *prontas* estão embaladas, disponíveis para entrega — anunciou Katharine.

— Muito bom — disse Lasher. — G-17, você tem algo a relatar?

Bud Calhoun sorriu, reclinou-se na cadeira e esfregou as mãos.

— Tudo vai muito bem. Tenho dois modelos prontos para o teste final na casa do L-56 quando fizer uma noite bem escura.

— Vão conseguir atravessar as grades de um complexo numa boa? — questionou Lasher.

— Sim, bem rapidinho e sem acionar o alarme — confirmou Bud.

— Quem se importa se o alarme for acionado? — disse Finnerty. — O país inteiro vai estar um caos, não faz diferença.

— Achei legal cuidar disso. Também pensei em um aparelho que transmita energia elétrica pelo sistema telefônico, aí os guardas vão desmaiar na hora que tentarem ligar pedindo socorro — respondeu Bud, dando uma risadinha animada.

— Achei que íamos cortar os cabos de telefone.

— Também dá, sem problema — respondeu Bud.

— O que nós queremos de você — interveio Lasher — é o projeto de um bom carro blindado, prático e barato, para derrubar as cercas dos complexos industriais, alguma coisa que gente do país inteiro consiga montar em pouco tempo usando calhambeques e chapas metálicas.

— Ora, isso a gente já tem — anunciou Bud. — Agora estou pensando como *realmente* pegar eles de jeito. Olha só, se a gente quiser, acho que dá para fazer uma...

— A gente conversa sobre isso *depois* da reunião — cortou Lasher.

Bud pareceu insatisfeito por um instante e então começou a desenhar em um bloco à sua frente. Paul viu que ele tinha desenhado um carro blindado, ao qual estava acrescentando antenas, uma torre de radar, espigões, mangais e outros instrumentos de matança terríveis. Seus olhos se encontraram com os de Paul, e ele fez um aceno de cabeça.

— Um problema bem interessante — cochichou Bud.

— Certo — prosseguiu Lasher. — Recrutamento. D-71... tem alguma novidade?

— Ele está em Pittsburgh — apontou Finnerty.

— Verdade — disse Lasher. — Esqueci. Está vendo o que pode fazer com os Alces por lá.

Luke Lubbock pigarreou diversas vezes e remexeu uns papéis.

— Senhor, o D-71 me pediu para ler seu relatório.

— Então leia.

— Temos um homem em cada divisão local do Parmesão Real. São cinquenta e sete divisões.

— Bons homens? — alguém quis saber.

— Pode confiar no D-71 — disse Lasher. — Todo mundo que ele ou o pessoal dele recruta passa pelo mesmo tratamento que vocês: primeiro o Boa Noite Cinderela; depois o interrogatório sob a ação de tiopental.

— Certo — disse a pessoa que fez a pergunta. — Só queria ter certeza de que as coisas não estavam se afrouxando a essa altura do campeonato.

— Relaxa — disse Finnerty, muito severo, falando pelo canto da boca.

— Ele também? — perguntou o mesmo membro, apontando para Paul.

— Especialmente ele — garantiu Lasher. — Sabemos coisas sobre Proteus que até ele mesmo ficaria surpreso em descobrir.

— Sem citar nomes — disse Paul.

Todo mundo riu. Parecia um momento de humor bem-vindo para quebrar o clima tenso da reunião.

— Qual é a graça? — perguntou Paul.

—Você é *o* nome — explicou Lasher.

— Ei, mas espera aí...

— Qual a sua preocupação? Você não precisa fazer nada — disse Finnerty. — Que grande chance, Paul. Quem de nós não adoraria servir à causa apenas ficando sentado aqui, mantendo distância da polícia... sem responsabilidades, sem correr riscos.

— É fácil mesmo, tudo bem — concordou Paul —, mas não é fácil o bastante. Estou caindo fora. Perdão.

—Vão matar você, Paul — avisou Finnerty.

— Você o mataria se recebesse essa ordem — disse Lasher.

Finnerty assentiu.

—Verdade, Paul, eu mataria mesmo. Teria de fazer isso.

Paul afundou de novo na cadeira. Descobriu que na verdade não estava chocado com as alternativas de vida e morte que tinham acabado de lhe ser apresentadas. Era uma proposição muito *clara*, muito diferente de qualquer outra coisa que ele tinha encontrado até ali. Aqui tudo era preto no branco, ao contrário das tonalidades confusas de cores pastéis que ele tinha à disposição quando trabalhava na indústria. Ver as coisas colocadas daquela forma, *faça o que estamos mandando ou seja morto*, teve o mesmo efeito libertador da droga de algumas horas antes. Paul não podia tomar as próprias decisões, por motivos que qualquer um podia entender.

Assim, Paul se recostou na cadeira e começou a nutrir um interesse genuíno pelo que estava acontecendo.

Luke Lubbock acabou de ler o relatório de D-71 sobre o recrutamento em ordens fraternais por todo o país. A meta, ter ao menos dois membros influentes da Sociedade da Camisa Fantasma em todas as organizações sociais importantes de cada grande cidade industrial, estava cerca de sessenta por cento atingida.

— S-1... o que você tem a dizer? — perguntou Lasher.

—Estamos espalhando notícias sobre quem é o *Líder* — informou Finnerty. —Vai levar uns dias para ver que tipo de impacto isso vai gerar.

—Não vejo como possa causar outra coisa que não um ótimo efeito — disse Lasher.

—O recrutamento deve começar a engrenar de vez agora — afirmou Finnerty.

— E como anda aquela história do carinha da televisão? — perguntou o vigilante da fábrica. — Não iam falar com ele pessoalmente?

— Alfy Tucci? — perguntou Finnerty.

— Sem citar nomes!

— Podem repetir esse nome quantas vezes quiserem — disse Lasher, carrancudo. — Ele não é dos nossos.

— Verdade — concordou Finnerty. — Ele não é de ninguém e nunca vai ser. Nunca fez parte de nada, nem seu pai, nem seu avô, e, se um dia ele tiver um filho, ele também nunca vai fazer parte de nada.

— Qual o motivo para ele não participar? — quis saber Paul.

— Ele diz que acha difícil saber o que ele mesmo representa estando sozinho, imagina se começar a representar milhares de outras pessoas — disse Finnerty.

— Não mencionou nenhuma condição que faria ele mudar de ideia? — perguntou o homem que tinha se mostrado nervoso com métodos de recrutamento pouco cuidadosos.

— Uma — respondeu Finnerty. — Quando todo mundo tiver a mesma cara que Alfy Tucci e pensar do mesmo jeito que Alfy Tucci.

Lasher sorriu com tristeza.

— O grande individualista americano — suspirou. — Ele se acha a encarnação do pensamento liberal de todos os tempos. É uma pessoa autônoma custe o que custar, sozinha e imóvel. Serviria muito bem como poste de luz se resistisse melhor às intempéries e não precisasse comer. Certo, onde nós estávamos mesmo?

— Já temos uma data? — perguntou em tom educado o senhor Haycox.

—Vamos saber a data dois dias antes de tudo acontecer. Nem um minuto antes! — declarou Lasher.

— Posso fazer uma pergunta? — questionou Paul.

— Nem imagino por que não poderia. Ainda não consegui impedir ninguém de fazer perguntas.

— Em termos gerais, o que é para acontecer *nessa data*?

— Uma reunião especial de todas as divisões de cada organização social importante do país, exceto as de engenheiros e gerentes, vai ter sido convocada. Nessas reuniões, nosso pessoal, gente respeitada nas organizações, vai anunciar aos membros que o país inteiro está tomado por pessoas marchando nas ruas para destruir as fábricas automatizadas e devolver os Estados Unidos às pessoas. E então eles vão vestir suas camisas fantasma e liderar quem quiser ir com eles, começando por alguns outros membros nossos, plantados especialmente para esse fim.

"Este é o grupo do quartel-general, mas o movimento é amplamente descentralizado, com agentes regionais e locais responsáveis por suas respectivas áreas. Ajudamos com organização, recrutamento, objetivos e táticas, mas no grande dia os membros locais só vão depender de si mesmos. Queríamos ter uma organização maior, mais centralizada. Mas isso nos deixaria muito mais vulneráveis diante da polícia. Do jeito que as coisas estão agora, a polícia não sabe quem somos, nem o que temos. No papel, não parecemos grande coisa. Mas na verdade, com nosso pessoal encaixado nos lugares certos, temos um potencial tremendo de companheiros de luta.

— Quantas pessoas você acha que vão se juntar a nós? — perguntou Paul.

— Todas as que estiverem mortalmente entediadas ou cansadas de como as coisas estão — respondeu Lasher.

— Todo mundo — disse Finnerty.

— E depois, o que vai acontecer? — insistiu Paul.

— E depois vamos voltar aos valores básicos, às virtudes básicas! — exclamou Finnerty. — Homens fazendo trabalho de homem, mulheres fazendo trabalho de mulher. O povo pensando pelo povo.

— Isso me lembrou uma coisa — disse Lasher. — Quem vai cuidar da EPICAC?

— Na última vez que falei com o D-71, isso estava entre os Alces e os Cervos de Roswell — informou Luke Lubbock.

— Coloque ambos na jogada — disse Lasher. — G-17, alguma ideia genial sobre como vamos derrubar a EPICAC?

— A melhor ideia seria colocar algum tipo de bomba nas máquinas automáticas de refrigerante — explicou Bud. — Tem uma em cada câmara. Assim, pegaríamos a EPICAC inteira em vez de só uma parte. — Suas mãos trabalhavam no ar, modelando uma armadilha para máquinas de refrigerante. — Entenderam? Pegamos uma garrafa, enchemos de nitroglicerina. Depois metemos um pouco de...

— Certo. Faça um esboço e encaminhe ao D-71, para ele entregar às pessoas certas.

— E cabuuuuuuum! — exclamou Bud, dando um soco na mesa.

— Ótimo — respondeu Lasher. — Alguém tem mais alguma coisa em mente?

— E o Exército? — perguntou Paul. — E se eles receberem ordens de...

— Seria melhor os dois lados jogarem a toalha se alguém for maluco o bastante de fornecer rifles e munição de verdade para *eles* — disse Lasher. — Felizmente, acho que os dois lados sabem disso.

— E como estamos agora? — quis um homem nervoso.

— Nem mal, nem bem — respondeu Lasher. — Poderíamos dar um belo espetáculo agora mesmo se nos obrigassem a isso. Mas com mais dois meses vamos ter uma surpresa que eles nunca vão esquecer. Certo, vamos encerrar essa parte da reunião para trabalhar um pouco. Transportes?

E os relatórios se sucederam: transportes, comunicações, segurança, finanças, suprimentos, táticas...

Aos olhos de Paul, era como se tivessem raspado a superfície reta e limpa de uma viga de madeira para exibir os túneis e as membranas delicadas de uma metrópole de cupins em seu interior.

— Informações ao público? — perguntou Lasher.

— Enviamos cartas de alerta para todos os burocratas, engenheiros e gerentes com números de classificação inferiores a cem — informou o professor Von Neumann. — Com cópias carbonadas remetidas aos serviços de imprensa e às redes de rádio e televisão.

— Uma carta sensacional — elogiou Finnerty.

— Vocês querem saber o conteúdo? — perguntou Von Neumann.

Ao redor da mesa inteira, cabeças fizeram que sim, e o professor começou:

Compatriotas,

É bem verdade que estamos todos juntos nisso. Mas...

Vocês, mais do que qualquer um de nós, recentemente teceram elogios sobre o progresso, teceram elogios sobre o bem trazido pelas grandes e contínuas mudanças materiais.

Vocês, engenheiros, gerentes e burocratas, quase solitários entre os homens de inteligência mais elevada, continuaram a acreditar que a condição do homem melhora em proporção direta à energia e aos dispositivos para o uso da energia colocados a seu dispor. Vocês acreditaram nisso ao longo das três guerras mais horríveis da História, uma monumental demonstração de fé.

Que vocês continuem acreditando nisso agora, em um dos períodos de paz mais torturantes de toda a História, é no mínimo perturbador, mesmo para os mais obtusos, e totalmente aterrorizante para os mais lúcidos.

O homem sobreviveu ao Armagedom para ingressar no Éden da paz eterna, apenas para descobrir que tudo o que ele esperava encontrar ali, orgulho, dignidade, amor próprio, trabalho digno e compensador, tinha sido condenado como inadequado para o consumo humano.

Repito que estamos todos juntos nisso, mas o restante de nós, por conta do que percebemos como motivos bons e evidentes, mudou de ideia sobre o direito divino de máquinas, eficiência e organização, assim como pessoas de outras épocas mudaram de ideia sobre o direito divino dos reis e sobre os direitos divinos de muitas outras coisas.

Durante as últimas três guerras, o direito de a tecnologia se intensificar em poder e escopo foi, de forma inquestionável e a nível de sobrevivência nacional, quase um direito divino. Os americanos devem suas vidas a máquinas superiores, técnica superior, organização superior e a engenheiros e gerentes superiores. Por esses meios de sobreviver às guerras, a Sociedade da Camisa Fantasma e eu agradecemos a Deus. No entanto, não podemos conquistar boas vidas em tempos de paz com os mesmos métodos que usamos para vencer batalhas em tempos de guerra. Os problemas da paz são inteiramente mais sutis.

Não há qualquer lei natural ou divina exigindo que máquinas, eficiência e organização devam, em tempos de paz, se intensificar em escopo, poder e complexidade de forma permanente, como acontece na guerra. Hoje enxergo esse crescimento como o resultado de uma perigosa desordem.

É chegada a hora de darmos fim a essa desordem naquela parte de nossa cultura que é sua responsabilidade especial.

Sem levar em conta os desejos dos humanos, quaisquer máquinas, técnicas ou formas de organização capazes de substituir humanos economicamente realmente os substituem. A substituição não é necessariamente ruim, mas levar isso adiante sem levar em conta os desejos dos humanos é desordem.

Sem levar em conta as mudanças em padrões da vida humana que possam resultar disso, novas máquinas, novas formas de organização e novos modos de aumentar a eficiência estão sendo introduzidos de forma sucessiva. Fazer isso sem levar em conta seus efeitos sobre padrões da vida é desordem.

Estou empenhado, assim como os membros da Sociedade da Camisa Fantasma, em dar um fim a essa desordem, em devolver o mundo às pessoas. Estamos preparados para usar a força para dar um fim à desordem, caso fracassemos por outros meios.

Proponho que homens e mulheres voltem ao trabalho como controladores das máquinas, e que o controle das pessoas pelas máquinas seja restringido. Proponho, ainda, que os efeitos das mudanças tecnológicas e organizacionais sobre os padrões de vida sejam levados em conta com extremo cuidado, e que as mudanças sejam vetadas ou introduzidas com base nessa deliberação.

São proposições radicais, extremamente difíceis de colocar em prática. No entanto, a necessidade de elas serem colocadas em prática é muito maior do que todas as dificuldades e infinitamente maior do que a necessidade de nossa santíssima trindade nacional: Eficiência, Economia e Qualidade.

Por natureza, os humanos não parecem capazes de ser felizes se não estiverem envolvidos em empreendimentos que os façam se sentir úteis. Por isso, eles precisam voltar a tomar parte de tais empreendimentos.

Eu defendo, assim como os membros da Sociedade da Camisa Fantasma também defendem:

Que deve existir alguma virtude na imperfeição, pois o Homem é imperfeito, e o Homem é uma criação de Deus.

Que deve existir alguma virtude na fragilidade, pois o Homem é frágil, e o Homem é uma criação de Deus.

Que deve existir alguma virtude na ineficiência, pois o Homem é ineficiente, e o Homem é uma criação de Deus.

Que deve existir alguma virtude na alternância entre genialidade e estupidez, pois o Homem é alternadamente genial e estúpido, e o Homem é uma criação de Deus.

Talvez vocês discordem do conceito antiquado e vaidoso segundo o qual o Homem é uma criação de Deus.

Eu, porém, considero essa crença muito mais defensável do que a ideia implícita na fé excessiva no progresso tecnológico desordenado, ou seja, que o homem estaria na Terra para criar imagens mais duráveis e eficientes de si mesmo e, assim, eliminar qualquer tipo de justificativa para a continuidade da sua própria existência.

Cordialmente,

Doutor Paul Proteus

O professor Von Neumann tirou os óculos, esfregou os olhos e ficou encarando um clipe de papel à sua frente, esperando que alguém dissesse algo.

— É — disse o responsável pelos transportes, com cautela. — Mas está meio afetado, né?

— Eu achei ótimo — disse o responsável pela segurança —, mas será que não falta alguma coisa sobre... bem, eu não sou bom com palavras, mas alguém podia cuidar disso. Eu não sei dizer isso bem, não sei dizer direito.

— Vai, tenta — estimulou Finnerty.

— Bem, pra mim está parecendo que ninguém mais sente que vale alguma coisa, e é uma sacanagem sem tamanho as pessoas sofrerem por causa de um negócio que elas mesmas inventaram.

— Isso está no texto — disse Lasher.

Paul tossiu educadamente.

— Hã, vocês querem que eu assine o documento?

Von Neumann pareceu surpreso.

— Ora, eles já foram assinados e colocados nos correios horas atrás, enquanto você dormia.

— Obrigado.

— De nada, Paul — disse o professor, com um ar distraído.

— Vocês não acham mesmo que os engenheiros e gerentes vão entrar nessa conosco, certo? — perguntou o homem nervoso.

— Jamais — sentenciou Lasher. — Mas sem a menor dúvida isso vai fazer com que falem de nós. Quando o grande dia chegar, queremos que todo mundo saiba que nosso grupo é grande e não está de brincadeira.

— *Polícia!* — gritou alguém em algum ponto da rede de câmaras subterrâneas.

Tiros estouraram, ecoaram e estalaram ao longe.

— Saída oeste! — comandou Lasher.

Papéis foram apanhados de cima da mesa e enfiados em envelopes, lanternas foram apagadas. Paul foi arrastado através dos corredores escuros pela multidão em fuga. Portas se abriam e se fechavam, pessoas tropeçavam e se chocavam contra pilastras ou umas contra as outras, mas não houve gritaria.

De repente Paul notou que o som dos passos dos outros tinha cessado e que ele estava seguindo apenas os ecos dos seus próprios pés. Ofegante, tropeçando em um pesadelo de gritos de policiais correndo, ele vagou por corredores e câmaras, sempre topando com barreiras de rocha inerte. Por fim, quando se virou para se afastar de mais uma delas, teve os olhos ofuscados pelo facho de uma lanterna.

— Ali tem um, Joe. Pega ele!

Paul avançou para cima da lanterna, socando o ar com os dois punhos cerrados.

Alguma coisa explodiu contra sua têmpora, e ele desabou no chão molhado.

— Nossa, pelo menos um não conseguiu fugir — ouviu uma voz dizer.

— Você acertou uma bela cacetada, hein?

— Com sabotador não tem brincadeira, esses caras são uma desgraça.

— Deve ser peixe pequeno, né?

— Claro. O que você quer, rapaz? Achou que ia ser o Proteus andando sozinho em círculos, como se ele não soubesse o caminho? Não, senhor. A essa altura o Proteus já deve estar em outra jurisdição, cuidando do próprio rabo acima de qualquer outra coisa.

— Sabotador desgraçado.

— É. Certo, vai levantando aí e tirando esse rabo do chão.

— O que houve? — balbuciou Paul.

— Polícia. Você acaba de levar uma cacetada para salvar a pele do Proteus. Por que não usa a cabeça, rapaz? Ele é maluco. Ora, o infeliz botou na cabeça que *ele* vai ser rei.

31

O colega de cela de Paul no porão do quartel-general da polícia era um jovem negro, pequeno e elegante chamado Harold, que estava na cadeia por sabotagem em pequena escala. Tinha quebrado uma caixa educativa de segurança no trânsito, uma combinação de toca-fitas e alto-falante, que tinha sido instalada em um poste de luz do lado de fora da janela do seu quarto.

— *Ei, espera aí! Nada de atravessar a rua no meio do quarteirão!* — imitou Harold a gravação. — Por dois anos eu morei com aquela máquina tagarela. E toda vez que alguém passava, o olho eletrônico era acionado, e claro que a máquina tagarela começava com a falação. *Nada de passar entre dois carros estacionados,* dizia ela. Pra qualquer um, a qualquer hora. A máquina tagarela não estava nem aí. Ficava dando opinião o tempo todo. *Ei, cuidado! Não faz isso! Não faz aquilo!* Se um cachorro sarnento passasse ali às três da madrugada, lá vinha a máquina tagarela dar algum conselho. *Se dirigir,* ela falava para o sarnento, *se dirigir, não beba!* E aí um pinguço qualquer aparecia tropeçando, e a tagarela falava para o coitado que, segundo uma lei municipal, todas as bicicletas precisam ter um refletor na traseira.

— Quanto tempo você pegou? — quis saber Paul.

— Cinco dias. O juiz falou que eu podia ter saído na mesma hora. Era só eu dizer que me arrependia. Mas eu não ia falar uma coisa dessas porque eu não me arrependo — disse Harold.

Paul ficou satisfeito por Harold estar tão envolvido com seu ato de integridade que não demonstrava interesse pelos seus problemas. Não que Paul fosse se incomodar, mas explicar tudo daria um trabalho imenso. Suas próprias motivações eram obscuras, o elenco era complicado, e Paul sabia que o desfecho ainda estava por acontecer. Ao longo de todas as aventuras ele tinha sido um mero fantoche, manipulado de um jeito ou de outro, e ainda tinha de se agarrar ao leme com firmeza.

Gerentes e engenheiros ainda acreditavam que Paul estava ao lado deles, a Sociedade da Camisa Fantasma estava igualmente convencida de que Paul era um de seus membros, e ambos tinham mostrado que nenhum meio-termo seria possível.

Quando os policiais identificaram Paul, ficaram constrangidos com seu QI e sua posição na hierarquia criminal: o arquicriminoso, o pretenso rei dos sabotadores. Não existia uma posição comparável na hierarquia da força policial de Ilium, e a polícia havia, por humildade e um longo processo de doutrinação, convocado inquisidores com números de classificação e QIs adequados.

Enquanto isso, Paul e Harold assistiam ao passar das horas.

— Não me arrependo de absolutamente nada — dizia Harold. — Ei, que batucada é essa?

As batidas irregulares vinham do outro lado da parede de chapas de aço que separava a cela gradeada de Paul e Harold à cela ao lado, totalmente fechada, reservada a grandes facínoras.

Paul experimentou batucar do seu lado da parede.

"Dezessete... vinte e um... cinco... treze", veio a resposta em forma de batucada. Paul reconheceu o código estudantil: uma batida para A, duas para B... "Dezessete... vinte e um... cinco... treze" significava "Quem?"

Paul batucou o próprio nome, e acrescentou sua pergunta.

"Sete... um... dezoito... vinte... oito."

— Garth! — disse Paul, e batucou: — Ânimo, rapaz.

Uma emoção exótica foi crescendo dentro dele, e Paul levou um momento para entender. Pela primeira vez em toda a sua vida ordeira ele estava compartilhando um profundo infortúnio com outro ser humano. O destino estava fazendo com que ele sentisse por Garth, o desinteressante, o nervoso, o enervado, uma ternura que jamais tinha sentido por Anita, por Finnerty, por seus pais, por qualquer pessoa.

— Mexeu na árvore?

— Claro — batucou Garth.

— Por quê?

— Meu moleque reprovou no TCG de novo. Fiquei maluco.

— Nossa! Sinto muito — batucou Paul.

— Peso morto. Inútil. Estorvo.

— Que nada.

— Só Deus faz árvores — batucou Garth.

— Abençoados os fetichistas. Herdaram a Terra — batucou Paul em resposta.

— Podridão, corrosão do nosso lado.

— E agora? — batucou Paul.

Garth batucou sua história de ter sido descoberto como o criminoso na Campina, o furor, as ameaças, as lágrimas genuínas derramadas por conta do Carvalho ferido. Ele tinha sido trancafiado na Casa do Conselho, vigiado por dúzias de jovens engenheiros e gerentes encorpados e raivosos. Tinham prometido que ele ia pagar caro por aquilo: anos na prisão, multas que o levariam à mais completa falência.

Quando a polícia chegou à ilha para buscar Garth, deixou-se contaminar pela histeria dos membros da cúpula e passou a tratá-lo como um dos criminosos mais terríveis do século.

— Só acordaram quando chegamos aqui e eles registraram meu caso — batucou.

Paul, que também tinha ficado chocado com o crime de Garth, ficou confuso com essa reviravolta.

— Como assim? — batucou.

— Rá! — batucou Garth. — Qual o meu crime?

Paul riu, tentando achar a resposta.

— Arvoricídio? — batucou.

— Tentativa de arvoricídio — batucou Garth. — Continua viva, mas acho que nunca mais vai dar fruto.

— Proteus! — chamou o alto-falante daquele bloco. — Visitas. Fique onde está, Harold.

— Não vou a lugar algum, porque não me arrependo — disse Harold. — *Cuidado. Preste atenção. Caminhe de frente para o trânsito.*

A porta da cela apitou e se abriu, e Paul caminhou até a porta verde da sala de visitas. A porta verde se abriu, e depois se fechou com um sussurro atrás dele, e Paul se viu diante de Anita e Kroner.

Ambos usavam roupas fúnebres, como se não quisessem chamar mais atenção que o defunto. Muito séria, sem dizer nada, Anita lhe entregou uma caixa de papelão contendo um milk-shake e uma pilha de recortes de tirinhas de jornal. Ergueu o véu e deu um beijo no rosto de Paul.

— Paul, meu rapaz — saudou Kroner com sua voz retumbante. — Tem sido difícil, não? Como você está, meu rapaz?

Paul recuou alguns passos para sair do alcance daquelas mãos grandes, vigorosas e paternais.

— Estou bem, obrigado.

— Parabéns, querido — congratulou Anita, com tom de voz baixo.

— Pelo quê?

— Ela sabe, rapaz — revelou Kroner. — Sabe que você é um agente secreto.

— E eu sinto um orgulho imenso de você.

— Quando eu vou sair?

— Agora mesmo. Assim que pudermos transcrever o que você descobriu sobre os Camisas Fantasma, quem eles são, como operam — disse Kroner.

— A casa está prontinha, Paul — anunciou Anita. — Dei folga para a empregada, quero um retorno ao lar bem americano, à moda antiga.

Paul conseguia ver Anita criando essa atmosfera à moda antiga: pingando uma gota de essência floral no filtro do aspirador de pó, ajustando as configurações no painel de controle geral, que descongelaria os filés do jantar e os colocaria no forno a radar no momento adequado, e depois ligando a televisão assim que eles cruzassem a porta de entrada. Estimulado por um apetite primitivo e obstinado, Paul cogitou atenciosamente a oferta de Anita. Ficou satisfeito em perceber uma ordem mais elevada de necessidade humana se afirmando, uma necessidade que o fez pensar, e até sentir, que ele não se incomodaria nem um pouco de nunca mais dormir com ela. Anita também pareceu perceber isso, e, sem ter mais nada além do sexo para servir de isca a Paul, seu sorriso de boas-vindas e perdão tornou-se algo frio e arrepiante de fato.

— Seus guarda-costas podem comer depois — disse Kroner dando uma risadinha. — Olha, muito boa aquela carta que você escreveu para os camisas fantasma. Tudo parecia maravilhoso, até você tentar entender o que estava escrito.

— Você não entendeu? — perguntou Paul.

Kroner balançou a cabeça.

— Palavras.

— Mas aposto que teve um efeito que você nunca imaginou que teria — disse Anita. — Posso contar? Sobre o novo emprego?

— Isso, Paul — disse Kroner. — A Divisão Leste precisa de um novo gerente de engenharia.

— E você é o escolhido, querido! — comemorou Anita.

— Gerente de engenharia? — perguntou Paul. — E o Baer?

De alguma forma Paul tinha esperado que o resto do mundo continuasse firme enquanto sua própria vida entrava em parafuso. E, naquele resto do mundo, nada parecia mais sólido que a união de Baer, o gênio da engenharia, e Kroner, o rochedo de fé na tecnologia.

— Ele não morreu, né? — quis saber Paul.

— Não — respondeu Kroner, triste. — Não, ele continua vivo... pelo menos fisicamente. — Colocou um microfone em cima de uma mesa e aproximou uma cadeira, para que Paul pudesse dar seu testemunho de modo confortável. — Bem, vai saber... talvez o que aconteceu tenha sido bom. O coitado do Baer nunca foi lá muito estável, você sabe. — Ajustou o microfone. — Pronto. Agora vem aqui, Paul.

— Mas o que aconteceu com o Baer? — insistiu Paul.

— Ah — suspirou Kroner —, depois de ler aquela carta boba, ele esvaziou as gavetas de sua mesa e foi embora. Sente-se bem aqui, Paul.

Então a carta era boa mesmo, pensou Paul, impressionado com a reviravolta que ela tinha causado na vida de pelo menos um homem. Mas então se perguntou se a carta não teria conquistado o apoio de Baer por W.O., e não por supostamente não permitir qualquer tipo de resposta. Se alguém com a mente mais rápida que a de Kroner estivesse disponível para tecer argumentos contra a carta, talvez Baer ainda estivesse em seu posto de trabalho em Albany.

— Qual foi a reação oficial à carta? — quis saber Paul.

— Foi classificada como ultrassecreta — disse Kroner. — Quem for pego tentando fazer a carta circular vai cair na rede da Lei de Segurança Nacional. Então nem se preocupe, meu rapaz, isso não vai muito longe.

— Mas vai haver uma resposta oficial, não? — insistiu Paul.

— Isso seria passar recibo, não acha? Reconhecer publicamente que essa bobagem de Camisa Fantasma merece a atenção do sistema. É bem o que eles querem que aconteça! Agora venha, sente-se aqui, vamos acabar logo com isso para que você possa voltar para casa e desfrutar de um merecido repouso.

Alheio ao ambiente, Paul sentou-se em frente ao microfone, e Kroner ligou o gravador. A reação oficial à Sociedade da Camisa Fantasma era a resposta oficial a tantas outras coisas: ignorar completamente, assim como questões urgentes e complicadas eram ignoradas todos os anos nos autos da Paixão na Campina. Era como se conceder ou negar um reconhecimento oficial representasse vida ou morte para as ideias. E essa reação também tinha algo do velho espírito de equipe da Campina, aquele espírito que supostamente mantinha o sistema coeso: a ideia de que a oposição queria apenas vencer e humilhar, que o objetivo de qualquer competição era a vitória completa, com uma derrota humilhante sendo a única alternativa.

— Mas, então, quem na verdade é o cabeça dessa palhaçada, dessa Sociedade da Camisa Fantasma? — perguntou Kroner.

E ali estava mais uma vez a mais antiga das bifurcações, a mesma que Paul tinha vislumbrado meses antes, na biblioteca de Kroner. Escolher um ou outro caminho não tinha nada a ver com máquinas, hierarquias, economia, amor, idade. Era uma questão puramente interna. Qualquer criança com mais de seis anos conhecia essa bifurcação e sabia o que os mocinhos faziam ao chegar nela, e o que os bandidos faziam. Era uma bifurcação comum no folclore do mundo inteiro, e era aqui que se separavam os mocinhos dos bandidos, usassem eles chaparreiras, tangas, ponchos, peles de leopardo ou ternos risca de giz de banqueiro.

Os bandidos viravam delatores. Os mocinhos, jamais. Não importava quando, não importava por quê.

Kroner pigarreou.

— Perguntei quem é o líder deles, Paul.

— Sou eu — respondeu Paul. — E gostaria de ter sido um líder melhor, juro por Deus.

No instante em que pronunciou essas palavras, Paul soube que eram verdadeiras, e sentiu, enfim, o que seu pai havia sentido: como era pertencer a algo e acreditar naquilo.

32

— **Jura dizer** a verdade, toda a verdade e nada além da verdade, em nome de Deus?

— Juro — disse Paul.

As câmeras do tribunal se afastaram do seu rosto para revelar a cinquenta milhões de telas de TV o quadro vivo da parede sul do Tribunal Federal de Ilium. Ali, ao lado e acima do doutor Paul Proteus, estava sentado o juiz: *o Gerente do Céu*, pensou Paul. O acusado, sentado no banco das testemunhas, parecia menos um homem do que uma mesa telefônica antiquada, com fios que saíam de instrumentos de medição de temperatura, pressão e umidade dependurados nos pulsos, nas axilas, no peito, nas têmporas e nas palmas da mão. Os fios, por sua vez, se estendiam até uma caixa cinzenta abaixo do banco das testemunhas, onde os dados registrados pelos instrumentos eram interpretados e transmitidos a um mostrador com um metro de diâmetro, logo acima da cabeça de Paul.

A agulha indicadora do mostrador, agora apontada totalmente para baixo, era ajustada de modo a pender sem dificuldades entre um V negro na direita e um F vermelho na esquerda, ou a uma série de pontos arbitrariamente calibrados entre essas duas letras.

Paul tinha se declarado culpado por formação de quadrilha para perpetrar atos de sabotagem, mas estava sendo julgado por traição três semanas após ser detido.

— Doutor Proteus — disse o promotor com um tom maldoso.

As câmeras de TV fecharam um close em seu sorriso de escárnio, e em seguida se moveram até as gotas de suor em sua testa.

— O senhor se declarou culpado por formação de quadrilha para perpetrar atos de sabotagem, correto?

— Sim.

A agulha pendeu até o V e voltou à posição neutra, provando que, até onde Paul podia afirmar, aquilo era de fato verdade.

— Essa quadrilha, da qual o senhor é o líder, tem como método, e aqui vou citar sua famosa carta, o seguinte: "Estamos preparados para usar a força para dar um fim à desordem, caso fracassemos por outros meios". Essas palavras são suas, doutor?

— Foram escritas por outra pessoa, mas estou de acordo com elas — disse Paul.

— E a palavra "desordem", nesse caso, refere-se à presente economia mecanizada?

— E à futura.

— Sua meta, pelo que entendi, era destruir as máquinas, para que as pessoas pudessem participar da produção de uma forma mais próxima?

— Algumas das máquinas.

— Que máquinas, doutor?

— Isso teria de ser analisado.

— Ah! Então isso ainda não tinha sido analisado por vocês, é?

— O primeiro passo seria fazer os americanos concordarem com a imposição de limitações ao escopo das máquinas.

— E vocês obteriam essa concordância com o uso da força, caso fosse necessário? Obrigariam o povo americano a essa condição artificial, a esse passo para trás?

— O que distingue os humanos dos outros animais é sua capacidade de criar coisas artificiais — disse Paul. — Diria que para sua maior glória. E um passo para trás, depois de tomar o caminho errado, é um passo na direção certa.

As câmeras de TV fecharam nos olhos indignados do promotor, cheios de superioridade moral, e em seguida recuaram, espantadas com a fúria ainda contida que encontraram ali dentro.

Paul também olhou e viu que o promotor sabia bem mais do que tinha revelado até ali. Mas Paul duvidava de que o promotor soubesse que sua secretária fazia parte da Sociedade da Camisa Fantasma e que suas respostas, ainda que fossem registradas como sinceras pelo detector de mentiras, eram uma síntese da nata do pensamento e das frases de Lasher, de Finnerty e do professor Von Neumann.

Paul estava à vontade, eufórico com aquele martírio badaladíssimo em nome de uma causa em que ele acreditava. Não restavam mais dúvidas em sua mente, como também não restavam dúvidas na mente do promotor: aquilo que a Sociedade da Camisa Fantasma se propunha a fazer era traição. As máquinas e as instituições do governo eram tão integradas que tentar atacar umas sem atingir as outras era como tentar remover um cérebro enfermo com a intenção de salvar um paciente. Teria de haver uma tomada do poder: uma tomada benevolente, mas ainda assim uma tomada.

Os únicos velhos conhecidos de Paul na sala do tribunal eram Kroner, que parecia prestes a chorar, e Fred Berringer, gordo e com olhos suínos, que, de acordo com Paul, estava presente para ver o assassinato de Carlito Damas ser vingado.

Anita não tinha aparecido no tribunal, nem Shepherd. Ambos, pelo jeito, estavam ocupados demais mapeando futuras campanhas para dedicarem mais do que uma prece breve e piedosa a quem tinha ficado preso no arame farpado do campo de batalha da vida. Não havia qualquer necessidade de Anita comparecer ao tribunal para mostrar ao mundo como se sentia em relação ao marido caído em desgraça. Ela já tinha deixado isso bem claro em diversas entrevistas à imprensa. Explicou que tinha se casado com Paul quando ainda era praticamente uma criança e agradecia a Deus que as coisas tivessem chegado a um ponto crítico enquanto ela ainda era jovem o bastante para conseguir resgatar um pouco de felicidade genuína para si mesma. Paul achou "resgatar" um termo bem apropriado, com suas implicações de revirar aterros sanitários e arrastar fundos de portos, pois logo depois Anita anunciou que se casaria com o doutor Lawson Shepherd assim que conseguisse se divorciar de Paul.

Paul tinha lido as declarações públicas de Anita com tédio, como se fossem acusações sobre uma outra pessoa, como, digamos, as denúncias de uma jovem estrela televisiva contra um produtor de meia-idade. Agora estava concentrado em um empreendimento bem mais divertido e importante: proferir o máximo possível de frases comoventes, antimáquinas e a favor da Sociedade da Camisa Fantasma em rede nacional de televisão.

— Esse *uso da força*... o senhor não encara isso como uma mobilização de guerra contra os Estados Unidos? Como uma traição, doutor? — prosseguiu o promotor.

— A soberania dos Estados Unidos reside no povo, e não nas máquinas, e por isso cabe ao povo decidir se quer tomá-la de volta ou não. As máquinas se excederam na soberania que lhes foi delegada voluntariamente pelo povo americano em troca de um bom governo. Máquinas, organização e busca pela eficiência roubaram do povo americano sua liberdade e sua busca pela felicidade.

Paul virou a cabeça e constatou que a agulha apontava para o V.

— O acusado deve manter o rosto voltado para a frente — repreendeu o juiz em tom severo. — Sua preocupação deve ser dizer a verdade, toda a verdade e nada além da verdade. O indicador vai cuidar de si mesmo.

O promotor deu as costas para Paul, como se tivesse terminado, mas girou de repente com o indicador apontado contra ele.

— Diria que é um patriota, doutor?

— Tento ser.

— Seu principal desejo é servir bem ao povo americano?

— Sim.

Paul ficou intrigado com essa nova abordagem, para a qual ninguém o tinha preparado.

— E é essa a sua razão básica para servir como dirigente simbólico da Sociedade da Camisa Fantasma? Fazer o bem?

— Sim — confirmou Paul.

Uma reverberação de cochichos e de estalidos de cadeiras sob o peso de traseiros em movimento sugeriu a Paul que algo de errado tinha acontecido com o indicador do detector de mentiras.

O juiz bateu o martelo.

— Ordem no recinto. O engenheiro do tribunal fará o obséquio de verificar as válvulas e os circuitos.

O engenheiro empurrou seu carrinho de aço até o banco das testemunhas e testou as conexões ligadas a Paul como se estivesse lidando com um objeto inanimado. Mediu vários pontos dos circuitos, deslizou a caixa cinzenta de baixo do banco das testemunhas, retirou cada válvula, testou uma por uma e as recolocou no lugar, tudo em menos de dois minutos.

— Tudo em ordem, meritíssimo.

— Queira o acusado fazer o obséquio de dizer algo que considera uma mentira — pediu o juiz.

— Qualquer novo conhecimento científico é uma coisa boa para a humanidade — disse Paul.

— Protesto! — gritou o promotor.

— Isso é extraoficial... apenas um teste do instrumento — explicou o juiz.

— Ponteiro para a esquerda, certinho — disse o engenheiro.

— Agora, uma verdade — pediu o juiz.

— A principal tarefa da humanidade é fazer um bom trabalho enquanto seres humanos e não servir de acessórios para máquinas, instituições e sistemas — disse Paul.

— Foi para o V, perfeito — declarou o engenheiro, enfiando uma presilha de metal mais fundo na axila de Paul.

— Agora uma meia-verdade — pediu o juiz.

— Estou satisfeito — disse Paul.

Os espectadores deram risadinhas quase elogiosas.

— Bem no meio — informou o engenheiro.

— Prossiga com o interrogatório — ordenou o juiz.

— Farei a mesma pergunta ao bom e patriótico doutor — continuou o promotor. — Doutor, sobre seu papel nesse complô para derrubar as... hã... máquinas: o senhor diz que foi motivado unicamente por seu desejo de servir ao povo americano?

— Acredito que sim.

Mais uma vez a agitação reveladora na sala do tribunal.

— O senhor acredita que sim, né? — disse o promotor. — Sabe para onde o ponteiro apontou, doutor, patriota, Patrick Henry de nossa época?

— Não — respondeu Paul, apreensivo.

— Bem no meio entre V e F, doutor. Parece que o senhor não tem tanta certeza. Talvez possamos dissecar essa meia-verdade para extrair uma verdade inteira... como a remoção de um tumor.

— Hum.

— Seria possível, doutor, que esse ódio do que o senhor descreve como uma injustiça contra a humanidade seja de fato um ódio a algo bem menos abstrato?

— Talvez. Não sei aonde está querendo chegar.

— Falo sobre seu ódio por alguém, doutor.

— Não sei de quem você está falando.

— O ponteiro indica que o senhor sabe, doutor... que o senhor sabe que o seu patriotismo vermelho-branco-e-azul é na verdade uma expressão de ódio e ressentimento... ódio e ressentimento por um dos maiores e mais genuínos patriotas na história americana... seu pai!

— Que bobagem!

— O ponteiro diz que o senhor está mentindo! — O promotor se afastou de Paul com aparente repulsa. — Senhoras e senhores do júri, público da televisão: eu diria que este homem diante de vocês não passa de um menino vingativo, para quem este nosso grandioso país, esta nossa grandiosa economia, esta nossa civilização, se tornaram um símbolo de seu pai! Um pai que, de forma subconsciente, ele teria adorado destruir! Um pai, senhoras e senhores do júri e público da televisão, com quem estamos todos em dívida eterna, pois ele, mais do que qualquer outro americano, foi quem reuniu as forças do *know-how* e ensejou a vitória da civilização! Chamem de complexo de Édipo se quiserem. Mas como ele é um homem adulto, chamo isso de traição! Negue, doutor, negue! Mas esse menino escolheu ficar ressentido e odiar essa brilhante aparição nas páginas da História, de cujas entranhas ele foi gerado. E agora, como homem, ele transferiu esse ódio para algo que poderia muito bem servir como um símbolo de seu pai, esta terra que é sua, senhores e senhoras do júri e público da televisão, e minha também. Negue — repetiu o promotor, a voz pouco mais que um suspiro.

As câmeras deram meia-volta e fecharam em Paul como cães de caça caindo sobre um animal que acaba de ser abatido.

— Parece que não tenho como negar — disse Paul. Impotente e pensativo, baixou os olhos para encarar os fios monitorando cada reflexo que Deus lhe tinha concedido para poder se defender. Até um momento atrás ele era um porta-voz fluente de uma organização poderosa e sagaz. Agora, de repente, estava completamente só, lidando com um problema que era unicamente seu.

— Se meu pai tivesse sido dono de uma pet shop — disse, enfim —, imagino que eu envenenaria de forma inconsciente os cães.

Impacientes, as câmeras fecharam e recuaram, percorreram o público da sala do tribunal, pararam por um instante no juiz e voltaram a Paul.

— Mas ainda que não existisse esse problema desagradável entre mim e a memória do meu pai, creio que eu acreditaria nos mesmos argumentos. Até onde sei, existem homens que não odeiam seus pais e que acreditam nesses mesmos argumentos. Acredito que o ódio não apenas me faz acreditar nesses argumentos, mas também me faz querer fazer algo em relação ao sistema. O ponteiro concorda?

Vários espectadores confirmaram com a cabeça.

— Ótimo. Até aqui, tudo bem. Desconfio que exista alguma coisa bem sórdida por trás das motivações de todas as pessoas e imagino que os dados clínicos comprovem essa minha impressão. Coisas sórdidas, na maior parte dos casos, é o que faz os seres humanos, meu pai incluído, agirem. Receio que seja esse o significado de ser humano."

"O que o promotor acabou de fazer foi reafirmar o que tudo neste mundo que criamos parece determinado a provar, e o que a Sociedade da Camisa Fantasma está determinada a refutar: que eu não presto, que você não presta, que nós não prestamos porque somos humanos.

Paul encarou as lentes das câmeras de televisão e imaginou as milhões de pessoas que o assistiam, as milhões de pessoas que o ouviam, e se perguntou se aquilo tinha feito algum sentido para eles. Tentou pensar em alguma imagem bem nítida que deixasse aquilo bem claro para todos. Uma imagem surgiu em sua mente, porém ele a rejeitou como indelicada, não conseguiu encontrar nenhuma outra e acabou balbuciando aquilo mesmo.

— As mais belas peônias que já vi cresceram em um solo que era quase puro excremento de gato. — declarou — Eu...

Uma algazarra de gaitas de fole e tambores chegou da rua, no andar de baixo.

— O que está havendo lá fora? — quis saber o juiz.

— Um desfile, meritíssimo — respondeu um guarda, olhando pela janela.

— De que organização? — perguntou o juiz. — Farei com que todos sejam presos por essa afronta.

— Estão vestidos de escoceses, meritíssimo — informou o guarda. — E na frente tem uns caras parecidos com índios.

— Muito bem — disse o juiz, irritado. — Vamos interromper o depoimento até eles passarem.

Um pedaço de tijolo estilhaçou uma das janelas do tribunal, fazendo cacos de vidro caírem sobre a bandeira americana à direita do juiz.

33

A caminho de Nova York, a limusine do Departamento de Estado cruzou mais uma vez o rio Iroquois, em Ilium. No assento traseiro estavam o senhor Ewing J. Halyard, o xá de Bratpuhr, líder espiritual de seis milhões de membros da seita Kolhouri, e Khashdrahr Miasma, intérprete e sobrinho do xá. O xá e Khashdrahr, mortos de saudade dos sinos dos templos, do ruído da água na fonte e dos gritos das *houri selano* no pátio do palácio, estavam voltando para casa.

Quando a expedição cruzou aquela ponte pela primeira vez, no início da viagem, Halyard e o xá, cada um nos ditames de sua própria cultura, igualavam-se em esplendor, com Khashdrahr se mantendo em um modesto terceiro lugar. A hierarquia dos viajantes tinha sofrido uma mudança. A função de Khashdrahr tinha se ampliado, e ele não servia apenas como uma ponte linguística entre o xá e Halyard, mas também como um degrau social intermediário entre os dois.

Refletindo sobre as mecânicas de ser um ser humano, mecânicas que em muito ultrapassavam a influência sofrível do livre-arbítrio, o senhor Halyard se viu representando um homem sem nível hierárquico com a mesma eficácia que o doutor Halyard tinha representado níveis altíssimos de hierarquia. Ainda que não tivesse dito aos visitantes sobre a prova de educação física que poderia significar vida ou morte para a sua carreira, eles tinham percebido o colapso de seu *status* no instante em que Halyard foi carregado de volta do ginásio de Cornell e depois reanimado.

Quando Halyard se recuperou e trocou o calção e os tênis arruinados por roupas de passeio, o que ele enxergou no espelho não foi um cosmopolita elegante vestido na última moda, mas um velho tolo com roupas exageradas. Adeus à flor na lapela, ao colete contrastando, à camisa colorida. Acessório por acessório, peça de roupa por peça de roupa, Halyard arrancou fora os símbolos do diplomata desonrado. Agora, em termos espirituais e de vestuário, ele era branco, cinza e preto.

E, como se ainda restasse alguma coisa a ser esmagada em Halyard, um novo golpe abateu-se sobre ele. Com um respeito pela lei e pela ordem jamais atingido por seres humanos, as máquinas de recursos humanos do Departamento de Estado tinham automaticamente dado entrada em processos de fraude contra Halyard, pois ele nunca deveria ter tido qualquer direito ao seu ph.D., aos seus números de classificação ou, mais objetivamente, ao seu contracheque.

"Vou defender você", tinha escrito seu superior imediato, mas Halyard sabia que isso não passava de um truque arcaico em uma selva de metal, vidro, plástico e gás inerte.

— *Khabu*? — perguntou o xá, sem olhar para Halyard.

— Onde estamos? — perguntou Khashdrahr para Halyard, preenchendo a diferença social por mera formalidade, pois Deus sabia que aquela palavra bratpuhriana já era bastante familiar para Halyard.

— Ilium. Lembram? Já cruzamos esta ponte, indo na direção oposta.

— *Nakka Takaru tooie* — disse o xá, balançando a cabeça.

— Hein?

— Onde o *Takaru* cuspiu na sua cara — traduziu Khashdrahr.

— Ah... aquilo. — Halyard sorriu. — Espero que não levem isso para casa como a maior lembrança da visita aos Estados Unidos. Garanto que foi um incidente ridículo, isolado, irracional. Sem dúvida não é indicação nenhuma do temperamento do povo americano. Aquele neurótico precisava manifestar sua agressividade diante dos senhores. Acreditem, os senhores poderiam passar os próximos cem anos viajando por este país sem jamais testemunhar outra explosão como aquela.

Halyard não demonstrava nem um pouco de sua amargura. Com um rancor melancólico, ele continuava, naqueles últimos dias de sua carreira, a desempenhar seu trabalho de forma impecável.

— Esqueçam ele — pediu. — Relembrem todas as outras coisas que os senhores viram e tentem imaginar como sua própria nação poderá ser transformada.

O xá estalou a língua, pensativo.

— E não vai custar nem um centavo — prosseguiu Halyard. — Os Estados Unidos enviarão engenheiros e gerentes com habilidades em todas as áreas para estudar seus recursos, planejar sua modernização, dar início a ela, testar e classificar seu povo, arranjar crédito e instalar o maquinário.

O xá sacudiu a cabeça, pensativo.

— *Prakka-fut takki sihn* — disse enfim —, *souli, sakki EPICAC, siki Kanu pu*?

— O xá quer saber o seguinte — traduziu Khashdrahr. — Antes de darmos esse primeiro passo, o senhor poderia, por favor, perguntar à EPICAC para que servem as pessoas?

A limusine parou na cabeceira da ponte no lado de Domicílio, bloqueada, desta vez não por uma equipe das Unidades de Reconstrução e Recuperação, mas por uma legião de árabes. Como se o significado dos estandartes e das roupas já não fosse confuso o bastante, os árabes eram liderados por dois homens com camisas indígenas e pinturas de guerra.

— *Dinko*? — perguntou o xá.

— Exército? — traduziu Khashdrahr.

Halyard deu sua primeira boa gargalhada em muitas semanas. Como alguém, mesmo um estrangeiro, poderia confundir aquele emaranhado colorido de estandartes, cinturões e armas de brinquedo com uma força efetiva de combate?

— São só algumas pessoas se divertindo com fantasias.

— Alguns deles estão armados — apontou Khashdrahr.

— Madeira, papelão e tinta — disse Halyard. — Tudo de brinquedo. — Pegou o intercomunicador e instruiu o motorista. — Veja se consegue passar bem devagar ao lado deles e depois pegue uma rua secundária, na direção do tribunal. Por lá as coisas devem estar mais sossegadas.

— Sim, senhor — respondeu o motorista, relutante. — Mas não sei, senhor. Não gosto do jeito que eles estão olhando para nós, e todo aquele tráfego do outro lado parecia estar fugindo de alguma coisa. Talvez seja melhor dar meia-volta e...

— Bobagem. Tranque as portas, meta a mão na buzina e siga em frente. Se esse tipo de palhaçada tem preferência sobre um carro oficial, as coisas estão piores do que imagino.

Os vidros à prova de bala deslizaram até em cima, as trancas das portas estalaram, e a limusine avançou desconfiada por entre as fileiras amarelo-avermelhadas, verdes e douradas dos árabes.

Punhais e cimitarras cravejados de joias estocaram e golpearam a superfície blindada da limusine. Por sobre os uivos dos árabes estalou um ruído de armas de fogo. Duas bolhas imensas apareceram de repente em uma das laterais do carro, a poucos centímetros da cabeça de Halyard.

Halyard, o xá e Khashdrahr se jogaram no chão. A limusine mergulhou entre as fileiras em fúria e desceu por uma rua secundária.

— Vá para o tribunal — gritou Halyard, do chão, para o motorista — e depois saia na avenida Westinghouse!

— Vai para o inferno! — respondeu o motorista. — Vou cair fora agora mesmo. A cidade inteira ficou maluca!

— Fique no volante ou vou matar você! — urrou Khashdrahr com selvageria, protegendo o corpo sagrado do xá com sua própria carne frágil e encostando a ponta de uma adaga dourada na nuca do motorista.

As palavras seguintes de Khashdrahr se perderam em meio ao som de uma explosão nas proximidades, seguida por gritos de alegria da multidão e de uma chuva de entulho sobre o teto e o capô da limusine.

— Ali está o tribunal! — apontou o motorista.

— Ótimo. Vire à esquerda! — ordenou Halyard.

— Meu Deus! — gritou o motorista. — Vejam aquilo!

— Qual o problema? — perguntou Halyard com a voz trêmula, deitado com Khashdrahr e o xá.

O diplomata enxergava apenas o céu, o topo dos edifícios e nuvens de fumaça que passavam pelas janelas.

— Os escoceses — respondeu o motorista, como se estivesse vazio por dentro. — Meu Deus, os escoceses estão vindo.

A limusine parou de repente, fazendo cantar a borracha dos pneus.

— Certo, vamos dar ré e...

— Por acaso você tem um radar aí no assoalho? Dá uma olhada pela janela traseira e depois me diga se devemos dar ré.

Com cuidado, Halyard levantou a cabeça até a altura da janela. A limusine estava encurralada por tocadores de gaita de fole na frente e, atrás, por um esquadrão do Parmesão Real, com suas dragonas douradas, recém-saído de um Mercado Automático do lado oposto da calçada do tribunal.

Uma explosão lançou pelas vidraças do mercado esteiras e caixas de produtos enlatados. Uma caixa registradora automática saiu rolando pela rua, por um milagre ainda ereta no pedestal redondo.

— *Não perca a couve-de-bruxelas em oferta!* — sugeriu a máquina, que então tropeçou no próprio fio e se estatelou no asfalto ao lado da limusine, expelindo cédulas de dinheiro por um ferimento mortal.

— Não estão atrás da gente! — indicou o motorista. — Olhem só!

Os Parmesão Real, os escoceses e um punhado de índios tinham unido forças e tentavam arrombar as portas do tribunal usando um poste telefônico que havia sido arrancado.

A porta explodiu, e os atacantes foram jogados pelo impulso do aríete para o interior do tribunal.

Emergiram um instante mais tarde, carregando nos ombros um homem, que, em meio à aclamação frenética, mais parecia uma marionete. Para completar aquela impressão, fios soltos pendiam das extremidades de seu corpo.

— Para as Indústrias Ilium! — gritaram os índios.

O bando, carregando seu herói nas alturas como se fosse outro estandarte ao lado da bandeira dos Estados Unidos, seguiu os índios na direção da ponte que cruzava o rio Iroquois, dando gritos de alegria, soando as gaitas de fole, destruindo, explodindo e batendo tambores.

A limusine ficou por uma hora no mesmo lugar em que tinha ficado presa entre os Parmesão Real e os escoceses, enquanto o trovão surdo das explosões percorria a cidade como os passos de gigantes bêbados e a tarde virava crepúsculo sob uma cortina de fumaça. Toda vez que parecia haver chances de fugir e Halyard levantava a cabeça para investigar uma possível calmaria, novos contingentes de vândalos e saqueadores faziam com que ele voltasse para o assoalho do carro.

— Certo — disse, enfim. — Acho que agora talvez estejamos a salvo. Vamos tentar chegar na delegacia. Lá vamos ficar protegidos até tudo isso terminar.

O motorista se apoiou no volante e, com ar de insolência, se espreguiçou.

—Você acha que acabamos de ver uma partida de futebol americano ou algo assim? Acha que tudo vai ficar igualzinho a como era antes?

— Eu não sei o que está acontecendo, e nem você. Agora dirija até a delegacia, entendeu? — ordenou Halyard.

—Acha que pode ficar me dando ordens só porque tem doutorado e eu sou apenas um bacharel?

— Faça o que ele mandou — reclamou Khashdrahr, voltando a encostar a ponta do punhal na nuca do motorista.

A limusine avançou pelas ruas cheias de destroços, e agora desertas, a caminho do quartel-general dos mantenedores da paz de Ilium.

A rua em frente à delegacia estava branca como a neve, coberta por cartões perfurados de cartolina: o baralho de cinquenta mil cartas que as máquinas de recursos humanos e de prevenção do crime de Ilium tinham usado em seus jogos incansáveis: embaralhando, distribuindo, tirando cartões do fundo, tirando cartões do topo, tirando cartões do meio, escondendo na palma, marcando, lendo, mais rápido que a velocidade do olho humano permitia acompanhar, controlando cada cartão e protegendo de forma implacável os interesses da casa, sempre a casa, qualquer casa.

As portas do edifício tinham sido arrancadas das dobradiças, e o interior da delegacia estava coberto por montanhas de arquivos amontoados.

Halyard abriu um espaço mínimo da janela do carro.

— Alguém? — gritou, e torceu para que algum policial aparecesse. — Tem alguém aí? — perguntou Halyard, abrindo a porta com cuidado.

Antes que ele conseguisse impedir, dois índios armados de pistolas escancararam a porta.

Khashdrahr saltou sobre eles com sua faca e foi nocauteado. Caiu em cima do xá, que tremia.

— Ei — protestou Halyard, que também foi nocauteado.

— Para as Indústrias Ilium! — ordenaram os índios.

Ao recobrar a consciência, Halyard estava com a cabeça dolorida encostada no assoalho da limusine e com metade do corpo para fora da porta aberta.

O carro estava estacionado em frente a um bar próximo à ponte. A fachada do bar estava protegida por sacos de areia, e em seu interior homens operavam rádios, espetavam alfinetes sobre mapas, lubrificavam armas e observavam o relógio. O início da ponte em si estava bloqueado por barricadas rústicas feitas com sacos de areia e toras de madeira, viradas de frente para as casamatas e torres de metralhadoras das Indústrias Ilium, no outro lado do rio. Homens usando todo tipo imaginável de uniforme vagavam em meio às fortificações como se estivessem de férias, indo e vindo à vontade, em missões que só eles pareciam saber quais eram.

Os índios que se apossaram da limusine tinham desaparecido com o motorista, enquanto Khashdrahr e o xá, desnorteados e perplexos, estavam sendo repreendidos por um homem magro e esquelético que usava uma camisa indígena, mas estava sem pintura de guerra.

— Mas que diabo! — gritava o homem alto. — Os Cavaleiros de Kandahar deveriam estar cuidando da barricada na avenida Griffin. O que vocês estão fazendo aqui?

— Nós... — disse Khashdrahr.

— Não tenho tempo para ouvir desculpas. Voltem correndo para a sua organização!

— Mas...

— Lubbock! — gritou o homem alto.

— Sim, senhor.

— Arranje um transporte para levar esses dois até a barricada da avenida Griffin ou prenda-os por insubordinação.

— Sim, senhor. Tem um caminhão de munições saindo agora mesmo.

Lubbock empurrou o xá e Khashdrahr para dentro da traseira de um caminhão, sobre caixas de granadas de fabricação caseira.

— *Brouha batouli, nibo. Nibo!* — gritou o xá em um tom comovente. — *Nibo!*

O caminhão engatou a primeira e desapareceu em meio à fumaça.

— Ei — disse Halyard, com a voz pastosa.

— Finnerty! — gritou da porta do bar um homem baixo e gordo com óculos de lentes fundo de garrafa. — A polícia estadual está tentando romper a barricada da avenida Griffin! Quem podemos usar como reforço?

Finnerty arregalou os olhos e passou a mão pelos cabelos.

— Mandei de volta dois homens extraviados, mas só tinha eles. Os VGE e os Cavaleiros de Pítia caíram fora, e os Maçons nem chegaram a aparecer. Avise a eles que não temos mais reservas!

Um gêiser de chamas e destroços de alvenaria esguichou nas Indústrias Ilium, do outro lado do rio, e Halyard percebeu que, no topo do prédio do escritório do gerente do complexo, onde antes ficava hasteada a bandeira americana, o que agora tremulava ao sabor do vento carregado de fumaça era uma bandeira branca.

— Pelo amor de Deus! — exclamou Finnerty. — Chame os Alces e os Cervos pelo rádio e mande eles pararem com isso. Eles devem ocupar a fábrica, não pulverizar tudo.

— Baker Dog Três — disse Lasher em um microfone. — Baker Dog Três. Protejam todo o equipamento na fábrica até haver uma decisão sobre como lidaremos com isso. Está ouvindo, Baker Dog Três?

A multidão no bar ficou em silêncio para ouvir a resposta dos Alces e dos Cervos por sobre o ruído branco do alto-falante.

— Baker Dog Três... está ouvindo? — gritou Lasher.

— Eita! — ecoou um grito longínquo no alto-falante, e outro vulcão entrou em erupção no complexo industrial.

— Lubbock! — gritou Finnerty. — Assuma por aqui. Estou indo até as Indústrias Ilium ensinar um pouco de disciplina para aqueles bebês. Vamos ver quem manda nesse negócio!

Entrou em um carro e seguiu à toda pela ponte a caminho da fábrica.

— Salt Lake City é nossa! — berrou outro operador de rádio no interior do bar.

— Até agora, Oakland, Salt Lake e Ilium! — disse Lasher. — Alguma notícia de Pittsburgh?

— Sem resposta.

— Pittsburgh é crucial — disse Lasher. — Continue tentando. — Olhou por cima do ombro na direção sul, e uma expressão de horror perpassou seu rosto. — Quem botou fogo no museu? — Perguntou e começou a gritar desesperado pelo microfone. — Todos os postos! Todos os postos! Protejam todas as propriedades! Vandalismo e saques receberão pena de morte. Atenção, todos os postos... estão ouvindo?

Silêncio.

— Alces? Cervos? Cavaleiros de Pítia? VGE? Águias? Alô? Alguém... tem alguém ouvindo? Alô?

Silêncio.

— Proteus! — gritou um árabe trôpego na porta, com uma garrafa na mão. — Cadê o Proteus? Fala com a gente.

Paul, fatigado e envelhecido, apareceu ao lado de Lasher na porta do bar.

— Que Deus nos ajude, cavalheiros — disse, bem devagar. — Que Deus nos ajude. Se vencermos, isso significa que agora vai começar a parte mais difícil.

— Nossa... até parece que a gente perdeu — resmungou o árabe. — Desculpa por ter pedido para você falar conosco.

— Lou!

— Aqui! — gritou o árabe embriagado.

— Lou, meu rapaz... a gente esqueceu da padaria. Continua produzindo pão sem parar.

— Ah, mas nem pensar — disse Lou. — Bora lá destruir tudo.

— Ei, calma — disse Paul. — Vamos precisar da padaria.

— Mas não é tudo máquina? — quis saber Lou.

— Sim, claro, mas não faz sentido em...

— Então bora lá destruir essa desgraça. E olha só o velho Al aí para nos ajudar. Onde você estava, safado?

— Explodindo a estação de tratamento de esgotos — explicou Al com orgulho.

— É isso aí! Bora devolver essa porcaria de mundo para as pessoas.

34

— **Não estou entendendo** o que aconteceu em Pittsburgh — desabafou Finnerty. — Eu sabia que as coisas em Seattle e Minneapolis seriam arriscadas, mas Pittsburgh?

— E St. Louis e Chicago — disse Paul, maneando a cabeça.

— E Birmingham e Boston e Nova York — completou Lasher com um sorriso triste.

Parecia curiosamente em paz, inexplicavelmente satisfeito.

— *Pfft*! — reagiu Finnerty.

— Mas tudo em Ilium funcionou direitinho, em Salt Lake e Oakland também — disse o professor Von Neumann. — Então creio que podemos dizer que a parte teórica do ataque foi essencialmente válida. A parte prática, claro, foi uma história bem diferente.

— Sempre é — disse Lasher.

— Por que você está tão animado? — quis saber Paul.

— Um belo choro faria o doutor se sentir melhor? — retrucou Lasher.

— Agora, tudo que precisamos é nos alinhar com Salt Lake City e Oakland, e depois estrangular o país, até que ele se renda — disse Finnerty.

— Pensando agora, seria melhor ter mandado alguém de Ilium para acabar com a EPICAC — conjecturou Von Neumann. — A EPICAC valia três Pittsburghs.

— Uma pena os Cervos de Roswell, verdade — lamentou Lasher. — D-71 informou que eles estavam muito animados com a ideia de pegar a EPICAC.

— Muita loucura — disse Paul.

— Lidar com nitroglicerina é bem complicado, não foi uma boa ideia um bando de malucos tentar encher garrafas de refrigerante com o negócio — constatou Finnerty.

Os quatro mentores intelectuais da Sociedade da Camisa Fantasma estavam sentados em volta do que um dia tinha sido a mesa de Paul, a mesa do gerente das Indústrias Ilium.

A revolução ainda não tinha completado nem um dia de vida. Era de manhã bem cedo, antes de o sol nascer, mas em algumas partes de Ilium edifícios em chamas deixavam o dia tão iluminado e quente que mais parecia meio-dia nos trópicos.

— Queria que eles atacassem, para acabar logo com tudo — disse Paul.

— Eles vão precisar de algum tempo para reaver a coragem, depois do que os Cavaleiros de Kandahar fizeram com a polícia estadual na avenida Griffin — explicou Finnerty, e suspirou. — Olha, se a gente tivesse mais alguns grupos de combate como esse em Pittsburgh...

— E em St. Louis — acrescentou Paul —, e em Seattle, e Minneapolis, e Boston, e...

— Vamos mudar de assunto — sugeriu Finnerty. — Como está seu braço, Paul?

— Nada mau — disse Paul, acariciando a tala improvisada.

O Messias da Sociedade da Camisa Fantasma teve o braço esquerdo quebrado por uma pedra enquanto exercitava seu magnetismo perante uma multidão interessada em ver uma usina de energia elétrica explodir. — Como vai a cabeça, professor?

— Apitando — respondeu Von Neumann, ajustando o curativo.

Ele tinha sido golpeado pela Clava Sagrada da Ordem da Aurora Boreal enquanto explicava a uma multidão os motivos para não derrubar uma torre de rádio de sessenta metros de altura.

— Apito grave ou agudo? — perguntou Lasher. — E como vão as suas contusões e escoriações, Ed?

Finnerty torceu o pescoço e levantou os braços com cuidado.

— Não é nada, sério. Se a dor ficar pior, eu posso simplesmente me matar.

Ele tinha sido derrubado e pisoteado por Alces e Cervos em disparada enquanto explicava que as Indústrias Ilium deviam ser mantidas intactas até que uma decisão sobre quais máquinas deveriam ser destruídas e quais deveriam ser poupadas fosse tomada de cabeça fria.

O fogo tomou conta do céu para os lados de Domicílio.

— Continua atualizando o mapa, professor? — quis saber Lasher.

O professor Von Neumann observou aquele novo incêndio usando binóculos e marcou um xis preto no mapa aberto à sua frente.

— Deve ser a agência de correios.

O mapa da cidade estava limpo e novinho em folha no início da campanha, com uma dúzia de pequenos círculos vermelhos indicando os principais objetivos do *Putsch* de Ilium: a delegacia de polícia, o tribunal, os centros de comunicação, locais para levantar barricadas, as Indústrias Ilium. Segundo o plano de operações, depois que esses objetivos fossem tomados, com um mínimo de derramamento de sangue e destruição, chegaria a hora de substituir por seres humanos a sistemática dos dispositivos de controle automáticos. Os mais importantes desses objetivos secundários estavam assinalados em verde.

Mas agora o mapa estava imundo e mole. Sobreposto à constelação esparsa de círculos vermelhos e verdes, havia um borrão preto e contínuo de letras xis, assinalando o que já tinha sido tomado e, além disso, destruído.

Lasher consultou o relógio.

— São quatro da manhã. Correto?

— Vai saber — disse Finnerty.

— Você não consegue enxergar daqui o relógio da Prefeitura?

— Deram cabo dele horas atrás.

— E é provável que venham atrás do seu relógio a qualquer minuto — disse Paul. — Melhor guardar isso no bolso.

— Os especialistas são os que mais me chateiam — desabafou Finnerty. — Alguns caras parecem estar atrás de um único tipo de máquina, e deixam todas as outras em paz. Tem um rapaz negro e baixinho percorrendo a cidade com uma espingarda, estourando só aquelas caixinhas de segurança do trânsito.

— Meu Deus — disse Paul. — Não imaginei que seria assim.

— Que seria uma derrota? — perguntou Lasher.

— Derrota, vitória... o que for essa bagunça.

— Tem todas as características de um linchamento — disse o professor. — Mas em uma escala tão maior que usar "genocídio" me parece mais adequado. Os bons morrem com os maus... as descargas de vasos sanitários perecem com os controles automáticos de tornos mecânicos.

— Fico imaginando se as coisas teriam sido muito diferentes se não fosse a bebida — conjecturou Paul.

— Não dá para pedir que alguém ataque casamatas sem um pingo de álcool no corpo — afirmou Finnerty.

— E não dá para pedir para uma pessoa parar quando ela já está bêbada — suspirou Paul.

— Ninguém falou que não acabaria virando uma bagunça — disse Lasher.

Uma terrível explosão fez o chão subir e descer.

— Rapaz! — exclamou Luke Lubbock, vigiando o que tinha sido o escritório de Katharine Finch.

— Que foi isso, Luke? — quis saber Lasher.

— Tanques de armazenamento de combustível. Rapaz!

— Viva — resmungou Paul, arrasado.

— *Povo de Ilium!* — ribombou uma voz vinda do céu. — *Povo de Ilium!*

Paul, Lasher, Finnerty e Von Neumann correram até a abertura onde antes ficava o janelão. Olhando para cima, avistaram no céu um helicóptero-robô com o ventre e as hélices avermelhadas pelas chamas dos incêndios em terra firme.

— *Povo de Ilium, abaixe suas armas!* — disse o alto-falante do helicóptero. — *Oakland e Salt Lake City já tiveram a ordem restaurada. Sua causa está perdida. Renunciem aos seus falsos líderes. Vocês estão completamente cercados, isolados do resto do mundo. O bloqueio não será interrompido até que Proteus, Lasher, Finnerty e Von Neumann sejam entregues às autoridades do outro lado da barricada da avenida Griffin.*

"Poderíamos usar bombas e metralhadoras de avião, mas não é assim que americanos resolvem as coisas. Poderíamos mandar tanques, mas não é assim que americanos resolvem as coisas.

"Isso é um ultimato: vocês têm seis horas para entregar seus falsos líderes e abaixar suas armas, ou vão passar os próximos seis meses sofrendo em meio a ruínas que vocês mesmos criaram, isolados do resto do mundo. Clic.

"Povo de Ilium, abaixe suas armas! Oakland e Salt Lake City já ti...

Luke Lubbock mirou seu rifle e atirou.

— *Siblip quisi bipsblup perbipbip didlip!* — disse o alto-falante em um tom estridente. — *Blipnubipzip bip blip filbip liblupbip bluu.*

— Acabe logo com o sofrimento dele — ordenou Finnerty.

Luke atirou novamente.

O helicóptero sacudiu desajeitado, ainda sobrevoando a cidade. *Siblip quisi bipsblup perbipbip didlip! Blipnubipzip bip blip filbip liblupbip bluu...*

— Onde você vai, Paul? — quis saber Finnerty.

— Dar uma volta.

— Posso ir junto?

— Nessa situação isso jamais seria um problema.

E os dois saíram do prédio e caminharam pela ampla avenida cheia de entulho que dividia ao meio o complexo industrial, passando por fachadas numeradas que não tinham por dentro nada além de silêncio, destroços e sucata.

— Não sobrou muita coisa para relembrar os velhos tempos, hein? — comentou Finnerty, após terem caminhado uma boa distância sem trocar uma única palavra.

— Nova era — disse Paul.

— Um brinde? — perguntou Finnerty, tirando uma garrafinha do bolso de sua camisa fantasma.

— À nova era.

Sentaram juntos em frente ao Prédio 58 e ficaram passando a garrafa um para o outro sem dizer nada.

— Sabe — disse Paul, enfim. — As coisas não teriam sido tão ruins se tivessem continuado como eram quando chegamos aqui. Aquela época até que era tolerável, não acha?

Paul e Finnerty estavam sentindo uma conexão profunda e melancólica, sentados em meio às obras de arte destruídas, àquelas máquinas de projeto impecável, produzidas com perfeição. Uma boa parte de suas vidas e suas habilidades tinha sido empregada na criação daquelas máquinas, na construção daquilo que eles tinham ajudado a destruir em poucas horas.

— As coisas nunca continuam como estão — disse Finnerty. — É divertido demais tentar mudar. Lembra como foi empolgante quando registramos os movimentos do Rudy Hertz e depois tentamos orientar os controles automáticos usando a fita gravada?

— E funcionou! — exclamou Paul.

— Pode apostar!

— E depois instalamos o agrupamento de tornos número 3 — comentou Paul. — Não eram ideias nossas, claro.

— Não, mas tivemos nossas próprias ideias mais tarde. Ideias maravilhosas — disse Finnerty. — Acho que nunca fui tão feliz quanto naquela época, Paul. Estava tão absorvido pelo trabalho que não me interessava por mais nada.

— É o jogo mais fascinante que existe, impedir que as coisas permaneçam como estão.

— Se não fosse pelas pessoas, pelas malditas pessoas sempre se emaranhando com o maquinário — disse Finnerty. — Se não fosse por elas, a Terra seria um paraíso para os engenheiros.

— Vamos fazer um brinde a isso.

E brindaram.

— Você foi um bom engenheiro, Paul.

— Você também, Ed. E isso não é vergonha nenhuma.

Trocaram um aperto de mãos caloroso.

Quando voltaram ao antigo escritório do gerente do complexo industrial, encontraram Lasher e Von Neumann dormindo.

Finnerty deu uma sacudida no ombro de Lasher.

— Mestre! Maestro! *Maître*!

— Hum? — O homem atarracado e feio remexeu os bolsos à procura dos óculos com lentes fundo de garrafa, encontrou e se sentou. — Sim?

— O doutor Proteus aqui me fez uma pergunta muito interessante — disse Finnerty. — Fui incapaz de fornecer uma resposta satisfatória.

— Você está bêbado. Vai embora, deixa este velho dormir.

— Não vai demorar — disse Finnerty. — Diga, Paul.

— O que aconteceu com os índios? — perguntou Paul.

— Que índios? — quis saber Lasher, a voz exausta.

— A Sociedade da Camisa Fantasma original... os índios da Dança Fantasma — explicou Finnerty. — Em mil oitocentos e noventa e lá vai cacetada.

— Descobriram que as camisas não eram à prova de bala e que a magia não tinha efeito algum sobre a cavalaria do exército americano.

— E?...

— E aí foram mortos ou desistiram de tentar ser bons índios, e começaram a se tornar brancos de segunda categoria.

— E o que o movimento da Dança Fantasma provou? — quis saber Paul.

— Que ser um bom índio era tão importante quanto ser um bom homem branco... importante o suficiente para lutar e morrer por isso, por piores que fossem as chances. Eles tinham a mesma desvantagem que nós: mil contra um, talvez, ou até um pouco mais.

Paul e Ed Finnerty olharam para ele, incrédulos.

— E você sabia que a nossa derrota era inevitável? — perguntou Paul com a voz rouca.

— Óbvio — desdenhou Lasher, olhando para Paul como se ele tivesse perguntado a coisa mais idiota do mundo.

— Mas você ficou o tempo todo falando da vitória como se ela fosse quase certa — retrucou Paul.

— Claro, doutor — respondeu Lasher com condescendência na voz. — Se não falássemos desse jeito, não teríamos nem aquela única chance em mil. Mas nunca deixei de perder o contato com a realidade.

Lasher, Paul percebeu, era o único que não tinha perdido o contato com a realidade. Somente ele, dentre os quatro líderes, não parecia abalado nem perturbado com o desenrolar dos acontecimentos, parecendo até, de alguma forma inexplicável, em paz. Paul, talvez, tenha sido de todos o mais distante da realidade por ter tido pouco tempo para refletir e por sua imensa ânsia em fazer parte de uma organização extensa e segura de resoluta, que desse a impressão de possuir respostas para os problemas que tinham feito com que ele se arrependesse de estar vivo.

Finnerty estava escondendo sua surpresa inicial com a afirmação de Lasher, de tão perfeito apóstolo que era. Mais do que tudo, ele parecia querer se manter em comunhão intelectual com o dinâmico Lasher e por isso também encarou Paul como se estivesse surpreso ao descobrir que ele não entendia o que estava acontecendo.

— Se não tínhamos a menor chance, então qual diabo foi o sentido de...?

Paul deixou a frase inacabada e gesticulou ao seu redor para indicar as ruínas de Ilium.

Lasher estava bem acordado agora e se levantou, caminhando de um lado para o outro da sala, parecendo irritado por ter de explicar algo tão óbvio.

— Ganhar ou perder não importa, doutor. O importante é que tentamos. Está registrado, nós tentamos!

Andou para trás da mesa de Paul e encarou Paul e Finnerty do lado oposto.

— Registrado como? — questionou Paul.

Lasher sofreu uma transformação repentina. Exibiu um lado seu que ele já tinha mencionado, mas que Paul tinha julgado impossível de imaginar.

E, com a transformação, a mesa se tornou um púlpito.

— Revoluções não são meu ramo de negócios principal — declarou Lasher com uma voz profunda e trovejante. — Eu sou um pastor, doutor! Não se lembra? Acima de qualquer outra coisa, sou um inimigo do Diabo, um homem de Deus!

35

Enquanto o sol se erguia sobre Ilium e as brasas da cidade pareciam acinzentadas sob a luz do fogo eterno a cento e cinquenta milhões de quilômetros de distância, a limusine do Departamento de Estado, com uma camisa fantasma tremulando na antena de rádio, avançava sorrateira pelas ruas.

Havia corpos por toda parte, em posições grotescas causadas por morte violenta, mas manifestando o milagre da vida em um ronco, um murmúrio, no voo de uma bolha saindo dos lábios.

Sob a luz matinal, a cidade parecia um imenso porta-joias, forrado com o veludo negro e cinzento da fuligem no ar e repleta de milhões de tesouros cintilantes: pedaços de aferidores pneumáticos, alto-falantes, amplidínamos, analisadores, aparelhos de ar-condicionado, aparelhos de dosagem, aquecedores de água, arquivadores, aspiradores de pó, baterias, bobinas, botões de comando, calorímetros, capacitores, coletores de moedas, colorímetros, computadores, comutadores, condensadores, conduítes, controles de tráfego, controles remotos, controles, conversores de frequência, conversores, correias, criostatos, câmeras de TV, células fotelétricas, decibelímetros, densitômetros, detectores de radiação, detectores, dinamotores, dinamômetros, disjuntores, dispensadores, distanciômetros, eletrodos, engarrafadeiras, engrenagens, espectrofotômetros, espectrogoniômetros, espectroscópios, espectrômetros, esteiras, excitadores, filtros, fornalhas, fusíveis, geradores, gravadores de fita, gravadores, ignições, ímãs, indicadores, isoladores, lava-louças, lâmpadas, mesas telefônicas, molas, monitores de vibração, motores, máquinas contábeis, máquinas de enlatar, máquinas de radiografia, máquinas de recursos humanos, oscilógrafos, painéis de distribuição, permutadores de calor, potenciômetros, precipitadores de poeira, reatores, redutores, reguladores, relés, relógios, reostatos, resistores, retificadores, rodas, rádios, separadores mecânicos, servomotores, sincronizadores, soldas elétricas, solenoides, tacômetros, televisores, temporizadores, termopares, termostatos, torquímetros, torradeiras, transdutores, transformadores, transístores, trituradores de resíduos, turbinas, vacuômetros, vendedoras automáticas, ventiladores, viscosímetros, válvulas eletrônicas, válvulas termiônicas, xafetões, zimosímetros...

Ao volante da limusine estava o doutor Edward Francis Finnerty. Ao seu lado, o doutor Paul Proteus. No banco traseiro estavam o reverendo James J. Lasher, o professor Ludwig von Neumann e, dormindo no chão do veículo, o senhor Ewing J. Halyard, do Departamento de Estado. Em um mundo de ruínas e sono profundo, o corpo de Halyard no chão não chegava a atrair olhares curiosos, comentários ou tentativas de ajuda.

Os cérebros da Sociedade da Camisa Fantasma estavam percorrendo os baluartes nas fronteiras de sua Utopia. E em todo lugar encontravam as mesmas coisas: armas abandonadas, postos abandonados, pilhas de cápsulas de munição e maquinário perfurado de balas.

Os quatro tinham chegado a uma decisão empolgante: ao longo dos seis meses do bloqueio ameaçado pelas autoridades, transformariam as ruínas em um laboratório, demonstrando como os humanos podiam viver bem e ser feliz quase sem máquina alguma. Percebiam agora a sabedoria dos homens comuns ao destroçarem praticamente tudo. Aquele era o caminho, e dane-se a moderação!

— Certo, então vamos aquecer nossa água, cozinhar nossa comida e iluminar e aquecer nossas casas com fogo de lenha — disse Lasher.

— E andar sempre a pé, para onde quer que seja — acrescentou Finnerty.

— E ler livros, em vez de assistir televisão — completou Von Neumann. — A Renascença está chegando para o norte do estado de Nova York! Vamos redescobrir as duas maiores maravilhas do mundo: a inteligência humana e a mão humana.

— Não pedimos clemência, nem a oferecemos — disse Paul, enquanto contemplavam o mobiliário inteiro de uma casa M-11, arrastado até um terreno baldio e feito em pedacinhos a golpes de machado.

— Isso é como os índios massacrando Custer e seus soldados — comentou Lasher, pensativo. — Em Little Bighorn. Uma vitória isolada contra uma maré irresistível. Havia inúmeros outros homens brancos de onde Custer tinha vindo;

havia inúmeras outras máquinas de onde essas vieram. Mas ainda podemos vencer. Ora! Que barulho é esse? Tem alguém acordado?

Um som distante que sugeria um alvoroço dobrava a esquina, vindo de onde antes ficava a estação ferroviária, onde, de certo modo, ela continuava existindo. Finnerty fez a curva para ver melhor a origem do barulho.

Na sala de espera da estação, carnificina por todos os lados. O mosaico do piso, que retratava um antigo massacre de moradores de Ilium por indígenas da etnia Oneida, estava coberto pelas entranhas e secreções internas do vendedor automático de passagens, do vendedor automático de náilon, do vendedor automático de café, do vendedor automático de jornais, do vendedor automático de escovas de dentes, da máquina automática de engraxar sapatos, da cabine fotográfica automática, do controle automático de bagagens, do vendedor de seguros automático...

Do carro eles avistaram um grupo reunido em volta de uma máquina. As pessoas se amontoavam empolgadas, como se estivessem rodeando uma grande maravilha.

Paul e Finnerty saíram do carro para examinar o mistério e viram que o centro das atenções era uma máquina de Laranjad-A. Laranjad-A, Paul lembrou, tinha virado uma espécie de causa célebre, pois parecia que ninguém no país conseguia beber aquele negócio: ninguém, exceto o doutor Francis Eldgrin Gelhorne, diretor do Conselho Nacional de Indústria, Comércio, Comunicações, Gêneros Alimentícios e Recursos. Como monumento a ele, as máquinas de Laranjad-A permaneciam ombro a ombro com as demais, ainda que os responsáveis pelos coletores de moedas jamais encontrassem nessas máquinas outra coisa que não fosse Laranjad-A vencida.

Mas, agora, o excretor daquela mistura de polpa de madeira, corante, água e aromatizante de laranja era tão popular quanto uma ninfomaníaca em uma convenção da Legião Americana.

— Certo, pessoal, vamos tentar inserir outra moeda e ver o que ela faz — disse uma voz familiar vindo dos fundos da máquina... a voz de Bud Calhoun.

Plunc, fez a moeda, e então veio um zumbido e um gorgolejo.

A multidão ficou eufórica.

— Dessa vez quase encheu o copo inteiro. E está bem geladinha também — disse o homem próximo à torneira da máquina.

— Mas a luz por trás do letreiro de Laranjad-A não acendeu — indicou uma mulher. — Era para acender.

— Vamos arrumar isso daí, né, Bud? — disse outra voz por trás da máquina. — Pessoal, arrumem cerca de um metro daquele fio vermelho pendurado ali na máquina de engraxar sapatos, e alguém me empresta um canivete por um minutinho. O homem que falava ficou em pé e se espreguiçou, sorrindo de satisfação, e Paul o reconheceu: era o homem alto de meia-idade e rosto vermelho que há muito tempo tinha consertado o seu carro usando a carneira do chapéu.

Naquela época o sujeito parecia desesperadamente infeliz. Agora estava orgulhoso e sorridente, pois, como Paul imaginou, suas mãos estavam ocupadas fazendo o que mais gostavam de fazer: substituindo homens como ele por máquinas. Arrumou a lâmpada por trás do letreiro de Laranjad-A.

— Prontinho.

Bud Calhoun aparafusou a traseira da máquina.

— Tentem agora.

As pessoas aplaudiram e formaram fila, ansiosas por sua Laranjad-A. O primeiro homem da fila esvaziou o copo e voltou na mesma hora para o fim da fila, em busca de um repeteco.

— Vamos dar uma olhada nesse vendedor de passagens — disse Bud. — Ah, ah. Levou um tiro bem no microfone.

— Eu sabia que aquele telefone público ali na rua ia servir pra alguma coisa — apontou o homem de rosto vermelho. — Vou buscar.

A multidão, empanturrada de Laranjad-A, começou a incentivar a dupla naquela nova empreitada.

Quando Paul e Finnerty voltaram à limusine, encontraram Lasher e Von Neumann com expressões terrivelmente mal-humoradas, conversando com um adolescente que parecia bem esperto.

— Viram algum motor elétrico de baixa potência largado por aí? — quis saber o jovem. — Algum que não esteja muito danificado?

Lasher sacudiu a cabeça em negativa.

— Bem, então acho que vou precisar continuar procurando — disse o jovem, pegando uma caixa de papelão cheia de engrenagens, válvulas, interruptores e outras peças soltas. — Esse lugar é uma mina de ouro, não posso negar, mas é difícil encontrar exatamente aquilo que a gente precisa.

— Imagino — disse Lasher.

— Só preciso de um motorzinho decente que combine com o que eu já tenho — disse o jovem, empolgado. — Aí, aposto que consigo criar uma engenhoca que vai tocar bateria como ninguém. Olha só, você pega um sincronizador e...

— Proteus! Finnerty! — disse Lasher, irritado. — Por que demoraram tanto?

— Não sabia que você estava com pressa — respondeu Finnerty.

— Bem, eu estou. Vamos.

— Para onde vamos? — perguntou Finnerty, ligando o carro.

— Avenida Griffin. A barricada.

— O que está acontecendo por lá? — quis saber Paul.

— As autoridades estão esperando que o povo de Ilium entregue seus falsos líderes — disse Lasher. — Alguém quer cair fora? Eu mesmo posso dirigir até lá se vocês preferirem.

Finnerty parou o carro.

— E aí? — disse Lasher.

— Acho que está mesmo na hora — disse Von Neumann, agindo como se aquilo não fosse nada de mais.

Paul não disse nada, mas nem se mexeu para sair do carro.

Finnerty esperou por mais um instante e então pisou no acelerador.

Ninguém disse uma palavra até chegar na rede de arame farpado, nos postes telefônicos derrubados e nos sacos de areia da barricada da avenida Griffin. Dois homens de pele morena e fantasias elegantes, Khashdrahr Miasma e o xá de Bratpuhr, dormiam enroscados um no outro dentro de uma trincheira rasa à esquerda da barricada. Mais além do arame farpado, com as rodas voltadas para o céu, dois carros da polícia estadual jaziam crivados de balas e abandonados.

O professor Von Neumann espiou o cenário bucólico com seu binóculo.

— Arrá! As autoridades. — Passou o binóculo para Paul. — Ali... à esquerda daquele celeiro. Viu?

Paul ficou com os olhos semiabertos e avistou três carros blindados ao lado do celeiro e policiais com armas não letais descansando, fumando, tagarelando alegremente.

Lasher deu um tapinha no ombro de Paul, que lhe passou o binóculo.

— Sorria, doutor Proteus... agora você é alguém, assim como o seu pai. Alguém tem uma garrafa?

Finnerty pegou uma.

Lasher apanhou a garrafa e brindou aos outros.

— Um brinde a todos os bons índios do passado, do presente e do futuro. Ou, sendo mais exato... um brinde ao registro.

A garrafa circulou pelo grupo.

— Ao registro — disse Finnerty, e pareceu satisfeito com o brinde.

Paul imaginou que Finnerty tinha conseguido o que queria da revolução: uma chance de desferir um golpe violento em uma sociedade pequena e fechada, que não tinha aberto nenhuma vaga que lhe acomodasse.

— Ao registro — brindou Von Neumann.

Ele também parecia em paz, pois, para ele, como Paul percebeu, a revolução tinha sido uma experiência fascinante. Ele tinha menos interesse em alcançar um fim premeditado do que verificar o que aconteceria partindo-se de dados específicos.

Paul pegou a garrafa e analisou Lasher por um momento, sentindo o aroma que saía do gargalo. Lasher, o principal instigador de tudo aquilo, estava satisfeito. Depois de passar a vida inteira vendendo símbolos, tinha criado a revolução como mais um deles e agora dava as boas-vindas à oportunidade de morrer como um.

E com isso faltava apenas o brinde de Paul.

— A um mundo melhor — começou ele a brindar, mas parou na metade, pensando no povo de Ilium, já ansioso por recriar o mesmo velho pesadelo. Deu de ombros. — Ao registro — brindou, e estilhaçou a garrafa vazia contra uma pedra.

Von Neumann olhou para Paul e então para os cacos de vidro.

— Isso não é o fim, você sabe — disse. — Nada nunca é o fim, nunca será... nem mesmo no dia do Juízo Final.

— Mãos para cima — disse Lasher, quase com alegria. — Soldados, marchem.

Sobre o livro

Em um futuro não muito distante, após uma nem tão distópica Terceira Guerra Mundial, as máquinas enfim venceram. Quase tudo foi automatizado e a sociedade se dividiu sob um novo sistema de estratificação não mais baseado em dinheiro, mas em inteligência. Por seu QI e capacidade intelectual, os indivíduos são classificados e registrados; sua posição social – um destino de glória ou esquecimento – só pode ser definida a partir da análise desses dados.

Do lado dos privilegiados, o doutor Paul Proteus leva uma vida confortável no alto escalão das Indústrias Illium, o maquinário que controla toda a vida da cidade homônima. A visita inesperada de Ed Finnerty, seu inquieto e inconformado ex-colega de engenharia, com sua visão objetiva da vida de quem foi excluído do sistema, abala a rotina confortável e previsível de Paul. O gerente começa a questionar a hierarquia e a imaginar se uma vida mais simples, sem privilégios, não seria uma forma de voltar a se sentir humano.

Mais do que uma crítica a automação e ao progresso desenfreado das tecnologias, *Piano mecânico* é um livro sobre o desconforto que toda estrutura social causa ao homem moderno. Escrita após a publicação de *1984*, livro pelo qual Vonnegut admitiu ter sido muito influenciado, a obra compartilha com Orwell a ansiedade do pós-guerra e o medo de que, em tempos de paz, as nações venham a se submeter a níveis de controle social quase paranoicos.

Kurt Vonnegut nasceu em Indianápolis em 1922. Estudou nas universidades de Chicago e do Tennessee. *Piano mecânico,* seu primeiro romance, foi publicado originalmente em 1952 e desde então ele escreveu muitos outros, entre eles: *As sereias de Titã* (1959), *Mother Night* (1961), *Cama de gato* (1963), *God Bless You, Mr. Rosewater* (1965), *Welcome to the Monkey House* — uma coletânea de contos (1968), *Matadouro-cinco* (1969), *Café da manhã dos campeões* (1973), *Slapstick, or Lonesome No More!* (1976), *Jailbird* (1979), *Deadeye Dick* (1982), *Galápagos* (1985), *Bluebeard* (1987) e *Hocus Pocus* (1990).